Begeisterte Leserstimmen zu „Göttliches Vermächtnis"

„Fantasyromane gehören bei mir im Bücherregal eher zur Ausnahme, aber dieser hier ist wirklich lesenswert. Die Autorin hat eine großartige Geschichte entwickelt und was ich sehr sympathisch finde: Die Personen haben auch kleinere Schwächen, göttlich hin oder her." *K. Pauer, Buchtipp bei Radio Erft, Ruhr, Köln, Bonn.*

„Deutlich profitiert man als Leser von ihrem [Buschmann] gereiften Schreibstil, der nichts von seiner Bildgewaltigkeit und seinem Charme verliert. Eine spannende Geschichte, mit vielen neuen überraschenden Charakteren, die auf ein genauso spannendes Finale hoffen lässt. Neben dem Schreibstil hat mich vor allem die Vielfalt und die Schattierungen der neuen Charaktere überzeugt." *H. Eichinger, Buchhändlerin & Rezensentin bei Thalia*

„Ein neuer Stern am Fantasyhimmel." *Inna*

„Vollendete Fantasy im unverkennbaren Stil von Kathrin Buschmann." *V. Kratz-Müller*

„Göttliches Vermächtnis – man könnte denken es sei Kathrin Buschmanns Schreibkunst gemeint." *J. Andreschak*

„Diese junge Autorin ist ein Naturtalent! Ihr erstes Buch ist grandios. Man ist von der ersten Seite an gefesselt. Ihr Buch ist ein absolutes Muss. Ich bin bereits großer Fan!" *M. Güttgemanns*

„Geprägt von unerwarteten Wendungen, Verrat, Freundschaft, großartigen Helden und tiefgründigen Fragen." *Money*

„Immer wieder ein Genuss. Handwerklich einwandfrei! Lesespaß, bei dem keine Langeweile aufkommt.", *I. De Hiselles*

Deutsche Erstveröffentlichung
Band 3 „Göttliches Vermächtnis – König der Welten 2“
1. Auflage Juni 2016

Skandor Verlag
Schützendelle 52, 50181 Bedburg
skandor.verlag@gmail.com
www.kathrin-buschmann.de

Lektorat: Heike Eichinger
Umschlaggestaltung & Layout: Kathrin Buschmann
Karte: Kathrin Buschmann, Heiner Gruschke
Illustrationen der Städte: Kathrin Buschmann, Tolgahan Maydan
Druck und Bindung: WIRmachenDRUCK GmbH,
Mühlbachstraße 7, 71522 Backnang

ISBN: 978-3-9817324-2-9

SKANDOR VERLAG

Göttliches Vermächtnis

König der Welten 2

Kathrin Buschmann

Die Autorin

Kathrin Buschmann wurde im Jahr 1996 geboren und lebt im Rhein-Erft Kreis in NRW. Die Autorin interessiert sich sehr für Sprachen, Geschichte und Kunst. 2015 machte sie das Abitur und gründete in einem Alter von achtzehn Jahren den Skandor Verlag. Sie wünscht viel Spaß beim Lesen.

Weitere Informationen unter: www.kathrin-buschmann.de

Dieses Buch widme ich meinen *wundervollen Unterstützern* und *Lesern*.

Und denke immer daran:

That book in many's eyes doth share the glory
That in gold clasps locks in the golden story.

- *William Shakespeare* -

Außerdem von Kathrin Buschmann

Göttliches Vermächtnis
Tochter des Lichts (2015),
König der Welten 1 (2015),
König der Welten 2 (2016),
Zeit der Brüder (2017)

Mit Widmung erhältlich unter
www.kathrin-buschmann.de

Buchinhalte

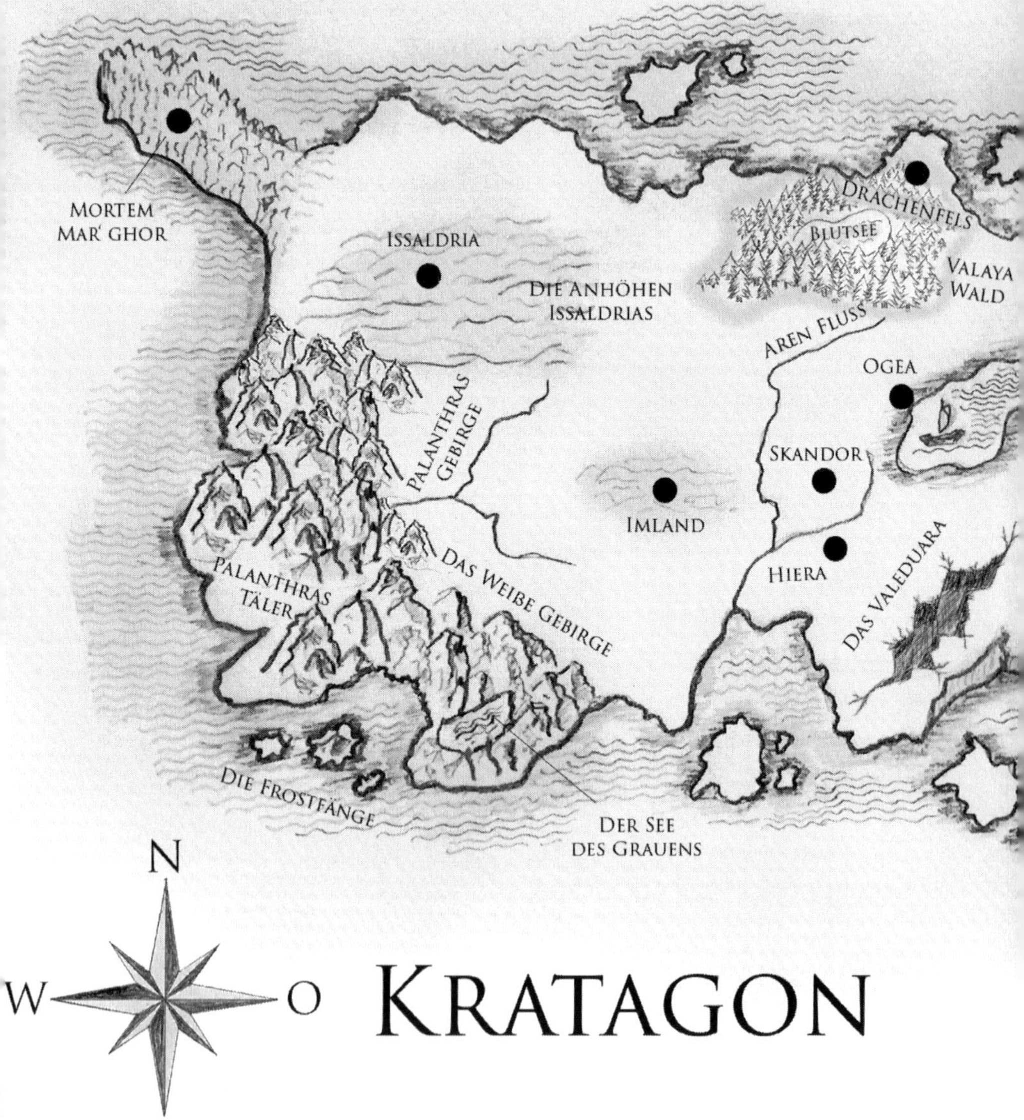
Mortem
Mar' Ghor
Issaldria
Die Anhöhen
Issaldrias
Drachenfels
Blutsee
Valaya
Wald
Aren Fluss
Ogea
Palanthras
Gebirge
Skandor
Imland
Hiera
Das Valeduara
Palanthras
Täler
Das Weiße Gebirge
Die Frostfänge
Der See
des Grauens
N
W
O
S

Kratagon

Die Katharen
Felsgebirge Caél
Osgardth
Kristall
Bucht
Celestial
See
Götter-
tempel
Gelese
Unüberquerbare
Schlucht
Alaéwald
Elethyn
Arbor
gea See
Waldbruchbach
Handelsroute
Sichelsee
Lorolas Wald
Ioron
Graslandschaft
Wüste Iskéan
Dunathon
Felsgebirge

Lorolas

Illustrationen zu der Karte

MORTEM MAR'GHOR

SKANDOR

ARBOR

GELESE

CAÉL

DUNATHON

Zusammenfassung

Band 1: Tochter des Lichts

Einst war die Welt des Löwengottes ein großes, friedliches Land. Doch die Brüder Loras und Kragon verwüsteten sie in einem grausamen Krieg um die Herrschaft. Um dem Ganzen ein Ende zu bereiten, schickte der Löwengott seinen Sohn in Gestalt eines Löwen in die Sterbliche Welt. Zusammen mit einem Sterblichen, durch ein magisches Amulett auserwählt und zu einem Halbgott gemacht, sollte er den Krieg beenden.

Doch die beiden Halbgötter ließen sich verlocken und verrieten den Löwengott. Dieser tötete die beiden und ihre Verbündeten und teilte seine Welt in zwei Hälften. Kratagon und Lorolas, die beiden neuen Reiche, waren durch eine Schlucht voneinander getrennt.

Fünfhundert Jahre später stand erneuter Krieg bevor. Das magische Amulett wählte Tayla, die Tochter des Wüstenhäuptlings Marlon, zur Halbgöttin. Aus Angst vor den alten Legenden setzten die Wüstenbewohner Tayla und Elozar, den Sohn des Löwengottes, zum Sterben in der Wüste aus. Doch Elozar nutzte den Zauber der Lichts, eine göttliche Macht, um sie beide in Sicherheit zu bringen.

Zwei Jahrzehnte wuchsen die beiden einsam im Lorolas Wald auf. Erst die Begegnung mit dem Wissenschaftler

Porter weckte Taylas Interesse an der Welt der Menschen. Bisher unbekannte Kreaturen trieben ihr Unwesen in Lorolas, und Tayla vermutete, dass sie aus einem unterirdischen Reich kamen.

Auf ihrer Suche nach den Kreaturen begegneten Tayla und Elozar den Arboranern. Das Waldvolk entstand aus Flüchtlingen aus Kratagon. Tayla und Elozar wurden freundlich aufgenommen und verbrachten einige Zeit bei den Arboranern. Sie erfuhren wichtige Dinge über einen drohenden Krieg mit Kratagon und wurden von Thorak, Steve und dem Elf Lethiel in der Kampfkunst ausgebildet. Als Tayla endlich einen Beweis für die unterirdischen Kreaturen fand, machte sie sich auf in die Hauptstadt Gelese, um, wie versprochen, dem Wissenschaftler Porter davon zu berichten.

Doch Tayla ahnte nicht, dass Jadro, der König Kratagons, schon eine Gruppe Männer ausgesandt hatte, sie zu töten, den Bund der Gesandten. Die Männer, bestehend aus Juda, dem cholerischen Anführer, Karlsson, dem Erfinder, Rowan, dem Bogenschützen, einem sagenumwobenen Hexenmeister und Zacharias, dem Schüler des Königs, hatten einen Weg über die Schlucht gefunden und reisten nach Lorolas.

In Gelese gelang es Tayla Porter zu finden und mit ihm eine Audienz bei Lorolas' König Serai zu erwirken. Da der König sie nicht anhören wollte, erkämpfte sie sich den Weg in den Thronsaal. Doch König Serai glaubte ihr nicht und schlug ihre Warnungen in den Wind. Nach der missglückten Audienz traf sie erneut auf Zacharias. Schon auf der Suche nach Porter war sie dem Charme des jungen Mannes erlegen. Er hielt sich in ihrer Nähe auf, da er vermutete, dass sie mit den Halbgöttern zu tun hatte. Als Tayla aus Gelese fliehen musste, folgte er ihr, in der Hoffnung, dadurch die Halbgötter zu finden.

Zurück im Lorolas Wald fand Tayla das nächste Opfer der unterirdischen Kreaturen, ihren Kampflehrer Steve. Die Arboraner fühlten sich von ihr verraten, da die Halbgöttin sie nicht vor der Gefahr gewarnt hatte, und verbannten sie. Allein gelassen und verzweifelt, war Zacharias ihr einziger Halt, auch wenn Elozar misstrauisch war. Doch Tayla verstand ihn nicht.

Die Beziehung zwischen Tayla und Zacharias wurde mit jedem Tag enger und ihre Zuneigung füreinander wuchs. Doch als Zacharias herausfand, dass Tayla die Tochter des Lichts, die Halbgöttin, war, war er im Zwiespalt. Er musste sich entscheiden, für seine Liebe oder für seinen König. In der Nacht flößte er beiden Halbgöttern ein starkes Schlafmittel ein. Er erschlug Elozar, aber Tayla konnte er nicht töten. Also nahm er als Beweis das göttliche Amulett an sich und ließ die beiden in einer Höhle zurück.

In Gelese gesellte er sich erneut zu seinen Gefährten und berichtete ihnen von seinem Erfolg. Der einzige, der berechtigte Zweifel hegte, war der Hexenmeister, doch dieser schwieg. In ihrem Rückzugsort im Felsengebirge Caél durchschaute Juda, der Anführer, Zacharias' List und schlug ihn brutal zusammen. Die anderen Gesandten setzten den Wald in Flammen und ließen Zacharias und die Halbgötter zum Sterben zurück.

In letzter Sekunde befreite sich Zacharias aus dem Tempel und machte sich mit dem Greif Arkas auf den Weg zurück in den Wald. Doch die Rauchwolken am Himmel verhießen nichts Gutes...

Band 2: König der Welten 1

Der Brand wütete schrecklich im Lorolas Wald. Fast alles fiel den Flammen zum Opfer, die Halbgöttin war schwer verletzt und Elozar spurlos verschwunden. Während Tayla sich langsam in Arbor erholte, machten sich die Gesandten unter der Führung Judas auf, um sich ihres Todes zu versichern.

Derweil fand Zacharias Taylas Zufluchtsort und wurde von den Arboranern gefangen genommen. Erst als die Arboraner ihm durch eine List das Geheimnis vom Aufenthaltsort des todgeglaubten Elozar entlockt hatten, und er ihnen das Amulett aushändigt hatte, wurde er freigelassen.

Nachdem Tayla ihr Amulett zurückerhalten hatte, machte sie sich auf die erfolgreiche Suche nach Elozar. Dabei traf sie auf Zacharias. Weil sie wusste, dass er für die vergangenen Gräueltaten verantwortlich war und sie ihm nicht verzeihen konnte, verbannte sie ihn in seine Heimat.

Die dortigen Demütigungen König Jadros machten ihn schnell wieder zu dem saufenden, hurenden Bastard, der er vor seiner Zeit mit Tayla gewesen war. Als Jadro in Kratagon zu den Waffen rief, zog der ehrenvolle Graf Arroth, anstelle seines alten Vaters, mit den Soldaten nach Skandor, wo Kriegsrat gehalten werden sollte. Von diesem wurde Zacharias, der einst des Königs Vertrauen genossen und durch seinen Verrat verloren hatte, ausgeschlossen und Jadro ließ ihn stets seinen Zorn spüren.

Zur gleichen Zeit hatte Lorolas' König Serai erkannt, dass er sich damals in Halbgöttin Tayla getäuscht hatte. Aus diesem Grund machte er sich umgehend mit Porter auf den Weg nach Arbor, um über die Kriegssituation zu beraten. Schnell wurde klar, dass Sieg oder Niederlage von den fünf freien Völkern, zu denen auch Dunathon zählte, abhing. Dabei offenbarte er Tayla, dass ihr Vater Marlon das Oberhaupt dieses Volkes sei.

Es wurden Gesandte zu allen freien Völkern geschickt, wobei Tayla und Elozar die Aufgabe hatten, zu den

Dunathon in die Wüste Iskéan zu reisen. Das Wüstenvolk schmiedete eine Allianz mit Lorolas.

Als Tayla nach ihrer Rückkehr erneut im Lorolas Wald durch die Gesandten in Gefahr geraten war, stellte sich der Hexenmeister gegen seine Bundesgenossen und verbündete sich mit den Halbgöttern. Alleine dem gutherzigen Rowan wurde die Gnade gewährt, sein Schicksal selbst zu bestimmen. Rowan entschied sich für seinen Freund Zacharias und kehrte, genau zur rechten Zeit, nach Kratagon zurück. Nachdem er dort eingetroffen war, wachte Zacharias, verwirrt durch tagelange Bewusstlosigkeit, in König Jadros Gemächern auf. Zuvor hatte ein drakonischer Kampf auf Leben und Tod zwischen ihm und Juda stattgefunden. Dessen einziger Zweck war es gewesen, in Zacharias' geschwächtem Zustand seine gut behüteten Geheimnisse um Halbgöttin Tayla zu lüften.

Konnte Zacharias, dem in seiner Heimat so viel Grauen widerfahren war, die Wahrheit über Tayla vor König Jadro verbergen?

Die Geschichte des Bärenreiters

Im kalten Norden von Lorolas wurde die Geschichte des Bärenreiters mit Blut geschrieben. Aus grausamer Wahrheit, Rebellion und Völkermord geboren, erzählt sie die Geschichte des Jungen Drakan, der schon in einem Alter von fünfzehn Jahren zur Legende des kalten Nordens werden sollte und dafür große Opfer bringen musste.

Ein harter Winter hielt die Katharen, das größte Gebirge des Landes Lorolas, in seinen Klauen. Die Hänge waren bedeckt mit hohem Schnee und eisige Stürme verwüsteten das Land.

Drakan wurde in das Volk der Kharr hineingeboren. Die Kharr lebten in der Wildnis und waren unabhängig. Ihren König nannten sie Khandras. Und zu dieser Zeit war Drakans Vater Darven der Khandras. Darven war unbeliebt und gefürchtet, sein Sohn schon als Knabe für seine Stärke im Volk bekannt.

Eines Nachts, Drakan war fünfzehn, begannen legendäre Krieger und Jäger die blutigste Rebellion, die der Norden je erlebt hatte. Bei den Kharr gab es in der Herrschaft keine Thronfolge. Sobald ein Khandras gestorben war, kämpften alle Männer, die das unabhängige Volk fortan führen wollten, bis auf den Tod gegeneinander. Es konnte nur ein einziger überleben, der ab diesem Zeitpunkt nicht mehr um seine Machtposition fürchten musste.

Drakan, der in die eisigen Wälder verschleppt und dem Tod ausgesetzt worden war, wusste, dass auch sein Vater sterben musste, wenn diese Märtyrer die Macht an sich reißen wollten. Der Junge kämpfte viele Tage und Nächte gegen Hunger, Durst und die Kälte, besonders aber gegen die Furcht, denn man hatte ihn in einem Gebiet zurückgelassen, in dem ein sagenumwobener, weißer Bär sein Unwesen trieb.

Eines Tages standen sich Junge und Raubtier gegenüber und ein brutaler Kampf begann. Schlussendlich gelang es Drakan die Bestie zu unterwerfen und ihm wurde bewusst, dass er, der Herr des Bären, zum Herrschen bestimmt war.

Drakan kehrte ins Land der Kharr zurück und stellte sich den Kriegern, die seinen Vater stürzen wollten. Schon viele Männer waren der Rebellion zum Opfer gefallen. Schreckliche Kämpfe entfachten, doch Drakan, Bärenreiter und Sohn des Darven, vermochte niemand zu bezwingen und er färbte den Schnee blutig rot. Nach den Kämpfen stellte Drakan sich der größten Herausforderung, die das Leben bisher für ihn bereitgehalten hatte. Er musste auch seinen Vater töten, damit er als neuer Khandras und mächtigster Mann vom Volk anerkannt wurde. Drakan aber nahm seinem Vater, anstelle des Lebens und als Zeichen seiner Güte, Hände und Augen, sodass er sich nie wieder gegen ihn auflehnen und in einem Kampf behaupten konnte.

So wurde Drakan der Bärenreiter zum jüngsten Khandras der Geschichte. Es sollte sehr lange dauern, bis ein Gegner kommen würde, um seine Herrschaft infrage zu stellen.

Kratagon

Jadros Spiel

Zacharias sah gedankenverloren aus einem Fenster der Hauptburg Skandors. Er beobachtete den grauen, wolkenverhangenen Himmel über der Kriegsfestung. Die Flaggen auf den hohen Türmen und den Mauern wurden von starken Windböen gepeitscht. Es waren die schwarzen, kratagonischen Banner, die einen stilisierten Drachenkopf zeigten. Ein Sturm zog auf, ein Gewitter wohlmöglich. Das Wasser des Flusses Aren donnerte schäumend gegen die Festungsmauern.

Skandor war einst von Großkönig Kragon zur Zeit der vereinten Welt erbaut worden, um das Heer zu sammeln. Im Herzen des Landes errichtet, war die Festung von vielen Verteidigungsanlagen und Städten umgeben, die, wie ein weiter Ring, um sie angeordnet waren.

Zacharias sah über den breiten Wassergraben, der vom Fluss Aren abgeleitet wurde, hinweg. Er träumte sich aus dem Hauptbollwerk, aus Skandors innerem Ring, hinein in neue Abenteuer.

Sein Blick wurde ganz starr, als er die Reflexion seines leeren Gesichts in der Scheibe sah. Der prüfende Blick seiner einzigartig blauen Augen traf ihn direkt ins Herz. Er wusste, dass diese Augen ihren Glanz verloren hatten, sobald er den ersten Schritt über die kratagonische Grenze, weg von Tayla, gemacht hatte.

Die Frauen verloren sich in seinen Augen, anders war es bei Tayla auch nicht gewesen. Aber sie... sie war so unschuldig gewesen und hatte es geschafft, seine Gefühle zu berühren. Er strich sich das braune Haar aus dem makellosen Gesicht. Taylas Züge waren, ungleich seinen, weich und zart gewesen. Wieder wagte er einen Blick in die Spiegelung seiner Augen und verdrängte die Gedanken an die Tochter des Lichts aus Lorolas. Er verbot sich, eine Erinnerung an sie, den Feind, je wieder in sein Gedächtnis dringen zu lassen.

Zacharias schloss seufzend die Hose und zog sich ein helles, weites Hemd über den herkulischen Körper, das neben ihm auf einer alten Holztruhe gelegen hatte. Die äußerlichen Schrammen und Narben, die er sich in den letzten Monden, vor allem aber in den Kämpfen gegen den halbgöttlichen Löwen und Juda, zugezogen hatte, verblassten. Aber die Wunden seiner Seele waren so schmerzhaft wie zu Beginn.

Es klopfte an der Tür. Bevor Zacharias öffnete, fragte er sich, wer schon im Zwielicht etwas von ihm wollte. Als die Türe aufschwang, war er freudig überrascht, denn es war sein Freund Rowan. Der Bogenschütze mit dem schulterlangen dunklen Haar und den blattgrünen Augen lächelte breit und trat ein.

„Hat König Jadro dich etwa noch immer nicht aus diesem Loch geholt?“, fragte er und sah sich, wie schon in den vergangenen Tagen, in dem Raum um.

Zacharias wusste, dass diese spartanisch eingerichtete Kammer unter seiner Würde war. Hier passte lediglich ein knarrendes Bett und eine alte Holztruhe mit einer Waschschale darauf hinein. Dieses Zimmer war eine bewusst gewählte Demütigung – und er hasste es.

„Nein, das hat er nicht. Und das wird er auch nicht.“, entgegnete er mit mahlenden Kiefern. Er fand zu seinem Humor zurück: „Aber ich bin lieber hier, als in Jadros Gemächern.“

Rowan legte Bogen und Köcher ab und warf sich auf Zacharias' Bett. Dieses knarrte bedenklich, brach aber nicht zusammen.

„Glaubst du, dass er wirklich – ich meine, dass er dich-“

Zacharias schnitt ihm das Wort ab: „Wenn ich es wüsste, dann würde ich es dir sagen! Aber ich war *nicht* bei Bewusstsein! Jadro hat mich im königlichen Spiel gegen Juda ausbluten lassen, Rowan. Ich kann mich an *nichts* erinnern!“

Es war mehr als demütigend, über dieses Geschehnis zu sprechen. Er, Zacharias, war stolz, stark, ein Weiberheld, Verführungskünstler... Niemals hätte er sich freiwillig einem Mann hingeben. Es war abstoßend, widernatürlich! Aber wer konnte schon ahnen, welche dunklen Mächte dem König innewohnten? Noch immer hallten dessen Worte in seinen Träumen wieder, als er verschlafen, nackt und völlig verwirrt nach tagelanger Bewusstlosigkeit in Jadros königlichen Gemächern erwacht war: *Lange ist kein Knabe mehr in meinen Gemächern gewesen.*

Zacharias setzte sich neben Rowan. Er kämpfte mit dem unbehaglichen Gefühl, das ihn seit diesem Tag immer wieder beschlich. War es Scham?

„Ich war König Jadro eine Woche schutzlos ausgeliefert,

Rowan. Wer weiß, was er mir alles angetan hat, nachdem er meinen Geist wie ein offenes Buch gelesen hat?“

Der Bogenschütze sah ihn ermutigend an: „Er wird dich nicht brechen, Zacharias. Niemand vermag das.“

Zacharias sah vor seinem inneren Auge, wie der Herrscher sich an seinem besinnungslosen Körper verging.

Ihn schauderte es heftig und Ekel überkam ihn: „Ich habe wirklich geglaubt, ich hätte ihn bei meiner Rückkehr von meiner Loyalität überzeugt... Dem war offensichtlich nicht so. Wie konnte ich nur so dumm sein zu glauben, dass er meinen Hochverrat verzeiht?! In diesem abscheulichen Spiel über Leben und Tod gegen Juda-!“ Seine Stimme überschlug sich zornig. „Ich habe ihm damit alles gegeben, was er wollte!“

„Leider macht im Nachhinein alles Sinn... Jadro wollte dir mit diesem Spiel nicht die Gelegenheit geben, deine Ehre wiederherzustellen. Er wollte dich bloß so weit schwächen, dass er mühelos in deinen Geist eindringen konnte, um alles über die Halbgötter zu erfahren.“

„Und das hat er.“, sagte Zacharias frustriert, denn diese Schwäche war seine größte Schande.

Als er vor einigen Monden hier in Skandor angekommen war, hatte er wieder zu seinem alten Selbst zurückgefunden. Er hatte gekämpft, getrunken, gehurt. Dann begannen die Demütigungen und Bloßstellungen des Königs. Er war gezwungen gewesen seinen verhassten Vater zu treffen, den Dunkelelf Umbra, den er mehr als alles andere verabscheute.

„Bist du sicher, dass du die richtige Entscheidung getroffen hast, mein Freund?“, fragte Rowan nach längerer Gesprächspause.

„Fängst du schon wieder damit an?!“, begehrte Zacharias auf. „Ich habe Tayla und Lorolas endgültig den Rücken gekehrt. Ich liebe sie nicht und werde alles dafür tun, um wieder die Gunst meines Königs zu erlangen! Kratagon ist meine Heimat und die Tochter des Lichts ein dahergelaufenes Weib, das dem Tode nah ist! Niemand entkommt Jadros mörderischen Plänen! Er wird dafür sorgen, dass Taylas Leben ein Ende findet und Lorolas wird Kratagon im Krieg unterliegen. Er wird über die Sterbliche Welt herrschen. Er wird die ungeteilte Macht haben und den Göttern die hohe Herrschaft streitig machen!"

Rowan hob beschwichtigend die Hände: „Beruhige dich. Ich versuche nur, dir zu helfen. Hör in dich hinein. Willst du wirklich dem Mann dienen, der dich seit Wochen demütigt?"

„Ja, das will ich!", fauchte er prompt, „ich will für mein Heimatland kämpfen und in die kratagonische Geschichte eingehen. Die sechsundzwanzig Jahre, die ich für Jadro gelebt und gekämpft habe, sollen nicht umsonst gewesen sein."

Ein Teil von Zacharias hasste den König für das, was er ihm angetan hatte. Der andere Teil sah noch immer zu ihm auf und konnte sich nicht gegen ihn, seinen Lehrmeister und Herrscher, stellen.

Ein erneutes Klopfen an der Tür ließ die beiden zusammenschrecken.

„Wer ist das denn?", fragte Zacharias genervt und öffnete.

Ein bärtiger Mann in Rüstung und mit einer schiefen Nase stand dort. Auf seinem Brustharnisch war ein Wellenemblem abgebildet. Der Soldat musste also zu den Gefolgsleuten von Derethor, dem Stadthalter der Küstenstadt Mortem Mar'Ghor, gehören.

„Was willst du?!", fuhr Zacharias ihn an.

„I-Ich ü-überbr-ringe eine N-Nachricht.", stotterte dieser verängstigt.

Er streckte einen versiegelten Umschlag vor, den Zacharias ihm gleich entriss. Übellaunig schlug der die Tür hinter sich zu und ging zurück zu Rowan.

„Der arme Kerl.“, bedauerte Rowan den Soldat.

„Halt's Maul.“, grummelte Zacharias und zeigte ihm den Umschlag: „Es ist das Siegel des Königs, der Drache.“ Er brach das Siegel und las die Nachricht gleich mehrmals hintereinander.

Seine Gesichtszüge erhellten sich und Begeisterung sprach aus ihm, als er aufgeregt sagte: „Ich bin tatsächlich zu der heutigen Ratssitzung eingeladen! Rowan, weißt du, was das bedeutet?“

„Allerdings.“, gratulierte dieser mit einem vorsichtigen Lächeln.

„Offensichtlich erhalte ich eine zweite Chance. Es war richtig alles zu tun, was König Jadro von mir verlangt hat. So habe ich ihm endlich bewiesen, dass er mir vertrauen kann!“

Zacharias sprang auf und schnallte sich die ledernen Schwertgurte um den Oberkörper: „Der Rat tagt bei Sonnenaufgang. Ich gehe sofort los.“

„Ich begleite dich.“

Zacharias' Herz schlug schneller, als sich das Tor zum Versammlungssaal öffnete. Vor ihm erstreckte sich ein großer, sechseckiger Saal. Er war dank der vielen Fenster lichtdurchflutet und eine lange Tafel stand in seiner Mitte. Zacharias begutachtete die einzigartige Karte seines Heimatlandes, die auf dem großen Tisch ausgebreitet war. Er hatte sie schon einmal gesehen, als er den Auftrag erhalten hatte zu seinem Vater Umbra zu reisen. Noch immer konnte er es sich nicht erklären, wie es möglich war, dass die Karte eine Miniatur des Landes selbst war. Berge erhoben sich auf dem Papier und winzige Wellen brachen an der Westküste.

Drei Männer, ähnlich wie beim letzten Mal, warteten auf

ihren Stühlen auf das Erscheinen des Königs. Zacharias erkannte Derethor, den Stadthalter von Mortem Mar'Gohr, sofort am Wellenwappen auf dem Harnisch. Seinen angesehenen Sohn, Graf Arroth, hatte er schon einmal getroffen, bevor dieser nach Ogea geschickt worden war, um die Aufstände dort niederzuschlagen. Da Arroth noch nicht zurückgekehrt war, musste ihn jetzt sein Vater vertreten, schlussfolgerte Zacharias.

Derethor war trotz seines Alters von stattlicher Statur. Sein dickes, dunkelgraues Haar war in den Nacken gekämmt. Falten umgaben seine Augen und zeichneten sein kantiges Gesicht.

Den beleibten Kerl, der neben Derethor saß, hatte Zacharias gut in Erinnerung behalten. Es war Galdor, der alte Fürst der Menschen aus den Palanthras Tälern in den gleichnamigen Bergen im Südwesten Kratagons. Galdor betitelte sich mit Vorliebe als Talkönig, auch wenn seine Herrschaft nur durch das Volk legitimiert wurde und Jadro ihn niemals zum Wächter eines Herrschaftsgebietes gemacht hatte. Der Mann mit dem buschigen, grauen Schnauzer ließ es sich außerdem nicht nehmen, demonstrativ einen roten Königsmantel zu tragen.

Zacharias straffte sich und ging lächelnd zu den beiden Würdenträgern hinüber und verbeugte sich vor Derethor. Selbst wenn er den pöbelhaften Galdor nicht achtete, neigte er vor ihm das Haupt.

„Ich grüße Euch, Zacharias.“, sagte Derethor, dessen Augen erschreckend matt waren. „Ich hörte von Eurer Reise in das Weiße Gebirge. Wart Ihr erfolgreich?“

Zacharias antwortete höflich: „Ja, Stadthalter, ich habe Kratagon einen guten Dienst erwiesen.“

„Das freut mich.“, gab er lächelnd zurück und wandte sich von ihm ab.

Galdor hämmerte mit der Faust auf den Tisch und donnerte: „Na, Junge!“ Er schlug ihm belustigt auf den Rücken. „Von dir hört man ja so einiges!“

Zacharias richtete sich zu voller Größe auf und versuchte ihn mit seiner imposanten Erscheinung einzuschüchtern.

„Genau wie von Euch, Talkönig.“, sagte er betont ruhig.

Jetzt ließ es sich nicht länger vermeiden, den dritten der Männer anzusehen. Zacharias verabscheute diesen Mann fast so sehr wie seinen Vater. Er war hochgewachsen und überaus schlank.

„Éndariel.“, sagte Zacharias kühl.

„Ich grüße Euch, Mann, der das Weiße Gebirge meines Herrn Umbra mit Blut tränken will.“, entgegnete dieser und seine schwarzen Augen funkelten.

Zacharias versuchte vergeblich, in den mandelförmigen Augen des Dunkelelfs, Iris von Pupille zu unterscheiden. Dabei zeichnete Éndariels bleiches, schmales Gesicht ein kurzes Lächeln.

Der Dunkelelf strich sein nachtfarbenes Gewand glatt und richtete die zahlreichen, ledernen Gurte, die um seinen Oberkörper und die Beine gebunden waren. An ihnen steckten sämtliche Waffen, die man sich nur erträumen konnte. Leicht schüttelte Éndariel den Kopf, damit sich sein langes, schwarzes Haar über den Rücken ergoss.

„Habt Ihr Euch von den Strapazen unserer gemeinsamen Reise erholt?“, fragte er selbstzufrieden.

„Von allen.“, erwiderte Zacharias überlegen, „bis auf einer.“

Éndariel ließ diese Beleidigung scheinbar an sich abprallen, aber Zacharias kannte ihn besser.

Da öffnete sich das Flügeltor und gab den Blick auf König Jadro frei. Er trug wie üblich eine Lederrüstung und Wolfspelz. Der Fellumhang schleifte über den Boden, als er mit entschlossenen Schritten auf sie zukam. Sobald er den

Saal betreten hatte, breitete sich seine grausame Macht wie Eiseskälte aus, die durch Fels und Fleisch drang.

Zacharias suchte die braunen Augen des Königs, versuchte aus ihnen zu lesen, warum er ihn gerade jetzt dazu erwählt hatte, der Ratssitzung beizuwohnen. Doch der König sah ihn nicht an, war stattdessen ganz auf die kratagonische Karte fokussiert. Zacharias erhaschte nur einen Blick auf die gezackte Krone und die entsetzliche Narbe, die sich durch sein Gesicht zog, als er schon an ihm vorüber war.

„Nehmt Platz.“, sagte König Jadro mit seiner tiefen, machtvollen Stimme.

Stühle wurden gerückt und bald hatte man sich um die Karte versammelt. Jadro hatte seinen Platz am Kopf der großen Tafel. Zacharias saß neben Derethor in einiger Entfernung zu seiner Linken.

„Stadthalter Derethor, es freut mich, dass Ihr meinem Ruf so schnell gefolgt seid.“, begann Jadro und faltete die Hände. Dabei blitzte sein Rubinring auf. „Euer Sohn, Graf Arroth, erfüllt die Niederschlagung der Aufstände in Ogea zu meiner vollsten Zufriedenheit.“

Derethor nickte leicht.

Éndariel hob seine kalte Stimme: „Ich soll Euch von Fürst Umbra grüßen, König Jadro. Er lässt ausrichten, dass er das Versprechen nicht vergessen habe.“ Der Dunkelelf schob eine Schriftrolle zu Jadro herüber.

Ein triumphierendes Lächeln zeichnete das vernarbte Gesicht des Königs: „Ich danke Euch.“

Zacharias verdrehte die Augen.

Nachdem den Gepflogenheiten endlich Genüge getan war, debattierte man zu Zacharias' Überraschung nicht über Kriegsstrategien oder den weiteren Einzug von Soldaten. Man sprach stattdessen von etwas, das ihn weitaus mehr interessierte.

„Mir wurde Bericht erstattet, dass Lorolas' König Serai den Kriegsrat einberufen hat. Selbst die Könige der freien Völker des feindlichen Landes sollen dem zugestimmt haben. Unter ihnen ist sogar der Gladio'Arenam, der Herrscher der Dunathon, aus der Wüste Iskéan. Dieser Kriegsrat birgt große Gefahren.“, warnte König Jadro, „wenn sich das zerklüftete Land für den Krieg vereint und die Halbgötter die Moral der Soldaten stärken, könnte Lorolas ein ernstzunehmender Gegner werden. Es ist dringend notwendig, den einberufenen Kriegsrat zu zerschlagen, bevor er vollständig zusammenfinden kann.“

„Richtig so!“, grölte Galdor und hämmerte mit der Faust auf den Tisch, „diese dreckigen Lorolasser sollen am besten gleich ihren König verlieren! Streckt den doch nieder und nicht nur ein paar von den Mitgliedern des lächerlichen Kriegsrates.“

Jadro schmunzelte: „Wir wollen den Feind bewusst in einem Krieg zerschmettern. Wir wollen ihm Kämpfe und Zerstörung bescheren, die er in seinem Leben nicht mehr vergisst. Außerdem werde ich es mir nicht nehmen lassen, den Tod ihres Königs zu genießen.“

„Ach so. Na dann lasst hören, was Ihr zu sagen habt.“

„Es ist wichtig, dass die Bindung der kratagonischen Völker gestärkt wird. Die Dunkelelfen werden von vielen gefürchtet. Éndariel, der anwesende Repräsentant dieses Volkes, wird nach Lorolas reisen und die Zusammenkunft des Rates verhindern.“

Éndariel erhob sich und sprach: „Es ist mir eine Ehre.“

Zacharias konnte nicht glauben, was er da hörte. Diese Missgeburt von einem Dunkelelf sollte sich auf diese Reise begeben?!

Wütend begehrte er auf: „Das dürft Ihr nicht tun, mein König! Schickt keinen dieser Elfen nach Lorolas! Ich war schon lange Zeit dort und kenne das Land! Übertragt die Aufgabe auf einen vertrauenswürdigen Menschen, auf einen Mann wie mich."

Jadro schlug mit der flachen Hand auf den Tisch und vernichtete Zacharias' Trotz mit kalter Stimme: „Du gehörst keiner reinen Rasse an, Zacharias! Zügel deine Zunge, Bastard, halb Mensch, halb Elf!"

Galdor und Derethor starrten Jadors einstigen Zögling mit aschfahlen Gesichtern an. Éndariels Züge verhärteten sich und wurden zu einer Maske.

„Ihr sollt ein Bastard meines Volkes sein?", fragte der Dunkelelf, von blankem Entsetzen ergriffen.

„So ist es.", entgegnete Zacharias dunkel sowie arrogant, doch seine Haltung konnte die Demut einen kurzen Moment nicht verbergen, „aber vor diesem Bastard solltet Ihr Euer störrisches Haupt beugen!"

Éndariels Augen weiteten sich schockiert. Man konnte in ihnen lesen, dass er nicht wahrhaben wollte, was Zacharias da gesagt hatte.

„Éndariel wird das ihm Aufgetragene erfüllen. Fürst Umbra bestätigte bereits, dass ich mit ihm eine weise Entscheidung getroffen habe.", wandte der König energisch ein.

Zacharias fasste es nicht, wie Jadro ihn vor den mächtigen Herren Kratagons so demütigen konnte. Er zügelte sich, nicht erneut zu protestieren, und ballte unter dem Tisch die Fäuste.

„Zu dieser Entscheidung werde ich keine Einwände akzeptieren. Sie ist unumstößlich.", fügte Jadro hinzu.

Nachdem die Tagung des Kriegsrates beendet war, verblieb Zacharias als letzter im Versammlungssaal, um noch einen Versuch zu wagen, den König von seiner Entscheidung abzubringen.

Jadro saß noch auf seinem thronartigen Stuhl, als er begann: „Ich flehe Euch an, schickt nicht Éndariel nach Lorolas. Lasst mich gehen und Euch meine Loyalität beweisen.“

Er schaute zu ihm auf und Zacharias fühlte sich von seiner dunklen Macht erfüllt. Es war das erste Mal, dass er ihm heute in die Augen sah. Doch alles, was er aus Jadros Gesicht lesen konnte, war Hohn.

„Nur um mitanzusehen, wie du ein weiteres Mal versagst? Zacharias, du hast mein Vertrauen missbraucht. Ich dachte, du hättest das verstanden.“

„Was kann ich dann tun? Ich bin ein Krieger, ein Söldner unter den Bannern Kratagons – unter Eurer Krone! Haltet mich nicht hier in Skandor. Schickt mich aus, um dem Handwerk des Tötens und Kämpfens nachzugehen!“

„Oh, das werde ich nicht.“, seine Stimme klang nicht wütend, stattdessen ruhig, was Zacharias größere Sorgen bereitete. „Du wirst vorübergehend den Meistern der Kampfkunst zugewiesen und die Mannen Galdors unterweisen.“

„Ich bin zu weitaus Größerem imstande! Verschwendet meine Talente nicht. Setzt meine Fähigkeiten sinnvoll ein!“

„Wozu du imstande bist, weiß ich sehr wohl. Zu großem Verrat und noch größerer Schwäche. Du wirst erledigen, was ich dir befehle, sonst wirst du bald gar nichts mehr tun können.“

Zacharias begehrte auf und versuchte ihn ein weiteres Mal von sich zu überzeugen: „Aber – aber schickt nicht Éndariel! Nicht ihn!“

Jadro lächelte: „Warum? Weil es dich demütigt, Zacharias? Weil es dich und deine Ehre zutiefst verletzt und beleidigt, wenn ich Éndariel ausschicke? Weil er der einzige Beweis in Skandor für deine Schande ist, *Bastard?*“

Zacharias presste die Kiefer aufeinander. Wie hatte er nur so dumm sein können zu glauben, dass Jadro ihm wirklich verziehen hatte und in seine Loyalität vertraute? Natürlich war die Ratssitzung nur eine weitere Möglichkeit gewesen, um ihn zu demütigen.

„Ich war Euer Schüler, mein König. Warum wollt Ihr mich so sehen? Erklärt mir, warum Ihr mir das antun wollt. Ihr wisst um meine Fähigkeiten und meine Stärken. Ihr wisst, dass ich mehr kann! Ich bin einer der besten Krieger, die Kratagon aufbieten kann!“

Wieder faltete Jadro die Hände und sagte ganz ruhig: „Du kannst nicht erahnen, in welchem Netz aus Plänen du dich befindest, Zacharias. *Alles* hat seinen Grund.“

„Aber-“

Er schnitt ihm das Wort ab: „Du wurdest in Lorolas von der Tochter des Lichts vergiftet. Eine Heilung ist nur durch Zerstörung möglich... Durch *deine* Zerstörung.“

Wutschnaubend machte Zacharias kehrt. Diese Unterhaltung war zwecklos. Er würde Jadro nie von sich und seinen Absichten überzeugen. Als er gerade durch die Türe treten wollte, um den Raum zu verlassen, schlug diese wie von Geisterhand mit lautem Knall zu.

Der König tauchte wie aus dem Nichts hinter ihm auf und sprach mit mächtiger Stimme, sodass die Luft vibrierte: „Ich bin zu weitaus Grausamerem fähig, als du denken magst, Zacharias. Meine Seele ist schwärzer, als die dunkelste Nacht, mein Herz kälter, als der eisigste Schneesturm. Wiege dich ja nicht in der trügerischen Sicherheit, dass ich dir, meinem einstigen Schüler, nichts antun würde – das würde ich, oh ja, das habe ich... Und ich bin noch lange nicht mit dir fertig.“

Jadro wirkte erneut einen Zauber und das Flügeltor öffnete sich einen Spalt. Zacharias schlüpfte mit pochendem Herzen hindurch und verließ die Hauptfestung Skandors. Auf seinem schwarzen Friesen Sturmfalke ritt er über den breiten Wassergraben in die Grasebene heraus, bis er Skandor weit hinter sich gelassen hatte.

Plötzlich riss er an den Zügeln des Schwarzen und sprang von ihm herunter. Er zückte die Schwerter und rammte sie wutentbrannt in den Boden. Schreiend ließ er sich auf die Knie fallen. Er war, ohne es zu merken, zu einer willenlosen Figur in Jadros Spiel geworden.

Er blickte in den grauen Himmel und rief: „Wenn es dich wirklich gibt, hilf mir!“

Der neue Meister

Am Abend desselben Tages war Zacharias in der Schenke *Zum Ochsen* in Skandor eingekehrt. Der Schankraum war klein und spartanisch, doch um die Sorgen und die Wut mit wenig Geld zu vertreiben, reichte es allemal.

Mehr als ein halbes Dutzend leerer Metkrüge türmten sich vor Zacharias auf dem Tisch. Er selbst kauerte, sich vor Trunkenheit nicht mehr aufrecht halten könnend, auf einer Holzbank. Gleich drei junge Frauen hatten ihn in ihre Mitte genommen.

Die zu seiner Linken hatte sich eng an ihn geschmiegt und fuhr ihm begierig über die Brust: „Du bist ein starker Krieger. Bestimmt ein unendlich ruhmreicher Mann."

Er starrte in den tiefen Ausschnitt ihres Kleides auf ihre prallen Brüste und erwiderte angestrengt: „Das war ich einmal."

Verdammt, konnte sie nicht einfach aufhören zu reden? Welcher Mann wollte reden?! Er jedenfalls nicht...

Die junge Frau zu seiner Rechten ließ ihre Hand zwischen seine Schenkel gleiten. Zacharias fragte sich, ob er laut gedacht hatte, dann sah er zu ihr, griff in ihr blondes, gewelltes Haar und küsste sie. Die dritte und jüngste, die etwas abseits gestanden hatte, holte nun den nächsten Krug

Met. Sie reichte ihn Zacharias. Dieser lächelte durstig und leerte den Krug mit nur wenigen Zügen.

„Komm zu mir.“, forderte er sie auf, denn sie hatte ihn von Anfang an am meisten gereizt.

Er zog sie auf seinen Schoß und musterte sie von Kopf bis Fuß. Sie mochte höchstens vierzehn Jahre alt sein. Eigentlich war ihm das viel zu jung, aber sie hatte etwas an sich, dass sein Verlangen geweckt hatte. Das junge Mädchen sah ihn scheu an und strich sich verlegen durch ihr braunes Haar.

„Wie heißt du?“, fragte er und bemühte sich, deutlich zu sprechen.

„Amelia.“, antwortete sie schüchtern.

Zacharias umschlang ihre Hüften: „Was treibt ein so junges Mädchen wie du alleine hier?“ Sie gab ihm keine Antwort. Daraufhin setzte er nach: „Wollen wir draußen weitersprechen, was meinst du, Amelia?“

Amelia nickte, während Zacharias sich unbeholfen von den anderen beiden losmachte und schwankend aufstand. Sein Sichtfeld verschwamm und er drohte umzukippen. Amelia umfasste sofort seinen Arm und er stützte sich auf sie.

„Ich danke dir.“

„Und was ist mit uns?“, fragte die Blondhaarige.

„Gleich bin ich wieder da.“, entgegnete Zacharias desinteressiert.

Amelia und er gingen hinaus, wobei sie Mühe hatte ihn zu halten. Vor der Schenke stellte er sich ihr gegenüber, sodass sich ihre Gesichter beinahe berührten. Sie starrte ihn scheu aus ihren großen Augen an und Zacharias überfiel sie, als er seinem Trieb nachgab. Der Kratagoner schlang ungestüm die Arme um Amelia, presste seine Lippen auf ihre und zwängte die Zunge in ihren Mund. Erst sträubte sie sich gegen die Nähe zu ihm, doch dann erwiderte sie seine leidenschaftlichen Küsse zu seiner Zufriedenheit.

Er wollte ihr noch näher kommen und schob die Hände unter den Rock ihres Kleides. Da verlor er das Gleichgewicht und fiel, sie unter sich begrabend, auf den Boden. Die junge Amelia stieß ihn erschrocken von sich.

„Hab keine Angst vor mir, Tayla.“, versuchte Zacharias sie volltrunken zu beruhigen.

Er kroch, unfähig aufzustehen, zu ihr und lehnte sich dicht über sie.

„Lasst mich!“, rief Amelia, doch für ihn war ihre Stimme sehr undeutlich, „Ihr seid nicht bei Sinnen!“ Sie trat nach ihm, verfehlte ihn aber.

„Tayla, ich würde Euch nie verletzten.“, beharrte Zacharias und strich mit tauben Fingern über ihre Wange. Er zog Amelia, im wahnhaften Glauben es sei Tayla, an seine Brust und flüsterte: „Niemals.“

Er schloss die Augen und küsste sie erneut. Das Mädchen versuchte sich vergebens aus Zacharias' Griff zu befreien.

„Lasst mich in Ruhe! Hört auf!“, schrie sie und trat erneut nach ihm. Dieses Mal traf sie seine Lenden.

Zacharias krümmte sich ächzend, als ein heftiger Schmerz wie ein Blitz durch seinen Körper zuckte und ließ Amelia entweichen. Das junge Mädchen ergriff sofort die Flucht und rannte in die Dunkelheit.

„Tayla!“, rief er ihr, plötzlich von Einsamkeit überwältigt, nach, „wartet!“

Da wurde ihm bewusst, dass er in Skandor in einer Gasse kauerte und dass es nicht Tayla gewesen war, die er geküsst hatte, sondern ein viel zu junges kratagonisches Mädchen. Von Gefühlen überwältigt, rang er mit den Tränen.

Zacharias vergrub sein Gesicht in den Händen. So unklar und verschwommen er wegen des Mets sah, fühlte er sich auch. Verachtet und herabgestuft war er in seiner Heimat.

Er sollte einfache Soldaten des selbsternannten Talkönigs ausbilden. Er! Ein mächtiger Krieger! Verdammt, er war so unglaublich wütend – und das auf sich selbst, weil er Jadros hinterlistiges Spiel nicht schon lange durchschaut hatte.

Benommen spürte Zacharias, wie ihn jemand auf die Beine zerrte. Es war die blonde Frau aus der Schenke und das dritte Weib, das ihn umschmeichelt hatte.

„Komm mit uns... Du bist heute unser Held... Unser starker, unbezwingbarer Krieger... So stark...“, säuselte die Blondhaarige.

Beide legten sich einen seiner Arme um die Schultern und gingen mit ihm zu dem nahegelegenen Tor, durch das man Skandor verlassen konnte. Zacharias ließ sich von ihnen führen, wohin auch immer sie mochten. Er war zu betrunken, um auch nur einen klaren Gedanken zu fassen. Ihm war jetzt alles gleichgültig.

Mit dem Gefühl, dass sein Kopf bald explodieren würde, wachte Zacharias auf. Grüne Schlieren, die im Gleichtakt tanzten, umgaben ihn.

Wo war er?

Ein hämmerndes Pochen entflammte in seinem Kopf, als er den ersten Versuch unternahm sich aufzurichten. Die Erinnerungen an die letzte Nacht fehlten ihm. Er wusste noch, dass er in die Schenke *Zum Ochsen* gegangen war und seine Wut in Met ertränkt hatte.

Nach und nach wurde seine Umgebung klarer. Die grünen Schlieren entpuppten sich als hohe Gräser. Er musste sich auf der Grasebene bei Skandor befinden.

Wo auch sonst, dachte er.

Neben sich bemerkte er zwei Gestalten, die halb übereinander lagen und schliefen. Es waren zwei Frauen, ganz eindeutig. Zacharias hatte Mühe sein Gleichgewicht zu halten, beugte sich dennoch zu ihnen herunter. Die eine hatte blondes Haar, die andere Rotes. Das Kleid der Blonden war aufgerissen, die Rothaarige war völlig entblößt. Er musste wohl in der Schenke auf sie gestoßen sein.

War es unehrenhaft, wenn er die beiden einfach hier liegen ließ und nach Skandor zurückkehrte? Wobei, was kümmerte ihn das?

Schulterzuckend schloss er die Hose und streifte sein Hemd über, das, wie die Frauen, zu seinen Füßen gelegen hatte. Das Hemd war, wie das Kleid der Blonden, aufgerissen und er konnte es nicht mehr zubinden. Er schmunzelte selbstzufrieden, denn er musste eine wahrhaft wilde Nacht verlebt haben – zu schade, dass er sich nicht mehr an sie erinnern konnte.

Der Kratagoner ging auf die einsame Straße, die zu einem kleinen Nebentor nach Skandor führte. Aufgewacht war er nicht weit von dieser.

In der Hauptburg ging er in seine Kammer. Dort bereitete er sich auf seine erste Stunde als Lehrmeister bei Galdors Soldaten vor. Er hasste schon den bloßen Gedanken daran, dass er wieder gedemütigt werden würde und konnte sich kaum vorstellen, wie es sein würde, wenn er den verwahrlosten, ungebildeten Maulaffen wirklich gegenübertrat.

Zacharias musste das Hauptbollwerk und die dazugehörigen Anlagen verlassen, um zu der kleinen Burg zu gelangen, die dem Talkönig zugedacht war. Die überschaubare Stadt Hiera lag gleich hinter dieser. Der Fluss Aren trennte Galdors Burg von der Hauptfestungsanlage, und sie war nur über eine Brücke zu erreichen.

Zacharias überraschte es nicht, dass Galdors Burg, Stallung und die Unterkünfte seiner Soldaten vor Hiera und hinter dem Fluss gelegen waren. So waren er, der in Ungnade Gefallene, und Galdor, mit dem Verhalten eines Affen, weit genug weg von dem politischen und militärischen Geschehen.

Galdor wurde von der kratagonischen Obrigkeit nicht hoch angesehen. Diesem selbsternannten König war die Krone vom niederen Volk, und nicht von einem großen König, geschweige denn einer höheren Macht, verliehen worden. Knechte legitimierten seine Herrschaft – nicht die Geburt in ein Adelshaus.

Zacharias zog kurz an den Zügeln Sturmfalkes, sodass der Schwarze in einen langsamen Schritt verfiel. Der Kratagoner grübelte darüber nach, warum König Jadro ihn aus der eigentlichen Kriegsanlage Skandors verbannte. Sah er ihn, seinen einstigen Schüler, als eine umstürzlerische Kraft? Glaubte Jadro, dass er seine Macht und einen Sieg Kratagons im Krieg gefährden könnte?

Hiera, und somit auch die Burg Galdors, kamen in Sicht und Zacharias verwarf seine Grübeleien. Er hörte, wie sich Kampflärm zu den klappernden Hufschlägen seines Pferdes gesellten.

Von Unlust erfüllt, verdrehte er die Augen.

So schockiert wie Galdor ihn während des Kriegsrats angegafft hatte, als er erfahren hatte, dass er nicht reiner menschlicher Abstammung war, wussten davon bestimmt schon alle Palanthraner. Geistig bereitete Zacharias sich schon jetzt auf die Demütigungen von elendigen, proletarischen Soldaten vor. Wie sollten die Männer Galdors gesitteteres Verhalten an den Tag legen, als ihr pöbelhafter, maulaffiger *König?*

Sturmfalke trabte eine leichte Steigung hinauf, auf der Hiera und die Burg lagen. Zacharias schloss die Hände um die Zügel und straffte sich.

Vor ihm erstreckte sich ein weitläufiger Kampfplatz, auf dem mehr als hundert Soldaten in Rüstung Zweikämpfe mit Schwertern mangelhafter Qualität ausfochten. Auf einer Tribüne hatten Generäle, Admiräle und Meister Platz genommen.

Zacharias erkannte, dass die Tribüne für einen weiteren keinen Platz mehr bot – und so fühlte er sich. Die Ahnung, dass er hier nicht willkommen war, wurde zur Gewissheit. Die Soldaten stellten ihre Gefechte ein, als er Sturmfalke auf dem Kampfplatz zügelte. Sie musterten ihn außer Atem und tuschelten.

„Ist das der Bastard?“

Natürlich wussten sie von der beschämenden Tatsache, dass in seinen Adern nicht nur menschliches Blut floss.

Zacharias zwang sich zu seiner üblichen Arroganz, schwang sich von Sturmfalkes Rücken und rief stolz aus: „Ich grüße euch, Soldaten des Talkönigs. Mein Name ist Zacharias und ich bin für mein Geschick in der Kampfkunst bekannt. Ich wurde von König Jadro dazu berufen, euch zu unterweisen. Dem werde ich nachkommen.“

Zacharias ging durch die Mitte der Soldaten zur Tribüne. Ihn störten die argwöhnischen Blicke kaum, die sie ihn zu jeder Sekunde spüren ließen.

„Sei gegrüßt, Zacharias!“, tönte die laute Stimme Galdors über den Kampfplatz. Er kam auf einem Zweiergespann herbeigefahren. „Es freut mich, dich zu den Meistern meiner Soldaten zählen zu können. Du wirst ihnen und mir gute Dienste leisten.“, sagte Galdor und tätschelte seinen Rücken.

Galdor beugte sich zu ihm herunter und flüsterte: „Meine Männer sind solche Leute wie dich nicht gewohnt, mein

Junge. Du musst dir ihren Respekt verdienen.“

„Sie werden mich respektieren.“, meinte Zacharias mit sicherer Arroganz.

Galdor wandte sich den Männern auf der Tribüne und den Soldaten auf dem Kampfplatz zu: „Begrüßt Zacharias!“

Die Männer zeigten keine Regung. Selbst die mit höherer Position und Macht brachten Zacharias keinen Willkommensgruß entgegen. Ihn überraschte es nicht.

„Nun gut.“, fuhr Galdor unbekümmert fort, sodass sein buschiger, grauer Schnauzer auf und ab hüpfte, „dieser junge Mann hier wird sich einem Bataillon meiner Infanterie annehmen und es im Schwertkampf unterweisen.“ Der Talkönig forderte den Neuankömmling auf: „Dies hier ist dein Bataillon der Fußsoldaten. Du bist jetzt ihr Meister im Schwertkampf. Ich wünsche dir viel Glück, mein Junge!“

Das Zweiergespann des Königs trabte an und er verließ den Kampfplatz.

Als Galdor außer Sicht war, schluckte Zacharias. Er hatte nur einen kurzen Einblick in die Kampffertigkeiten des ihm unterstellten Bataillons erhalten. Dieser genügte allerdings, um behaupten zu können, dass diese Soldaten aus den Bergen ein Schwert wie eine Axt zum Holzhacken führten.

Dennoch rief er sich Galdors Rat in Erinnerung, bevor er mit der ersten Kampflektion begann.

Du musst dir ihren Respekt verdienen.

Zacharias zog seine wertvollen Schwerter: „Dies hier sind Schwerter, die ihr nie führen werdet.“ Er steckte sie zurück. „Gebt mir eines der Euren.“

Ein Soldat, er stand Zacharias gegenüber, überreichte ihm sein Schwert. Der neu ernannte Lehrmeister wog es in der Hand und ließ es durch die Luft wirbeln.

Er urteilte: „Jedes andere Heer verfügt über bessere Waffen. Doch soll es an dem Werkzeug nicht scheitern.“

Zacharias gab dem Soldat sein Schwert zurück: „Was habt ihr gerade getan?"

„Wir haben Zweikämpfe ausgetragen.", antwortete der Kerl, der Zacharias zuvor das Schwert gegeben hatte. Er hatte ein unansehnliches, gerötetes Gesicht und ein schiefes Lächeln, dass einen Blick auf seine gelben Zähne preisgab.

„Hundert Männer haben gleichzeitig gekämpft? Wo ist da der Sinn? Welches Ziel verfolgt ihr, wenn nicht einer sein Schwert richtig führen kann?"

Der Soldat entgegnete respektlos: „Wie will ein Bastard urteilen, wer sein Schwert richtig, und wer es falsch führt?!"

Du musst dir ihren Respekt verdienen, rief Zacharias sich in Erinnerung, bevor er auf den Idioten eindreschen konnte. Aus diesem Grund ließ er die Beleidigung ein einziges Mal von sich abprallen und übte Selbstbeherrschung. Wenn er sich den Respekt der Männer verdienen wollte, dann durfte er keinen von ihnen gleich am ersten Tag umbringen – auch wenn es ihm schwerfiel.

Zacharias sah sich um und entdeckte eine simple, mannshohe Strohpuppe, der man eine Rüstung angelegt und einen Schild verpasst hatte.

„Wem es gelingt, diesen Schild mit nur einem Schwerthieb von der Puppe zu trennen, muss meinen Lektionen im Kampf nicht beiwohnen."

Ungläubig fragten die Soldaten, die sich offensichtlich siegessicher glaubten: „Wir sollen den Schild mit nur einem Hieb durchbrechen?"

„Tut das, was euer *Verstand* euch sagt."

Die Soldaten stürmten euphorisch zu der Strohpuppe, stießen und hämmerten vergeblich auf den Schild ein. Lediglich das letzte Dutzend von ihnen durchbrach den mittlerweile stark zerbeulten Stahl. Triumphierend standen eben diese vor dem, der daran gezweifelt hatte, dass auch nur *einer* von ihnen es schaffen würde.

„Ihr glaubt wirklich, dass ihr es eurem Verstand zu verdanken habt, dass ihr den Schild durchbrochen habt? Nach neunzig Schlägen auf dieselbe Stelle hat der Stahl einfach nur nachgegeben."

„Dann nehmt einen neuen Schild aus gutem Stahl und zeigt uns, wie Ihr es getan hättet, *Herr.*" Der aufmüpfige Soldat zog das Wort *Herr* lächerlich in die Länge und verdrehte die Augen, während er es aussprach.

Zacharias rief unbeeindruckt nach Sturmfalke und das Pferd trabte gehorsam zu ihm. Er band seinen Schild von Sturmfalkes Sattel und überreichte es seinem Gegenüber.

„Befestige meinen Schild an der Puppe und ich zeige euch, was ich in Zukunft erwarte.", forderte er ihn auf.

Der Mann eilte zu der Strohpuppe und zurrte den Schild so fest er konnte. Zacharias sah geradezu, wie er hoffte ihn bloßstellen zu können. Dann stellte er sich der Puppe gegenüber. Anstatt, wie die Hohlköpfe, auf den Schild einzustechen, wich er hinter die Puppe, durchschnitt das Seil und tippte den Schild leicht mit der Spitze seines Schwertes an, woraufhin er scheppernd zu Boden fiel.

Lauter Protest brach unter den Fußsoldaten aus:

„Das ist Betrug!"

„Was soll das denn sein?!"

„Bastard, Schwächling, du sollst uns lehren? Uns?!"

„Beruhigt euch.", besänftigte Zacharias, „ich wollte euch mit dieser Lektion zeigen, dass es beim Kampf nicht auf Muskelkraft allein ankommt. Viel wichtiger ist die Fähigkeit, die Taktik, Stärken und Schwächen seines Gegners zu erkennen. Und der Verstand."

Einige Männer wirkten einsichtig.

„Mir ist bekannt, dass die Palanthraner tapfere Krieger sind. Trotzdem müsst ihr lernen, eure Kraft und euren

Verstand einzusetzen. Wer von euch es erstrebt, ein würdiger Sohn und Diener Kratagons zu sein, wird morgen bei Sonnenaufgang zu diesem Platz kommen.“, sagte Zacharias und schwang sich in Sturmfalkes Sattel.

Er war bereit, sein Quartier in Galdors Burg zu beziehen und sich auf eine weitere Demütigung in der Früh vorzubereiten. Doch der morgige Tag sollte eine Überraschung für ihn bereithalten.

Lorolas

Porters Rückkehr

Kühler Wind strich durch Taylas langes, braunes Haar. Der lange Sommer neigte sich dem Ende zu und erste Blätter im Lorolas Wald färbten sich gelb und orange. Die Halbgöttin hatte zwei Schriftrollen in der Hand. Eine war von ihrem Vater Marlon, dem Gladio'Arenam der Dunathon aus der Wüste Iskéan. Er hatte ihr aus Gelese geschrieben, dass bald der Kriegsrat zum ersten Mal zusammenfinden würde. Man wartete noch auf die Ankunft von wichtigen Würdenträgern, bis der kleine Rat tagen konnte.

Die zweite Schriftrolle war von einem anderen Mann. Über sie hatte Tayla sich besonders gefreut, denn Porter Nickles, ihr langjähriger Freund und Wissenschaftler, hatte ihr aus den Katharen im Norden geschrieben.

Die Halbgöttin rollte Porters Nachricht erneut aus.

Hallo Tayla, heute werde ich meine Heimreise antreten und ich hoffe, dass ich am zehnten Tag nach Einbruch des Herbstes bei dir sein kann. Eine zweite Schriftrolle sollte König Serai in diesem Moment erreichen. Es gibt gute Neuigkeiten, Tayla, denn ich konnte die Nordmänner von einer Allianz im Krieg überzeugen.

Ich habe dir viel zu erzählen, und hoffe, dass ich dich noch in Arbor antreffe. Meine Gemahlin Ires wird Verständnis dafür haben, wenn mich mein Weg erst zu der Auserwählten führt. Das hoffe ich jedenfalls...

Porter

Tayla drehte sich zu ihrem Gefährten Elozar um. Der pferdegroße Löwe sah sie aus seinen goldenen Augen zuversichtlich an.

„Ich hoffe, dass er es noch rechtzeitig schafft.“, murmelte sie, denn es dauerte nicht mehr lange, bis sie mit der alten Norolana aus Arbor zur Hauptstadt reisen würde, um den König in Kriegsangelegenheiten zu beraten.

Eine kalte Windböe erfasste sie und drückte sie in Elozars weiche Mähne. Tayla grinste, während der Löwe dem Wind eine Herausforderung entgegenbrüllte. In ihren funkelnden, braunen Augen spiegelten sich die Launen des Himmels und die wild raschelnden Blätter.

„Da ist er!“, rief sie auf einmal aus, als sie Porter auf seinem Imerak erspähte.

Tayla schwang sich von dem Ast herunter, auf dem sie zuvor gesessen hatte. Sie rannte Porter freudenstrahlend entgegen. Elozar folgte ihr.

„Du bist zurück!“, jubelte sie, als sie bei dem Wissenschaftler angelangt war.

Das Imerak schüttelte den Kopf, sodass Tayla fast von den gebogenen Hörnern des Wesens getroffen worden wäre. Porter kletterte indes unbeholfen von seinem Reittier herunter, nur um von Tayla in eine stürmische Umarmung gerissen zu werden.

Sie war überglücklich, den selbstzweiflerischen Wissenschaftler wiederzusehen. Die Falten um seine bernsteinfarbenen Augen hatten sich etwas vertieft, doch seine weichen Züge waren noch immer die gleichen.

Als Tayla ihn wieder losließ, räusperte er sich und raufte sich, wie sie es von ihm kannte, das aschblonde Haar.

„Gut siehst du aus, Tayla.“, sagte er gut gelaunt. „Du hast dich kaum verändert.“

Das stimmte, dachte Tayla. Für eine Frau war sie muskulös, das waren die Spuren der unzähligen Schwertkampflektionen mit ihrem elfischen Meister Lethiel. Dennoch besaß sie weibliche Rundungen und ein zartes Gesicht. Ihr braunes Haar reichte ihr bis über die Brust und umspielte im Wind ihr Antlitz.

„Ganz im Gegensatz zu dir, Porter.“, meinte Tayla belustigt.

Sie hatte seine auffällige, nordische Kleidung gleich bemerkt. Sie war dunkel, ledern und mit Pelzelementen besetzt. Eine Kette aus Berglöwenzähnen hing um seinen Hals.

Der Wissenschaftler rechtfertigte sich peinlich berührt: „Schenk diesem Aufzug keine zu große Beachtung. *Bitte!* Die Barbaren dort oben haben darauf bestanden, dass ich ihre *Tracht* trage...“

Da bemerkte Porter Elozar. Er zuckte unter den Blicken des Löwen zusammen und haspelte: „Verzeiht mir vielmals, Halbgott! Ich hätte Euch natürlich sofort begrüßen sollen."

Elozar verzog die Lefzen zu einem Lachen, das nur Tayla erkannte.

„Komm, Porter, ich bringe dich nach Arbor. Dort musst du mir dann alles erzählen!", forderte sie ihn fröhlich auf.

Tayla, Porter und Elozar saßen gemeinsam im umfunktionierten Palas der arboranischen Burg Silva. Außer ihnen war niemand dort.

„Du musst mir alles von deiner Reise erzählen!", sagte Tayla gespannt und lehnte sich weit über den Tisch.

„Tja.", murmelte Porter, „wo fange ich da nur an?" Er räusperte sich. „Meine Reise in die Katharen war nicht so beschwerlich, wie ich befürchtet hatte und bis auf ein paar kleine Zwischenfälle ereignislos. Meiner Geburtsstätte Osgardth habe ich nur einen kurzen Besuch abgestattet. Um ehrlich zu sein, zog mich auch nichts mehr dorthin, da meine Eltern vor Jahren gestorben sind und mein einziger Bruder schon lange nicht mehr dort lebt. Also ritt ich weiter in den Norden, durch Nebelberge, Schneestürme und eisige Landschaften. Das freie Volk, das dort lebt, nennt sich Kharr. Es sind wahrhaftige Barbaren, die in den nördlichsten Ausläufern der Katharen in großen Sippen zusammenleben."

„Das ist so spannend, Porter. Ich kann mir genau vorstellen, wie du dich gefühlt hast, als du zu den Kharr gereist bist. Mir ging es bei den Dunathon nicht anders..."

Sie dachte an die Reise in ihre Heimat, die Wüste Iskéan, wo sie ihren Vater Marlon kennengelernt hatte. Er war zum Wüstenkönig einer der fünf freien Völker Lorolas' geworden. Unter den Dunathon, so nannte sich das unabhängige Volk, lautete sein respektvoller Titel Gladio'Arenam, was so viel wie *Sandschwert* bedeutete.

„Das ist wahr.“, bestätigte Porter, „wie die Dunathon, haben sich die Kharr unter einem Mann vereint. Das ist allerdings schon vor zweihundertfünfzig Jahren passiert. Ihren Anführer nennen sie Khandras. Ich lernte ihn als Drakan, Sohn des Darven kennen.“

„Und? Wie war er?“, fragte Tayla gebannt.

„Er war sehr jung.“, äußerte Porter, augenscheinlich noch immer überrascht, „lass den Khandras ein paar Jahre älter als du gewesen sein...“

Tayla war verwundert, war sie selbst schließlich erst zwanzig: „Ist sein Vater Darven denn schon tot? Ich meine, warum sonst sollte Drakan in so jungen Jahren Anführer geworden sein?“

„Vor über zehn Jahren gab es unter den Kharr Krieg, Tayla. Junge, aufstrebende Jäger wollten sich an die Spitze der Macht setzen und Khandras werden. So auch Drakan, sagt die Legende. In blutigen Kämpfen tötete er die anderen Rebellen und Umstürzler. Auch seinen Vater hätte er umbringen müssen, wenn er nach kharrischer Tradition die Macht auf sich übertragen wollte. Doch stattdessen nahm er ihm nur Hände und Augen, das ist noch nie dagewesen.“

Tayla sah ihn schockiert an: „Was?! Wie konnte er-“

Porter fuhr sachlich fort, so als würde er die nordischen Bräuche wirklich verstehen: „Drakan musste sich als unbezwingbar beweisen, um Khandras zu werden. Darven würde ihn so niemals mehr in einem Zweikampf besiegen können.“

„Das ist abscheulich.“, urteilte die Halbgöttin angewidert.

„Bei ihnen ist es Gesetz.“

Tayla sah aufgebracht zu Elozar, aber für ihn waren diese Erzählungen offenbar nichts Neues.

Die Tür zum Palas schwang auf und Thorak trat ein, in eine Diskussion mit dem Elf Lethiel vertieft. Thorak war ein muskulöser Krieger, der sein dreißigstes Lebensjahr überschritten hatte. Er trug sein mittellanges, braunes Haar geflochten. Seinen dichten Bart hatte er gestutzt, sodass er die untere Gesichtshälfte gerade noch bedeckte. Lethiel war groß und schlank. Der Schmied und Meister des Schwertkampfs war in elfische Tracht gewandet. Sein glänzendes, schwarzes Haar fasste sein schmales Gesicht, das keineswegs vom Alter gezeichnet war, ein.

Tayla stand auf, als die beiden eintraten und verbeugte sich leicht vor ihrem Meister. Thorak hingegen schenkte sie ein freundliches Lächeln, das dieser gut gelaunt erwiderte.

„Es ist mir eine Freude Euch wiederzusehen, Wissenschaftler.“, sagte Lethiel mit seiner sachlichen Stimme zu Porter, als er ihn erkannte.

Dieser reichte ihm höflich die Hand: „Ganz meinerseits.“

„Setzt euch doch zu uns. Porter erzählt gerade von seiner Reise in den Norden.“, lud Tayla ein.

Lethiel sah sie mit hochgezogenen Brauen an. Er musste gar nicht aussprechen, was er dachte. Tayla verstand sofort, dass er sie ermahnte, die wertvolle Zeit nicht mit Geschwätz zu vergeuden. Heute hatten ihre täglichen Kampflektionen noch nicht stattgefunden.

„Nur einen kurzen Moment.“, entgegnete der Elf streng, während Thorak sich schon begeistert auf die Bank neben Porter geschwungen hatte.

„Thorak, Ihr seid einer der drei befehlenden Bataillonsführer und-“ Lethiel suchte nach den richtigen Worten. „Ich erwarte etwas mehr Disziplin von Euch!“

Obwohl der Elf nicht wütend geklungen hatte, gab Thorak frech zurück: „Ihr habt davon doch genug für uns beide.“

Lethiel schnaubte verärgert und setzte sich mit Tayla den

beiden Männern gegenüber.

Alle sahen Porter gespannt an, der ihren Blicken mit Unsicherheit und Unbehagen begegnete.

„Also...“, murmelte er und raufte sich das Haar, „ich bin nicht der geborene Geschichtenerzähler...“

„Vor Euch sitzt ein anspruchsloses Publikum, Porter Nickles.“, gab Lethiel zurück, während seine triumphierend leuchtenden Augen zu Thorak wanderten.

Porter schöpfte neuen Mut: „Also gut. Als ich zu Khandras Drakan gebracht wurde, schlug mir das Herz bis zum Hals. Das mag euch jetzt vielleicht überraschen, aber ich hatte fürchterliche Angst.“

Tayla schmunzelte, denn sie hatte nichts anderes von ihm erwartet. Sie kannte niemanden, der sich schneller fürchtete als Porter.

„Der Kerl war ein wahrhaftiger Muskelberg, in Felle gekleidet und mit Schmuck aus Reißzähnen und Knochen behangen. Seine geölte Haut war mit Kriegsbemalungen übersät.“ Porters Stimme überschlug sich aufgeregt. „Das Schlimmste war aber, dass er auf einem gehörnten, weißen Bären ritt! Unglaublich, nicht wahr?!“

Tayla ließ die Blicke schweifen. Elozar wirkte selbstzufrieden, als hätte er das alles im Geiste richtig erraten. Thorak war, wie sie selbst, mehr als beeindruckt. Der Elf nickte leicht, als hätte man ihn gefragt, ob er noch einen Becher Wasser trinken wollte.

Auch von ihm hatte Tayla keine andere Reaktion erwartet.

„Der weiße Bär hatte mörderische, eisblaue Augen. Seinem Kopf entsprossen zwei gewaltige Hörner, die sich um die Schädeldecke wanden und seine Kiefer wie zwei gebogene Stoßzähne einschlossen.“

Tayla sah die Kreatur förmlich vor sich stehen.

„Aber natürlich hatte ich von diesen Kreaturen schon

gelesen. Sie leben nur dort im Norden.“ Er schwärmte: „Ich lese für mein Leben gern. Ich könnte Tag ein Tag aus in den alten Bibliotheken Geleses verbringen und die alten Sagen und Legenden studieren... Ich kenne sie alle...“

Tayla räusperte sich: „Wie hast du es geschafft, diesen Drakan von einem Bündnis mit Lorolas zu überzeugen?“

Die Euphorie verklang in Porters Stimme, als er offenbarte: „Der Khandras wollte von mir wissen, was König Serai ihm bot, wenn er die Allianz mit Lorolas schmiedete...“

„Und was war das?“, fragte Thorak interessiert.

„Nun ja, König Serai machte mir keine Vorgaben. Daher bot ich ihm Reichtümer, Land, einen Platz im kleinen Rat... Aber er lehnte alles ab. Drakan sagte, dass die Kharr nicht an weltliche Schätze gebunden seien, mehr als genug Land hätten und er kein Interesse daran hätte, nordische Weisheiten mit dem König zu teilen.“

„Aber, aber-“, begehrte Thorak auf, „das bedeutet ja, dass sich die Kharr nicht mit dem Königreich verbündet haben!“

„Nein, durchaus nicht, denn mir wurde klar, dass es Drakan nur an einem fehlte, um seine Herrschaft zu vollenden.“

„Und das wäre?“, fragte Tayla.

„Eine Frau.“

Die drei Zuhörer schauten enttäuscht drein. Sie hätten wohl alle etwas Spektakuläreres erwartet.

„Ihr müsst wissen, dass ein Khandras kaum eine Frau als würdig erachtet, um ihm Söhne und somit auch Erben zu schenken. Der Norden ist rau und wild. Kinder müssen dort schnell zu Kriegern werden – sie müssen schnell erwachsen werden und Frauen müssen sich in der Unterwerfung verstehen.“

Tayla schürzte die Lippen. Sie war keinesfalls devot. Naja, das dachte sie jedenfalls, denn sie hatte nicht wirklich viel

Erfahrung mit Männern.

„Aber offensichtlich sucht Drakan etwas anderes, denn er lehnte alle Frauen ab, schöne wie junge."

„Aber was will er dann?", fragte Thorak mit hörbarem Unverständnis.

„Wenn ich das wüsste, wäre mir die Verhandlung weitaus einfacher gefallen. Ich bot ihm unverheiratete Fürstentöchter, jungfräuliche Herzoginnen... Aber er schlug jede aus."

Thorak lehnte sich zu Porter und flüsterte verschwörerisch: „Es soll Männer geben, die von einer dunklen Begierde besessen sind..."

Der Wissenschaftler zuckte zusammen und hüstelte abwehrend: „Das will ich doch nicht hoffen!"

„Hmmm... Vielleicht solltet Ihr diesem Wilden beim nächsten Mal lieber einen Fürsten*sohn* anbieten."

Tayla lachte bei Thoraks ernstem Gesichtsausdruck und dem Entsetzen, das Porters Züge dominierte.

„Schweigt still, Thorak!", beschwerte Porter sich und nahm Abstand von dem Krieger, der daraufhin in Taylas Gelächter einstimmte.

„Wen wollte der Khandras?", fragte Lethiel.

Sobald er seine Stimme erhoben hatte, verklang das Lachen und es wurde so ruhig, dass sie ihren gegenseitigen Atem hören konnten.

„Das hat er nicht preisgegeben.", erklärter Porter mit besorgter Mine, „er schwor die Bündnistreue unter der Bedingung, dass er sich frei ein Weib aus Lorolas wählen darf."

Lethiel grübelte: „Interessant."

Alle anderen blieben stumm.

„Nicht wahr?", sagte Porter, als wäre der Elf der einzige, der ihn verstand, „genau das habe ich auch gedacht!"

„Ich bin gespannt Khandras Drakan persönlich zu sehen.“, meinte Tayla, „leider weiß ich nicht, ob ich mich auf diese Begegnung freuen soll. Ich glaube, ich kann diesen Barbar nicht einschätzen.“

„Du wirst es lernen, Tayla, glaube mir. Nachdem ich gelernt habe die Kharr zu verstehen, ist es mir auch gelungen, die Worte Drakans zu deuten.“, ermutigte Porter zuversichtlich.

Lethiel stand elegant auf: „Wie Ihr wisst, Halbgöttin, dauert es nicht mehr lange, bis Ihr auf diesen wilden Barbar trefft. Es wird Zeit, Euch auf diese Begegnung vorzubereiten.“ Er legte eine der schlanken Hände auf das Schwert an seinem Gürtel.

„Welch gelungene Überleitung.“, scherzte Thorak, der seinem Beispiel aus Höflichkeit folgte. „Tayla, du hast Glück, dass du den Unterricht zu Kriegsstrategien und Belagerungstechnik mit mir schon hinter dich gebracht hast.“

Tayla grinste für einen kurzen Moment zustimmend.

„Der zweifellos lehrreich und anspruchsvoll war, wenn er nur halb so gut wie der äußerst qualifizierte Lehrmeister war.“, warf Lethiel ein, woraufhin Thorak ihn scharf ansah.

„Entschuldige mich, Porter, aber ich muss trainieren.“, meinte Tayla wieder ernst und ging zu ihrem Meister.

„Ich – ähm, ich warte einfach hier.“, rief Porter unbeholfen, als Elozar, Lethiel und Tayla den Palas verließen.

Bevor die Tür hinter ihnen ins Schloss fiel, hörte Tayla Thorak noch *Dummschwätzer* fluchen.

Die Halbgötter warteten im Waldgebiet unter Arbor auf Lethiel, der aus seiner Schmiede noch ein Schwert für Tayla holte und sich einen leichten Harnisch anlegte.

„Ich freue mich sehr, dass Porter unbeschadet

zurückgekehrt ist.“, seufzte Tayla und lehnte sich gegen den Löwen.

Elozar raunte zustimmend und leckte ihren Arm. Dann sah er aufmerksam ins Unterholz.

„Hörst du das auch?“, fragte Tayla lächelnd. „Es sind die Hüter des Waldes.“

Als wäre es ihr Stichwort, trat eine mannshohe, graue Blutwölfin auf die Lichtung, auf der die Halbgötter auf Lethiel warteten.

„Hallo, Schattenläuferin.“, grüßte Tayla das Tier, ohne die Lippen zu bewegen.

„Halbgöttin Tayla.“, erklang die Stimme der Wölfin in ihrem Kopf.

Seit Wochen hatte sie es geübt, mit dem einzigartigen Blutwolf telepathisch zu sprechen. Tayla glaubte schon lange nicht mehr daran, dass Schattenläuferin eine einfache Wölfin war. Sie war... magisch. Sie war, neben einem Labru, die Führerin der Hüter des Waldes, einer Allianz aus Tieren, die Tayla die Treue geschworen hatten. Dieses Geschehnis war, wie die alte Norolana herausgefunden hatte, auf ihre göttliche Gabe zurückzuführen. Der Löwengott hatte seinem Sohn Elozar das Geschenk gemacht zwischen den Welten zu wandeln. Tayla, die unter Tieren des Lorolas Waldes aufgewachsen war, hatte die Fähigkeit diese zu rufen und sie in ihren Dienst zu stellen. Sie wichen erst von ihr, wenn sie es ihnen befahl.

„Schattenläuferin, was tust du hier? Solltest du nicht bei den Hütern des Waldes auf der Südseite des Waldbruchbaches sein?“, fragte Tayla im Geiste.

Die graue Wölfin schloss die Augen: „Ich bin hier, um dich zu warnen, Tayla. Ich spüre, dass Unheil auf uns zukommt... Es sind nicht nur die Schattenaffen unter unseren Füßen. Etwas wird in naher Zukunft geschehen... Etwas Dunkles erwartet dich…“

„Was meinst du?“, fragte sie verwirrt.

Sie sah beunruhigt zu Elozar. Schattenläuferin hatte diese Gedanken offenbar auch mit ihm geteilt, denn Sorge dominierte seine Züge.

„Mehr kann ich dir dazu nicht sagen. Es ist bloß ein grauer Schleier am klaren Nachthimmel… Noch ist es nicht gewiss… Aber es kommt.“

Die Blutwölfin wandte sich von ihr ab und wollte wieder verschwinden, aber Tayla hielt sie auf.

„Warte!“, rief sie, „du kannst nicht einfach gehen!“

„Doch, Tayla, das muss ich sogar. Es wird aus dem Aschemeer kommen…“

Mit diesen Gedanken lief Schattenläuferin weg.

„Aus dem Aschemeer?“, fragte Tayla ratlos.

Der nördliche Teil des Lorolas Waldes war vor elf Monden niedergebrannt. Nur das Gebiet unter Arbor war, dank mächtiger Schutzzauber, von den Flammen verschont worden.

„Es lebt nichts in der Asche, Elozar…“, grübelte Tayla, „die Schattenaffen treten dort an die Oberfläche, aber Schattenläuferin schloss diese Kreaturen aus… Ob noch etwas aus Kratagon hierher kommen wird?“

Elozar sah sie ratlos an und knurrte verdrossen.

Da trat Lethiel lautlos auf die Lichtung: „Verzeiht meine Verspätung, Halbgöttin, aber Thorak-“ Er winkte ab. „Egal. Lasst uns beginnen.“

Der Elf überreichte Tayla eines seiner unvergleichlichen Schwerter. Sie nahm es wie in Trance entgegen, war sie mit den Gedanken doch noch bei Schattenläuferin und ihrer Warnung. Was hatte das alles zu bedeuten?

Die Maske fällt

Tayla ließ sich am Abend völlig erschöpft neben Porter sinken. Er saß im Palas, in dem sich auch zu dieser Stunde noch ein paar hungrige Arboraner tummelten. Tayla erkannte den Jäger Fanir, er saß nicht weit von ihnen, und Lya mit ihrer Tochter Lara. Fanirs Schwester Fanaria hatte ihr einen Becher Wasser gebracht und holte eine Schale Beeren.

„Du siehst ziemlich geschafft aus, wenn ich mir diese Bemerkung erlauben darf.“, sagte Porter lächelnd.

„So fühle ich mich auch.“, stöhnte Tayla und stütze den Kopf auf ihre Arme.

Fanaria kam mit den Beeren zurück und stellte die Schale vor Tayla ab.

„Ich danke dir.“, lächelte diese und begann gleich zu essen. „Weißt du, Porter, ich fühle mich wie Elozar! Ich könnte ein ganzes Labru fressen.“

Porter gluckste und leerte seinen Becher.

„Du hast ja deine nordische Tracht abgelegt.“, bemerkte sie mit vollem Mund.

Porter zupfte an seiner üblichen braungrünen Kleidung und flüsterte: „Alle haben mich angestarrt. Das war mir nicht geheuer.“

Sie lachte.
„Mich hat heute ein Rabe erreicht, Tayla." Er legte eine kleine Schriftrolle auf den Tisch. Auf ihr war das gebrochene, blutrote Siegel mit dem Löwenemblem des Königs zu sehen. „Ich werde in Gelese erwartet. König Serai wünscht meine Anwesenheit beim Empfang der Nordmänner. Er schreibt, dass ich die Kharr und Khandras Drakan am besten kenne und ich aus diesem Grund bei ihrem Eintreffen anwesend sein muss."
Tayla schlug betrübt die Augen nieder: „Wann musst du aufbrechen?"
„Ich denke, dass ich morgen um diese Zeit mit meinem Imerak durch die Asche reite..."
Ihre Gesichtszüge erhellten sich ein wenig: „Aber ich werde ja auch bald wieder in Gelese sein. Nicht nur Norolana wird zum Kriegsrat erwartet."
„Du bist permanentes Mitglied?", fragte er überrascht.
„Nein, aber ich soll zu verschiedenen Tagungen geladen werden. König Serai hat mir das jedenfalls geschrieben und mein Vater hat es auch in seiner letzten Nachricht erwähnt."
Als Tayla die Schale geleert hatte, hielt sie sich den Bauch. „Ich habe eindeutig zu viel gegessen."
„Wollen wir zur Kemenate gehen?", fragte Porter, als hätte er ihr Klagen überhört, „eben habe ich mitbekommen, dass heute Abend alte Legenden und Geschichten erzählt werden sollen. Es würde mich *sehr* interessieren... Also nur, wenn es keine Umstände macht..."
Tayla überlegte, was dagegensprach. Elozar war auf der Jagd, von daher hatte sie nichts zu tun.
„Warum eigentlich nicht?", stimmte sie zu.
Der Wissenschaftler sprang auf und eilte aufgeregt zur Kemenate, die zu einem Ort des Wissens umfunktioniert worden war. In deckenhohen Regalen stapelten sich Bücher

und Schriftrollen.

Norolana, die alte Führerin der Arboraner, saß auf ihrem wuchtigen Stuhl auf einer Empore. Neben ihr stand der weise Hexenmeister, der sich erst vor wenigen Monden Tayla und dem Land Lorolas angeschlossen hatte. Der alte Zauberkundige trug wie immer sein bodenlanges, dunkelviolettes Gewand und war auf seinen Stab gestützt. Sein langer, weißer Bart reichte ihm bis an die Hüften. Sein Körper wirkte erschöpft, doch seine leuchtenden, grauen Augen waren hellwach. Norolana trug ihr schlohweißes Haar zu einer kunstvollen Frisur aufgetürmt und war in Labrufelle gehüllt.

„Seht nur, wer uns besucht.“, sagte Norolana zu einigen Kindern, die sich vor der Empore auf den Boden gesetzt hatten und nicht viel kleiner waren als sie selbst.

„Tayla!“, riefen die Kinder freudig, als sie sie erkannten.

„Hallo.“, grüßte die Halbgöttin und stellte Porter kurz vor. „Wir würden euch heute gerne Gesellschaft leisten.“

„Sehr gerne, ihr beide seid herzlich Willkommen.“, sagte Norolana einladend.

„Wunderbar!“, rief Porter aus und beäugte eines der Regale mit großem Interesse.

„Ihr dürft Euch gerne umsehen.“, lächelte die Alte.

„Wirklich?“ Porter sah auf und seine bernsteinfarbenen Augen funkelten. „Das lasse ich mir nicht zweimal sagen.“

Während der Wissenschaftler die Schriftrollen wie wertvolle, zerbrechliche Schätze aus den Regalen zog, ging Tayla zu Norolana und dem Hexenmeister herüber.

„Wisst Ihr schon, wann Ihr nach Gelese reisen müsst, Norolana?“, fragte sie.

„Ja.“, entgegnete die Alte, „morgen.“

„Wirklich?“

Die letzten Wochen waren so schnell verstrichen, dass sie

diese Neuigkeit sehr überraschte. Jeden Tag hatte sie mit Lethiel trainiert und jeden Tag war sie von Norolana und Thorak unterrichtet worden. Sie machte große Fortschritte, aber ein Verständnis für Magie hatte sie noch immer nicht.

„Thorak wird mich begleiten, denn alleine kann ich die Reise bis nach Gelese nicht auf mich nehmen.“, erklärte die Führerin der Arboraner.

„Das kann ich verstehen.“, stimmte Tayla zu, obwohl sie traurig war, dass sie Thorak für einige Tage nicht sehen würde.

„Oho!“, hörte man Porter verzückt rufen. Er eilte mit einer alten, verstaubten Schriftrolle im Arm zu ihnen. „Das ich das noch erleben darf! Unfassbar...“ Er schwärmte: „Weißt du was das ist, Tayla?“

Tayla zuckte die Schultern: „Gleich werde ich es bestimmt.“

„Das hier ist eine der *ältesten* Legenden aus *Kratagon!“*, erleuchtete er sie voller Begeisterung, während er das Pergament mit höchster Vorsicht auseinander rollte. „Das hier ist *Die Geschichte des Puppenspielers!“*

„Wovon handelt diese Geschichte denn?“, fragte ein Mädchen, in welchem Tayla Lara erkannte.

Porter lächelte entzückt von ihrem Interesse: „Es geht um einen überaus mächtigen Magier. Sein Name lautete Arwenar und er wurde zur Zeit der vereinten Welt geboren. Weißt du, wie lange das her ist, mein Kind?“

Lara nickte schüchtern.

„Fünfhundert Jahre! *Ein halbes Jahrtausend!“*, rief Porter gestikulierend aus.

„Woher kennst du diese Legende, Porter? Existiert auch in Gelese eine-“

Porter schnitt Tayla aufgeregt das Wort ab: „Nein, nein! Natürlich gibt es in den *Bibliotheken* keine Abschrift davon.“ Er lächelte überlegen. „Aber es gibt selbstverständlich andere Orte des Wissens, Tayla.“

„Die Geschichte des Puppenspielers ist tatsächlich eine der Ältesten, die mir je zu Ohren gekommen ist.“, stimmte Norolana zu. „Aber sie wurde in einem längst vergangenen Zeitalter geschrieben, daher sind die überlieferten Informationen ungenau, vielleicht sogar falsch.“

Porter klatschte in die Hände: „Das alles ist so unglaublich spannend!“

„Können wir heute nicht noch diese Geschichte hören? Bitte, Norolana!“, bettelte Lara.

Die Alte sah zu Porter, dessen Augen funkelten: „Warum eigentlich nicht? Möchtet Ihr sie zum Besten geben, Wissenschaftler?“

Er zeigte auf sich selbst: „Ich? Aber selbstverständlich!“

Tayla schmunzelte ob seiner Begeisterung und setzte sich auf den Boden zu den Kindern. Zu ihrer Überraschung ging Porter auf leisen Sohlen zum Hexenmeister und flüsterte ihm etwas zu. Überraschung flackerte für einen Augenblick im Gesicht des Alten auf, dann nahm er die Schriftrolle entgegen.

Porter ließ sich neben Tayla auf den Boden sinken und murmelte, für die Kinder unhörbar: „Ich habe ihn gefragt, ob er die Geschichte nicht vorlesen möchte. Er sieht aus wie ein großer Magier und das macht die ganze Sache viel glaubwürdiger.“

Tayla grinste und flüsterte: „Er *ist* ein großer Magier und er kommt auch noch aus Kratagon.“

Seine Kinnlade klappte herunter: *„Was?* Niemals! Ich meine-“

Er wurde von der mächtigen Stimme des weisen Hexenmeisters unterbrochen: „Ich brauche diesen Text nicht, um *Die Geschichte des Puppenspielers* zu erzählen. Ich kenne sie besser als alle anderen.“

„*Das* wage ich zu bezweifeln!“, meldete Porter sich mit mahnendem Finger zu Wort. Er lehnte sich zu Tayla und raunte in ihr Ohr: „Niemand kennt sich mit den alten Schriften besser aus als *ich.*“

Dieses Selbstbewusstsein war äußerst untypisch für ihn und ließ Tayla ein Lächeln über die Lippen huschen.

Der Hexenmeister reichte einem Kind die Schriftrolle und dieses brachte sie zu Porter zurück. Der Magier steckte sich derweil auf der Empore seine lange Pfeife an und nahm einen Zug. Als er den Rauch ausstieß, formte sich über den Köpfen seiner Zuhörer ein hoher Turm.

Die Kinder hielten beeindruckt den Atem an, als alle Kerzen wie durch Zauberhand erloschen und die tiefe Stimme des Hexenmeisters erklang: „In eine längst vergangene Zeit wurde ein Kind mit einem längst vergessenen Namen geboren. Es hieß Arwenar. Die Augen des Jungen erblickten noch die vereinte Welt des Löwengottes, so wie sie war, bevor sie vor einem halben Jahrtausend durch den verheerenden Krieg der königlichen Brüder Loras und Kragon zerstört wurde.“

Porter rüttelte an Taylas Schulter und murmelte verärgert: „Er gibt die Legende *wortwörtlich* wieder! Der wollte mich nur bloßstellen!“

Tayla erkannte im Zwielicht, wie er penetrant mit dem Finger auf die ersten Zeilen der Schriftrolle tippte.

„...seltenen Gabe der Magie beschenkt worden, wie es in seiner Familie üblich war. Doch das Kind mit dem rabenschwarzen Haar und den grauen Augen besaß eine solche Macht, dass selbst die Ältesten nicht wussten, wie man sie kontrollieren konnte...“

„Ooooh!“, machte Porter empört und zeigte auf eine bestimmte Stelle im Text. „Braune Augen, es sind *braune* Augen!“

„Scht!“, zischte Lara, die vor ihnen saß.

Offensichtlich war Tayla nicht die einzige, die langsam von Porters besserwisserischem Gehabe genervt war.

Der Hexenmeister unterbrach seinen Vortrag und korrigierte, ohne verärgert zu klingen: „Arwenars Augen waren grau. Vertraut mir.“

Der Wissenschaftler rümpfte in seinem Stolz gekränkt die Nase und verschränkte, die Schriftrolle im Schoß ausgebreitet, die Arme vor der Brust.

Tayla wandte sich wieder dem faszinierenden Rauchgebilde, dass sich der Erzählung des Hexenmeisters anpasste, zu. Aus dem Augenwinkel bemerkte sie, dass Porter den Geschichtenerzähler misstrauisch anstarrte.

„...viele Jahre trieb er dieses Spiel, viele Jahre war er der Meister der Puppen, bis eines Tages entdeckt wurde, dass die Ordensbrüder und Narika schon seit einiger Zeit tot waren...“

Noch immer hatte Porter seine Blicke nicht von dem Alten genommen. Tayla musste ihrer Neugierde nachgeben und erkannte, dass er dem Hexenmeister genau in die grauen Augen sah.

„Das kann doch alles nicht sein...“, sagte Porter zu sich selbst.

Er überflog die Schriftrolle in seinem Schoß. *Die Geschichte des Puppenspielers* handelte mittlerweile von Arwenar, der von Großkönig Kragon als eine Waffe im Krieg missbraucht wurde.

„Das kann er *nicht* wissen!“, murmelte er in den Text vertieft. Bevor Tayla die Möglichkeit hatte zu fragen, was der Hexenmeister nicht wissen konnte, rief er laut: „Woher habt Ihr diese Informationen?“

„Welche Informationen?“, fragte der Hexenmeister.

„Woher wisst Ihr so genau, was dem Puppenspieler in den

Verliesen widerfahren ist und welche Dinge Kragon ihm angetan hat, damit er für ihn im Krieg kämpft?“

Das Rauchgebilde löste sich auf und die Kerzen entzündeten sich von selbst.

„Nicht nur Ihr seid belesen.“, erklärte der Hexenmeister ruhig.

„Porter, was soll das?“, fragte Tayla mit mahnendem Unterton.

„Diese unaussprechlichen Dinge wurden nur ein einziges Mal verschriftlicht!“, fuhr Porter unbeirrt fort, „und zwar in einem Briefwechsel zwischen Großkönig Kragon und Fürst Umbra.“ Er sah ihn durchdringend an. „Fragt mich nicht, wie mir diese Nachrichten in die Hände gefallen sind. Ich kann nur mit voller Gewissheit sagen, dass Ihr sie *nicht* gelesen haben könnt! Es ist *unmöglich,* dass Ihr um diese Geschehnisse wisst, es sei denn, Ihr habt sie *selbst miterlebt!“*

Diese Anschuldigung hing lange unkommentiert in der Luft. Als Tayla den Wissenschaftler beruhigen wollte, kam Norolana ihr zuvor.

„Kinder, verlasst die Kemenate. *Sofort.* Lara, bring Lethiel und Thorak hierher.“

Die Kinder rannten ängstlich davon. Taylas Blicke wanderten zwischen Porter, Norolana und dem Hexenmeister hin und her. Konnte das sein? War es möglich, dass der Hexenmeister der Puppenspieler war? Sie konnte dem alten, bärtigen Mann einfach nicht zutrauen, dass er diese Gräueltaten vollbracht haben sollte, auch wenn er in Kratagon geboren worden war...

Es verstrichen nur wenige Augenblicke, bis Lethiel und Thorak mit gezogenen Schwertern in die Kemenate stürmten.

„Was ist passiert?“, fragte Thorak außer Atem.

Ohne die Krieger in die jüngsten Geschehnisse

einzuweihen, fragte Norolana an den Hexenmeister gewandt: *„Seid Ihr Arwenar? Seid Ihr der Puppenspieler?“*

Tayla bemerkte, wie sich Lethiels Augen für einen kurzen Moment weiteten.

Der alte Zauberkundige starrte versunken auf seinen Stab: „Ja, das bin ich.“

Tayla sog zischend die Luft ein. Thorak und Lethiel holten ihre Anführerin sofort von der Empore herunter und stellten sich schützend vor sie, Porter und Tayla.

„Ihr könntet uns alle vernichten.“, sagte Norolana.

„Aber das habe ich nicht, und das werde ich nicht.“

„Warum sollten wir Euch trauen, Arwenar?! Ihr habt Kragon gedient! Ihr habt Tausende mit Euren dunklen Zaubern getötet!“, schrie Lethiel mit vorgestrecktem Schwert.

Tayla hatte noch nie gesehen, dass Lethiel seine eiserne Beherrschung verlor. Ob er und der Hexenmeister eine gemeinsame Vergangenheit hatten? Waren sie sich vielleicht schon einmal in einem vergangenen Jahrhundert begegnet? Sie wusste nicht, wie alt der Elf war, es war also durchaus möglich...

„Ich wurde *gezwungen* dem Großkönig zu dienen.“, betonte der Hexenmeister, ohne einen bedrohlichen Eindruck zu machen.

Lethiels Atem ging schnell: „Aber Ihr wurdet nicht gezwungen unter den anderen Herrschern und König Jadro zu dienen!“

„Porter Nickles.“, begann der weise Zauberkundige. Porter zuckte von Angst erfüllt zusammen, als der Hexenmeister ihn ansprach. „Ich bitte Euch, lest die letzten Zeilen der Geschichte vor.“

Porter zitterte, dennoch tat er wie ihm geheißen: „Arwenar, der in Zukunft nur noch sich selbst und der Gerechtigkeit dienen wollte, vollbrachte große Taten in dem Land seiner

Verbannung. Und eines Tages würde er seine Schuld von damals begleichen, und der Welt die Rettung bringen…“

Von seiner verzweifelten Wut überwältigt, brüllte Lethiel: „Aber das habt Ihr nicht!“

„Ich bedauere es zutiefst, wenn ich Euren Zorn geweckt habe…“, beteuerte der Hexenmeister und Tayla glaubte ihm. Sie war von seinen ehrlichen Absichten überzeugt.

„Ihr habt vor dreihundertzwanzig Jahren meinen Meister ermordet! Und mit ihm meinen Vater und meinen ältesten Bruder, weil sie für die Armen in Kratagon gekämpft haben! Ihr seid ein *Monstrum!*“

Der Hexenmeister schloss betrübt die Augen: „Es tut mir unendlich leid, was ich Euch und Eurer Sippe angetan habe. Ich handelte auf Befehl des Königs…“

„IHR SEID DER MÖRDER MEINER FAMILIE, ARWENAR PUPPENSPIELER!“, schrie Lethiel ungehalten und holte zum Todesstoß aus.

Bevor sein Elfenschwert auch nur das Gewand des Magiers berühren konnte, zersplitterte die Klinge wie Glas. Lethiel starrte auf die Bruchstücke des Meisterwerks seiner Schmiedekunst und wurde ganz starr.

„Haltet ein!“, rief Norolana, als der Elf die Hände hob, um in seiner Wut einen Zauber zu wirken.

Lethiel ließ sich nicht von ihr aufhalten und spie aus: „Ihr seid der Grund, warum ich der Magie abgeschworen habe. Mit diesen schrecklichen Mächten wollte ich nie wieder in meinem Leben etwas zu tun haben! Doch Ihr verdient den Tod durch nichts Geringeres.“

Tayla sprang auf und packte seine Handgelenke: „Meister! Lasst ab von ihm!“

Thorak kam ihr zur Hilfe und gemeinsam gelang es ihnen, den Elf von dem alten Magier abzuwenden. Mit einem Mal flackerten Lethiels Augenlider und er wurde dem Rausch des

Zorns und der Vergeltung entrissen.

„Sie waren die letzten Opfer des Mörders, den man als Puppenspieler kannte...“, redete er vor sich hin, „Monstrum. *Monstrum.* Mörder...“

Tayla machte es Angst ihren Meister so zu sehen: „Helft ihm doch!“, verlangte sie von Norolana.

„Thorak, bringt Lethiel aus der Burg und bleibt bei ihm.“, ordnete die Führerin der Arboraner an. Sie bewahrte im Angesicht dieser unerwarteten Wendung Ruhe.

Thorak legte seinem Freund einen Arm um die Schultern und führte ihn aus der Kemenate. Tayla empfand großes Mitleid für ihren Meister und teilte seinen Schmerz. Aber ein Gefühl sagte ihr, dass man dem Hexenmeister vertrauen konnte.

„Verlasst Arbor.“ Diese Worte Norolanas rissen sie aus ihren Gedanken.

„Was?“, stieß sie entgeistert aus. Ihn zu verbannen, war in Taylas Augen der größte Fehler, den sie machen konnten. „Das dürft Ihr nicht, Norolana.“

Norolana sah ihr tief in die Augen: „Tayla, er ist ein Mörder. Er gehört zu den großen Monstern seiner Zeit.“

„Aber,“ sagte Porter, die Schriftrolle noch immer im Arm, „was ist, wenn die Geschichte wahr ist? Was ist, wenn Arwenar sich wirklich von dem Bösen abgewandt hat, um ins Licht zu treten und dem Guten in der Welt zu dienen?“

„Genau.“, stimmte Tayla ein, die nicht daran zweifelte, dass der Hexenmeister auf ihrer Seite stand, „ich glaube, dass er wirklich seine Schuld von damals begleichen will.“

Der Hexenmeister ließ den Stab sinken und äußerte gutmütig: „Warum sonst hätte ich Kratagon abtrünnig werden sollen?“

„Aber Ihr seid schließlich nach Lorolas gekommen, um die Halbgötter zu töten, ist es nicht so?“, beharrte Norolana misstrauisch.

„Das war die einzige Möglichkeit für mich überhaupt nach Lorolas zu gelangen und den Weg zu beschreiten, den ich für mich bestimmt habe. Und das schon vor hunderten von Jahren. Aber die Maske des sagenumwobenen Hexenmeisters aus Kratagon durfte noch nicht fallen.“, erklärte er, „das durfte sie erst heute.“

„Ich glaube Euch.“, versicherte Tayla und lächelte.

„Würde er lügen, hätte er die Halbgötter schon lange getötet.“, schlussfolgerte Porter, „er hatte schließlich schon Gelegenheiten genug dazu. Er ist Arwenar, der Puppenspieler, und nun wird sich die Legende erfüllen. Er hat Kratagon, und damit dem Bösen, endlich den Rücken gekehrt, so wie er es schon lange wollte.“ Porters Stimme überschlug sich vor Begeisterung darüber, so eine Entdeckung gemacht zu haben.

„Jetzt, da ihr alle wisst, wer ich in Wahrheit bin, muss ich meine Kräfte nicht länger verbergen.“, sagte er und hob den Stab. Er streckte ihn kurz vor und blaues Licht wand sich um die zertrümmerte Elfenklinge. Die Bruchstücke fügten sich zusammen und verschmolzen miteinander.

„Gebt das Eurem Meister zurück, Halbgöttin Tayla.“, lächelte er und das Schwert schwebte zu ihr.

„Das werde ich.“

„Wenn Ihr mir erlaubt zu bleiben, Norolana, dann schwöre ich, dass ich Tayla mit ihrer Magie unterstützte und ihr helfe, den Zauber des Lichts zu meistern. Ich werde Eurem Volk und Lorolas zur Seite stehen.“

Norolana zog die Stirn kraus und eine tiefe Falte bildete sich senkrecht zwischen ihren weißen Brauen: „Ich werde Euch nicht verbannen, Arwenar. Aber ich stelle Euch in den nächsten Wochen auf die Probe.“

Der Hexenmeister nickte lächelnd und strich sein Gewand

glatt: „Ich danke Euch."

„Norolana, ich möchte zu Lethiel gehen. Meint Ihr, dass er bereit für meinen Besuch ist? So, wie gerade, habe ich ihn noch nie erlebt.", fragte Tayla unsicher.

„Er wird Euch zu sich lassen. Er ist Euch sehr gewogen."

„Porter, begleitest du mich?", fragte sie an den Wissenschaftler gewandt, der den Hexenmeister bewundernd musterte.

„A-Also-", druckste er, „ich würde lieber hier, bei *ihm,* bleiben... Ich meine, wann erhalte ich nochmal solch eine Gelegenheit?"

Tayla lächelte den alten Magier an. Noch immer konnte sie es nicht fassen, dass er die Quelle dieser großen Legende war: „Ich freue mich, Euch in unseren Reihen zu wissen, Arwenar." Es fühlte sich eigenartig an, ihn mit diesem Namen anzusprechen, war er doch immer nur der Hexenmeister gewesen.

Tayla verließ die Kemenate und bald auch Silva. Auf dem Weg zu Lethiels Schmiede traf sie auf ihren Gefährten Elozar, der von der Jagd zurückgekehrt war. Sie erzählte ihm von der wahren Identität des kratagonischen Hexenmeisters, woraufhin sich ihre Wege wieder trennten. Der Löwe rannte zur Burg und Tayla zu ihrem Meister.

„Wie geht es ihm?", fragte die Halbgöttin, als sie in die Schmiede eintrat.

Trockene Hitze schwängerte die Luft und Thorak stand mit besorgter Miene über dem Amboss gebeugt: „Tayla, Ihr seid es. Es geht ihm nicht gut...", seine Stimme war ungewohnt belegt, „ich glaube, dass er weiß, dass der Hexenmeister auf unserer Seite steht. Aber er will es nicht wahrhaben."

„Wo ist er?", fragte sie überwältigt von der emotionalen Spannung in dem Raum.

„Draußen auf der Brücke. Geht besser noch nicht zu ihm.

Gebt ihm etwas Zeit, um das Geschehene zu verarbeiten.“, riet er und streckte die Hand nach ihr aus, als sie durch die Schmiede eilen wollte.

Sie blieb stehen: „Warum seid Ihr so niedergeschlagen?“

Zum ersten Mal sah er zu ihr auf und Tränen standen in seinen Augen: „Jetzt, da ich um Lethiels Vergangenheit weiß, fühle ich mich an Steve zurückerinnert. Auch er wuchs ohne Familie auf und war sein Leben lang alleine.“

Tayla spürte, dass auch ihr die Tränen kamen. Sie zog Thorak in eine Umarmung. Für eine lange Zeit standen sie weinend da und hatten nur sich und ihre gegenseitige Trauer.

„Steve war nicht alleine. Ihr wart sein bester Freund, Thorak.“, versicherte sie, als sie sich langsam von ihm löste.

Der Krieger lächelte matt: „Danke.“

„Wofür?“, fragte sie.

Mit Tränen, die in seinen Augenwinkeln standen, nahm er sie ein zweites Mal in den Arm, dann lachte er und klopfte ihr freundschaftlich auf die Schulter.

Bevor er etwas sagen konnte, ließ Tayla ihn wissen: „Auch Ihr seid mir ein guter Freund – und die sind heutzutage selten.“

Sie erinnerte sich, dass sie nur Elozar und Thorak von ihren Gefühlen für Zacharias erzählt hatte.

„Ich glaube, wir können jetzt einen Versuch wagen.“, meinte Thorak und deutete zur Tür.

„Gut.“, stimmte sie zu und ging voraus.

Sie fanden Lethiel regungslos auf der Brücke vor. Sein Blick war starr auf das Aschemeer um Arbor gerichtet.

Tayla nahm ihrem Mut zusammen, ging zu ihm und legte eine Hand auf seine Schulter: „Meister, es tut mir sehr-“

„Ich muss die Wahrheit akzeptieren und meinen Zorn bezwingen. Ich kann es.“, sagte er emotionslos.

„Jeder kann Euren Gefühlsausbruch verstehen.“, versuchte sie ihn zu besänftigen.

„Ich weiß, dass es richtig ist, dass *er* hier ist. Ich darf mein persönliches Leid nicht das Schicksal einer ganzen Welt beeinflussen lassen.“

Tayla sah hilfesuchend zu Thorak und bedeutete ihm näher zu kommen.

Der Krieger sagte unbeholfen: „Der Hexenmeister hat Euer Schwert – ähm – repariert.“

Tayla überreichte es ihm. Sie wusste, dass ihm viel an dieser Waffe lag.

„Danke.“, sagte er, den Blick noch immer auf den Horizont gerichtet. Dann sah er auf das Schwert, das makellos wie eh und je war. „Heute ist wohl mehr als eine Maske gefallen.“

Abschied

Ein Rabe war, während des Frühstücks am nächsten Morgen, krächzend in Silvas Palas geflogen. Er hatte eine Nachricht von König Serai überbracht, die dazu geführt hatte, dass Norolana Arbor schon wenige Stunden später verließ.

Tayla stand, flankiert von Elozar und Lethiel, im Waldgebiet unter der Stadt in den Bäumen. Der Hexenmeister stützte sich etwas abseits auf seinen Stab. Die alte Norolana saß bereits auf einem der beiden Labrus, die Tayla für ihre Reise gerufen hatte. Die göttliche Gabe beherrschte sie überaus gut, denn die Tiere waren ihrer Bitte gefolgt und von den Hütern des Waldes hierher gekommen, um sich in ihren Dienst zu stellen. Das zweite Labru stand für Thorak bereit, der Norolana nach Gelese begleiten sollte.

Tayla sah zu dem Krieger hinüber. Sie wollte sich weder von ihm, noch von Norolana verabschieden. Schlimmer noch war, dass auch Porter den Weg nach Gelese auf sich nehmen würde.

Norolana legte eine faltige Hand an eine Ledertasche, die sie über der Schulter trug: „Ich hätte nie gedacht, dass ich Arbor je verlassen würde. Aber ich wurde mit der heutigen

Nachricht dazu berufen, dem Kriegsrat beizuwohnen. Es fällt mir schwer zu gehen, aber ich hoffe, dass das Wohlergehen aller Arboraner in guten Händen liegt.“ Ihre Blicke trafen die des Hexenmeisters.

Tayla wusste, dass dies die Prüfung des kratagonischen Magiers war. In Norolanas Abwesenheit musste er sich beweisen. Taylas Glaube an ihn war schon jetzt unerschütterlich. Sie war sich sicher, dass er, Arwenar, dem Guten in der Welt dienen wollte.

„Es ist Zeit aufzubrechen. Ich werde erwartet.“, endete die Führerin der Arboraner.

Thoraks Unterlippe zuckte. Er ging zuerst zu Lethiel und reichte ihm die Hand. Der Elf zeigte keine Regung, aber Tayla wusste, dass sogar ihm der Abschied schwerfiel. Alles war ungewiss. Würden sie sich je wiedersehen? In Zeiten des Krieges konnten innerhalb von wenigen Tagen sämtliche Befürchtungen eintreten und zu Gewissheiten werden.

Als Thorak dann vor Tayla stand, nahm er sie in den Arm und drückte sie fest.

„Wir werden uns wiedersehen.“, sagte sie und legte all ihre Überzeugung in diese Worte, „Ihr werdet-“

„Ach, Tayla!“, schimpfte er, „lassen wir das doch endlich! Ich bin doch dein Freund!“

Tayla lachte: „Ja, das bist du tatsächlich.“

Thorak deutete eine leichte Verbeugung vor Lethiel an und sagte sarkastisch: „Und Ihr seid der Herr Elf mit vollkommener Disziplin.“

Bevor Lethiel etwas erwidern konnte, schlug er ihm freundschaftlich auf die Schulter und verabschiedete sich von Elozar und dem Hexenmeister. Tayla wurde bewusst, dass sie Thoraks und Lethiels Streitereien sehr vermissen würde.

Jetzt kam der Moment, den sie gerne überspringen würde.

Der Abschied von Porter.

Der Wissenschaftler führte sein Imerak am Zügel zu ihr und murmelte: „Jetzt ist es wieder soweit."

Tayla entgegnete traurig, während er sich das Haar raufte: „Ja... Aber ich warne dich, wehe du lässt bis zu unserem Wiedersehen wieder so viele Monde verstreichen!"

Er lächelte und Tayla entdeckte, dass eine ihr äußerst bekannte Schriftrolle aus der Satteltasche des Imeraks ragte.

„Sssccccht.", machte Porter langgezogen und deutete verschwörerisch auf Norolana, die sich am Geweih des Labrus festhielt: „Sie weiß nichts davon."

„Von mir wird sie es nicht erfahren.", versprach sie, während sie einen zweiten Blick auf *Die Geschichte des Puppenspielers* riskierte.

Porter hob triumphierend den Kopf, nur um sie gleich darauf wieder deprimiert anzusehen: „Ich hoffe, dass der Empfang der Kharr und Khandras Drakan erfolgreich wird."

„Du wirst dein Bestes geben, Porter, ich bin zuversichtlich."

Er bestieg das Imerak und ergriff die Zügel: „Auf Wiedersehen, Tayla. Ich freue mich schon auf unsere nächste Begegnung, Halbgott Elozar."

Elozar raunte und Tayla gab ihm zum Abschied die Hand.

„Du hast es nicht vergessen.", erkannte Porter und die Falten in seinem Gesicht verzogen sich zu einem Lächeln.

„Ich wünsche euch allen eine gute Reise. Und passt auf euch auf, besonders in der Nacht...", verabschiedete Tayla sie, in Gedanken bei den unheilvollen Schattenaffen, die ihr unterirdisches Reich nur bei Dunkelheit verließen.

„Ich werde auf sie achtgeben.", versicherte Thorak und deutete auf seinen Bogen, sein Schwert und die schwere Rüstung, die er trug.

„Der Löwengott möge über Euch wachen.", sagte der Hexenmeister.

„Vergesst nie, auch wenn ihr in Gelese seid, dass der Krieg naht.“, rief Lethiel in Erinnerung.

„Das werden wir nicht.“, schworen Porter und Norolana gleichzeitig.

Die drei trieben ihre Reittiere vorwärts und ritten fort, in Richtung Norden.

Zu diesem Zeitpunkt hätte Tayla nicht gedacht, dass es keine zwei Wochen dauern würde, bis auch sie ein Botenvogel des Königs erreichte und sie nach Gelese aufbrach. Sie wurde von Lethiel begleitet, der in den vergangenen Tagen wieder zu seiner inneren Ruhe und Ausgeglichenheit zurückgefunden hatten. Er hatte Tayla ohne Unterlass durch Unterrichtsstunden gequält, die er auch in Gelese wieder aufnehmen wollte.

Schattenläuferin hatte Lethiel nach Gelese getragen. Die Blutwölfin war das einzige Wesen, das mit Elozars schnellem Lauf mithalten konnte. Bei ihrer Ankunft hatte sich vor den Mauern der pyramidenartigen Königsstadt ein gewaltiges Lager erstreckt. Dessen Ausmaße waren zu gewaltig, um sie genauer zu bennen. Der halbgöttliche Löwe hielt sich fern des Lagers im Verborgenen, denn Tayla und er waren sich einig, dass König Serai entscheiden sollte, wann sie Lorolas' gesamtem Volk ihre Identität als Halbgötter offenbarten.

Ein Tod wie die Nacht

Kälte umhüllte die Sterbliche Welt. Die Kälte des Herbstes und die Kälte des Krieges.

Tayla sah zu Thorak, Lethiel und Norolana. Heute war es soweit. Ein Herold König Serais würde kommen und Bericht erstatten, wie kooperativ sich Taylas Vater während den Verhandlungen des Kriegsrates gezeigt hatte.

Die Halbgöttin ließ sich auf ihr Lager fallen: „Ich bin aufgeregt."

Norolana, die an der Feuerstelle inmitten des Zeltes saß, entgegnete: „Es wird alles gut verlaufen."

„Seid Ihr Euch sicher?"

„Das bin ich.", versicherte Norolana, die sich schon seit vielen Tagen mit Thorak im gewaltigen Lager vor der Hauptstadt befand.

„Ihr seid zu ungeduldig. Es ist wie im Kampf: Es braucht sehr viel Zeit, um eine Technik perfekt zu beherrschen.", belehrte Lethiel.

Thorak setzte sich neben Tayla: „Dein Vater wird keine Schwierigkeiten bekommen."

„Marlon ist der *König* der Dunathon. Er hat viele Jahre unabhängig und frei vom Großkönigreich Lorolas gelebt und regiert. Es wird nicht einfach für ihn werden, sich mit Serai zu einigen.“, warf Tayla besorgt ein.

„Große Entscheidungen werden noch nicht getroffen. Es ist gerade einmal die Hälfte des Rates eingetroffen.“, versuchte der Krieger ihr Gemüt zu beruhigen.

„Ich weiß...“, murmelte sie, „aber Marlon wird die Machteinbußen, die eine Vereinigung mit dem Königreich in Kriegszeiten mit sich bringt, nicht einfach hinnehmen.“

„Und daran ist nichts Verwerfliches.“, meldete sich Norolana zu Wort, „es zeigt nur die Loyalität Eures Vaters zu seinem Volk. Ich sollte in die Stadt zurückkehren. Es gibt Gerede, wenn ich so lange fort bin.“

„Ich wünsche Euch eine gute Nacht.“, verabschiedete Tayla sie.

„Das wünsche ich euch allen auch.“

Norolana verließ das Zelt.

„Ist es nicht einsam hier?“, fragte Tayla Thorak, der schon seit vielen Tagen allein in diesem Zelt lebte. Ihm war es nicht erlaubt, mit Norolana in das Ratshaus auf der Palastebene einzuziehen. Das Gefolge der Ratsmitglieder hatte auf den niederen Stadtebenen eine Kammer zu beziehen oder vor Gelese ein Lager aufzuschlagen.

Mittlerweile erstreckte sich eine beeindruckende Zeltlandschaft vor der Königsstadt. Selbst um ferne Verteidigungsanlagen und Stützpunkte ringten sich dicht an dicht die Lager.

„Ob es hier einsam ist? Eigentlich nicht.“, sagte Thorak achselzuckend, „mir sind nur die Sitten mancher Völker Lorolas' befremdlich.“, fügte er schmunzelnd an, „trotzdem stellen sie mir viele Fragen über die Arboraner – zu viele Fragen, vielleicht.“

„Gebt nichts Preis, Thorak.“, mahnte Lethiel, der sich jetzt auch auf Thoraks Lager setzte, „unser Leben – und besonders unsere Vergangenheit – geht niemanden etwas an.“

„Ich weiß.“

Tayla ließ sich zurückfallen und baumelte gelangweilt mit den Beinen: „Ich hätte nicht gedacht, dass ein Krieg in Debatten von Räten geschlagen wird, die der Öffentlichkeit verschlossen bleiben.“

„Ich bin davon überzeugt, dass König Serai dich bald bittet, dem Kriegsrat beizuwohnen.“, ermutigte Thorak, „ich hingegen bin dazu verdammt, hier in einem Zelt zu warten!“

„Der Kriegsrat wird wahrscheinlich über mehrere Tage, wenn nicht einige Wochen tagen. Es braucht Zeit, um so viele Kronen unter einem Banner zu vereinen.“, warf Lethiel ein.

„Leider ist es so, dass Zeit gerade das ist, was wir nicht haben.“, entgegnete Tayla, „ich bin entschlossen, für Lorolas und den Löwengott in den Krieg zu ziehen. Ich will endlich zu dem Hoffnungsträger und der Halbgöttin werden, die ich sein soll. Ich wurde geboren, um allein diese Bestimmung zu erfüllen.“

Thorak boxte aufmunternd gegen ihre Schulter: „Und das wirst du.“

Tayla sah zur beigen Zeltwand und beobachtete die Schatten, die das flackernde Feuer auf sie warf. Plötzlich schreckte sie hoch.

„Habt ihr das gesehen?!“

„Nein, was denn?“, fragte Thorak.

Der Elf hingegen stand geräuschlos auf: „Ja. Ein Schatten schoss schnell wie ein Pfeil vorbei. Ich werde sehen, was da vor sich geht.“

„Wie spät ist es?“, fragte Tayla, als Lethiel Anstalten machte das Zelt zu verlassen.

„Der Mond hat seinen Zenit lange überschritten.

Normalerweise hält sich um diese Zeit nie jemand draußen auf.“

In Lethiels Augen trat ein dramatisches Funkeln, das Tayla vermuten ließ, dass er eine dunkle Vorahnung hatte, was vor sich ging. Sie folgte ihrem Meister aus dem Zelt, denn sie fühlte sich dazu verpflichtet, jegliches Unheil von den Lorolassern fernzuhalten. Außerdem war es eine spannende Abwechslung zum ewigen Warten.

Gerade, als sie in die Finsternis trat, sah sie etwas Silbriges hinter ihrem Meister aufblitzen.

„Lethiel!“, schrie sie alarmiert.

Augenblicklich duckte er sich unter einer blattdünnen Klinge hinweg, die ihm ansonsten den Kopf von den Schultern getrennt hätte. Der Elf und Tayla zogen beide ihre Waffen. Ihr Gegner verschmolz mit der Nacht.

Lethiel hielt sein unvergleichliches Schwert zur Verteidigung vor sich. Seine Blicke streiften durch die schwarze Nacht, durchbrochen von den orangenen Lichtpunkten der Feuer. Plötzlich wirbelte die silbrige Klinge erneut durch die Luft. Lethiel parierte jeden einzelnen der fließenden Hiebe.

Anhand der nahezu perfekten Führung der Klinge erkannte Tayla, dass der nachtgleiche Kämpfer elfischer Abstammung sein musste. Ihr Meister ließ keinen Angriff seine Verteidigung durchbrechen.

Tayla wusste nicht, ob sie diesem Elf etwas entgegenzusetzen hätte.

Plötzlich sprang Thorak durch Taylas Schreie alarmiert aus seinem Zelt. Mit Schwert und Schild bewaffnet stürmte er neben Lethiel und half ihm den Angreifer zurückzuschlagen. Tayla konnte das Gefecht nur beobachten. Der Schwertarm wog mit einem Mal schwer an ihrer Schulter.

„Dieser Elf muss ein Meuchelmörder aus Kratagon sein.“,

überkam sie eine Welle der Angst.

Sie bemerkte, dass Lethiel und Thorak den Kampf unterbrochen hatten. Von aufkommender Panik ergriffen sah sie sich um. Wo war dieser Elf? Wem galt sein Angriff? Warum war er ausgeschickt worden?

Taylas Blicke blieben zwischen zwei unbeleuchteten Zelten haften. Ein Mensch, genauer gesagt ein Mann, stand dort, wahrscheinlich im Glauben unentdeckt zu sein. Er trug eine silber-rote Rüstung und einen Umhang um die Schultern, der die Kälte abschirmte. Tayla erkannte Geleses Löwenwappen auf seinem Harnisch und fragte sich, warum er nicht in das Geschehen eingriff. Er musste doch sehen, dass sie in Schwierigkeiten waren!

Innerhalb eines einzigen Wimpernschlags tauchte der feindliche Elf vor der Halbgöttin auf. Tayla wich überrumpelt einen Schritt zurück. Doch dann ging sie mit erhobenem Säbel zum Angriff über.

Es bereitete ihr trotzdem Angst, gegen einen Gegner kämpfen zu müssen, dessen Leib sie nicht zu sehen vermochte. Bei diesem Gedanken kam ihr eine Idee, die ihr den entscheidenden Vorteil verschaffen konnte. Sie hechtete vor ein Zelt, in dessen Inneren ein Feuer brannte.

Ungeachtet der dortigen Helligkeit, setzte der Gegner ihr nach.

Im ersten Moment erstarrte Tayla, als sie die schlanke, hochgewachsene Gestalt vor sich sah. Ihr eigener Atem ging stoßweise und stand in weißen Wolken vor ihrem Gesicht.

Der Elf lauerte wenige Schritt von ihr entfernt und schien verunsichert, was er tun sollte. Darum erlaubte Tayla sich einen Blick zu dem unbekannten Mann in rot-silberner Rüstung zu werfen. Er war verschwunden.

Tayla schrie auf einmal auf, als ein brennender Schmerz durch ihren Oberarm schoss. Sofort suchte sie Blickkontakt mit dem Elf. Er trug eine weite Kapuze, doch seine schmalen, mandelförmigen Augen funkelten. Zum Glück war der Schnitt nicht tief. Sie wollte gerade zum erneuten Angriff ansetzen, da ging Lethiel dazwischen und trieb den Feind einige Schritte fort.

„Was wollt Ihr, Dunkelelf?!“, rief Lethiel.

Tayla sah ihren Meister erschrocken an. Hatte er gerade *Dunkelelf* gesagt?

Der Dunkelelf zog mit dem Fuß einen Kreis über den Boden, zog einen Dolch aus seinem Waffengurt und warf ihn gezielt in die Mitte des Kreises. Mit dieser Geste verschwand er lautlos wie ein Schatten.

Taylas Atem kam keuchend vor Anstrengung: „Was hat das zu bedeuten?“

Lethiels Züge verhärteten sich: „Der Rat. Sein Ziel ist der Rat!“

Die Halbgöttin ballte die Fäuste: „Wir müssen etwas tun!“

„Du hast Recht!“, bestätigte Thorak voller Tatendrang.

„Die einzige Möglichkeit, das Unheil noch abzuwenden, ist die Stadtwache zu alarmieren, dass ein Anschlag auf den Rat ausgeübt wird.“, erklärte Tayla, „ich werde zum südlichen Stadttor gehen und tun, was in meiner Macht steht.“

Sie wandte sich Thorak zu: „Du wirst mich begleiten, denn du bist als Norolanas Begleiter bekannt.“

„Ich werde hier Alarm schlagen!“, entschied Lethiel.

Tayla und Thorak nickten und rannten davon.

Vor dem verschlossenen Stadttor suchte Tayla vergeblich nach Wachen, die außerhalb der Stadt postiert waren.

„Hallo!“, schrie sie inbrünstig, „Hallo? Hallo! *Öffnet das Tor!*“

Nach kurzer Zeit, die Tayla wie eine Ewigkeit vorgekommen war, erschien ein Speerträger auf der hohen Stadtmauer:

„Schweig still, Weib!“, rief er sie an.

Er war nur ein winziger Punkt ohne Konturen.

„Ein Meuchelmörder ist auf dem Weg ins Ratshaus! Er will die Ratsmitglieder töten!“, schimpfte Tayla.

„Natürlich.“, zog der Speerträger ihre Worte ins Lächerliche, „und meine Großmutter, der Löwengott habe sie selig, drang in die Festungen der Kristallbucht ein und tötete die Fürsten.“

„Ich bin Begleiter und Vertrauter des Ratsmitglieds Norolana.“, begann Thorak, „vertraut wenigstens mir.“

Offensichtlich glaubend, dass die beiden ihn gehörig auf den Arm nehmen wollten, winkte der Speerträger ab. Da trat ein Dritter zu Tayla und Thorak. Die Halbgöttin drehte sich um und erkannte den feigen Beobachter in der silber-roten Rüstung wieder.

Wut staute sich in ihr und sie war im Begriff loszubrüllen, als der Mann in der Rüstung etwas sagte: „Das Weib und der Krieger sprechen die Wahrheit.“

„Weist Euch aus!“, verlangte der Speerträger.

„Mein Name ist Elias, Elnors Sohn. Nehmt Haltung an, Wachmann, vor Euch steht Euer General.“

Der Speerträger rief den Befehlshaber der Wache des südlichen Tores herbei. Dieser ließ sich noch Elias' Schild mit dem Familienwappen zeigen. Dann gab er den Befehl zum Öffnen des Tores. General Elias, Thorak und Tayla eilten durch den Torbogen und trafen auf dem Marktplatz im Inneren auf den Befehlshaber der Wache.

„Was ist euer Begehr?“, fragte dieser.

„Wir sind in Eile.“, erläuterte der General, „ein Meuchelmörder ist auf dem Weg zum Ratshaus. Wir müssen einen Anschlag auf die Ratsmitglieder unter allen Umständen verhindern!“

Tayla nickte untermauernd und fügte hinzu: „Wenn der

Rat zerschlagen wird, müssen Lorolas' Soldaten gar nicht erst ihre Klingen schärfen!“

Der Befehlshaber maulte: „Was hat denn solch ein Kriegerweib in Lederrüstung hier verloren?“

„Das hat Euch nicht zu interessieren.“, sagte Thorak forsch und stellte sich schützend vor sie.

„Die Zeit rennt.“, erinnerte General Elias.

„Ich werde sofort das Horn blasen lassen.“

„Nicht!“ Er hielt den Befehlshaber am Arm zurück: „Wir wollen doch nicht, dass der Meuchler entkommt. Ich werde mit meinen Begleitern zum Ratshaus reiten. Besorgt uns drei Pferde und schickt einen Botenvogel zu den Männern auf die Palastebene, damit sie in Alarmbereitschaft sind.“

Der Befehlshaber holte drei gesattelte Pferde und versprach: „Ich werde den Vogel sofort losschicken.“

Elias, Tayla und Thorak schwangen sich in die Sättel und preschten davon, wobei der General die kleine Gruppe anführte.

„Mit wem habe ich denn das Vergnügen?“, fragte General Elias, währenddessen er sein Pferd zum Jagdgalopp antrieb.

„Ich bin Tayla.“

„Und mein Name lautet Thorak.“

„Ihr seid ein Arboraner, nicht wahr, Thorak?“

„Ja, das ist richtig.“

„Und was ist mit Euch, Tayla? Gehört Ihr auch zu den Arboranern oder stammt Ihr einem anderen Volk ab?“

„Ich bin eine Einzelgängerin.“, antwortete sie knapp.

„Hm.“, machte Elias. Um von der beklemmenden Stille zwischen ihnen abzulenken, fügte er hinzu: „Dem Meuchelmörder wird es schwer gemacht werden die Palastebene, geschweige denn das Ratshaus, zu erreichen. Wenn es ihm dennoch gelingen sollte, ist es an der Zeit alle Waffen und Fähigkeiten aufzubieten. Ohne die Tagungen des

Kriegsrats ist eine Vereinigung der fünf freien Völker mit dem Königreich Lorolas ausgeschlossen."

„Habt Ihr eine Vermutung, welchen Ratsmitgliedern der Anschlag gelten soll?", fragte Thorak.

Tayla merkte ihm deutlich an, dass er hoffte, dass der General nicht Norolanas Namen nannte. Ihr ging es nicht anders. Bitte nicht Norolana oder ihr Vater.

„Wenn der Meuchler ein Mann ist, der Wichtigkeit und Rang der Ratsmitglieder kennt, vermute ich, dass er zuerst versucht die Fürsten der Kristallbucht zu töten."

„Er ist ein kratagonischer Dunkelelf.", klärte Thorak auf.

Die drei erreichten einen der gewaltigen Steinbögen, der von der ersten Stadtebene auf die Palastebene führte. Sie trieben ihre Pferde vorwärts.

„Dunkelelfen existieren nicht mehr. Es gibt Geschichten und Legenden aus grauer Vorzeit, die von ihnen erzählen. Ich glaube nicht daran, dass solche Dämonen auf der Sterblichen Welt wandeln.", meinte Elias entschieden.

„Glaubt was Ihr wollt, General. Ich wollte Euch bloß auf das Bevorstehende vorbereiten."

Tayla wurde kalt ums Herz, als sie die ersten Wachtürme passierten. General Elias hielt seinen Schild im Galopp über den Kopf und die Soldaten ließen sie vorbeireiten.

Auf der Palastebene preschten sie zum prunkvollen, säulenreichen Ratshaus. Es wurde von Fackeln beleuchtet. Soldaten, Berittene und Fußsoldaten, waren rund um das tempelartige Gebäude postiert.

„Folgt mir.", forderte der General auf.

Er sprang von seinem Pferd und lief auf leisen Sohlen zum Flügeltor des Ratshauses. Tayla und Thorak taten es ihm gleich. Sie zogen lautlos die Waffen, bevor sie eintraten.

„Der Versammlungssaal befindet sich im Erdgeschoss. Die

Gemächer der Ratsmitglieder sind im ersten und zweiten Stockwerk. Wir müssen sie aufwecken und in den Versammlungssaal bringen. Nur so können wir sie beschützen."

„In Ordnung.", willigten Tayla und Thorak ein.

„Ihr werdet gemeinsam die Ratsmitglieder aus dem ersten Stockwerk holen und ich die aus dem Zweiten. Treffpunkt ist der Versammlungssaal!"

Es dauerte vielleicht eine Viertelstunde bis General Elias, Tayla und Thorak mit fünfzehn Ratsmitgliedern im Versammlungssaal standen. Sichtlich aufgebracht, ihrer Nachtruhe beraubt worden zu sein, drohten sie ihnen mit dem Galgentod.

Tayla versuchte völlig außer Atem das Gesicht ihres Vaters unter den Versammelten zu finden.

„Wo ist der Wüstenkönig der Dunathon?", fragte sie, als sie ihn nicht entdecken konnte.

„Er steigt jede Nacht auf das Dach und blickt in die Sterne.", entgegnete ein spitzbärtiger Fürst in blauem Gewand, der neben Norolana stand.

Erschrocken weiteten sich Taylas Augen: „Ich werde ihn holen!"

Die Halbgöttin stürmte sofort aus dem Saal und rannte, so schnell ihre Beine sie tragen konnten, die Treppen bis ins dritte und letzte Stockwerk hinauf. Dort suchte sie vergeblich nach einer Treppe oder einer Leiter, die aufs Dach führte. Kurzerhand zückte sie den Säbel und schlug mit dem Knauf ein Fenster ein. Sie hievte sich hinaus und kletterte geschickt, die mit Steinfiguren verzierte Fassade, hinauf. Als sie oben angelangt war, griff sie nach der Kante des Flachdachs und zog sich hoch. Auf dem Dach befand sich eine prunkvolle Kuppel, die von fünf freistehenden Säulen getragen wurde. Unter dieser Kuppel meditierte ihr Vater. Er war ein schlanker Mann mit dunklem Haar, gebräunter Haut, braunen Augen und einem schlichten Goldreif auf dem Kopf, in dem das rubinrote Königsjuwel der Dunathon steckte.

Erleichtert, dass der Gladio'Arenam wohlauf war, lief sie im Laufschritt zu ihm. Marlon wandte sich zu ihr, bevor sie die Kuppel erreicht hatte.

„Tayla.“, begrüßte er sie lächelnd wie ahnungslos, „was tust du hier?“

Sie zerrte den Wüstenkönig, der in der traditionellen Tracht der Dunathon gekleidet war, auf die Beine und haspelte: „Ein Mörder aus Kratagon wurde ausgeschickt, um die Ratsmitglieder zu töten! Ihr müsst sofort mit mir kommen und-“

Tayla vernahm ein Zischen und plötzlich bohrte sich ein Pfeil neben ihrem Kopf in eine Säule.

„Schnell!“, rief sie, denn hier oben in der Finsternis waren sie dem Dunkelelf weit unterlegen.

Marlon machte sich von seiner Tochter los und gemeinsam rannten sie übers Dach.

„Wir müssen ins Licht! Hier haben wir gegen den Meuchler keine Chance!“, keuchte Tayla im Lauf. Schweißperlen rannen ihr in die Augen.

Marlon hielt zu ihrem Entsetzen inne: „Licht? Warum sagst du das nicht gleich?“

Der Gladio'Arenam griff in einen Beutel an seinem Gürtel und warf zwei daumengroße Kugeln auf den Boden. Als sie aufprallten, ertönte ein ohrenbetäubender Knall und Flammen entzündeten sich, umgeben von aufsteigenden Rauchwolken. Durch das Feuer, dass seine Energie aus einem Pulver in den Kugeln erhielt, wurde der Angreifer sichtbar.

„Das ist unsere Gelegenheit, Tayla!“, schrie Marlon und zog

sie am Arm in Richtung des Dachvorsprungs.

Die plötzliche Helligkeit ließ den Dunkelelf nur für den Bruchteil einer Sekunde stocken. Innerhalb eines Wimpernschlags setzte er über die Flammen hinweg und warf zwei Messer nach den Flüchtenden.

Tayla gelang es, eines mit ihrem Säbel abzufangen, das andere aber bohrte sich in ihre Unterarmschiene.

„Schneller!“, rief sie.

Bevor sie sich an der Dachkante herabließ, sah sie gehetzt hinter sich. Wo war dieser Elf? War er etwa schon dabei sein blutiges Werk zu verrichten?

Tayla drehte sich wieder nach vorn und taumelte mit einem Aufschrei zurück, als der Dunkelelf vor ihr aufragte.

„Marlon!“, schrie sie, um ihren Vater auf den Positionswechsel ihres Gegners aufmerksam zu machen.

„Ich komme! Haltet durch!“, hörte die Halbgöttin General Elias' Stimme rufen. Er musste sich im dritten Stockwerk des Ratshauses befinden.

Tayla wollte sich nicht auf die Rettung des Generals verlassen. Nein, sie *wollte* nicht gerettet werden! Sie war schließlich die Halbgöttin, die eine gefühlte Ewigkeit von Lethiel im Schwertkampf ausgebildet worden war. Hier und jetzt wollte sie beweisen, dass die quälenden Lektionen Erfolg gezeigt hatten. Also riss sie den Säbel aus der Scheide und startete einen kraftvollen Angriff. Der Dunkelelf stellte sich ihr im Schein des Feuers und wich leichtfüßig aus, so wie Lethiel es getan hätte.

Ungleich Lethiel, war dieser Gegner kein defensiver Schwertkämpfer. Seine von Magie durchwobene Elfenklinge schnitt wie eine tödliche, silbrige Windböe durch die feuchtkalte Luft.

Marlon zückte auch seine Waffe und war im Begriff, in den Kampf einzugreifen.

„Lauft!“, befahl Tayla, die ihn aus dem Augenwinkel beobachtet hatte.

„Aber ich kann doch nicht-“

Sie unterbrach ihn: *„Doch Ihr könnt!“* So eindringlich und entschlossen hatte ihre Stimme nur selten geklungen.

Marlon starrte sie entgeistert an, und Tayla glaubte, dass er ihr sagen wollte, dass er sie liebte, und flüchtete vom Dach.

Jetzt war Tayla auf sich allein gestellt. Es war ungewiss, wie lange General Elias noch brauchen würde, bis er den Schauplatz erreichte. Sie war auf sich allein gestellt – und genau so wollte sie es.

Tayla und der Dunkelelf umkreisten sich geräuschlos. Die lodernden Feuerkugeln lagen in ihrer Mitte.

Die Halbgöttin studierte die Bewegungen ihres Gegners. Selbst wenn sie eine Lücke in seiner Verteidigung fände, würde er genug andere Waffen zur Hand haben, um ihren Vorteil zum Nachteil werden zu lassen. Nicht nur einen Bogen trug er geschultert. Tayla konnte auch Wurfmesser und einen Langdolch am Gürtel erkennen. Da bemerkte sie, dass der Dunkelelf sein linkes Bein weniger als das Rechte belastete. Er musste sich wohl eine Verletzung zugezogen haben.

Gerade als sie seine Schwäche nutzen wollte, sprang er durchs Feuer auf sie zu. Tayla löste sich aus ihren rasenden Gedanken und riss im letzten Moment den Säbel über den Kopf, um den ersten Hieb abzufangen. Der Dunkelelf ging federnd in die Hocke, als er vor ihr aufkam und duckte sich unter ihrem Gegenschlag weg. Von seiner tiefen Position stach er sein Schwert wie einen Dolch in Richtung ihrer Leiste. Schnell machte sie einen weiten Ausfallschritt zur Seite und das Schwert traf ins Leere.

In diesem Moment erschien General Elias auf dem Dach.

Tayla war wegen seines frühzeitigen Auftauchens zugleich erleichtert und wütend. Sie keuchte, ihr Brustkorb hob und senkte sich viel zu schnell, aber sie wollte es trotz ihrer Erschöpfung alleine schaffen.

Zu Taylas Überraschung stürzte Elias sich ohne zu zögern in das Gefecht mit dem Dunkelelf. Seine Beweglichkeit überraschte sie, da sie sein Alter auf über fünfunddreißig geschätzt hatte. Da machte der Dunkelelf, der beste Fechter, dem Tayla je gegenübergestanden hatte, einen großen Fehler, der nur einem Anfänger unterlaufen wäre.

Tayla zog sich misstrauisch geworden in die Defensive zurück. Etwas stimmte nicht, darin war sie sich sicher.

General Elias entwendete seinem Gegner derweil fiebrig die Klinge und presste ihn, offensichtlich mit aller Kraft, die er aufbieten konnte, auf den Boden.

„Was spielt dieser Meuchler bloß für ein Spiel?“, fragte Tayla sich. Ihre Gedanken rasten.

Ihr schien es, als hätte der Dunkelelf nur in dem Kampf mit ihr allein seine wahren Fähigkeiten offenbart. Sobald General Elias aufgetaucht war, hatte er sich schwach und unterlegen gestellt. Ja, er hatte ihnen eindeutig etwas *vorgespielt.* Seine Darbietung war ein tödlicher Tanz der Klingen gewesen, der im Finale einer Festnahme enden sollte.

„Helft mir diesem Mörder das Handwerk zu legen!“, drängte der General.

Tayla näherte sich den beiden misstrausich. Der Gefangene hielt sie dabei auf beängstigende Weise mit den Blicken gefangen, obwohl sein gesamtes Gesicht im Schatten seiner Kapuze verborgen lag.

Die Halbgöttin kniete sich und drückte die Handgelenke des Dunkelelfs, wie Elias zuvor, fest auf den Boden.

„Es ist zu einfach.“, dachte sie. Er könnte sich mühelos

aus diesem Griff befreien und sie beide töten. Warum tat er es nicht? Welche Absichten verfolgte er?

„Hör mir gut zu, wenn du meine Zunge verstehst.“, zischte Tayla, während Elias konzentriert aus einem kurzen Strick Fesseln knotete. „Ich kenne deine wahren Fähigkeiten und weiß, dass du gerade gefangen genommen werden *wolltest.* Ich werde nicht zulassen, dass du so einfach bekommst, was du willst.“

Sie ließ seine Handgelenke los, doch er unternahm keinen Versuch zu entkommen.

„Was tut Ihr da?!“, schrie der General, als er erkannte, dass Tayla den Gefangenen losgelassen hatte.

Er warf sich auf diesen und machte ihn bewegungsunfähig.

„Er will uns täuschen!“, begehrte Tayla auf, „seht Ihr? Er hat sich nicht bewegt. Er war in der Lage zu fliehen, aber hat es nicht getan!“

General Elias knurrte aufgebracht: „Natürlich hat er das nicht! Er ist verwundet!“ Er zeigte auf eine Verletzung am linken Bein des Dunkelelfs.

„Diese Wunde hatte er schon vorher!“, protestierte Tayla mit geballten Fäusten.

Elias sah sie kopfschüttelnd an und sie wusste, dass er ihr nicht glaubte. Er war von dem Schauspiel des Meuchlers geblendet und legte ihm die Fesseln an. Er war so dumm. So leichtgläubig.

„Wo bringt Ihr ihn jetzt hin?“, fragte Tayla beunruhigt.

„In den Kerker. Dort bleibt er solange, bis über eine Strafe geurteilt wurde.“

„Wer verhängt die Strafe?“

„In seinem Fall wird es das hohe Tribunal Lorolas' tun.“

„Und wer ist das?“

„König Serai natürlich.“

Nachdem der Dunkelelf abgeführt worden war, hatte Thorak sich auf den Weg zum Lager gemacht, um Entwarnung zu geben. Tayla und General Elias hatten sich in einem freien Zimmer im Ratshaus zusammengesetzt und über den Anschlag diskutiert.

Der General ergriff eine Karaffe Wein und schenkte sich einen Kelch ein: „Darf ich Euch auch etwas anbieten?“

„Gerne.“

Er reichte ihr einen der zwei goldenen Kelche und sie ließen sie erklingen.

„Damit Ihr wisst, dass ich Euch nicht vergiften will.“, erklärte er. „Wisst Ihr, Tayla, ich frage mich, wo Ihr das Kämpfen erlernt habt.“

„Bei den Arboranern.“

„Aha...“, murmelte er, als würde ihm das alles sagen, „leben dort zufälligerweise Elfen? Denn Ihr bewegt Euch nahezu wie einer.“

„Mein Meister ist ein Elf.“

„Vielleicht ist er ja daran interessiert, als Schwertkampfmeister an den königlichen Hof zu kommen?“

„Das glaube ich nicht.“, winkte Tayla ab und trank einen Schluck, „er ist der Meinung, dass Menschen nicht würdig seien, die hohe Kampfkunst der Elfen zu erlernen.“

„Aber Ihr seid ein Mensch, oder nicht?“

„Ähm, ja, offensichtlich bin ich das.“

„Warum hat er Euch dann unterrichtet?“

Sie nahm wieder einen Schluck Wein und schwieg. Zu dumm, dass sie dieser Situation nicht auf einem anderen Weg entfliehen konnte. Die Unsicherheit in Wein ertränken. So weit war es also schon gekommen. Sie seufzte.

„Das ist äußerst... bedauerlich...“

„General Elias.“, begann Tayla.

Er unterbrach sie zuvorkommend lächelnd: „Nennt mich Elias."

Tayla sah kurz in seine grau-blauen Augen, um sich über seine Absichten klar zu werden: „Gut, *Elias,* warum interessiert es Euch, wer mich ausbildete?"

„Ich meine, wenn dieser Elf sogar eine Frau das Kämpfen lehren kann, warum dann nicht auch unseren Soldaten?", versuchte er wohl humorvoll zu erwidern. Dieser Versuch scheiterte.

Elias schenkte sich Wein nach.

„Sogar?", fragte Tayla, nicht sicher, ob Elias sie verhöhnte oder es als seltsames Kompliment meinte. Sie lehrte ihren Kelch: „Nun bin ich an der Reihe eine Frage zu stellen."

Aufmerksam wie Elias war, hob er die Weinkaraffe und wollte Tayla nachschenken.

Diese nahm ihm die Karaffe ab und verkündete übermütig: „Dazu habe ich Eure Hilfe nicht nötig." Sie schenkte sich selbst ein.

Etwas stimmte nicht. Sie fühlte sich anders, kribbelig, aufgekratzt. Was war das?

„Was ist Eure Frage?"

„Warum seid Ihr geflohen, als Ihr meine Freunde und mich im Lager vor Gelese mit dem Feind habt kämpfen sehen? Ihr seid ein verdammter Feigling, *General!"*

„Ich habe mich nicht in den Kampf eingemischt, weil ich mir sicher war, dass ihr der Situation gewachsen wärt. Außerdem sorgte ich dafür, dass die Stadtwache die Tore öffnete."

„Es ist trotz allem feige.", sagte sie grinsend und trank mit einem Zug aus, „aber egal! Was geschehen ist, ist geschehen!"

Etwas stimmte wirklich nicht mit ihr, aber das war Tayla völlig egal. Egal, egal, egal! Sie war fröhlich, zu allem bereit und doch ziemlich benebelt. Aber egal, egal, egal!

Elias kniff die Augen zusammen und sah sie forschend an: „Vielleicht sollte das Euer letzter Kelch sein."

„Ich warne Euch, General, wenn Ihr wüsstet, wer hier vor Euch sitzt, würdet Ihr Euch hüten mir Befehle zu erteilen!", kicherte sie.

Tayla schenkte sich nach, setzte demonstrativ den Kelch an und trank aus.

Elias glotzte sie beeindruckt an. „Was meint Ihr damit? Wer seid Ihr denn in Wahrheit?"

Tayla, die das Amulett unter Kleidung und Rüstung verborgen hielt, fasste mit der freien Hand zwischen ihre Brüste: „Das ist mein Geheimnis."

Sie bemerkte nicht, wie Elias ihrer Hand mit den Blicken folgte.

„Vielleicht findet Ihr es einmal heraus.", meinte sie achselzuckend und lehnte sich, leicht schwankend, zurück.

„Der Morgen bricht bald an, es ist Zeit zu-", räusperte er sich und wurde von Taylas Lachen unterbrochen.

„Gut, gut!"

Sie taumelte zu einem großen Bett und ließ sich darauf fallen.

„Ich wollte damit eigentlich sagen, dass Ihr zum Lager zurückkehren solltet und ich in meine Gemächer."

Tayla winkte grinsend ab: „Hier wohnt doch niemand! Warum sollte ich jetzt noch durch die ganze Stadt laufen? Die Schattenaffen lauern doch im Wald." Sie wiederholte mit schauriger Stimme, nur um danach wieder in Gelächter auszubrechen: *„Die Schattenaffen!"*

Sie schnürte die Unterarmschienen auf und entledigte sich auch den verbliebenen Teilen ihrer Rüstung. Alles was sie anbehielt war das knielange Hemd. Sie streckte sich auf dem Bett aus und gähnte.

Elias ging zu ihr und sagte: „Ihr solltet wirklich gehen. Ich werde Euch selbstverständlich begleiten.“

„Bleibt doch einfach.“ Sie rutschte auf eine Seite des Bettes und klopfte auf die Stelle neben sich: „Hier ist noch genug Platz.“

Elias leerte seinen Kelch, stellte ihn ab und setzte sich auf die Bettkante: „Wenn das so ist.“

Unverhofft beugte er sich vor und küsste sie. Auch wenn Tayla alles nur noch verschwommen wahrnahm und sie ein nie gekanntes Schwindelgefühl plagte, kam ihr sofort ein Bild in den Sinn. Dieses Bild zeigte Zacharias' Gesicht. Nur ihm hatte sie erlaubt sich ihr zu nähern. Da verschwammen Elias' Gesichtszüge mit denen des Kratagoners und sie glaubte, der Mann, den sie liebte, würde sie küssen. Sie zog den General, Zacharias, auf sich und sein Gewicht lastete auf ihrem Körper.

„Bleib bei mir.“, keuchte sie. „Lass mich nie wieder gehen. Nie wieder. Versprich es.“

Wieder fanden ihre Lippen zueinander und Hitzewogen durchströmten Tayla. Sie blickte in die Augen ihres Liebhabers und schreckte zusammen. Es waren nicht Zacharias' Augen. Als sie das erkannt hatte, verschwammen auch die übrigen Züge des Kratagoners.

Tayla zog die Arme, die sie zuvor um Elias geschlungen hatte, zurück an ihren Körper. Der General richtete sich überrascht auf und sah sie verwirrt an: „Was ist?“

Tayla hob den Kopf, sah ihn aber nicht an. Ihre Sicht war noch immer verschwommen. Sie wollte ihm antworten, doch wenn sie auch nur ein Wort sagen würde, dann würde sie in Tränen ausbrechen.

General Elias zog sich vollständig zurück. Als er einen Schritt Abstand vom Bett genommen hatte, räusperte er sich: „Verzeiht, ich habe gedacht Ihr- ...Benötigt Ihr noch etwas? Wenn nicht, gehe ich.“

Tayla drehte ihm beschämt den Rücken zu. Sie konnte nur erahnen, was er jetzt in ihr sah. Eine Hure, die unfähig war ihrem Geschäft nachzugehen.

Als Tayla hörte, wie die Türe ins Schloss fiel, wünschte sie sich, dass sich der Nebel in ihrem Kopf endlich lichtete. Sie wollte wieder klar denken können und nachvollziehen, was sie da gerade getan hatte. Das einzige Gefühl, dass sich bis in ihr Bewusstsein vorkämpft hatte und dem sie einen Namen geben konnte war Scham.

Tayla kniff die Augen zusammen und zwang sich, alles für einen Moment zu vergessen.

Das Tribunal

Tayla wachte auf, als jemand an der Tür klopfte. Ihr Kopf fühlte sich an, als würde in ihm ein Schwarm Bienen summen. Übellaunig stieg sie aus dem Bett und stapfte zur Tür. Sie riss sie auf und vor ihr erschien Thorak.

„Wo bleibst du denn?“, fragte er dringlich.

Seine Stimme war so laut und so schmerzhaft in ihren Ohren, dass Tayla dem Drang sie zuzuhalten nur schwer widerstand.

„Sprich gefälligst leiser.“, knurrte sie.

„Das Tribunal wartet auf dich!“

„Das Tribunal?“

„Heute urteilt König Serai über das Schicksal des Dunkelelfs. General Elias hat uns gestern Nacht informiert.“

Sie wollte sofort den Flur hinunterstürmen: „Warum sagst du das nicht gleich?!“

„Vielleicht solltest du dich vorher ankleiden.“

Tayla sah an sich hinab und errötete: „Entschuldige mich.“

Es dauerte nicht lange und Tayla kam in Rüstung zurück. Thorak führte sie in einen weiten Saal des Königspalastes. Der Saal war kreisrund und an seinen Wänden waren hölzerne Tribünen mit edlen Schnitzereien aufgestellt, die allerdings unbesetzt waren. König Serai saß auf einer

Empore auf einem wuchtigen Stuhl. Er war von Wachen umstellt.

General Elias und Lethiel saßen im Zeugenstand. Neben ihnen waren zwei Plätze frei. Tayla und Thorak nahmen auf den ihnen vorbehaltenen Stühlen Platz. Sobald Tayla sich neben Elias gesetzt hatte, überkam sie wieder dieses elendige Gefühl. Sie hoffte, dass ihr die Scham nicht ins Gesicht geschrieben stand. Was er wohl denken mochte?

Eine Antwort auf diese Frage erhielt sie schneller als erwartet. Er rutschte von ihr weg, hin zu Lethiel, der zu seiner Linken saß.

Tayla kratzte sich den Arm. War sie so ungeschickt und beleidigend gewesen? Sie konnte sich an die vergangene Nacht nicht mehr genau erinnern. Getrunken hatten sie, und sie hatten nachher im Bett gelegen und... Gott, sie konnte es nicht einmal denken.

Taylas Gedankengänge wurden von König Serais schallender Stimme unterbrochen: „Ich heiße euch in den Hallen meines Palastes willkommen Thorak und Lethiel aus Arbor, General Elias aus unserer geliebten Königsstadt und Halbgöttin Tayla, Gesandte aus der Götterwelt."

Tayla bemerkte, wie Elias zusammenzuckte, als Serai sie, die *Halbgöttin*, willkommen hieß. Sie sah kurz zu ihm, doch sein Gesicht glich einer Maske, so starr waren seine Züge. Dann schaute sie wieder zu König Serai.

Ihn kleidete ein kostbares, rotes Gewand mit goldenen Stickereien darauf. Um seine Schultern hing ein Hermelinmantel. Sein schulterlanges Haar war schwarz und sorgsam in den Nacken gekämmt. Es umrahmte sein blasses Gesicht, ebenso wie ein Bart, der seine untere Gesichtshälfte bedeckte.

„Euch Vieren, euch Helden, wird mein königlicher Dank zuteil. Glücklich bin ich, dass Ihr den Meuchler überwältigt habt, bevor er Schaden anrichten konnte. Besonders Euch, General, und Euch, Halbgöttin, bin ich zu Dank verpflichtet. Hättet Ihr den Mann nicht auf dem Dach des Ratshauses gestellt, so weilten viele meiner treusten Untergebenen und noch mehr der großen Führer Lorolas' nicht mehr unter den Lebenden.“

„Es ist unsere Pflicht dem König zu dienen.“, sprach Elias für sie beide.

„Bringt das Meuchlerpack herein!“, befahl der König.

Zwei Wachen eilten aus dem kreisrunden Saal und kehrten wenig später mit dem Gefangenen und einem Dutzend Soldaten zurück.

Wieder rief Tayla sich in Erinnerung, dass der Dunkelelf ihr allein seine wahren Fähigkeiten offenbart hatte – und nur sie wusste, wozu er wirklich fähig war.

Sie musterte den wohl tückischsten Gegner, dem sie je entgegengetreten war. Er trug noch immer seine nachtschwarze Kleidung und den schwarzen Mantel. Der Waffengurt und das elfische Schwert waren nicht mehr in seinem Besitz.

Wenige Schritt vor König Serai war in dem nahezu weißen Marmorboden eine goldene Königslilie eingemeißelt. Auf diese wurde der Gefangene positioniert. Der Monarch machte eine Handbewegung und von der hohen Decke wurde ein Käfig aus Eisenstäben hinuntergelassen, der sich über den Dunkelelf senkte.

„Nimm deine Kapuze ab.“, befahl König Serai.

Der Dunkelelf blieb regungslos.

„Du sollst deine Kapuze abnehmen, habe ich gesagt! *Wirst du wohl gehorchen?!*“

Ein Soldat schlug gegen den Käfig: „Hast du's nicht gehört?! Abnehmen sollst du sie!“

Aufgebracht griff der Soldat durch die Eisenstäbe und riss

ihm die Kapuze vom Kopf.

„Selbst im Loch hat er sich geweigert sie abzunehmen!“, schimpfte er.

„Schweig still! Nun zu dir.“, begann Serai dem Gefangenen zugewandt, „du kommst nicht von hier. Wo liegt deine Heimat?“

Der Dunkelelf starrte ihn an.

„Wo liegt deine Heimat? Gefangener! Wo liegt sie?“

Der Dunkelelf ließ gelangweilt das Kinn auf die Brust sinken und seine langen, schwarzen Haare fielen ihm ins Gesicht.

Tayla fragte sich, ob er wohl sprechen konnte. Dabei fiel ihr ein, dass sie seine Stimme noch nie gehört hatte. Selbst im Kampf hatte er nicht geschrien. Wie sie wohl klingen mochte?

„Wenn du, des Lebens Unwürdiger, deinem König die Antwort verweigerst-“ Mitten im Satz brach er ab. Der Dunkelelf bannte ihn mit fleischlosen Händen, ohne etwas getan zu haben, das die Anwesenden mit den Augen erfassen konnten.

Erschrocken sprang Tayla auf. Der Dunkelelf musste einen Zauber weben! Was konnte sie nur tun? Sie war verzweifelt. Wollte er den König etwa umbringen?

Tayla zog ihren Säbel und sprang vor. Doch wen sollte sie bekämpfen? Die unsichtbare Macht, die den König bannte, oder ihren Beschwörer?

Sie entschied sich für den Magier und hechtete zu dessen Käfig: „Lass von Lorolas' König ab, oder ich schlitze dir die Kehle auf!“

Der Dunkelelf warf plötzlich den Kopf in den Nacken und starrte sie mit aufgerissenen Augen an. Ein bösartiges Grinsen legte sich auf seine schmalen Lippen.

Er fürchtete sie nicht. Nein, dass tat er gewiss nicht.

Welchen intriganten, tödlichen Plan spann er um sie und die Mächtigen Lorolas'?

Tayla drückte die Spitze der Säbelklinge auf seine Haut: *„Ich warne dich, lass von unserem König ab!“*

Der Leib des Dunkelelfs erbebte, seine Umrisse lösten sich auf und seine Konturen verschwammen vor ihren Augen.

„Lethiel!“, rief sie ihren Meister an, „was geschieht hier?“

Lethiel zog alarmiert sein Schwert und sprang vor König Serai.

Tayla konnte ihre Blicke nicht von dem Dunkelelf nehmen. Nur noch dunkler, unnatürlich dichter Rauch, der sich schnell durch die Luft bewegte, war von ihm übrig geblieben. Dieser Rauch quoll durch die Eisenstäbe.

Überfordert taumelte Tayla einen Schritt zurück. Wie war das möglich? Wie konnte es sein, dass sich ein Mann aus Fleisch und Blut einfach auflöste?

Instinktiv hob sie ihren Säbel und stach mehrfach auf die dichten Rauchschwaden ein. Der Rauch schien vor der Klinge zurückzuweichen, als hätte er ein Empfinden.

König Serai war nun von all seinen Wachen umringt.

„Schützt den König!“, befahl General Elias, der jetzt, da Serai der Gnade des Gefangenen ausgeliefert war, den Befehl übernommen hatte. „Nur sein Überleben zählt!“

Tayla nahm die Verfolgung des wogenden Rauchs auf, als dieser in Richtung des Monarchen strömte.

„Atmet den Rauch nicht ein!“, warnte Lethiel, „wenn er erst einmal in euren Leib gedrungen ist, wird er sich eures Geistes und eures Körpers bemächtigen können!“

Der Rauch quoll durch die Lücken, die der Kreis der Soldaten um den König ließ.

„AUS DEM WEG!“, schrie Tayla vor dem Schutzkreis stehend.

Sie ahnte bereits, was ihnen bevorstand und drängte sich

gewaltsam ins Kreisinnere. Dort sah sie die Vollendung der Transformation des Rauchs in die Gestalt des Dunkelelfs. An seinem Rücken war eine tiefe Wunde zu sehen.

Tayla bemerkte gleich, dass der Zauber dem Gefangenen viel Kraft geraubt hatte. Sie steckte den Säbel zurück in die Scheide und sprang auf den Rücken des Dunkelelfs.

Sie musste verhindern, dass der König zu Schaden kam!

Tayla schlang einen Arm, wie eine Würgeschlange, um den Hals des Gefangenen und versuchte ihn mit ihrem Gewicht zu Fall zu bringen. Sie spürte deutlichen Widerstand. Doch sie sollte es nicht stören. Sollte der leichtgläubige General Elias doch die wahre Stärke des Dunkelelfs sehen! Auf diesem Weg mussten ihm die Augen geöffnet werden.

Tayla spannte ihre Armmuskeln noch einmal mehr an. Sie würde den Widersacher zu Fall bringen. Sie. Nicht Elias, und auch kein Soldat. Sie!

Die Adern an ihrem Hals und auf ihrer Stirn schwollen vor Anstrengung an. Würde dieser verdammte Elf nicht bald auf die Knie fallen, dann erwürgte sie ihn noch!

Mit der freien Hand packte Tayla sein langes Haar und riss seinen Kopf in den Nacken: „Sieh mich an! *Auf die Knie!*“

Der Dunkelelf sah daraufhin in ihre Augen. Er nahm genüsslich all ihren Zorn und ihre Verzweiflung in sich auf.

„AUF DIE KNIE!“

Sie zog heftiger an seinem Haar und glaubte, dass sie es samt Kopfhaut herunterreißen und dann auf seinen blanken Schädelknochen blicken würde.

Endlich gab der Dunkelelf nach und Tayla konnte ihn auf die Knie zwingen. Der Bann fiel von dem Monarchen ab und er brach, aller Kräfte beraubt, zusammen. General Elias fing ihn auf, bevor er mit dem Kopf auf den Boden schlug.

„Was hast du mit ihm gemacht?!“, fragte Tayla.

Der Dunkelelf breitete wie ein Gott der Barmherzigkeit die

Arme aus. Sogleich richteten sämtliche Soldaten die Schwerter auf ihn. Erneut legte sich ein Lächeln auf seine Lippen und er starrte Tayla unheimlich an. Die Halbgöttin wich daraufhin ein wenig von ihm zurück. Gleichzeitig war ihr, als hätte ihr der Gefangene mit diesem Blickaustausch alle Fragen beantwortet.

„Éndariel?“, murmelte sie, als hätte jemand anderes für sie gesprochen.

Der linke Mundwinkel des Dunkelelfs zuckte und er zog die Arme zurück an den Körper. Drei Soldaten legten ihm Fesseln an und wollten ihn zurück in den Käfig sperren.

Lethiel hielt sie vorausschauend davon ab: „Sobald er sich erholt, wird dieser Käfig kein Gefängnis mehr für ihn sein. Man darf dieses Geschöpf nicht zu Kräften kommen lassen, sonst wird genau so etwas wieder geschehen.“

Er ging zu Éndariel und hob die Haarsträhnen, die seine spitzen Ohren verdeckten.

„Das ist ein Dunkelelf, ein Kratagoner. Er wird mehr als zwei Dutzend Peitschenhiebe am Tag von eurem stärksten Folterknecht vertragen können. Wenn das Glück dann mit euch ist, ist er danach so geschwächt, dass er keinen Zauber mehr weben kann. Er wird alle Energie aufbringen müssen, um sich selbst zu heilen – und nicht um Unheil zu stiften.“

„Ist diese Kreatur etwa unsterblich? Ist er ein Gott?“

„Unsterblich ist er nicht und ein Gott schon gar nicht. Aber er hat Macht. Viel mehr als ein Mensch...“

Furcht trat in die Züge des Soldaten: „Was sollen wir mit ihm machen?“

„Töten, natürlich!“, rief ein anderer.

„Nein.“, sagte Tayla, „wenn ihr das tut, werdet ihr nie erfahren, wer er wirklich ist und wem sein Anschlag gelten sollte.“

„Das wissen wir!“, fluchte Elias, der noch immer den

bewusstlosen König im Arm hielt, „dieser Mistkerl hatte es auf unseren König abgesehen. Er wollte ihn umbringen!“

„Das glaube ich nicht.“, meinte Tayla, „warum sonst hätte er dann das Ratshaus angreifen sollen? Das macht keinen Sinn.“

„Wir werden darüber gleich beraten. Zuerst ist es unsere Pflicht, den König in die Hände eines Heilers zu übergeben.“

Als sich einer der Hofheiler König Serais angenommen hatte, wurde der Gefangene in eine finstere Gefängniszelle gesperrt. Dort wurde er ausgepeitscht und dann wie ein verreckender Hund zurückgelassen.

Lethiel, Tayla, Thorak und Elias hatten diese Folter mit eigenen Augen gesehen. Sie wollten sich vergewissern, dass von dem Meuchler einige Stunden keine Gefahr ausgehen konnte.

Tayla hatte der Atem bei dem Anblick der schrecklichen Auspeitschung gestockt. Ein wahrhafter Muskelberg hatte die Peitsche auf den Dunkelelf niederfahren lassen. Der Gefolterte hatte die Qualen still über sich ergehen lassen.

Nun saßen die Vier zusammen in Thoraks Zelt im Lager außerhalb von Gelese. Sie wollten ungestört und im Geheimen über die jüngsten Geschehnisse debattieren.

„Dieser Dunkelelf hätte großen Schaden anrichten können.“, begann Elias, „ich schätze mich glücklich, dass ich euch in der Stunde der Not an meiner Seite wusste.“

„Ihr solltet erleichtert sein, dass kein Ratsmitglied zu Schaden gekommen ist.“, sagte Thorak, in Gedanken offensichtlich bei Norolana.

„Wären bereits alle Ratsmitglieder eingetroffen, hätten wir sie unmöglich retten können.“

Tayla war unfähig sich an dem Gespräch zu beteiligen. Sie

dachte an die Bilder der grausamen Folter. Selbst wenn Éndariel ein Meuchelmörder war, wie konnte man ihm Derartiges antun? Noch immer hallte das ohrenbetäubende Knallen der Peitsche in ihren Ohren nach. Sie sah vor ihrem inneren Auge, wie dieser hinabschnellende Strang aus gehärtetem Leder und Eisen dem Gefangenen das Fleisch von den Knochen gerissen hatte.

Elias' Stimme holte sie aus ihren blutigen Gedanken: „Tayla? Wie denkt Ihr darüber? *Tayla?*"

„Was?", schreckte sie auf.

Er wiederholte seine Frage.

„Ich weiß es nicht."

„Ihr wisst es nicht?"

„Nein... Ich würde ihn nicht töten. Nein, das nicht..."

„Aber warum? Dieses Monstrum verdient nichts anderes!"

Tayla sah streng zu Elias.

„Nun ja, vielleicht habt Ihr Recht, Tayla. Der alleinige Tod wäre wahrscheinlich nicht Strafe genug."

„Das habe ich damit nicht gemeint!", protestierte sie.

„So? Was habt Ihr dann gemeint?"

Lethiel nahm das Wort: „Sie hat gemeint, General, dass sie von jeglicher Folter und auch von dem Tod als Bestrafung absehen würde."

„Das kann nicht Euer Ernst sein!"

„Aber das ist es. Es gäbe keine größere Folter für diesen Kratagoner, als sein Spiel durchschaut zu wissen. Würden wir ihn mit seiner Identität konfrontieren und ihm glasklar sagen, was sein Vorhaben in Lorolas ist, dann würden wir ihn brechen. Dieser Mann ist ein ausgebildeter Mörder und ein Spion."

„Und wie wollt Ihr das tun?", fragte Elias hörbar skeptisch.

„Ich glaube, ich weiß alles über ihn...", murmelte Tayla leise.

Lethiel trat vor sie und packte sie an den Schultern: „Seid Ihr Euch sicher, Tayla? Woher habt Ihr diese Informationen? Dieser Meuchler hat die ganze Zeit über keine Silbe gesprochen."

„Er selbst hat es mir gesagt... Nicht mit Worten... Viel mehr mit einem Blick."

Elias lachte: „Mit einem Blick?"

„Haltet Euer verdammtes Maul!", fluchte Thorak.

„Ihr habt gerade gesehen, wozu dieser Dunkelelf, dank seiner Zauberkunst, fähig ist. Leugnet das nicht.", erinnerte Lethiel, weitaus weniger aufbrausend.

„Was hat er dir über sich verraten?", fragte Thorak.

„Er sagte, dass er Éndariel heiße und dass er von dem kratagonischen König ausgeschickt wurde, um unseren Kriegsrat zu zerschlagen. Er sagte, dass wir ihn hier nicht halten könnten, weil die Genra ihn befreien würden."

„Was sagt Ihr da?" Die für Lethiel übliche Gleichgültigkeit war plötzlich von ihm abgefallen. „Die Genra, die kratagonischen Schattenaffen, wollen ihn befreien? Was zum Teufel haben die Dunkelelfen mit den Schluchtreißern zu tun?"

„Den *Schluchtreißern?"*, wiederholte Thorak.

„Mein Volk nannte diese Kreaturen einmal so. Es sind jene, die einst Steve zerfleischten."

„Ob das nur dummes Geschwätz war?", fragte Thorak.

Lethiels Züge verhärteten sich: „Nein, das glaube ich nicht."

Elias war entsetzt: „Heißt das etwa, dass kratagonische Kreaturen einen Feldzug gegen Gelese führen werden?"

Lethiel lachte kühl: „Einen Feldzug?" Er schüttelte den Kopf: „In Horden von tobenden und brüllenden Bestien werden sie heranstürmen. Zu Hunderten werden sie die Stadtmauern überwinden und eure Soldaten zerfleischen.

Ein Massaker wird es werden für Gelese – und ein Festmahl für die Schattenaffen. Ich empfehle Euch das Schwert zu schärfen, General. Der Krieg hat soeben begonnen."

Tayla starrte Lethiel an. Der Krieg war da. *Er war da.* Und das schneller, als sie nach den letzten Tagen erwartet hatte.

„Hallo? Hallo? Ist jemand da?", rief eine Stimme außerhalb des Zeltes.

„Ja!", antwortete Thorak forsch, „wer spricht da?"

„Darf ich eintreten? Ich überbringe eine Nachricht."

Thorak sah fragend in die Runde. Als die anderen nickten, bejahte er und ein junger Knabe trat ein. Er hielt völlig außer Atem einen Umschlag in den Händen.

„Ich soll der Halbgöttin Tayla diese Nachricht überbringen."

Tayla nahm den Umschlag entgegen. Der Junge sah sie beeindruckt und ehrfürchtig an.

„Er ist nicht versiegelt.", stellte sie fest. „Von wem ist er?"

„V-Vo-Von P-Porter Ni-Nickles.", antwortete der Bote, dem offensichtlich erst jetzt bewusst wurde, mit wem er da sprach.

Taylas Züge erhellten sich: „Danke."

Der Junge blieb unruhig stehen, bis General Elias ihm eine Münze in die Hand drückte: „Du bist entlassen."

Er rannte aus dem Zelt und verschwand.

„Was schreibt Porter?", fragte Thorak interessiert.

Tayla öffnete den Umschlag:

Hallo Tayla, es gibt Neuigkeiten aus dem Palast. König Serai hat sich von dem Attentat erholt und erfreut sich bester Gesundheit. Lediglich der Schock wohnt ihm noch inne. Er ließ mir ausrichten, dass die Kharr morgen kommen und dann auch der große Empfang für die Nordmänner ausgerichtet wird. Ich bin, auch wenn du es dir nicht vorstellen kannst außerordentlich aufgeregt.

König Serai wünscht, dass auch du bei dem Empfang anwesend bist. Aber ich glaube, dass es keine Umstände macht, wenn du Thorak und Lethiel mitbringst. Bitte finde dich morgen pünktlich zur Mittagsstunde in der Halle des ewigen Friedens ein. Ich würde deine Gesellschaft auch schon vorher begrüßen!

Bitte denk an ein angemessenes Auftreten (ich erinnere dich an das letzte Mal, als wir im Thronsaal waren). Es tut mir Leid, dass ich dich bislang nicht besuchen konnte.

Porter

„Was meint er mit einem *angemessenen Auftreten?*“, fragte Lethiel.

Thorak gestikulierte: „Herrgott, Lethiel! Nicht alle sind Meister der Eleganz und der Sittlichkeit.“ Er hielt spielerisch inne und lachte. „Moment – vielleicht hättet Ihr Tayla besser darin unterrichten sollen. Eure schmalen Damenhände eigenen sich bestimmt vorzüglich, um einen Fächer zu halten.“

Der Empfang der Kharr

Der Morgen des nächsten Tages brach an und Tayla erwachte als erste. Thorak und Lethiel lagen neben ihr im Zelt. Ihre ersten Gedanken galten Elozar und dem nahenden Angriff der Schattenaffen, vor dem ihr Meister gewarnt hatte. Sie stand auf, streckte sich und beschloss, Porter in seinem Haus auf der zweiten Stadtebene zu besuchen.

„Guten Morgen, Tayla.“, grüßte Porter leise, nachdem er die Tür geöffnet hatte, „was führt dich zu dieser frühen Stunde hierher?“

„Ach...“, murmelte sie, „ich weiß auch nicht... Ich bin beunruhigt. Nicht nur wegen der Ankunft der Kharr, sondern auch-“

Er unterbrach sie und zog sie ins Haus hinein. Dort sah Tayla zu ersten Mal seine Frau Ires. Sie war klein, rundlich und sah liebenswürdig aus. Ihr blondes Haar trug sie hochgesteckt.

„Ires, das ist Halbgöttin Tayla.“, stellte er sie vor.

„Was? Verzeiht mir, Halbgöttin, ich... Ich...“

„Hallo Ires, es freut mich dich kennenzulernen.“, lächelte Tayla.

Porter musterte sie und bemerkte: „Tayla, so willst du doch

wohl nicht zum Empfang gehen!“

„Warum denn nicht? Ich habe extra ein sauberes Hemd angezogen.“, erwiderte sie prompt.

Erst jetzt fiel ihr auf, das Porter wieder seine Kleidung aus dem Norden mit der Reißzahnkette trug.

„Ich muss schon gleich für die Vorbereitungen zum Palast gehen, Tayla. Kannst du nicht wenigstens deine Rüstung ablegen, ich meine... Es ist ein *königlicher Empfang...*“

Bevor sie protestieren und ihm den dunkelelfischen Meuchelmörder ins Gedächtnis rufen konnte, sagte Ires liebevoll: „Lass mich nur machen, Porter. Folgt mir bitte, Halbgöttin.“

Tayla kam ihrer Bitte nach und folgte ihr in einen kleinen Nebenraum, in dem ein Waschtisch und eine Truhe standen. Ires holte aus der Truhe eine Bürste hervor und kämmte Taylas Haar, bis es sich in braunen Kaskaden über den Rücken ergoss.

„Ich würde die Rüstung anbehalten.“, riet sie lächelnd, „die aus dem Norden sind wilde Männer, auch wenn Porter nicht das beste Beispiel ist.“

Tayla lachte und ließ sich von ihr die Augen mit Ruß umsäumen. Dann schmierte sie sich selbst Bienenwachs auf die Lippen. Ires säuberte ihre ledernen Arm- und Beinschienen sowie den Brustharnisch mit einem feuchten Tuch und entließ sie. Porter erwartete sie schon ungeduldig und führte sie, zufrieden nickend, aus dem Haus auf die schwebende Palastebene.

Tayla war gespannt, als sich das Flügeltor zur Halle des ewigen Friedens öffnete. Der Thronsaal war nicht leer und ruhig, so wie beim letzten Mal, als sie ihn betreten hatten. Unzählige Bedienstete tummelten sich dort und richteten alles für den Empfang der Kharr her. Neben den blutroten

Bannern Geleses, die den weißen Löwengott zeigten, waren sechseckige, dunkelgraue Flaggen aufgestellt worden. Sie zeigten einen stilisierten, blauen Bären, der von weißen, abstrahierten Reißzähnen eingerahmt wurde. Zwischen den Flaggen hingen schmückende Ketten aus Seil, in die Steine, Tierknochen und Eckzähne eingeflochten waren. Harpunen, Speere und lange Pfeile hielten die Ketten gespannt. Der rote Teppich, der für gewöhnlich bis zum Thron führte, war durch ein eng geknotetes Netz und beige Stoffbahnen ersetzt worden. Was Tayla am meisten überraschte, war, dass neben dem Thron auf jeder Seite zwei wuchtige Stühle platziert waren. Die zur Rechten des Königs waren leer. Auf der zur Linken lagen ein Bärenfell und das Fell eines Löwen drapiert.

„Was hat es damit auf sich?“, fragte Tayla.

„Der Stuhl zur Rechten des Throns ist selbstverständlich für die Königin.“, erklärte er und richtete sich die streng zurückgekämmten Haare, „neben unserer Regentin wird heute mein Platz sein. Du, als Halbgöttin, sitzt gleich zur Linken des Königs, also auf dem Löwenfell. Khandras Drakan ist der Vierte, dem die Ehre zuteil wird auf der gleichen Höhe wie König Serai zu sitzen.“

Tayla deutete ungläubig auf sich selbst: „Ich soll zwischen Serai und diesem wilden Bärenreiter sitzen? Warum tust du mir das an, Porter?!“

„Nun ja, wir wollen ihm das Gefühl geben wichtig zu sein, weißt du? Also sitzt er bei den mächtigsten Personen in Lorolas.“

Tayla wurde fast von einem Diener umgerannt, der weitere Ketten hinter den Thron schleppte, um auch dort für die Kharr zu dekorieren.

„Dann soll dieser Wilde gefälligst neben der Königin sitzen. Sie ist schließlich-“

Porter hob mahnend eine Braue, sagte aber nichts weiter.

Mittlerweile wurden Holzbänke in den Thronsaal geschafft und neben den Netzen, die den Weg zum Thron bildeten, aufgestellt.

„Die Sonne überschreitet bald ihren Zenit, Tayla. Es dauert nicht mehr lange, bis die Kharr kommen.“, sagte der Wissenschaftler aufgeregt und zupfte an den Pelzelementen seiner Kleidung.

„Ich muss noch die letzten Vorkehrungen treffen und den König über den Ablauf des Empfangs unterrichten. Es sind nicht viele zu dieser Veranstaltung geladen. Die Ratsmitglieder, ausgewählte Generäle und Admiräle...“ Er wollte schon davoneilen, da blieb er nochmal stehen: „Kommen Thorak und Lethiel eigentlich?“

Tayla nickte, woraufhin Porter auch schon zwischen umherlaufenden Bediensteten verschwand. Sie sah sich einmal mehr um und erkannte die Halle des ewigen Friedens nicht mehr wieder. Ein Netz, geschmückt wie alles andere, war hinter dem Thron über zehn Schritt Breite und Höhe gespannt. Vor dem Thron und den vier Stühlen war ebenfalls alles mit Fellen ausgelegt. Außerdem standen dort große Tongefäße, Trommeln, Rasseln und andere Musikinstrumente, die Tayla nicht kannte. Dichte, blutrote Vorhänge verdeckten die deckenhohen Fenster, die die Halle des ewigen Friedens normalerweise mit Licht durchfluteten. Es war unglaublich dunkel, bis die großen Feuerstellen am Mittelgang entfacht wurden.

„Alle raus hier! Beeilung!“, hörte sie Porter kommandieren. „Gleich ist es soweit! Lasst die Gäste ein!“

Das Tor wurde geöffnet und Lorolas' Würdenträger nahmen die Plätze ein, zu denen sie von Porter geleitet wurden. Tayla erkannte auch Norolana und ihren Vater unter ihnen. Marlon trug das rot-goldene Gewand, das er auch an dem Tag getragen hatte, an dem er Tayla den Dunathon vorgestellt hatte. Thorak und Lethiel waren auch unter den Gästen und nahmen in den hinteren Reihen in der Nähe des Tores Platz.

Tayla winkte ihnen schwach zu und bemerkte, dass sich alle Blicke auf sie, die Halbgöttin, richteten. Es wurde getuschelt und gemurmelt, was sie sehr irritierte, bis Porter sie zu ihrem Platz neben dem Thron führte.

„Setzen wir uns, Tayla. Der König wird gleich eintreffen."

Tayla folgte Porters Beispiel, setzte sich und legte die Arme auf die Stuhllehnen. Sie saß genau im Schein von zwei Feuern, dass sich in ihren funkelnden, schwarz gerahmten Augen spiegelte.

Eine Seitentür schwang auf und König Serai betrat den Thronsaal. Sobald er erschien, verstummten die Gäste. Er war blass, bleicher als gewöhnlich, und trug ein goldenes Gewand. Die Krone der Würde ruhte auf seinem Haupt. Der Anschlag des Dunkelelfs hatte ihm, für jeden ersichtlich, zu schaffen gemacht. Begleitet wurde er von seiner Leibgarde und einer Frau. Es musste die Königin sein. Sie trug ein prachtvolles, ausgestelltes Kleid in der gleichen Farbe wie das Gewand des Monarchen. Sie war ausgesprochen dünn und hatte ein knochiges Gesicht. Ihre Haut war nahezu weiß und ihr dunkelbraunes Haar türmte sich kunstvoll auf ihrem Kopf. Sie trug anstelle einer Krone eine goldene Tiara.

Alle Anwesenden erhoben sich, bevor sich das Königspaar setzte. So auch Tayla und Porter. Weder Serai, noch seine Gemahlin sprachen ein Wort des Grußes. An ihrer Stelle hob Porter die Stimme und sagte im dramatischen Feuerschein zu den Versammelten: „Ich grüße Euch im Namen König Serais und im Namen unserer Königin Arianna."

Alle verneigten sich, so auch Tayla. Sie hatte die Königin noch nie zuvor gesehen.

„Gleich werden Repräsentanten des freien Volkes *Kharr*

durch das Tor treten. Es ist unser Bestreben, ihnen einen würdevollen Empfang zu bereiten, damit sie weiter an einem Bündnis mit Lorolas im Krieg festhalten.“

Laute Geräusche in den Hallen vor dem Thronsaal ließen Porter stoppen. Dann ertönte etwas, das wie Donnergrollen klang.

Der Wissenschaftler übersprang den Rest seiner Ansprache und wies hastig ein paar nordisch gekleidete Männer an, ihre Plätze an den Musikinstrumenten einzunehmen und zu spielen. Ehe Porter wieder, mit Schweißperlen auf der Stirn, Platz genommen hatte, erfüllten wilde Klänge von Trommeln und Rasseln sowie ergreifende Melodien von hölzernen Blasinstrumenten die Halle des ewigen Friedens.

Mit einem lauten Knall flog das Flügeltor auf, ein markerschütterndes Brüllen übertönte die Musik und löste erschrockene Ausrufe aus. Ein schneeweißer Bär stand brüllend im Torbogen. Seine eisblauen Augen leuchteten im roten Licht der Fackeln. Zwei gewaltige Hörner ragten aus seinem Schädel, umschlossen den Kopf und formten entlang der mächtigen Kiefer zwei gebogene Stoßzähne.

Der Bär setzte sich in Bewegung und ging schnaubend auf das Königspaar, Tayla und Porter zu. Er riss wild den Kopf von links nach rechts und brüllte allen Anwesenden seine Ankunft entgegen. Speichelfäden hingen der Kreatur aus dem riesigen Maul und das weiße Fell leuchtete im Feuerschein bedrohlich rot.

Ein Hüne, ein unglaublich großer und muskulöser Mann, ritt den Bären. Er saß fest in dem mit Fellen und Federn geschmückten Ledersattel. Er hatte dunkle, sonnengebräunte Haut und trug eine Fellweste und Ledergurte um den gestählten Oberkörper. Sein langes, schwarzes Haar hatte er zu einem dicken Zopf im Nacken gebunden. Einige Strähnen fielen in sein kantiges, ernstes

Gesicht. Seine dunkelbraunen Augen lagen tief im Schatten seiner markanten Brauen. Dadurch wirkte er noch gefährlicher. Ein mittellanger, schwarzer Bart, in den metallischer Schmuck geflochten war, bedeckte seine untere Gesichtshälfte. An seiner Hose steckten einige Waffen. Um die nackten Arme waren Lederbänder und Reißzahnschmuck gebunden.

Tayla war von dem Bärenreiter, der Khandras Drakan sein musste, so gebannt, dass sie erst viel später die anderen Kharr bemerkte, die ihrem Anführer folgten.

Khandras Drakan brachte den weißen Bär erst kurz vor König Serai zum Stehen und sprach gebrochen: „Ich grüße König.“ Er legte seine zur Faust geballte, rechte Hand auf's Herz.

Serai tat es ihm gleich.

Tayla fand die tiefe, dunkle Stimme des Wilden angenehm und bedrohlich zugleich.

„Weg war lang.“, fuhr Khandras Drakan in den Bruchstücken der gemeinen Zunge, die er beherrschte, fort. „Kharr sind gekommen, um Krieg gewinnen.“

Die Halbgöttin war von seinem ungebändigtem Aussehen und seiner wilden Ausstrahlung beeindruckt und konnte sich einer Gänsehaut nicht erwehren.

König Serai erhob sich majestätisch: „Ich heiße das Volk der Kharr in diesen heiligen Hallen willkommen! Dank dem Wissenschaftler Porter Nickles, der schon seit vielen Jahren in meinem Dienst steht, ist es heute zu diesem glücklichen Zusammentreffen gekommen. Meiner Gemahlin, Königin Arianna, habt Ihr mit Eurem Erscheinen einen Herzenswunsch erfüllt, großer Khandras Drakan.“

Tayla entging nicht, wie sich die aufmerksamen Blicke des Khandras' kurz auf die magere Königin legten, die ängstlich zusammenzuckte.

„Gerne möchte ich Euch Halbgöttin Tayla vorstellen, die zu Eurer Ankunft den weiten Weg aus ihrer Heimat, dem Lorolas Wald, auf sich genommen hat."

Tayla hielt den Atem an, als sich ihre Blicke mit denen des Khandras' zum ersten Mal trafen. Sie umklammerte angespannt die Armlehnen, blieb sonst aber ruhig und sah ihm starr in die dunklen Augen. Auch als König Serai mit seiner Rede fortfuhr, blieben seine tiefliegenden Augen auf sie gerichtet, in denen sich, wie in ihren eigenen, das Feuer spiegelte.

„Nehmt Platz, Khandras Drakan.", forderte Serai ihn mit einladender Geste auf.

Der Wilde schwang sich aus dem Sattel des Bären, der daraufhin erneut brüllte, und nahm seinen Platz auf dem ihm angedachten Stuhl ein. Sitzend überragte er Tayla um fast zwei Köpfe, König Serai um einen.

„Ich dir danken.", ertönte seine tiefe Stimme.

Er lehnte sich zurück, was den wuchtigen Stuhl knarren ließ. Dann wies er die verbliebenen Kharr an, sich in die vorderen Reihen der Bänke zu setzen. Sein Bär rollte sich neben ihm zusammen.

Porter erkläre laut: „Heute werden wir uns an der traditionellen Musik des Nordens erfreuen und zusammen speisen, wie es in den Katharen üblich ist." Er klatschte in die Hände. „Serviert das Mahl!"

Drakans wachsame Augen verfolgten die Diener, die große Platten mit gebratenem Fleisch in den Thronsaal brachten: Töpfe, gefüllt mit dampfenden Pilzen, Ingwer, Beeren und Kräutern, wurden neben die Fleischplatten gestellt.

Man baute eine lange Tafel vor dem Königspaar, Tayla, Porter und dem Khandras auf, auf die ebenfalls Speisen und Weinkrüge gestellt wurden.

„Heute trinken wir darauf, dass der Friede weiterhin in

Lorolas weilen möge und auch in Kratagon Einzug hält.", rief König Serai mit gehobenem Kelch.

Tayla trank zögerlich einen Schluck Wein. Sie konnte sich nur zu gut an das letzte Mal erinnern und weiteren Peinlichkeiten würde sie gerne aus dem Weg gehen.

Als mit dem Essen begonnen wurde, nahm sie nichts von den Fleischplatten, sondern beschränkte sich auf die Pilze und Beeren. Sie bemerkte, dass es bei Khandras Drakan genau umgekehrt war.

Sie fühlte sich unbeholfen und deplatziert. Serai und Arianna waren in ein Gespräch mit Porter vertieft. Khandras Drakan saß, wie sie, schweigend da und sein kantiges Gesicht war eine starre Maske. Er beobachtete aber aufmerksam das Geschehen im Thronsaal.

Tayla räusperte sich und rang sich dazu durch mit dem Anführer der Kharr zu sprechen. Sie wandte sich ihm zu und sagte: „Es freut mich sehr, dass Ihr den weiten Weg aus dem Norden auf Euch genommen habt, Khandras Drakan."

Er drehte sich ihr nicht zu, beobachtete sie aber aus dem Augenwinkel.

Tayla zwang sich fortzufahren, da er stumm blieb: „Nur mit der Unterstützung der Kharr kann es uns gelingen, Kratagon zu besiegen."

Sie ließ ihm wieder Gelegenheit etwas zu entgegnen, doch es kam ihm kein Wort über die Lippen. Langsam wurde die Situation heikel. Wollte er sich nicht mit ihr unterhalten, oder konnte er es nicht?

Tayla räusperte sich und trank einen Schluck Wein, um ihre Unsicherheit zu überspielen: „Gefällt es Euch in Gelese?" Sie trommelte mit den Fingern auf den Armlehnen, dann umschloss sie sie angespannt. Was konnte sie diesen Wilden denn noch fragen?

Sie ließ die Blicke über die anderen Kharr streifen, das

Mahl, die Trommeln, die weiße Kreatur: „Ihr habt einen beeindruckenden Bär, Khandras Drakan.“

Er legte die Hand auf den riesigen Schädel seines Reittieres und strich über die dicken, gebogenen Hörner.

„Wollt Ihr mir von ihm erzählen? Gibt es zu ihm eine Geschichte?“, fragte sie interessiert.

„Ja.“, antwortete Drakan.

Tayla wusste nicht, auf welche Frage er damit reagiert hatte.

„Darf ich?“, fragte sie lächelnd und nickte zu dem weißen Bär.

Sie glaubte ein herausforderndes, überraschtes Funkeln in seinen Augen zu sehen und stand, ohne auf seine Erlaubnis zu warten, auf. Sie ging langsam zu der nordischen Kreatur herüber und streckte die Hand nach ihr aus.

„Ich bin Tayla.“, sprach sie beruhigend auf den Bären ein, „ich bin die Halbgöttin, aber das weißt du bestimmt.“ Sie ließ es zu, dass er an ihrer Hand schnupperte und sie aus seinen eisblauen Augen anstarrte.

Tayla spürte, dass der Bär ihre Berührung dulden würde, darum strich sie vorsichtig über die gehörnte Schädeldecke: „Ich habe keine Angst vor dir. Der halbgöttliche Löwe Elozar ist mein Gefährte. Er gehört zu den gefährlichsten Geschöpfen dieser Welt.“

Sie bemerkte, dass sie jetzt nicht nur die Aufmerksamkeit des Bären hatte. Auch sein Reiter hatte sich ihr zugewandt. Während sie noch über die weiße, vernarbte Schnauze streichelte, sah sie zu Khandras Drakan auf. Aus dieser Perspektive wirkte er noch größer und mächtiger, vielleicht auch gefährlicher. Als sich ihre Blicke trafen, nickte er.

„Wie ich sehe amüsiert ihr euch?“, fragte Porter, der auf einmal hinter Tayla aufgetaucht war.

Der Bär knurrte und war im Begriff aufzuspringen. Ein

scharfer Befehl Drakans, den Tayla nicht verstand, hielt ihn davon ab.

Porter kam Tayla zitternd näher und stotterte: „I-Ihr versteht eu-euch?“

Sie schmunzelte und erwiderte zynisch: „Ohne Worte, Porter.“

Trotz allem musste sie sich eingestehen, dass sie die drohenden Gefahren und den Meuchler Éndariel für ein paar Stunden vergessen hatte. Der Empfang gab ihr das Gefühl, dass die gefahrvolle Welt vor der Halle des ewigen Friedens nicht mehr existierte – oder zumindest für einige Zeit still stand.

Kratagon

Zacharias' Aufstieg

Zacharias schaute zufrieden zu den Infanteristen. Am ersten Tag, als er an Galdors Burg gekommen war, hatte er fünf Dutzend Hohlköpfe vor sich gesehen. Hohlköpfe mit Schwertern aus billigem Kupfer, die geglaubt hatten, mit roher Gewalt könnten sie jeden Gegner besiegen. Diese *Kupferinfanterie*, wie Zacharias sie bei sich immer genannt hatte, war in seinen Augen zu nichts fähig gewesen. Sie hatten ihn, einen Bastard, respektlos belächelt und beschimpft. Doch durch seine Kampffertigkeiten hatte er beweisen können, dass in ihm ein Lehrmeister steckte, der es Wert war respektiert zu werden.

Länger als fünf Wochen hatte er das ihm zugeteilte Bataillon in Kampf, Strategie, und ja, auch in logischem Denken unterrichtet. Das war auch nötig gewesen, dachte er schmunzelnd.

Von Tag zu Tag wohnten mehr Männer Galdors seinen Lektionen bei, sodass sich die Zahl seiner Schüler verdoppelt hatte. Mittlerweile wurde Zacharias von den Soldaten des

Talkönigs wie ein Kampfgott behandelt und hofiert.

Jetzt war er nicht mehr der Bastard. Er wurde als überragender Krieger geschätzt – als Mann, als Lehrmeister, der seinen Schülern sogar wertvolle Schwerter aus Eisen beschafft hatte.

Mit einer ausgewählten Truppe, es waren zwei Dutzend Männer, hatte Zacharias das Training intensiviert. Diese Soldaten hatten Potential, hervorragende Kämpfer zu werden. Zacharias hatte mit ihnen an Trainingsschlachten teilgenommen. Seine Männer waren von Mal zu Mal besser geworden und bald waren sie diejenigen, die es zu schlagen galt.

Was Zacharias zudem unter den Soldaten beliebt machte, war, dass er ihnen als einziger Meister die Gelegenheit bot, sich, wann immer sie wollten, mit ihm im Kampf zu messen. Noch keiner konnte ihn besiegen, doch er hob die Verbesserungen der Männer regelmäßig hervor. Häufig auch bei den abendlichen Saufgelagen, bei denen er nur selten fehlte.

Zacharias stand allein auf der Tribüne neben dem Kampfplatz und sah zu, wie sich sein Bataillon duellierte.

Er klatschte in die Hände: „Genug für heute!“

Die Männer hielten keuchend inne.

„Ich bin sehr zufrieden mit eurer Leistung. Für heute habt ihr genug trainiert. Genießt eure Freizeit, aber nehmt euch in Acht vor den Weibern mit den safrangelben Kleidern! Ihre Bälger werden euch kein Glück bringen.“

Die Männer lachten und verließen den Kampfplatz. Zacharias hatte genug von den Diensten der Huren, deren Zahl sich in den vergangenen Monaten in Skandor vervielfacht hatte, auch wenn sie ihm ihre Künste immer wieder anboten.

Seitdem es im ganzen Land kundgetan worden war, dass König Jadro bald den Krieg gegen Lorolas beginnen würde, war ein in Kratagon einzigartiges Wagenlager der Hurerei entstanden, das stets gut besucht war. Die Huren hatten es nicht nötig, sich auf den Straßen Skandors zu verkaufen. Sie ließen die zahlende Kundschaft zu sich kommen und handelten mit Liebe für Brot, Wasser und ein paar Kupfermünzen.

Zacharias war noch nie im Wagenlager gewesen. Er konnte diese Art von Liebe bekommen, wann immer er wollte – ohne dafür zu bezahlen. Mittlerweile konnte er gar nicht mehr sagen, ob es hier noch ein begehrenswertes Weib gab, das noch nicht sein Bett geteilt hatte. Ja, dachte er selbstzufrieden, er war wieder ganz der Alte – und er genoss sein Leben.

Hufgetrappel und ein krachendes Geräusch rissen ihn aus seinen Erinnerungen.

„Galdor!“, grüßte er den Talkönig, der in einem Zweiergespann vor ihm gehalten hatte.

Er und der Talkönig waren mit der Zeit Freunde geworden und er hatte den pöbelhaften Galdor schätzen gelernt. Besonders mochte er seine direkte Art.

Der beleibte Talkönig winkte ihn zu sich herüber: „Zacharias, komm zu mir, mein Sohn!“

Zacharias verließ die Tribüne und lief zu Galdor. Er klopfte ihm auf den dicken Bauch und lachte: „Was gibt's, fetter, guter Vater?“

Galdor stimmte laut in sein Lachen ein: „Steig zu mir auf den Wagen und wir fahren zu meiner Burg. Es gibt etwas Wichtiges zu erledigen.“

Der Burghof war gefüllt mit Soldaten, Meistern und Generälen. Dort hätte nicht einmal mehr eine Taube auf dem

Boden Platz gefunden. Wie viele mochten sich hier tummeln? Tausend Mann?

„Aus dem Weg! Macht gefälligst Platz!“, donnerte Galdor.

Die Soldaten drängten sofort zur Seite, als der Talkönig mit seinem Zweiergespann durch ihre Mitte fuhr. Zu Zacharias' Verwunderung jubelten die Männer ihnen zu. Was sollte *das* denn? Nicht, dass es ihm missfiel, aber es war doch sehr ungewohnt.

Vor einer kleinen Bühne, die aus Holzbrettern zusammengeschustert war, brachte Galdor das Zweiergespann zum Stehen. Auf der Bühne standen Rowan, ihn erkannte Zacharias sofort, und schätzungsweise zwanzig Krieger in Rüstung.

Zacharias fragte sich, zu welchem Fürstenhaus diese Gepanzerten angehörten. Er betrachtete neugierig das Wappen, welches auf ihrem Brustharnisch eingraviert war. Es war ein schwarzes Pferd auf hellem Grund, dass mit den Vorderhufen durch die Luft schlug. Welcher Fürst in den Palanthras Tälern war so reich, dass er solche Rüstungen bezahlen konnte? Welchem Haus gehörte dieses Wappen an? Zacharias hatte es noch nie gesehen...

„Willkommen! Willkommen!“, begann Galdor seine Ansprache.

Die Soldaten im Burghof stellten ihr Gerede ein und wandten sich der Bühne zu, auf der der Talkönig bereits stand. Zacharias war noch im Zweiergespann.

„Heute haben wir uns nicht wegen mir hier versammelt. Wir wollen einem Mann, viel mehr aber einem Freund, eine besondere Ehre zuteil kommen lassen. Zacharias, komm hinauf zu mir, Junge!“ Jubel ging durch die Menge, als Zacharias auf die Bühne trat und Galdor seinen Arm in die Luft riss. „Das hier ist der Mann, der Großes geleistet hat!“, rief er, „und das soll belohnt werden – Zacharias, ich berufe dich in den Generalstand! Fortan wirst du einer der Männer sein, die meine Soldaten im Krieg anführen!“

Als Galdor geendet hatte, riss Zacharias triumphierend den anderen Arm in die Luft. Er war angekommen. Jetzt. *Endlich.*

„Aber damit nicht genug.“, fuhr Galdor fort, „ich habe ein Geschenk für dich, mein Sohn.“

Zacharias sah ihn überrascht an.

„Siehst du diese Männer, Zacharias?“ Galdor deutete auf die Männer in Rüstung. „Erkennst du sie?“

Zacharias spähte durch die Schlitze ihrer Visiere und glaubte einige aus seiner ausgewählten Kampftruppe zu erkennen.

„Dies sind deine Männer, deine Sturmfalken!“, verkündete Galdor stolz.

Zacharias hatte die Einheit einmal begonnen Sturmfalken zu nennen. Er wollte, dass sie die Eigenschaften seines Pferdes Sturmfalke verkörperten: Stärke, Schnelligkeit, Klugheit und, nicht zuletzt, Treue.

Die Sturmfalken traten an ihren Lehrmeister und jetzigen Kommandanten heran und beglückwünschten ihn zu seinem Rang in Galdors Heer.

„Aber auch damit nicht genug!“ Galdors Stimme überschlug sich förmlich vor Aufregung und Freude, „jeder Sturmfalke wird ein Pferd wie deines erhalten, Zacharias. Ihr werdet der Stolz meines Heeres sein, und mit Euch wird Lorolas im Krieg fallen!“

Die Menge im Burghof und auf der Bühne jubelte haltlos. Zacharias sprang euphorisch brüllend in Rowans Arme und die beiden Freunde schlugen sich mehrfach auf den Rücken.

Endlich war es soweit. Zacharias' Herz hatte in seine Heimat zurückgefunden. Er würde Kratagon zu Ruhm, Reichtum und Macht verhelfen. Er. General Zacharias.

Eine unerwartete Reise

Zacharias grinste, als er am frühen Morgen in den Erinnerungen der vergangenen Nacht schwelgte. Nach seiner Ernennung zum General waren er, Rowan und seine Sturmfalken in die Burg eingeladen worden. Dort hatten sie wie Könige gespeist, was an Galdors Hof unüblich war. Einige Weiber, die aus den Palanthras Tälern mitgekommen waren, hatten ihnen Gesellschaft geleistet.

Zacharias nahm seine Umgebung in Augenschein. Er lag in einem Zimmer, dessen Boden mit Fellen ausgelegt war. Unweigerlich stieg in ihm ein triumphierendes Gefühl des Glücks auf. Gleich *vier* Weiber hatte er mit in diese Kammer genommen. Jetzt lag nur noch eine goldhaarige Schönheit bei ihm und sie war genauso nackt wie er.

Der Kratagoner erinnerte sich an Rowan. Auch der Bogenschütze war gestern mit einem Mädchen verschwunden, nachdem er, Zacharias, die goldhaarige Schönheit erobert hatte. So war es früher immer gewesen, wenn er mit dem Bogenschützen ausgeschickt worden war. Erst hatten sie sich betrunken, um sich dann die Nacht von netter Gesellschaft verkürzen zu lassen.

Die Frau, die in seinem Arm geschlafen hatte, regte sich. Sie war jung, hatte nahezu weiße Haut und blondes Haar.

Ihre grünen Augen öffneten sich und fanden die Seinen. Sie beugte sich lächelnd über ihn und küsste seine Brust, seinen Hals...

„General.“, säuselte sie an seinen Lippen.

Er grinste und umfasste ihr liebliches Gesicht mit den Händen: „Sag das nochmal.“

Sie küsste ihn leidenschaftlich: „General Zacharias. *General.*“

Oh ja, *das* gefiel ihm. Er vergrub eine Hand in ihrem blonden Haar, mit der anderen presste er ihren nackten Leib an sich.

Dicht über seinen Lippen hauchte sie: „Die Nacht war unbeschreiblich. Ich bin noch nie einem Mann wie dir begegnet.“

Das überraschte ihn nicht. Sie war gestern seine letzte Eroberung gewesen, denn sie hatte sich ihm nicht so einfach hingegeben wie die anderen. Aber seine Mühe hatte sich gelohnt. Auf jeden Fall. Seine Mundwinkel hoben sich und ein breites Grinsen breitete sich auf seinem Gesicht aus.

„Wie heißt du, Schönheit?“

Ihre grünen Augen leuchteten, als sie antwortete: „Gaia.“

Dieser Name weckte eine Erinnerung, doch er bekam sie nicht zu fassen. Er kannte Gaia...

In diesem Moment betrat jemand das Zimmer. Es war Rowan, dessen Gesicht erst von einem breiten Grinsen, und dann von Unverständnis gezeichnet wurde. Zacharias setzte sich auf und Gaia sank neben ihm in die Felle. Er bemerkte, dass Rowan Gaia lange ansah. Vielleicht lag sogar Eifersucht in seinen Zügen, als er sie vom Scheitel bis zur Sohle musterte. Das Mädchen errötete und bedeckte sich, nachdem sie sich beschämt abgewandt hatte.

„Komm, lass uns verschwinden.“, sagte Zacharias, ohne weiter über diese Situation nachzudenken, und streifte sich hastig die Kleider über. „Was für ein Tag!“, schwärmte er, „und was für eine Nacht!“

„Man soll immer gehen, wenn es am schönsten ist. So haben wir's früher immer gemacht, und so sollten wir's auch beibehalten.“, bestätigte Rowan wieder gutgelaunt.

„Recht hast du!“, lachte Zacharias.

Die beiden rannten übermütig aus der Burg.

„Gaia.“, keuchte Zacharias, als sie auf dem Kampfplatz zum Stehen kamen, „du magst sie, habe ich Recht?“

Rowan errötete und kratzte sich verträumt lächelnd den Hinterkopf: „Sie ist sehr schön.“

„Das ist sie.“, bestätigte Zacharias und plötzlich lachte er wieder laut: „Haha! Du willst sie in dein Bett kriegen! Du willst die Kleine!“

Rowan ging auf ihn los und schrie: „Halt dein Maul!“

Er hob beschwichtigend die Hände, unsicher, ob er Witze machte, oder ob es sein Ernst war: „Warum hast du nicht-“

Der Bogenschütze schnitt ihm das Wort ab: „Ich konnte nicht! Ich wollte sie schon auf dem Fest gestern Abend ansprechen, aber ich konnte mich nicht überwinden... Gott, ich bin so ein Feigling!“

Zacharias hatte schon fast ein schlechtes Gewissen, weil er Gaia für die Nacht erobert hatte und rücksichtslos das mit ihr getan hatte, was er mit ihr tun wollte. Rowan war der einzige, für den er auf etwas verzichten würde. Hätte er von seinen Gefühlen für Gaia gewusst, dann hätte er sie nicht einmal angesehen.

„Du solltest zu ihr gehen, Rowan.“, riet er.

„Was? Jetzt?!“

Zacharias ergriff lachend die Flucht und rief scherzhaft: „Nun ja, das Ausziehen hättest du dir schon gespart!“

Rowan nahm fluchend die Verfolgung auf, erwischte Zacharias und nahm ihn in den Schwitzkasten.

Bevor er sich von ihm losmachen konnte, kam Galdor zu ihnen auf den Kampfplatz: „Und?“, rief er sie gutgelaunt an, „wie habt ihr die Nacht verbracht?“

Ein schelmisches Grinsen von Zacharias genügte, um dem Talkönig verständlich zu machen, was sie getrieben hatten.

„Gut so, ihr Kerle!“, donnerte Galdors laute Stimme, „aber nun zu einem ernsten Thema.“

Er trat näher an sie heran und zog Zacharias zu sich: „Jeder Fürst und jedes Mitglied des Kriegsrates hat, für den ersten Schlag gegen Lorolas, Männer bereitzustellen. Ein Bote Jadros überbrachte mir diese Nachricht heute in der Früh. Haha, der Bursche hatte einen gewaltigen Stock im Arsch!“

Niemand lachte.

„Die Anführer der Männer sollen mit ihren Fürsten heute zur Versammlung in die Hauptburg Skandors kommen.“

„Was hat das mit mir zu tun?“, fragte Zacharias, der seitdem er Schwertkampfmeister bei dem Talkönig geworden war, nichts mehr von König Jadro oder einem anderen Aristokraten gehört hatte.

„Ich will, dass du mit deinen Sturmfalken nach Lorolas gehst.“

Überrascht zog Zacharias die Brauen hoch. *Er* sollte Galdor in die Burg begleiten? Zacharias konnte nur erahnen, ob Jadro ihn überhaupt in seiner Nähe dulden würde. Immerhin hatte er ihm den Lehrmeisterposten unter Galdor nur aufgebürdet, damit er weit weg genug vom Königshof war. Zacharias hatte immer geglaubt, dass Jadro fürchtete, dass er ihn mit aufgeschnappten Informationen von Versammlungen und Kriegsräten verraten würde.

„Bist du sicher? Vielleicht wäre ein Admiral eine bessere Wahl.“, deutete Zacharias an.

„Nein, nein, nein! Du bist der einzige, der schon einmal in

Lorolas gewesen ist. Du kennst die Pfade, auf denen ihr dort gehen werdet. Du wirst deine Sturmfalken dorthin führen, mein Sohn. Mein Entschluss ist gefallen.“

Zacharias hatte Galdor selten so ernst und entschlossen sprechen hören.

„Was ist mit Rowan? Wird er mich begleiten?“

„Ich wäre töricht, ihn hier zu lassen!“

„Es ist mir eine Ehre.“, sagte Rowan und verbeugte sich.

„Lass die Knickserei, Junge, davon bekommst du im Alter nur Rückenschmerzen.“ Galdor wandte sich wieder Zacharias zu: „Dein Pferd habe ich schon satteln lassen. Wir werden sofort aufbrechen.“

„In Ordnung.“, stimmte Zacharias mit einem unguten Gefühl zu.

Besorgt sah der Talkönig zur Burg zurück.

„Ist alles in Ordnung?“, fragte Zacharias, denn so ernst hatte er Galdor noch nicht erlebt.

„Ich weiß nicht, meine Tochter Gaia hat mich gestern Abend auf das Fest begleitet, doch ich habe sie aus den Augen verloren. Und heute morgen sagten mir ihre Zofen, sie wüssten nicht, wo sie sei.“

Zacharias und Rowan warfen sich einen vieldeutigen Blick zu. Dann erbot sich der Bogenschütze hilfsbereit: „Ich mache mich gerne auf die Suche nach ihr, solange ihr bei der Versammlung seid.“

Der Talkönig entspannte sich ein wenig: „Danke, Junge, du bist ein tüchtiger Kerl.“, sagte er und machte sich mit Zacharias davon.

Während des Ritts war Zacharias grüblerisch. Ob er überhaupt in die Zitadelle des Königs eingelassen würde? Er konnte es sich zu diesem Zeitpunkt nicht vorstellen. Der Verrat, den er an Jadro begangen hatte, war schlicht zu schwerwiegend gewesen.

Heute, da Tayla nur noch eine blasse Erinnerung aus vergangenen Tagen war, fragte er sich, ob sie es wert gewesen war, dass er sich allmählich zurückerkämpfte, was er für sie auf's Spiel gesetzt hatte. Über ein Jahr war vergangen, seit er aus Lorolas in seine Heimat zurückgekehrt war. Die Erinnerung an Taylas Küsse brannten nicht mehr wie Feuer auf seinen Lippen. Es fühlte sich an, als wäre die Liebe zu ihr nur eine Romanze aus seiner Jugend gewesen.

Liebte er sie? Hatte er sie überhaupt einmal geliebt? Hatte er sie nur begehrt, weil sie die unantastbare Halbgöttin war? Zacharias versuchte sich ihr Gesicht ins Gedächtnis zu rufen. Zu seiner Überraschung waren ihre Züge noch sehr deutlich und er fühlte sich an ihre Unschuld erinnert, die sie so sehr von allen anderen Frauen unterschieden hatte.

Zacharias beschlich ein ungutes Gefühl, als sie sich dem Hauptbollwerk näherten. Jadro würde ihn in der Versammlung nicht dulden, da war er sich inzwischen sicher. Zacharias hatte mit Galdor nie drüber gesprochen, warum er vor zwei Monden als Lehrmeister zu ihm geschickt worden war. Galdor war überaus klug. Er konnte diese bestimmt erahnen. War jetzt der Zeitpunkt gekommen, um dem Talkönig von seinem großen Verrat zu erzählen?

Nein.

„Wie ich sehe, haben es meine Boten verdient, das Licht des nächsten Tages zu erblicken.“, sprach König Jadro, als er sah, dass alle Geladenen versammelt saßen. Er trug wie üblich seine dunkle Lederrüstung und Wolfspelz.

Die Blicke des Herrschers von Kratagon wanderten über die Gesichter der Fürsten und deren Begleiter. Bei Zacharias blieben sie haften. Zacharias versuchte ihnen zu entnehmen, wie Jadro über ihn und seine Anwesenheit dachte und wie er mit ihm verfahren würde. Doch sie waren so kalt und nichtssagend, wie aus Stein gemeißelt.

„Die Genra werden unter der Führung Dwars einen ersten Angriff auf Gelese wagen."

„Warum zur Hölle greifen diese Schluchtenkriecher die Königsstadt an?!", unterbrach Galdor so pöbelhaft und respektlos wie eh und je.

Jadro sah ihn scharf an: „Es herrscht Krieg, Volkskönig. Was wäre es für ein Krieg, wenn man seinen Feind nicht angreift?"

Galdor hämmerte mit der Faust auf den Tisch: „Ach! Als ob das der wirkliche Grund ist! Verarscht mich nicht!"

Jadro spannte die Finger seiner rechten Hand und Galdors Glieder versteiften sich durch einen Zauber.

„Haltet Eure Zunge in Zaum, Galdor, oder ich werde Euch dieser Versammlung verweisen."

Galdor wollte protestieren, doch als er seinen Mund öffnete, blieb der übliche Schwall von Beleidigungen aus.

„Sorgt Euch nicht. Ihr werdet Eure Stimme nach der Versammlung wiedererlangen. Ich werde einem Mann nicht seinen einzigen Besitz rauben.", meinte Jadro beiläufig. Dann fuhr er fort: „Der Versuch, Lorolas' Kriegsrat zu zerschlagen, ist gescheitert. Die Genra werden Gelese daher angreifen."

Diese Neuigkeit erfüllte Zacharias mit herrlicher, überschwänglicher Genugtuung. Éndariel war gescheitert.

„Ich verlange, dass ihr mindestens je zwei Dutzend verlässlicher Krieger an die Front schickt. Deren Aufgabe wird es sein, sich bis zum Ratshaus auf der vierten Stadtebene Geleses durchzuschlagen und alle anwesenden Ratsmitglieder zu töten. Nennt mir nun die Namen derer, die eure ausgewählten Männer führen sollen und schreibt sie auf Pergament."

Der erste Fürst nannte einen Namen und fragte dann nach einem Tintenfass, da er nur eine Schreibfeder erhalten hatte.

„Verzeiht.", sagte Jadro und reichte ihm ein Messer, „solche Zeilen werden mit Blut, und nicht mit Tinte, geschrieben."

Der Fürst nahm das Messer und ritzte sich damit in die Hand. Die Feder tauchte er in die Wunde und schrieb mit seinem eigenen Blut den Namen auf das Pergament.

Derethor, der Stadthalter von Mortem Mar'Ghor, war bald an der Reihe: „Mein Sohn Arroth wird nach Lorolas gehen.", verkündete er, schnitt sich in die Hand und trug den Namen des Grafen in die Liste ein.

Als Galdor an der Reihe war, hob Jadro den Zauber für einen Moment auf.

„Zacharias.", sagte Galdor erbost.

„Nur Generäle oder Höherrangige dürfen diesen Posten ausfüllen.", belehrte Jadro.

„Verzeiht, versäumte ich Euch mitzuteilen, dass Zacharias in den Generalstand erhoben wurde?"

Zacharias triumphierte innerlich über diese Beleidigung, für die König Jadro jedem anderen den Kopf hätte abschlagen lassen.

„Dann schreibt gefälligst seinen Namen auf!", befahl der Herrscher grimmig.

Galdor schlitzte sich wie die anderen Aristokraten zuvor die Hand auf. Mit seinem Blut schrieb er Zacharias' Namen auf das Pergament. Er schrieb, ungleich der anderen, nur Versalien und in einer Schrift, die keine Schnörkel und edlen Verzierungen aufwies.

Zacharias betrachtete das Pergament aus dem Augenwickel. Aus dieser Namensliste würde er auf ewig herausstechen. Er, General Zacharias aus Kratagon.

„Ich werde Euch hier, aus unserem Versammlungssaal, einen Blick nach Lorolas erlauben. Heute werde ich euch beweisen, dass die Götter des Lichts meiner Macht nichts entgegenzuhalten haben.“, erklärte König Jadro.

Zacharias war von der Wendung, die die Versammlung angenommen hatte, überrascht. Etwas stimmte hier nicht. Jadro verfolgte offensichtlich einen Plan von einem solchen Ausmaß, welches niemand der Versammelten überblicken konnte... Éndariel war gescheitert. Alleine diese Neuigkeit war überraschend – *zu überraschend,* auch wenn Zacharias sich nichts sehnlicher gewünscht hatte.

Alle Geräusche verklangen mit einem Mal und es wurde sehr dunkel. Der Versammlungsaal verschwamm vor Zacharias' Augen und Donnergrollen erschütterte die Luft und den Grund, auf dem er stand. Er konnte sich nicht erklären wie, aber er war zu einem fernen Beobachter eines Szenarios geworden, das ihn gleichermaßen mit Abscheu und Kampfeslust erfüllte.

Dwar, der Fürst der Schattenaffen aus dem Valeduara, dem Südtal, schnaubte bedrohlich. Der todbringende Koloss sah auf seine gorillaartigen Krieger hinab, die ihr Reich unter Elethyn im Lorolas Wald bereits hinter sich gelassen hatten. Einen Tag und eine Nacht waren sie unter seiner Führung durch die unterirdische Welt gerannt, sodass die Bäume über ihnen erbebten. Jetzt waren sie Gelese nicht mehr fern.

Dwar wusste, dass die Horden, die er führte, schon lange nach Menschenblut lechzten. Es reichte ihnen nicht mehr, sich von Tieren zu nähren. Sie gelüsteten nach heißem, frischem Blut. Genauso wie er.

Aus dem rasenden Lauf sprang Dwar auf einen Vorsprung der hohen Felswände. Schnell und kraftvoll schwang er sich auf eine Höhe, aus der er die gesamte Horde sehen konnte.

Mehr als tausend Schattenaffen kamen vor ihrem Fürst zum Stehen. Mächtige, mehr als mannshohe Kreaturen mit massiven Gorillahäuptern, langen Fängen und giftigen, unterarmlangen Klauen.

In der Sprache der Genra brüllte Dwar: „Endlich ist es soweit! Wir sind nicht länger gezwungen uns im Verborgenen zu halten! Mit dem Sonnenuntergang ist die Nacht gekommen, in der wir Lorolas' Hauptstadt wie eine tosende Welle des Todes überrollen werden!“

Die Horde unter ihm tobte. Sie trommelten mit ihren Fäusten auf die lederhäutigen Oberkörper, an denen sich sämtliche der dicken Muskelstränge abzeichneten.

„Wir werden die Köpfe der Lorolasser von ihren Schultern reißen, ihr Blut trinken und ihr Fleisch von ihren mickrigen Knochen schlingen! Über ihre Mauern werden wir hinwegfegen wie ein tödlicher Sturm! Tod den Lorolassern! Tod! *Tod!* TOD!“

Die Schattenaffen brüllten und wiederholten die Laute des Wortes *Tod* blutrünstig.

„Auf! Auf!“, schrie der Fürst und sprang von der Felskante ab.

Er kam auf dem Boden auf und rannte, gefolgt von den Horden, weiter gen Norden.

Bald würde es soweit sein. Bald würde sein Volk durch den Erdboden brechen. Nun, da es nicht mehr weit bis zu jener Stelle war, an der das Schicksal seinen Lauf nehmen würde, spürte Dwar die Gier nach Blut und Vergeltung in sich auflodern. Er würde seine Klauen in die Leiber der Soldaten und ihrer Herrn graben. Er würde Frauen und Kinder zerfleischen. Und er würde die Halbgötter töten, wenn sie in der Schlacht kämpften, so, wie er es sich an dem Tag geschworen hatte, als der Löwengott seine Jäger in den Tod gerissen hatte.

Die goldene Tochter

Gaia betrachtete ihre Reflexion im Spiegel. Sie sah verändert aus, wie eine Frau und nicht mehr wie ein Mädchen. Die Liebesnacht mit dem neuen General ihres Vaters hatte sie verändert.

Wieder blickte sie in den Spiegel. Grüne Augen, die seit gestern strahlten, als wäre in ihnen ein Licht entzündet worden, dominierten ihr schmales Gesicht. Sie prüfte ihre Lippen. Diese waren in siebzehn Jahren zum ersten Mal geküsst worden. Gaia lächelte traurig. Eben noch hatte sie die Erinnerung an das Liebesspiel mit General Zacharias beflügelt. Sie konnte sich nicht vorstellen, dass es einen leidenschaftlicheren Mann oder einen besseren Liebhaber in Kratagon gab. Aber die vergangene Nacht war ein großer Fehler gewesen. Das musste sie sich jetzt eingestehen. Sie wusste nicht, was in sie gefahren war, denn sie hatte diesem Fremden ihre Jungfräulichkeit geschenkt. Ihre Mutter würde sie dafür schrecklich bestrafen, denn unrein würde sie nicht in ein reiches Adelshaus einheiraten können. Ihre Eltern hatten mit ihr, bevor sie nach Skandor gegangen waren, häufig über eine Hochzeit gesprochen. Sie, Gaia, sollte nach dem Krieg Graf Arroth von Mortem Mar'Ghor vorgestellt werden. Der Talkönig war sich sicher, dass ihre Schönheit den zukünftigen Stadthalter der Küstenstadt bezaubern würde.

Gaia war es unangenehm, dass so mit ihr und ihrem Aussehen gehandelt wurde. Sie galt als eine der schönsten Töchter Kratagons und man sprach von ihrem goldenen Haar sogar bei den Dunkelelfen im Weißen Gebirge.

Die Prinzessin streifte den Morgenrock ab, den sie übergezogen hatte, als sie unbemerkt in ihre Gemächer geschlichen war. Sogar ihre Zofen standen nicht bereit, um ihr beim Ankleiden zu helfen. Aber Gaia konnte ihnen nicht böse sein. Es war schon lange Mittag, und sie hatten gewiss nicht mehr mit ihrem Erscheinen gerechnet.

Gaia kämmte sich das goldene Haar und zog ihr liebstes Kleid an. Es war hellgrün und von einem samtigen Stoff.

Da klopfte es an der Tür. Gaia zuckte erschrocken zusammen, hatte sie das Kleid am Rücken doch noch nicht zugeschnürt. In diesem Moment wünschte sie ihre Zofen herbei, aber sie musste die Tür wohl so öffnen.

Mit einer Hand hielt sie das Kleid über ihren kleinen Brüsten fest, damit es nicht herunterrutschte, mit der anderen machte sie auf.

Gaia war überrascht, als sie den Bogenschützen erblickte, von dem sie wusste, dass er ein guter Freund von General Zacharias war. Sie kannte seinen Namen nicht, aber er war ihr schon bei dem Fest gestern aufgefallen. Immerzu hatte er sie angesehen und sie hatte sich sehnlichst gewünscht, dass er das Gespräch mit ihr suchte, doch er war ihr fern geblieben.

„Seid gegrüßt, Prinzessin Gaia.“, sagte er und lächelte unsicher.

Gaias Wangen wurden ganz warm, als sich ihre Blicke trafen und sie zum ersten Mal in seine blattgrünen Augen sehen konnte.

Sie wusste nicht, was sie erwidern sollte, dachte daran,

dass sie nicht einmal richtig gekleidet war, und errötete.
„Verzeiht, ich wollte Euch nicht in Verlegenheit bringen.“, räusperte sich der Bogenschütze und machte Anstalten zu gehen.
„Nein!“, rief sie etwas zu laut und griff schnell nach seinem Arm.
Als sich ihre Finger um sein Handgelenk legten, wurde sie von einem wohligen Gefühl ergriffen. Schnell ließ sie ihn wieder los und biss sich verlegen auf die Unterlippe.
„Verzeiht, ich wollte nicht unhöflich sein. Kommt bitte herein.“, erklärte sie und ließ ihn ein.
„Ihr fragt Euch bestimmt, was mich zu Euch führt.“, begann er und verschränkte die Finger ineinander, „Euer Vater Galdor sucht nach Euch.“
Sie war enttäuscht, dass das der Grund für sein Erscheinen war, hatte sie doch gehofft, dass *er* sie sehen wollte. Aber wie konnte sie an diesem Gedanken festhalten, wenn er sie noch vor wenigen Stunden zusammen mit General Zacharias gesehen hatte?
Der Bogenschütze schien ihre Befürchtungen nicht zu teilen, denn er fügte hinzu: „Und ich wollte nach Euch sehen, Prinzessin.“
Ein Lächeln erhellte ihre Züge und sie erwiderte aufgeregt: „Das, das freut mich. Sehr sogar.“
Erst wagte sie sich nicht, ihn anzusehen, doch sie konnte ihre Neugier nicht länger bekämpfen. Er wirkte glücklich.
Der Bogenschütze bemerkte, dass sie nicht fertig angekleidet war und bot sich an: „Darf ich?“
Sie drehte ihm nickend den Rücken zu und ließ es zu, dass er ihr Haar über ihre Schulter strich und die Verschnürungen des Kleides zuzog. Sie spürte deutlich, wenn seine Finger ihre Haut streiften und hörte sogar seinen Atem, obwohl er ihr nicht sehr nah war.

„So.“, sagte er, als er fertig war.

Er drehte sie behutsam um und strich ihr langes Haar wieder über ihre Schultern, sodass es sich in goldenen Wellen über ihren Rücken ergoss.

Für einen langen Moment sahen sie einander an. Endlich hatte Gaia Gelegenheit, sich seine Züge einzuprägen. Sie waren durchweg freundlich. Ein markant geformter Kiefer dominierte sein Gesicht neben schwarzen Brauen und blattgrünen Augen, die durch seine gebräunte Haut hervorstachen. Sie würde gerne seine Wange berühren und den Dreitagebart betasten, aber sie hielt sich zurück.

„Kann ich noch etwas für Euch tun?“, fragte er.

„Ihr kennt meinen Namen, bitte nennt mir Euren, damit ich meinem Vater sagen kann, wer mich heute umsorgt hat.“ Sie versuchte, es charmant und zuvorkommend zu sagen.

„Rowan.“

Der Name passte zu ihm, dachte sie.

„Wollt... Wollt Ihr spazieren gehen?“, fragte er dann.

Nur mühsam unterdrückte sie ihre brodelnde Begeisterung und antwortete gezwungen sachlich: „Oh ja, sehr gerne.“

Er bot sich mit einer höflichen Verbeugung an und sie hakte sich in seinem Arm ein. Dann führte er sie aus der Burg, hinaus auf die weite Grasebene.

„Ich bin noch nie hier gewesen. Noch nie alleine, ohne Wachen oder Soldaten.“, bemerkte Gaia und blieb stehen.

Sie sah über die grünen Weiten hinweg und fühlte sich zum ersten Mal in ihrem Leben frei. Wäre sie ein Vogel, dann würde sie die Flügel entfalten und dem Horizont entgegen fliegen.

„Ihr seid nicht allein.“, meinte Rowan und sie lehnte sich lächelnd an ihn.

Er passte hierher. Er passte in die raue Wildnis, in dieses Leben mit seinen Kämpfen. Sie hingegen war eine zarte

Blume, zerbrechlich und unerfahren. Zu gerne würde sie das Land kennenlernen, die Welt bereisen und sich in Abenteuer stürzen. Mit Rowan an ihrer Seite schienen diese Träume der Erfüllung näher zu kommen.

„Woher kommt Ihr, Rowan?“, fragte sie.

„Ihr werdet es kaum glauben, Prinzessin, aber auch ich wurde in den Palanthras Tälern geboren.“

Prinzessin. Dieser Titel klang falsch in ihren Ohren. Sie war keine Prinzessin, nicht wirklich, auch wenn sie immer so behandelt wurde. Gaia sah zu Rowan auf und spürte, wie die Verbundenheit zwischen ihnen wuchs.

„Ich weiß nicht, was Ihr von mir denkt.“, murmelte sie, denn sie fühlte sich dazu verpflichtet, die Situation von heute morgen anzusprechen. „Wahrscheinlich denkt Ihr, ich bin eine-“

Bevor sie sich rechtfertigen konnte, sagte er ruhig: „Nein, das denke ich nicht. Ich denke, dass Ihr eine junge Frau seid, die gestern nicht nur dem Wein erlegen ist. Ich weiß wie Zacharias sein kann. Ich kenne ihn seit meiner Kindheit und er ist *trotzdem* mein bester Freund.“

„Erzählt mir mehr davon.“, verlangte sie und sie schlenderten weiter.

„Wir lernten uns auf Drachenfels kennen, sahen uns dann jahrelang nicht mehr und irgendwann hat uns das Schicksal wieder zusammengeführt. Wir zogen viele Jahre gemeinsam durch Kratagon, kämpften, vergossen Blut und Met, verbrüderten uns...“

„Es scheint mir, als würdet ihr alles teilen?“, bemerkte sie.

Er blieb stehen und sah ihr in die Augen: „Alles, bis auf die Frau, die wir lieben.“

Sie atmete schwer und ihr Herz raste: „Warum seid Ihr nicht schon gestern auf dem Fest zu mir gekommen?“

Seine Stimme war gedämpft: „Ich habe nicht den Mut

gehabt. Ich konnte mich nicht überwinden..."

Endlich streckte sie die Hand nach ihm aus und strich eine dunkle, gewellte Haarsträhne aus seinem Gesicht.

„Du bedeutest mir etwas, Gaia."

Er beugte sich zu ihr herunter und sie schloss die Augen. Sie war bereit, seine Lippen zu spüren, aber er küsste sie nicht.

Gaia sah ihn verwirrt an: „Habe ich etwas falsch gemacht?"

„Du?" Er schüttete den Kopf. „Nein. Es, es ist nur so, dass ich nichts überstürzen möchte. Das hier ist etwas Besonderes. *Du* bist etwas Besonderes."

Er nahm ihr Gesicht in die Hände und küsste sanft ihre Stirn. So rau wie seine Hände waren, waren seine Lippen weich.

Gaia schmolz unter dieser Berührung dahin. Sie wollte, dass er sie nicht mehr losließ, aber dieser Wunsch ging leider nicht in Erfüllung.

„Warum ich?", fragte sie.

„Gestern auf dem Fest hast du mich verzaubert. Du warst anders als die anderen Frauen aus den Palanthras Tälern. Anmutig, zurückhaltend und doch lustig und... fordernd. Ich habe schon von dir gehört, Goldene Tochter Kratagons. Wer hat das nicht?", fragte er achselzuckend und lächelte, „weißt du, du hattest diesen Titel und deine Geschichten und das hat mich verunsichert. Ich stellte mir vor, welche Männer dich umwarben und dann kam Zacharias – nun ja, damit wusste ich, dass ich meine Chance vertan hatte."

„Von welchen Geschichten sprichst du?", fragte sie neugierig und befürchtete gleichzeitig, dass ihr das, was sie hören würde, nicht gefiel.

„Ach, du kennst doch einsame Männer.", lachte er und beruhigte die nagenden Sorgen, „wenn sie alleine im Krieg sind und keine Frau bei sich haben, die ihnen das Bett wärmt, kommen ihnen die verrücktesten Ideen und Fantasien. Du, eine der schönsten Töchter Kratagons, warst häufig ein Teil davon, wenn ich mir diese Bemerkung erlauben darf."

„Hast du schon in Schlachten gekämpft?"

„Ja.", antwortete er.

„War ich dann auch ein Teil deiner Träume?"

Er räusperte sich: „Ich bin fast dreißig, Gaia. Mit dem Alter kommt die Nachlässigkeit und die Vergesslichkeit."

Sie grinste: „Also doch!"

Zu ihrer eigenen Überraschung missfielen ihr diese *Geschichten* nicht so sehr, wie sie befürchtetet hatte. Dass er, Rowan, von ihr geträumt hatte, schmeichelte ihr. Sie würde zu gerne erfahren, was sie in seinen Träumen getan hatte, aber sie fragte ihn lieber nicht danach. Er war ehrenvoll und das mochte sie sehr an ihm. Er nahm sie wie sie war und behandelte sie respektvoll.

„Komm, ich möchte dir etwas zeigen.", sagte er dann und führte sie durch die Graslandschaft.

Vor einem Teich blieben sie stehen.

„Es ist wunderschön hier.", sagte Gaia entzückt, bei dem Anblick des ungewöhnlich klaren Wassers, in dem sich der blaue Himmel spiegelte.

„Ich habe gehofft, dass es dir gefällt, Prinzessin."

Sie nahm seine Hände: „Nenn mich nicht so, bitte. Nur bei dir habe ich das Gefühl, dass ich einmal nicht die Prinzessin, sondern einfach ich, sein kann."

„Gut, Prinzessin.", neckte er und sie stieß ihm gegen die Brust.

„Komm, lass uns schwimmen gehen!", lachte sie.

„Was?", erwiderte er völlig überrumpelt in Anbetracht des frischen Herbstwetters, aber doch grinsend, „jetzt? Hier?"

„Ja!", rief sie begeistert, „wann werden wir je wieder die

Gelegenheit dazu haben? Oder traust du dich nicht?“

„Ich werde nicht noch einmal den Fehler begehen und eine Gelegenheit nicht ergreifen.“ Er zog sich das Hemd über den Kopf und stürmte ins Wasser.

Gaia streifte schnell das Kleid ab und folgte ihm vergnügt kreischend. Als ihnen das kalte Wasser bis zu den Schultern reichte, spritzten sie einander nass und dann sprang Rowan auf ihren Rücken, um sie ganz unter Wasser zu drücken. Gaia tauchte prustend auf und umschlang seinen Nacken, um sich zu revanchieren. Doch Rowan war zu stark und hielt ihr mühelos Stand. Mit einem Mal verklang ihr Gelächter und es wurde still. Man hörte nur noch den Wind, der durch die Ufergräser strich.

„Glaubst du an wahre Liebe?“, flüsterte sie, die Arme noch immer um seinen Nacken gelegt.

„Ja.“, erwiderte er. Er strich behutsam durch ihr nasses Haar, zog sie an sich und küsste sie.

Gaia war völlig beflügelt von dem Gefühl, das er in ihr auslöste. Sie genoss es, wenn sie ihm so nah sein konnte. Nie hätte sie gedacht, dass man einen Fremden in so kurzer Zeit vertrauen und lieben lernen könnte.

Rowan tauchte mit ihr ganz unter Wasser und auch dort lösten sie sich nicht voneinander.

Gaia durchbrach keuchend die Wasseroberfläche. Rowan folgte ihr nach wenigen Augenblicken.

Übermütig umklammerte sie sein Gesicht und sagte: „Ich liebe dich, Rowan.“

Seine Mundwinkel hoben sich und er erwiderte: „Und ich liebe dich, Prinzessin.“

Gaia hatte es noch nie so sehr gefreut, Prinzessin genannt zu werden. Sie war überglücklich und ließ sich in Rowans starke Arme sinken.

Nachdem sie so eine Weile verharrt waren, stiegen sie aus

dem Teich und zogen sich wieder an.

„Warum kann dieser Tag keine Ewigkeit andauern?“, fragte Gaia bedrückt, als sich der Himmel rot und orange färbte. Sie wusste, dass sie jetzt gleich zur Burg zurückkehren mussten.

„Weil du dann die wunderbaren Tage in der Zukunft nicht mehr erleben könntest.“, antwortete er und drückte ihre Hand.

„Wie können diese Tage wunderbar sein, wenn ich nicht bei dir sein kann, Rowan?“, fragte sie zweifelnd.

„Weil wir zusammenbleiben.“

Gaia lächelte matt und wrang ihr durchnässtes Haar aus. Sie wusste besser als jede andere, dass es ihr nicht erlaubt war, den Mann, den sie liebte, zu heiraten. Ihre kaltherzige Mutter Glenn hatte sie für Graf Arroth erwählt, und warum sollte dieser sie abweisen? Vor allem da er nicht ahnte, dass sie ihre Jungfräulichkeit verloren hatte.

„Wie kannst du das sagen?“, fragte sie.

„Weil wir in einer Zeit des Umbruchs leben, Prinzessin. Und du bist es wert dafür zu kämpfen und sogar dafür zu sterben.“

Bevor sie gerührt in Tränen ausbrechen konnte, zog Rowan sie in eine Umarmung. Es war verrückt. Sie wussten so wenig voneinander und doch reichte ihr das, was sie wusste. Er liebte sie. Sie liebte ihn. Und er hatte ihr versprochen, für ihre Liebe zu kämpfen. Ob er dieses Versprechen halten konnte?

Lorolas

Die Halbgötter leben!

Tayla wartete gemeinsam mit Porter vor der Halle des ewigen Friedens im Palast. Gestern hatte man sich am Ende des Empfangs für die Kharr mit König Serai geeinigt, heute über den drohenden Angriff der Schattenaffen zu beraten. Wenn Éndariel tatsächlich die Wahrheit gesagt hatte, mussten umgehend erste Schritte für die bevorstehende Schlacht eingeleitet werden.

Der Wissenschaftler, wieder in seiner typischen Kleidung, war mit den Gedanken noch bei dem erfolgreichen Empfang: „Ich hätte *nie* gedacht, dass sich die Kharr so zivilisiert verhalten. Mit dem Empfang habe ich wohl ins Schwarze getroffen.“, gluckste er. „Wo wir gerade bei dem Thema sind, Tayla. Ich hatte den Eindruck, dass du und Khandras Drakan sehr gut harmonieren.“

Tayla schürzte bei seinem breiten Grinsen die Lippen: „Wir verstanden uns ohne Worte, Porter.“, sagte sie und verdrehte die Augen.

„Jaja, *das* habe ich gemerkt.“

Sie stemmte verärgert die Arme in die Hüften, schließlich war das alles nur seine Schuld: „Ich – also! Ich konnte mich mit diesem Kerl nicht einmal unterhalten! Ich habe ihn nur mit meinem Mut, den weißen Bär zu-“ Sie schnaubte: „Warum rechtfertige ich mich überhaupt vor dir? Ich habe dir nur einen Gefallen getan und dieser Drakan ist mir nicht gleich an die Kehle gegangen, als ich-“

Porter unterbrach sie lachend: „Da hast du mehr geschafft, als alle anderen, die auf dem Fest waren.“

Nase rümpfend wandte sie sich von ihm ab: „Wir treffen uns wegen eines bevorstehenden Angriffs und du sprichst nur über den Khandras! Was denkst du dir dabei?!“

Er gluckste: „Jetzt bin nicht *ich* es, der von ihm spricht.“

Wieder verdrehte sie die Augen. Wenn Porter von Zacharias wüsste, dann würde er sicher nicht so sprechen...

„Der König erwartet euch.“, sagte ein Soldat, der das Tor zum Thronsaal öffnete und die beiden eintreten ließ.

Nachdem der Etikette genüge getan war, fragte König Serai: „Was ist von der Warnung des Meuchlers in Euren Augen zu halten, Halbgöttin?“

Tayla sah den König besorgt an. Er war noch immer sehr blass, das Gesicht war eingefallen und die Augen matt. Er hatte sich von Éndariels Anschlag noch nicht erholt.

„Ich würde sie ernst nehmen und bitte Euch um Erlaubnis, Halbgott Elozar zu rufen. Ich will Euch die Entscheidung überlassen, wann wir uns der Welt offenbaren.“

Porter fügte hinzu: „Trotzdem plädieren wir an Euren Verstand, dass Ihr nach dem goldenen Löwen verlangt.“

„So sei es.“, stimmte der Monarch nach kurzer Überlegung zu, „wenn die erste Schlacht gegen Kratagon wirklich kurz bevorsteht, müssen wir jede Hand ergreifen, die nach uns ausgestreckt wird. Es sei denn, wir lassen den Gefangenen frei...“

„Das dürft Ihr nicht!“, platzte es aus Tayla heraus. „Auch wenn Ihr Éndariel freilasst, werden die Schattenaffen angreifen.“ König Serai war nicht mehr der Alte.

„Ruft nach Eurem halbgöttlichen Gefährten, die Welt soll sehen, dass die Halbgötter leben! Sobald er in Gelese eingetroffen ist, wird Kriegsrat gehalten.“

Am nächsten Morgen stand Tayla in Rüstung unter dem Torbogen der südlichen Toranlage auf der ersten Stadtebene. Sie wurde von König Serai und Königin Arianna flankiert. Beide Monarchen trugen prachtvolle, rote Gewänder, die im Gleichtakt mit Geleses Bannern im Wind wehten. Auch General Elias war anwesend. Auf der Mauer, die der Stadt einen Eindruck der Uneinnehmbarkeit verlieh, standen tausende Soldaten.

Taylas Blicke waren auf den Lorolas Wald vor der Stadt gerichtet. Obwohl sich hinter ihr auf dem großen Marktplatz und den Gassen und Straßen unzählige Schaulustige versammelt hatten, galt ihre Aufmerksamkeit nur den Bäumen, die Elozar verbargen.

Da bewegte sich etwas zwischen den Stämmen. Es war der halbgöttliche Sohn des Löwengottes. Er kam schnell näher und Taylas Herz überschlug sich fast. Sie war unglaublich froh und erleichtert, ihren Gefährten wiederzusehen. Egal was die Zukunft bringen mochte, mit ihm an ihrer Seite fühlte sie sich bereit.

Elozar trabte majestätisch bis kurz vor die Toranlage, um dort mit wachsamem Blick zu verharren. Tayla erkannte, dass er eine gold-glänzende Rüstung trug, die seinen Löwenkörper wie einen stählernen Kokon umschloss. Sie musste von den Arboranern sein, vielleicht von dem Schmied Gerion?

Tayla hörte, wie ein aufgeregtes Raunen durch die Menschenmenge hinter der gewaltigen Stadtmauer ging. Die Leute konnten Elozar nicht sehen, dennoch mussten sie seine Anwesenheit spüren.

„Die Halbgötter leben!“, drang es an ihre Ohren. Immer lauter, immer lauter.

König Serai trat aus dem Schatten des Torbogens: „Es ist mir eine Freude, Euch in Gelese begrüßen zu dürfen.“, sprach er und verneigte sich tief vor Elozar.

Für einen Moment hob Elozar den Blick zur Stadt. Alle Soldaten auf der Mauer taten es ihrem König gleich und fielen auf die Knie. Daraufhin senkte auch der Löwe sein Haupt.

Tayla beobachtete, wie Königin Arianna zu ihrem Gemahl vortrat und würdevoll eine Verbeugung vollführte: „Ihr seid unser aller Licht in der Dunkelheit, Sohn des Löwengottes.“

Das war das erste Mal, dass Tayla ihre hohe Stimme hörte.

„Ich bitte Euch, folgt nun mir, nachdem Ihr dem Ruf Eurer Halbgöttin gefolgt seid.“, bat der Monarch, deutete auf Tayla und ging zurück unter den Torbogen. Elozar folgte ihm. Bei Tayla angelangt, schloss sie ihn in eine herzliche Umarmung. Sie strich durch seine Mähne und legte die Hand auf seine Stirn.

„Ich habe dich vermisst.“, flüsterte sie, nur für ihn hörbar.

Leise grummelte Elozar, froh, sie wieder bei sich zu haben.

König Serai räusperte sich und nahm neben Arianna Haltung an: „Wenn ich Euch meine Gemahlin, Königin Arianna, vorstellen darf. Und das hier ist General Elias, der gemeinsam mit Tayla eine Katastrophe zu verhindern wusste.“

„Seid gegrüßt.“, begann Elias und trat unruhig von einem Fuß auf den anderen, „ich freue mich, nun auch Eure Bekanntschaft zu machen.“ Während der Begrüßung hielt der General empfindlich genau Abstand zu Tayla. Sie wusste, dass er die Situation des ersten Abends nicht vergessen hatte.

„Darf ich Euch bitten, mir in meinen Palast zu folgen?", fragte König Serai.

Der Löwe nickte und sie machten sich auf den Weg, nachdem Tayla ihren Platz auf seinem Rücken eingenommen hatte. Als sie aus dem Torbogen traten, erblickten sie den Marktplatz, der von Menschenmassen umsäumt war. Sie jubelten und applaudierten ungestüm, als sie die beiden Halbgötter erblickten.

„Die Halbgötter leben! Hurra, die Halbgötter leben! Die drei Sonnen sind zurück! Die Halbgötter leben!"

Tayla wusste nicht, was sie angesichts der Menschen, die sich ihretwegen hier versammelt hatten, tun sollte und winkte zögerlich. Die Menge jubelte daraufhin noch lauter und drängte begeistert auf sie zu.

„Genug! Haltet Abstand zu den Halbgöttern!", schritt General Elias in das Geschehen ein. „Reitet zügig zum Palast! Der Kriegsrat wird gleich beginnen. Wir werden sie beruhigen!"

„Wir gehen am besten gleich ins Ratshaus. Im Versammlungssaal wird der Kriegsrat tagen, sobald König Serai erscheint.", schlug Tayla auf der Palastebene vor. Noch vor der Schwelle zum Ratshaus fragte sie: „Was sagst du zu dem Empfang?"

Sie spürte, dass Elozar sich nicht entscheiden konnte, ob er geschmeichelt oder beschämt sein sollte.

„Mir geht es genau so." Sie schmunzelte. „Weißt du, ich bin sehr froh, dich endlich wieder an meiner Seite zu wissen. In den vergangenen Tagen ist viel geschehen – zu viel vielleicht.

Es gab diesen Meuchler, er war ein Dunkelelf aus Kratagon.“ Elozar blieb stehen und sie teilte ihre Sorgen mit ihm.

„...außerdem kann niemand erahnen, wann der besagte Angriff der Schattenaffen stattfinden soll. Bald! Was kann *bald* schon bedeuten?“

Tayla verstummte für einen kurzen Augenblick: „Vielleicht sollte ich den Dunkelelf in den Kerkern aufsuchen und befragen...“

Sie verwarf den Gedanken sofort nachdem sie ihn ausgesprochen hatte. Elozar schien ihn für eine gute Idee zu halten, denn er raunte zuversichtlich.

„Es wäre dumm, mich diesem Meuchler alleine zu stellen... Aber wenn ich es nicht tue, werden wir wahrscheinlich nie etwas über den bevorstehenden Angriff erfahren.“

Er sah sie entschlossen an.

„Du meinst wirklich, dass ich es tun sollte?“, fragte sie unsicher, während sie sich dem Ratshaus abwandte.

In seine goldenen Augen trat ein Funkeln.

„Gut, dann werde ich es tun! Ich werde bis zur Ratssitzung zurück sein, Elozar.“

Der Gnade fauliger Geruch

Tayla konnte sich noch genau an den Weg zu dem Verlies erinnern, in dem der Dunkelelf ausgepeitscht worden war. Auf der Hut schlich sie in die abgelegenen Kerker, tief unter dem Palast. Sie wollte unentdeckt zu dem Kratagoner gelangen und ihn im Geheimen vernehmen.

Die Luft in den Kerkern war kalt und feucht. Tayla spürte, wie sich die feinen Härchen in ihrem Nacken aufstellten. Die schmalen Tunnel, die sich durch das massive Gestein zogen, waren so dunkel, dass sie ihre eigene Hand nicht vor Augen sehen konnte.

Der Kerker war nur für Wärter und Folterknechte zu durchschauen. Für Gefangene und Unbefugte war er ein schier endloses Gewirr aus Gängen und Türen. Trotzdem hatte Tayla keine Schwierigkeiten, sich den Weg bis zum Verlies des Dunkelelfs ins Gedächtnis zu rufen. Es lag ganz am Ende des Tunnelgewirrs. Sie musste es schon bald erreichen, da war sie sich sicher. Ihr Herz schlug schneller, je näher sie dem Verlies kam. Sie musste dem Drang widerstehen ihren Säbel zu ziehen, um sich gegen den mächtigen Meuchler verteidigen zu können. Nie wieder wollte sie sich so machtlos und unterlegen fühlen, wie im Saal, in dem die Gerichtsverhandlung abgehalten werden sollte.

Plötzlich hallte ein Knallen durch die Tunnel. Tayla warf

sich gegen die unebene Wand hinter sich. Als sie sich wieder in Sicherheit wog, schlich sie lautlos und mit wild schlagendem Herzen weiter. Der Tunnel machte eine leichte Kurve. Als Tayla diese hinter sich gelassen hatte, konnte sie ein Licht sehen. Wahrscheinlich eine Fackel.

„Dreckige Made.“, hörte sie eine raue Stimme fluchen.

Das Knallen ertönte ein zweites Mal. Dieses Mal war es lauter. Ein erneuter Knall. Noch einer, noch einer und noch einer.

Die Halbgöttin wagte sich näher an das Verlies heran. Sie hasste es, diese Folter erneut mitanhören zu müssen und wieder machtlos zu sein.

„Jetzt reiße ich dir das Fleisch von den Knochen!“

Tayla vernahm das nervenaufreibende Schaben von Metall auf Metall. Danach war es für kurze Zeit ruhig. Es dauerte nicht lange und die Stille wurde wieder von knallenden Peitschenhieben durchbrochen. Anspannung stieg in ihr auf.

„Das sollte reichen, Ausgeburt der kratagonischen Hölle.“

Taylas Atem stockte. Der Folterer musste zurückkehren! Panisch stellte sie fest, dass der helle Schein der Fackel näher kam.

Was sollte sie tun?!

Der Folterknecht würde sie entdecken, wenn er an ihr vorbeiging. Sie hörte schon seine hallenden Schritte. Gerade, als er sie passierte, riss sie ihren Säbel aus der Scheide, rammte den Knauf in seinen Magen und ließ ihren Ellbogen auf seinen Nacken niederdonnern. Der Folterknecht brach in die Knie. Ungewollt brutal schlug sie ihm ein zweites Mal in den Nacken. Er ging zu Boden und blieb bewusstlos liegen.

Schnell las Tayla die Fackel vom nass feuchten Boden auf. Sie betrachtete den Mann, dem eine blutige Peitsche und ebenso blutige Schwerter am Gürtel steckten.

„Ob er mich erkannt hat?“, fragte sie sich, bevor sie auf

leisen Sohlen zum Verlies schlich und es immer kälter und kälter wurde...

Ob sie wirklich die richtige Entscheidung getroffen hatte? Éndariel war ihr in jeder Hinsicht überlegen. Außerdem kontrollierte er Magie. Noch nie hatte sie jemanden gesehen, der solche Zauberkünste beherrschte.

Tayla kam seinem Verlies näher. Sie konnte sich nicht erklären warum, doch Kälte zeichnete die Luft. Ihren Atem konnte sie im Licht der Fackel vor ihrem Gesicht sehen und Kälteschauer jagten über ihren Rücken.

Ob auch das ein Zauber des Gefangenen war? Es musste so sein, anders konnte sie es sich nicht erklären. Raureif überzog die Felswände und einzelne Eisblumen waren im schwachen Fackelschein sichtbar.

Tayla konnte jetzt die Eisenstäbe erkennen, die Éndariel eingesperrt hielten. Der flackernde Schein der Fackel erhellte auch einen Teil des Verlieses: Éndariel kauerte auf dem frostüberzogenen Boden, den Rücken gegen die Wand gelehnt. Bis auf die Beinkleider war er nackt und Tayla würgte bei seinem Anblick. Sein Körper war geschunden. Blutige Wunden, wahrscheinlich von der Peitsche, klafften überall an seinem Leib. Die eisenbeschlagene Peitsche hatte ihm das Fleisch der linken Gesichtshälfte von den Knochen gerissen.

„Wie konnten sie Euch das antun?“, fragte sie schockiert und ihr Atem stand in Wolken vor ihrem Mund.

Sie erinnerte sich an seine erste Folter, der sie beiwohnen musste. Da hatten sie ihm auch schon Verheerendes angetan, doch das konnte man nicht *damit* vergleichen. Tayla konnte sich nicht ausmalen, welche Schmerzen der Dunkelelf erleiden musste. Blut quoll aus all seinen Wunden. Rote Tränen tropften in die Blutlache, in der er kauerte.

„Ich kann Euch erklären, warum ich hergekommen bin.“, sagte Tayla mit dem Gefühl Rechenschaft ablegen zu müssen und trat dicht an die Eisenstäbe. Sie schluckte und kämpfte gegen das aufkommende Gefühl der Übelkeit an: „Ich weiß, wer Ihr seid. Ich weiß, was Ihr vorhattet.“

Sie verstand selbst nicht, warum sie aus freien Stücken mit einem gefährlichen Meuchler sprechen wollte. Was erhoffte sie sich davon? Glaubte sie wirklich, dass er ihr verraten würde, wann die Schattenaffen angriffen?

„Seht mich an.“, verlangte sie.

Sie wollte in sein abscheuliches Gesicht sehen. Der Anblick sollte sie zur Vernunft bringen und die Flucht ergreifen lassen.

Éndariel hob den Kopf und verfiel in ein unheimliches Starren. Tayla wusste nicht, ob seine Augen wirklich so schwarz waren, oder ob es die Dunkelheit war, die es ihr versagte, Iris von Pupille zu unterscheiden.

„Warum seid Ihr hier?“, fragte er. Seine Stimme verblasste.

Tayla erkannte, dass es alles von ihm forderte, diese Worte über die Lippen zu bringen.

Erneut überkam sie eine Woge der Furcht. Sie schauderte, wich aber keinen Schritt zurück: „Ich will wissen, wann sie kommen.“

Seine Mundwinkel zuckten und sie glaubte ein höhnisches Lächeln zu erkennen: „Bald.“

„Wann ist *bald?“*, fragte sie ungeduldig, zu ungeduldig.

„Habt Ihr den Mann erschlagen?“

„Ich habe ihn *nicht* erschlagen. Wann kommen sie? *Wann* kommen die Schattenaffen, um Euch zu befreien?“

Éndariel bewegte sich und Tayla hörte Knochen knarren und knacken. Angewidert wich sie einen Schritt zurück.

„So sehr ich es auch bedauere, ich bin nicht in der Verfassung Euch etwas anzutun.“

Bei jeder seiner trägen Bewegungen quoll noch mehr Blut aus den Wunden.

„Halt!“, rief Tayla und streckte unüberlegt eine Hand durch die Eisenstäbe.

Mehr und mehr Blut floss aus Éndariels Körper und die Lache auf dem Boden vergrößerte sich.

„Sorgt Ihr Euch etwa um mich?“

Augenblicklich zog Tayla die Hand zurück und schlang die Arme um den Körper, um sich vor ihrem Gegenüber und der Kälte zu schützen: „Nein, ich will Euren Tod bloß noch etwas hinauszögern. Ihr dürft erst sterben, wenn Ihr meine Frage beantwortet habt.“

„Sprach die Tochter des Gottes der Herrlichkeit und des Friedens.“

Wut stieg in Tayla auf, als ihr bewusst wurde, dass das Gespräch nicht den Verlauf nahm, den sie geplant hatte.

„Beantwortet mir endlich meine Frage!“, fuhr sie ihn an und stampfte verärgert mit dem Fuß.

Éndariels Blick veränderte sich. Er wirkte belustigt. Jetzt hatte Tayla endgültig die Kontrolle verloren. Wie konnte sie diese wieder zurückerlangen? Sie musste wohl etwas Unerwartetes tun.

„Ich kann Euch helfen.“, behauptete sie prompt.

„Helfen? Ich brauche Eure *Hilfe* nicht.“

Tayla erkannte an seiner Stimme, dass es ihm besser gehen musste. Er erholte sich schneller, als sie für möglich gehalten hatte. Lange konnte sie nicht mehr hierbleiben, denn sonst brachte sie sich in große Gefahr.

„Ich bin sicher, dass König Serai Euch begnadigt, wenn Ihr mir verratet, wann Gelese den Angriff zu erwarten hat.“

„Das Wort Gnade fault in Eurem Mund wie ein Apfel, der reif vom Baum fällt und nicht gegessen wird.“

„Dieses Wort reift in mir und wird in meinem Mund

vergoldet, sodass es für die Ewigkeit erhalten bleibt!", ließ sie sich unüberlegt auf sein Wortspiel ein.

„Schon lange habe ich die Gesellschaft einer Frau nicht mehr so genossen.", murmelte Éndariel. „Kommt näher, Tochter des Lichts."

Tayla war sich sicher, dass er wieder zu Kräften gekommen war. Seine Wunden schlossen sich und seine Stimme klang beherrscht und mächtig. Außerdem wurde es immer kälter, auch wenn Tayla das für unmöglich gehalten hatte. Reif überzog mittlerweile schon die Eisenstäbe, die den Dunkelelf gefangen hielten.

„Kommt näher.", wiederholte er, dieses Mal bestimmter.

Eine Hand legte Tayla an den Knauf des Säbels, dann trat sie dicht an die Eisenstäbe.

Sie sah ein Blitzen in Éndariels Augen, dann stand er auch schon, wie aus dem Nichts, vor ihr. Mit seinen blutigen Händen packte er ihre Arme und zerrte sie zu sich.

Tayla zwang sich nicht zu schreien, als das eiskalte Metall wie scharfe Messer in ihr Fleisch schnitt. Sie wusste, dass sie nicht verletzt sein konnte, doch die Kälte brannte auf ihrer Haut. Panisch kniff sie die Augen zu, während sie Éndariels Atem im Gesicht spürte. Sie vernahm den metallischen Geruch seines Blutes und nahm seine Blicke auf sich wahr. Aus den Wunden in seinen Händen quoll Blut, als er diese fester um ihre Arme schloss.

„Lasst mich los!", wimmerte sie, ganz von seiner Grausamkeit und Kälte eingeschlossen.

Er antwortete nicht. Stattdessen presste er seinen blutigen Leib an die Eisenstäbe, sodass Tayla ihn am ganzen Körper spürte. Er drückte sein Gesicht gegen ihres und rieb das blutige Fleisch der linken Gesichtshälfte über ihre Wange.

Sein Blut klebte überall an ihr. Sein Meuchlerblut.

„Öffnet die Augen." , befahl er wispernd, „ich will sehen,

wie die Tochter des Lichts weint.“

Taylas erzitterte und unterdrückte ein Schluchzen. Sie war ihm ausgeliefert und ihr Überleben hing an seiner Gnade. An dem Wort, dem ein fauliger Geruch anhaftete.

Die Halbgöttin öffnete die Augen und sah ihn gefasst an.

„Lasst die Fackel los.“

Tayla hatte sich an dieser festgeklammert, als hinge ihr Leben daran. Doch sie gehorchte und ließ sie fallen.

„Ich lasse Euren rechten Arm los. Wenn Ihr versucht wegzulaufen, töte ich Euch.“, drohte Éndariel.

„Glaubt Ihr an den Löwengott?“, fragte er.

„Ja, das tue ich.“, sagte sie so bestimmt, wie sie konnte.

„Dann sagt mir, Tochter der Lichts, wo ist er jetzt, da ich gewillt bin, Euch etwas anzutun?“

Taylas Herz war im Begriff ihren Brustkorb zu zertrümmern. Ihre Lungen zogen sich zusammen und sie rang verzweifelt nach Luft. Sämtliche Adern in ihrem Körper pulsierten und sie schrie innerlich.

Éndariel packte ihren Nacken und presste ihr Gesicht brutal zwischen die Eisenstäbe. Unter der unerträglichen Spannung brannte ihre Haut und sie glaubte, dass sie zerriss.

„Lasst mich los!“ Sie wollte schreien, doch nur ein verängstigtes Wimmern entkam ihrer Kehle.

„Nein, Tochter des Lichts... Ich werde Euch nicht mehr loslassen. Für eine sehr lange Zeit...“

Tayla spürte, wie sich eine dunkle Macht in dem Verlies ausbreitete. Die Eisenstäbe verbogen sich wie durch Zauberhand.

Éndariel musste seine magischen Kräfte freisetztzen!

Taylas Gedanken überschlugen sich. Sie war auf einmal so machtlos und wusste, dass es kein Entkommen mehr gab. Doch eine Frage wollte sie nicht mehr loslassen: Wenn

Éndariel zu solchen Taten imstande war, warum war er dann nicht schon lange geflohen?

Erbarmungslos riss der Dunkelelf ihren Kopf durch die verbogenen Eisenstäbe. Dann packte er ihre Hüfte, drehte sie und zerrte sie unbarmherzig in sein Verlies.

Tayla glaubte, sie würde zerreißen, als er sie zwischen den Stäben hindurch zerrte. Das kalte Eisen drückte sich in ihren Körper und sie glaubte, ihr Brustkorb würde zertrümmert. Trotz aller Pein weigerte sie sich zu weinen. Alles was Éndariel von ihr verlangt hatte, war sie weinen zu sehen. Diesen Wunsch würde sie ihm nicht erfüllen.

Tayla sackte im Verlies schmerzerfüllt in sich zusammen.

„Tat das weh?“, fragte Éndariel beinahe mitleidig.

Tayla funkelte ihn an. In ihren Augen loderte das Feuer des Zorns.

„Das ist die Gnade, die ich Euch weiterhin zuteil werden lasse.“, erklärte er gutgelaunt.

Tayla keuchte im Bewusstsein, dass die Höllenqualen gerade erst begonnen hatten und noch lange nicht vorbei waren: „Das versteht Ihr unter Gnade? Ich frage mich, welche Barbaren Ihr Euer Volk nennt. Das Wort *Gnade* ist bereits verfault, bevor Ihr es nur denkt! Wenn Ihr Euch wagt es in den Mund zu nehmen, zerfällt es zu kalter Asche!“

Der Dunkelelf richtete sich auf und erklärte: „Das ist die Gnade, die auch mir zuteil geworden wäre, wenn ich Euch verraten hätte, wonach Ihr verlangt habt.“

Éndariel beugte sich über Tayla, packte ihre Arme und schleifte sie in eine dunkle Ecke des Verlieses.

„Warum-?“

Er ließ sie nicht aussprechen: „Es kommt jemand. Gebt einen Laut von Euch, und es wird Euer Letzter gewesen sein.“

Tayla schloss erschöpft die Augen, denn die Eiseskälte, die

der Gefangene heraufbeschwor, raubte ihr jegliche Kräfte. Sie konnte noch keine Schritte im Tunnel hören. Erst lange Sekunden später vernahm auch sie etwas. Plötzlich beschleunigten sich die Schritte und wurden lauter. Ein Folterknecht stand mit gezückter Klinge vor dem Verlies.

„Ich weiß nicht, wie du es getan hast, Meuchler, aber dafür wirst du bluten!“, sagte der Folterknecht mit sich vor Wut überschlagender Stimme.

Tayla vermutete, dass er den Bewusstlosen im Tunnel gefunden haben musste und glaubte, dass dieser tot war. Dennoch klammerte sie sich an der Hoffnung fest, dass er sie befreien würde. Darum versuchte sie ihn im Schatten des Kerkers auf sich aufmerksam zu machen, doch er bemerkte sie nicht.

Éndariels Blicke trafen ihre und seine Augen blitzten belustigt auf. Er tat in der Anwesenheit des Folterers schwach und hilflos, doch seine Kräfte hatten sich genug erholt, um Tayla für den Mann unsichtbar zu machen.

Das Verlies wurde aufgesperrt und der Folterknecht trat ein. Ahnungslos kettete er den Gefangenen an den kalten Wänden fest.

Tayla verstand nicht, warum der Dunkelelf seinen baldigen Peiniger nicht überwältigte und die Flucht ergriff. Offensichtlich wollte er hier in Gefangenschaft bleiben... Sie beobachtete, wie der Folterknecht eine Peitsche zog und sie demonstrativ auf dem Boden niederknallen ließ.

„Hörst du ihre Schreie?“, fragte er, auf sein liebstes Werkzeug blickend. „Gewöhne dich besser an sie, denn sie werden dich heute in den Schlaf wiegen.“

Er holte aus und das harte Leder grub sich in Éndariels Rücken. Die Ketten rasselten.

Bei dem ersten Peitschenhieb zuckte Tayla in der Dunkelheit zusammen. Auch wenn sie Éndariels Qualen nicht wirklich spüren konnte, fuhr ihr ein scharfer Schmerz über den Rücken. Die Peitsche sauste noch einige Male auf den Gefangenen nieder. Bald riss sie ihm das Fleisch von den Knochen. Als der Folterknecht seine Arbeit mit der Peitsche zu seiner Genugtuung vollendet hatte, war Éndariels Haut zerfetzt.

Mit einem Mal starrte der Folterknecht genau in die Ecke, in der sie kauerte. Tayla hob sofort den Kopf und kämpfte sich auf die Beine, die durch die Kälte unglaublich steif und taub waren.

„Da ist doch etwas...“, murmelte der Mann und näherte sich ihr, die Augen zu Schlitzen zusammengekniffen.

Obwohl Éndariel der Bewusstlosigkeit nah war, gelang es ihm Tayla mit bloßer Gedankenkraft auf die Knie zu zwingen und den Zauber aufrecht zu halten. Als sie schreien wollte, erstarb ihre Stimme und nur ein ersticktes Gurgeln entkam ihrer Kehle.

Der Folterknecht schüttelte verwirrt den Kopf und wandte sich wieder dem Gefangenen zu.

Nein! Sie war doch hier! Warum konnte er sie nicht sehen?!

Der Folterknecht hob seine Fackel auf: „Findest du es hier nicht zu kalt? Du solltest dich am Feuer aufwärmen.“

Plötzlich hielt er die Fackel direkt an Éndariels Brust, sodass Flammen nach ihm leckten.

Nachdem der Folterer sein Opfer an einigen Stellen des Körpers verbrannt, und sein Breitschwert in Arme und Beine gebohrt hatte, hatte er den Dunkelelf von seinen Fesseln befreit. Noch bei Bewusstsein kippte dieser zur Seite – auf Tayla.

Tayla wand sich panisch unter Éndariels blutigem Leib. Dabei hörte sie, wie der Folterknecht verschwand. Verzweifelt versuchte sie den Dunkelelf von sich herunterzustoßen.

„Erwartet Ihr Dank für diese *Gnade,* Tochter des Lichts?“

Seine Stimme brach und er regte sich nicht mehr.

Tayla fand ihre Stimme wieder und wusste, dass sie nicht länger unsichtbar für die Lorolasser war. Gleichzeitig spürte sie, wie ihre Lebenskraft schwand. Scheinbar konnte Éndariel sie nutzen, um seine eigenen Wunden zu heilen und sich zu stärken.

Tayla legte den Kopf in den Nacken, um seinem schrecklichen Anblick für einen Augenblick zu entkommen. Sie schrie, obgleich sie wusste, dass sie niemand hören würde.

Kriegsvorbereitungen

„Halbgott! Was tut Ihr hier? Warum seid Ihr noch nicht hineingegangen?“, fragte Norolana, die blinzelnd aus dem Ratshaus trat. „Die Versammlung beginnt gleich. Wo ist Tayla?“

Elozar schnaubte. Er konnte ihr nicht verdeutlichen, was seine Gefährtin gerade tat. Sie war bei dem Attentäter – und das schon viel zu lange.

„Kommt.“, winkte sie ihn herein, „es sind schon alle Ratsmitglieder anwesend. Wir warten nur noch auf Euch und König Serai.“ Die Alte sah ihn lächelnd an, als er ihr ins Ratshaus folgte. „Eure Rüstung ist Gerion übrigens sehr gut gelungen. Er hat viele Wochen hart daran gearbeitet.“

Während er dachte, dass die Arbeit des Schmieds nicht so gut war, wie Norolana behauptete, ließ er sich von ihr in den Versammlungssaal führen. Einige Männer, sie hätten unterschiedlicher nicht sein können, saßen um eine lange Tafel versammelt. Als Elozar eintrat, stellten sie ihre wilden Diskussionen ein und starrten ihn an – alle bis auf einen. Er war ein großer, barbarischer Kerl, mindestens einen Kopf größer als alle anderen und von gebündelter Kraft. Neben ihm saß General Elias, ein spitzbärtiger Mann in meerblauem Gewand und ein älterer Admiral Geleses in

Rüstung. Elozar erkannte außerdem Taylas Vater Marlon, der in südländischer Tracht gekleidet war.

„Wenn ich vorstellen darf.“, räusperte Norolana sich, „Halbgott Elozar.“

Die Ratsmitglieder brachten ihm ihren Respekt entgegen und Marlon hob die Hand zum Gruß.

Der Löwe wusste, dass jetzt debattiert werden sollte, wie auf die Gerüchte bezüglich der Schattenaffen reagiert werden sollte. Doch wo blieb Tayla? Es war schon Stunden her, dass sie zu dem Gefangenen gegangen war. Ihr war doch wohl nichts zugestoßen?

Die Tür, durch die auch Norolana und Elozar gekommen waren, schwang auf und König Serai trat mit seiner Königsgarde ein, die Elozar zuvor noch nie gesehen hatte.

„Wo ist die Halbgöttin?“, fragte er, offensichtlich in Eile.

„Sie ist noch nicht eingetroffen.“, erklärte General Elias mit einer Verbeugung.

„Admiral Elnor, könnt Ihr das erklären?“

Elias erwiderte: „Dies lag in meiner Verantwortung, nicht in der meines Vaters, Eure Hoheit.“

Der Monarch ließ sich auf einem Stuhl am Kopf des Tisches nieder: „Ohne die Halbgöttin können wir nicht über den bevorstehenden Angriff beraten.“

Elozar folgte dem Gespräch bald nicht mehr. Seine Gedanken waren bei Tayla. Hatte dieser Meuchler ihr etwas angetan? Es wäre schließlich nicht das erste Mal, dass ein Kratagoner sie beinahe umgebracht hätte.

„Halbgott Elozar, gestattet Ihr, dass wir ohne die Auserwählte fortfahren?“, drang die Stimme des Regenten an seine Ohren.

Elozar wusste, dass ihnen die Zeit davonrannte, also erlaubte er ihnen, ohne Tayla zu beraten.

„Wäre es nicht besser, alle Mitglieder des Kriegsrates her

zu befehlen? Gefolgsleute von ihnen haben ihr Lager außerhalb der Stadtmauern aufgeschlagen.“, erwähnte Elias in Anbetracht dessen, dass nur Khandras Drakan, Norolana, Marlon und Praiodan, ein Fürst der Kristallbucht, durch Zufall anwesend waren.

„Das Lager muss verlegt werden! In die Stadt oder nach Norden.“, sagte Admiral Elnor.

„Jedes Ratsmitglied muss Männer für diesen Angriff zur Verfügung stellen. Sie sollten unsere Verteidigung stärken und auf der Mauer kämpfen.“, schlug Elias vor.

„Nicht alle Ratsmitglieder werden dem zustimmen.“, erwiderte der König, die Stirn in Falten gelegt.

„Dann stellt ihre Loyalität auf eine erste Probe und *befehlt* es ihnen.“

„General!“, begehrte Admiral Elnor auf.

„Euer Sohn ist im Recht und ich werde seinen Ratschlag beherzigen.“, beruhigte der König.

Das erleichterte Elozar.

„Ruft jetzt den Meister der Halbgöttin herein. Er wird uns mehr über diese Kreaturen, diese Schattenaffen, berichten können.“, befahl der König einem Gardist.

Dieser holte Lethiel herein.

„Wann glaubt Ihr, Lethiel, wird der Angriff vollzogen werden?“, fragte König Serai, nachdem der Elf Platz genommen hatte.

„In der Nacht.“

„Warum gerade in der Nacht?“

„Diese Kreaturen fliehen vor dem Licht.“

„In welcher Nacht werden sie kommen?“, fragte er dringlich und sichtlich angespannt.

Lethiel ging in sich und schloss die Augen: „Spürt Ihr nicht die Vibration des Bodens? Donnernd kommen sie Eurer Stadt näher. Spürt Ihr nicht, wie die Erde unter ihren

Fäusten erbebt? Sie kommen, König, sie kommen bald. Wohlmöglich in dieser Nacht.“

Der Monarch sah aus dem Fenster. Die Sonne hatte ihren Zenit schon überschritten. Ihnen blieben vielleicht noch sechs Stunden, um sich zu wappnen: „Wenn das stimmt, dann verratet mir, wie wir uns gegen sie verteidigen können.“

„Verteidigen?“, höhnte Lethiel, „niemand vermag es, sich gegen eine Horde Schattenaffen zu verteidigen.“

„Etwas muss getan werden!“, begehrte Lorolas' König auf.

„Dann verlasst die Stadt und kehrt erst bei Tag wieder zurück.“

Der Admiral schritt in das Gespräch ein: „Die größte Stadt des Landes kann nicht in wenigen Stunden evakuiert werden.“

„Dann befehlt Frauen und Kindern sich in ihren Häusern einzuschließen und schickt Eure Soldaten in den Tod.“

„Kennen diese Kreaturen denn keine Gnade?“, fragte Elias an Lethiel gewandt.

„Gnade? Nein, davon haben sie noch nie in ihrem Leben gehört. Ihr einziges Verlangen ist das Töten.“

Der barbarische Kerl regte sich und stützte sich auf der Tischplatte auf: „Ich kämpfen. Kharr kämpfen!“

Elozar schnaubte zustimmend und stand entschlossen auf. Auch er würde ihnen beistehen.

„Die Arboraner kämpfen an Eurer Seite.“, stimmte Norolana ein.

„Genauso wie die Dunathon.“, verkündete Marlon und legte eine Hand an den Knauf seines Säbels.

„Auch auf die Kristallbucht werdet Ihr in der Schlacht nicht verzichten müssen.“, schwor der Spitzbärtige.

„Ich danke euch.“, sprach der König und sein hoffnungsloses Gesicht erhellte sich.

Der Krieg beginnt

Zur Zeit der Versammlung trat Zacharias in sein achteckiges Zelt. Er war zurück in Lorolas, dort, wo er Kratagon beinahe abtrünnig geworden wäre. Im Lorolas Wald, der durch sein Zutun dem Feuer zum Opfer gefallen war, wuchsen wieder kleinere Pflanzen und Bäume begannen sich dem Himmel entgegenzustrecken.

Er wusste, dass sie von diesem Ort aus zwei Wegstunden reiten mussten, um nach Gelese zu gelangen.

Seine Sturmfalken hatten ihr Lager um sein Zelt herum aufgeschlagen. Ihre Zelte waren schwarz und wurden von ihrem Pferdewappen gezeichnet.

Zacharias setzte sich auf sein Lager. Er konnte es kaum noch erwarten, sich auf sein Pferd zu schwingen und in den Krieg zu ziehen.

Auch Graf Arroth aus Mortem Mar'Ghor war hier. Es hieß, er sei gegen den Willen seines Vaters mit allen Männern der Stadt nach Skandor gezogen. Diese Tat hatte ihm im gemeinen Volk großes Ansehen eingebracht. Es war Zacharias' Aufgabe, in der Schlacht mit Arroth bis zum Palast vorzudringen. Lorolas' König hielt wohl einen Kratagoner gefangen, den sie befreien sollten.

Zacharias lächelte und strich über die Klinge seines

Schwertes. Der glänzende Stahl hatte sich schon in viele Leiber gebohrt und unzählige Leben genommen. Doch heute würde Blut von Lorolassern die Klinge rot färben. Endlich.

„Zacharias?“, rief Rowan vor dem Zelt. Der Bogenschütze trat ein und ging zu ihm. „Wie fühlst du dich?“

„Wie ich mich fühle?“ Zacharias grinste. „Ich glaube, mir ging es selten besser.“

„Du weißt, auf wen wir heute treffen könnten.“

Zacharias ließ sich zurückfallen: „Ja, das weiß ich. Aber soll ich dir etwas sagen? Mir ist es egal.“

Rowan legte eine Hand auf seine Schulter: „Du lügst.“

„Sie ist nur noch eine blasse Erinnerung aus meiner Vergangenheit.“

„Und deswegen traust du dich nicht einmal ihren Namen auszusprechen?“

„Fordere mich nicht heraus.“

„Schön, wie du willst. Ich wollte nur, dass du weißt, dass *Tayla* wohlmöglich auch in dieser Schlacht kämpft.“

„Gut, dass deine goldene Gaia behütet hinter kratagonischen Mauern schläft.“, gab er zurück, bevor er ablenkte: „Wie geht es dir, Rowan?“

„Mir? Bestens! Mein Köcher ist gefüllt mit Pfeilen. Arkas hat schon seit mehr als zwei Tagen nicht mehr gefressen. Er wird wahrscheinlich noch mehr als du auf diese Nacht hin fiebern.“

Sie lachten.

„Ich kann es kaum erwarten, endlich wieder bei ihr zu sein.“, seufzte Rowan und wurde nachdenklich. „Ich liebe Gaia wirklich. Nach dem Krieg werde ich um ihre Hand anhalten.“

„Bist du verrückt?! Ja, ich freue mich, dass sie dich glücklich macht, Rowan.“ Er schüttelte den Kopf. „Aber ihr kennt euch kaum. Willst du dich für den Rest deines Lebens an ein Mädchen binden, das dir fremd ist?"

„Du kannst es nicht verstehen, Zacharias. *Du* nicht."

Er hatte Recht. Er konnte es wirklich nicht verstehen.

„Weißt du, wer dieser Mann ist, der in Geleses Kerkern verrottet?", fragte Zacharias und prüfte seine Klinge.

„Wir wissen beide, dass wir die Stadt nicht wirklich wegen ihm angreifen, oder?"

Er nickte: „Natürlich. Jadro brauchte einfach nur einen guten Kriegsgrund, der sich später in der Geschichtsschreibung als legitim auslegen lässt."

„Es soll Éndariel, der Repräsentant der Dunkelelfen, sein."

„WAS? Ich werde mich hüten, diesen Kerl zu befreien!"

„Ich werde jetzt gehen und meine Rüstung anlegen. Gleich brechen wir auf.", sagte der Bogenschütze, ohne auf seine Wut zu reagieren.

„Unter wem kämpfst du eigentlich, Rowan?"

Er lächelte: „Ich habe keinen Eid geschworen, darum kämpfte ich für den, der mir beliebt. Heute sieht es so aus, als würde ich mit den Sturmfalken ziehen." Er klopfte ihm auf die Schulter und verließ das Zelt.

Auch Zacharias legte Rüstung und Waffengurt an. Dann ging er ins Lager der Sturmfalken: „Sind Eure Pferde gesattelt?", fragte er und zwei Dutzend Krieger bejahten.

„Sehr gut. Ihr erwartet von mir bestimmt eine flammende Rede, doch was soll ich sagen? Grabt eure Schwerter in die Herzen eurer Feinde, seid erbarmungslos! Und wenn der Kampf vorüber ist, schnappt euch ein Weib und zeigt ihr, wozu ein Kratagoner noch fähig ist." Die Männer lachten. „Ihr alle seid Männer des Talkönigs. Doch heute kämpft ihr unter mir! Heute seid ihr die Sturmfalken, die unter General Zacharias ihre Schwerter ziehen und siegen!"

Die Männer brüllten und bestiegen die Pferde.

Zacharias zog sein Schwert: „Auf, Sturmfalken!"

Massaker von Gelese

Elozar stand im Torbogen der südlichen Toranlage Geleses. Er spürte die Vibration des Bodens unter seinen Pranken.

Er wusste, dass sie bald kommen würden. Sobald die Sonne untergegangen war, und sich die Nacht über das Land gelegt hatte, würden die Schattenaffen durch den Boden brechen. Doch er würde kämpfen. Er würde für sich und für Tayla kämpfen. Genauso wie Geleses Soldaten, die Gefolge der Ratsmitglieder und manche der Mächtigen selbst. Als er auf die erste Stadtebene gegangen war, hatte er die Kharr gesehen, wie sie Khandras Drakan, der auf einem weißen Bären ritt, auf ihre Posten am Marktplatz folgten. Auch die Dunathon hatte er kampfbereit unter der Führung von Taylas Vater Marlon am Ratshaus angetroffen.

Er schnaubte. Gleich musste er zurück hinter die Mauer.

Der Löwe blickte zurück zu Gelese, zu der schwebenden Palastebene. Seine Gefährtin musste dort irgendwo sein. Er hoffte, dass sie unversehrt war.

„Halbgott Elozar!“, rief Admiral Elnor. Er stand auf der Mauer und hatte den Befehl über die südliche Toranlage. „Das Tor wird geschlossen.“

Elozar warf einen letzten Blick zum Horizont. Dann lief er auf den Marktplatz und erklomm die Steintreppe, die auf die unvorstellbar hohe Stadtmauer führte. Oben angelangt nahm er seinen Platz neben dem Admiral ein. Er wollte sehen, wie die Horden von Ungeheuern kamen. Er wollte ihnen in die Augen blicken, wenn sie sich wagten, gegen Lorolas und seinen Vater in den Krieg zu ziehen.

Die Sonne verschwand. Die Vibration des Bodens war mittlerweile sogar auf der Mauer zu spüren. Elozar bemerkte, dass sich die Soldaten auf einen sturmgleichen Angriff gefasst machten. Er roch ihre Angst.

Der Untergrund erbebte.

Plötzlich fuhren Wogen durch den Waldboden, als würde man sich auf offener See befinden. Ein ohrenbetäubendes Donnergrollen ertönte und der Boden brach auf. Brüllende Kreaturen stürmten aus dem sich öffnenden Abgrund.

Selbst aus der Ferne erkannte Elozar die Kreaturen aus dem unterirdischen Reich.

„SIE GREIFEN AN!“, schrie Admiral Elnor.

Elozar sah den nahenden Feinden gefasst entgegen, obwohl der dunkle Sturm von Kreaturen kein Ende nahm. Hunderte brachen durch den Boden und rannten mit donnernden Faustschlägen der Stadt entgegen.

Admiral Elnor gab den Befehl erste Pfeilsalven auf die Angreifenden niederhageln zu lassen. Elozar folgte den abgeschossenen Pfeilen mit den Blicken. Er wusste, dass sie den Kolossen keinen großen Schaden zufügen konnten.

Die ersten Kreaturen erreichten die Stadtmauer. Sie fuhren ihre unterarmlangen Klauen aus, schlugen sie ins Gestein und machten sich daran, die Mauer zu erklimmen.

„Zieht die Schwerter!“, hörte Elozar das Kommando des Admirals.

Bald darauf traten Träger von Piken, Speeren und Hellebarden nach vorne.

Elozar blickte die Mauer hinab. In Gerions Rüstung fühlte er sich weder gut geschützt noch sonderlich wohl.

Plötzlich sprang ihm ein Schattenaffe mit ausgefahrenen Klauen entgegen. Der Löwe wich zurück, riss sein Maul auf und brüllte. Mit seinen Pranken schlug er die Kreatur zu Boden und zerfetzte gleich darauf ihre Kehle.

Mit Schrecken stellte Elozar fest, dass eine Horde gegen das südliche Stadttor anrannte. Diese Kolosse verfügten über eine solch immense Kraft, dass es den Soldaten nicht gelingen würde das Tor zu halten. Er wand sich um und stürmte zum Tor. Ohne zu zögern griff er auf den göttlichen Energiestrom in seinem Körper zu und wob einen kräftezehrenden Zauber. Es fühlte sich an, als rannten die Schattenaffen gegen ihn selbst an, er spürte am eigenen Körper, wie sie immer und immer wieder gegen das Tor donnerten.

„Halbgott Elozar!“ General Elias galoppierte auf seinem braunen Hengst über den Marktplatz, auf dem sich bereits Soldaten formiert hatten, „gelingt es Euch, das Tor zu halten?“

Angestrengt sah Elozar ihn an. Wäre er ein Mensch, würden ihm Schweißperlen auf der Stirn stehen.

„Ihr sollt zur zweiten Stadtebene und dort kämpfen! Befehl des Königs!“

Was sollte er?! Er würde die Männer an vorderster Front nicht alleine lassen. Was würde es mit ihrer Moral anstellen, wenn er, der Sohn des Löwengottes, sich verkroch und Schutz hinter der zweiten Mauer suchte? Nein, er würde die Front nicht verlassen!

„Das kann nicht Euer Ernst sein, Halbgott!“

Und wie es sein Ernst war!

Entnervt bohrte Elias die Fersen in die Flanken seines Pferdes und preschte davon.

Elozar sah indessen besorgt zum Tor. Er hatte den Zauber schon zu lange aufrecht erhalten und war schon sehr geschwächt. Aus diesem Grund ließ er die Energie in sich verebben.

Sobald sein Zauber nicht mehr wirkte, wölbte sich das Tor und es zerbarst wie eine Walnuss, die man knackte. Schattenaffen stürmten auf den Marktplatz und Elozar rannte ihnen brüllend entgegen. Er würde es nicht zulassen, dass diese Bestien die Stadt betraten, die sein Vater vor Jahrhunderten selbst erbaut hatte.

Die Götterzeichnung auf seinen Beinen glomm auf und begann hell zu leuchten. Nur mit Licht waren diese Kreaturen zurückzuschlagen und es funktionierte. Die Bestien stießen fauchende Laute aus und wichen vor dem Löwen zurück.

„Entzündet die Feuer!", brüllte Admiral Elnor.

Feuer wurden auf der ganzen Stadtmauer entfacht. Die Schattenaffen, die sich auf dieser befanden, wichen in die Dunkelheit zurück oder stürzten sich von der Mauer auf der stadtzugewandten Seite hinab.

Admiral Elnor fragte laut: „Wie können wir sie zurückschlagen? Sie sind stärker als drei Männer zusammen und wenn sie einen Soldaten getötet haben, fressen sie ihn gleich auf dem Schlachtfeld!"

Elozar blickte hinter sich auf den Marktplatz und beobachtete entsetzt, wie sich die Schattenaffen geifernd über ihre Opfer hermachten. Die Menschen konnten sich gegen die Bestien nicht zur Wehr setzen.

Der Löwe zwang sich, den Blick wieder dem Feld vor Gelese zuzuwenden. Überall war der Boden übersät von Feinden. Es waren Hunderte. Tausende.

Doch was war das? Er schärfte sein Sichtfeld und spähte in die Ferne. Es kam etwas aus dem Lorolas Wald, das er noch nicht erkennen konnte. Es bewegte sich schnell. Die Schattenaffen, die die Stadt umzingelten, teilten sich plötzlich in zwei Lager, sodass eine passierbare Gasse entstand, die zur südlichen Toranlage führte.

„Reiter!“, brüllte der Admiral über Elozar auf der Mauer.

Zacharias führte seine Sturmfalken als letztes durch die Schattenaffen. Vor ihm ritt Graf Arroth mit seinen Männern. Der Plan war durch das geöffnete Südtor in die Stadt einzudringen. Dort würden der Graf und er sich mit den Männern zum Palast durchschlagen und Éndariel befreien. Doch der Vormarsch des Reiterzuges stockte und die Gasse zwischen den Schattenaffen schloss sich wieder.

Zacharias fragte sich, warum es den Genra nicht gelang, das Tor zu durchbrechen. Selbst sein Friese Sturmfalke wurde unruhig.

Er drehte sich um, denn hinter ihm ritt Rowan auf dem Greif Arkas: „Kannst du etwas sehen?“

Der Bogenschütze schüttelte den Kopf: „Nein, leider nicht. Denen gelingt es wohl nicht, durch das Tor zu brechen.“

„Vielleicht müssen wir gar nicht hindurch, sondern einfach drüber.“

„Zacharias, es gibt einen Plan.“, erinnerte Rowan, der ahnte, worauf sein Freund hinaus wollte.

„Ich konnte mich noch nie gut an Pläne halten.“

Rowan sah ihn verschwörerisch an, dann zog er schnalzend an Arkas' Zügeln. Der Greif breitete seine gefiederten Schwingen aus und erhob sich in die Lüfte. Dabei stieß er einen gellenden Vogelschrei aus. Dieser versetzte Geleses Soldaten auf den Mauern in Aufruhr. Rowan ließ Arkas einmal vor der Stadt kreisen. Dann stießen sie zu den Sturmfalken hinab. Kurz über dem Erdboden breitete Arkas seine Schwingen aus und packte Zacharias mit seinen gewaltigen Krallen. Er hob ihn aus Sturmfalkes Sattel und schoss erneut dem Himmel entgegen.

„Geht es dir gut?“, hörte Zacharias Rowan fragen.

„Ja!“, rief er. Er hoffte, dass sein Freund es durch den lauten Flugwind hören konnte.

Rowan lenkte Arkas in Richtung der Mauer. Das Feuer wurde auf sie eröffnet und Pfeilsalven schossen ihnen entgegen.

„Höher!“, schrie Zacharias, der sich bemühte, den Geschossen auszuweichen.

„Ich kann dich nicht hinter die Mauer bringen!“, brüllte Rowan.

„Bring mich so nah an die Stadt heran wie du kannst!“

Plötzlich ging es abwärts. Sie näherten sich der Mauer in rasendem Tempo. Als diese genau unter ihnen lag, öffnete Arkas seine Klauen und Zacharias rauschte dem Grund entgegen. Noch im Sturz zog er seine Schwerter. Er kam in der Hocke auf der Stadtmauer auf und war von Soldaten umzingelt. Ein Klingensturm entfachte und Zacharias durchtrennte sechs Kehlen. Die Soldaten, die ihn zuvor eingekreist hatten, gingen tödlich verletzt zu Boden.

Da sah er weitere Soldaten heranstürmen. Zwei Frauen mit Fischschwänzen anstelle von Beinen zeichneten ihre Harnische. Einer von ihnen war mit einem Dreizack bewaffnet, die anderen trugen Schwerter.

„FÜR LOROLAS! FÜR DIE KRISTALLBUCHT!“, brüllten sie wie ein Mann.

Alleine würde Zacharias sie nicht überwältigen können. Aus diesem Grund stürzte er sich die Mauer hinunter. Verzweifelt versuchte er seinen Dolch in einer Lücke zwischen den Steinen zu verkanten. Drei Schritt über dem Boden fand er endlich Halt und kam zum Stehen.

Mit Verwunderung stellte er fest, dass das Tor gar nicht verschlossen war. Der halbgöttliche Löwe und einige Soldaten verteidigten es.

Unbeschreibliche Abscheu kam in Zacharias auf, als er den Halbgott erblickte. Unaufhaltsam rannte er in Richtung des Torbogens. Alle Männer Geleses, die seinen Weg versperrten, tötete er erbarmungslos. Seine Schwerthiebe waren von solch unerbittlichem Zorn gezeichnet, dass seine Klinge die eisernen Rüstungen der Soldaten durchschlug und sich in ihre Rücken bohrte..

Da stieß der Löwe markerschütterndes Gebrüll aus, sodass die Mauer erzitterte. Für einen einzigen Moment herrschte Stille auf dem Schlachtfeld. Das war wohl die Ruhe vor dem Sturm, so dachte der Kratagoner, den Atem anhaltend. Dann gingen Elozar und er aufeinander los. Heute stand Zacharias der dämonischen Bestie in rotem Fackelschein gegenüber. Mit der Farbe, mit der ihr Kampf begonnen hatte, wollte er ihn enden lassen – durch das Blut des Halbgottes.

Ihr Kampf wurde unversehens unterbrochen, als von beiden Seiten Männer in den Torbogen strömten und sich bekriegten.

Als Zacharias Graf Arroth, dessen Soldaten und die Sturmfalken entdeckte, grollte er: „Es ist noch nicht vorbei, Löwe."

Dann schwang er sich auf sein schwarzes Pferd, welches einer der Sturmfalken am Zügel mit sich geführt hatte, und preschte an die Spitze seiner Einheit.

Er folgte dem hochgewachsenen, blonden Graf aus Mortem Mar'Ghor durch tobende, blutige Kämpfe, wie sie die Sterbliche Welt noch nicht erlebt hatte.

Aus dem Kessel in die Traufe

Die eisige Kälte, die im Verlies herrschte, machte Tayla bewegungsunfähig. Sie fragte sich, wie viele Stunden verstrichen waren, seitdem der Folterknecht gegangen war. Vielleicht vier? Sie war sich sicher, dass Éndariel wieder zu Kräften gekommen war, denn er hatte sie mit seinen Zaubern ausgezehrt. Gierig und hungrig nach Energie. Dennoch lag er noch immer auf ihr. Ob er das tat, um sie noch mehr zu quälen?

Mittlerweile war ihre Rüstung von Reif überzogen und ihre Hände hatten eine bläuliche Farbe angenommen.

Da bewegte Éndariel seinen Kopf. Tayla sah ihn angewidert an. Unter den Verbrennungen waren seine Gesichtszüge wieder erkennbar. Er lehnte seinen Kopf gegen ihre Brust.

Furcht ergriff Besitz von ihr, als ihr wieder bewusst wurde, dass sie ohne Hoffnung auf Rettung eingesperrt war, und dass sie von einem der mächtigsten Männer, dem sie je begegnet war, gefangen gehalten wurde.

Die Fackel erlosch und Taylas Körper erbebte. Sie zwang sich, nicht zu weinen. Sie *durfte* es nicht!

Der Dunkelelf regte sich erneut. Jede seiner Bewegungen jagte ihr brennende Schmerzen durch den Brustkorb. Verzweifelt wand sie sich unter ihm wie ein Wurm und versuchte ihm zu entkommen.

„Lasst mich.“, verlangte Tayla.

Plötzlich hockte er sich neben sie und sie spürte seine Hände an ihren Hüften, woraufhin sie panisch nach ihm trat.

„Haltet still, oder ich werde Euch verletzen.“

Tränen stiegen in ihre Augen. Was wollte er ihr antun?

„Legt sie ab.“, forderte er.

„Was?“ Ihre Stimme war nicht mehr als ein Wimmern.

„Eure Rüstung. *Legt sie ab.*“

Tayla wollte die wenigen Teile ihrer Lederrüstung nicht ablegen. Sie waren alles, was sie vor ihm und der Kälte schützten.

„Ich werde Euch kein zweites Mal darum bitten.“

Sie zuckte verängstigt zusammen und machte sich daran, ihre Armschienen aufzuschnüren. Ihre Hände zitterten und als sie auch den Harnisch abgenommen hatte, durchfuhren sie Kälteschauer.

„Kann ich nicht wenigstens den Harnisch wieder anlegen? Mir ist so kalt.“

„Was Ihr nicht sagt, Tochter des Lichts.“, sie hörte sein zufriedenes Lächeln mehr als sie es sah.

Taubheit. Alles, was sie spürte, war Taubheit. Tayla konnte sich nicht mehr bewegen und glaubte, dass sie bald erfrieren würde. Die Kälte im Verlies brannte schon lange nicht mehr auf ihrer Haut. Sie spürte einfach nichts mehr – und das machte ihr Angst.

Éndariel, der wieder vollends zu Kräften gekommen war, lehnte sich gegen die Wand und verschränkte die Arme vor der Brust: „Ist es hier nicht wunderbar kalt?“

Tayla hatte Mühe die Augen offen zu halten.

„Wisst Ihr, mein Volk stammt aus der kältesten Gegend in Kratagon. Wir lieben Eis und Schnee. Viele Dunkelelfen umgeben sich mit Zaubern, wenn sie ihre Heimat verlassen, um nicht aus dem ewigen Winter gerissen zu werden. Wie Ihr bestimmt schon bemerkt habt, gehöre auch ich zu ihnen."

Er lächelte zufrieden und wisperte: „Aus Eurem Gesicht ist jegliche Farbe gewichen. Eure Lippen werden schon ganz blau." Er wirkte glücklich. „Ihr werdet sterben. *Erfrieren.*"

Tayla fielen die Augen zu. Er hatte Recht.

„Hier.", sagte der Dunkelelf. Er nahm den Brustharnisch und warf ihn in ihren Schoß.

Da lag es, das Stück Leder, das ihren Tod noch etwas weiter hinauszögern konnte. Sie versuchte ihre Hand danach auszustrecken, doch sie konnte nicht einmal einen Finger heben. Die Kälte und der Verlust ihrer Energie hatten sie ausgezehrt. Sie besaß nicht mehr den Willen dazu. Alles, was sie jetzt wollte war, dass die Taubheit aus ihren Gliedern und ihrem Geist wich. Ganz egal wie.

Schritte hallten im Tunnel.

„Da ist er.", hörte Tayla eine Stimme sagen.

Sie erkannte einen blonden Mann in edler Rüstung, der von knapp einem Dutzend Männer mit Fackeln in den Händen begleitet wurde. Eine Welle schmückte ihre Harnische.

„Schickt Dwar Euch, um mich zu *retten,* Graf Arroth?", höhnte Éndariel, „Euch und ein paar mickrige Schwächlinge?"

Der Kerl in Rüstung, der Graf Arroth sein musste, musterte den Gefangen: „So wie ich es sehe, wurde es höchste Zeit, dass wir Euch aus diesem Kerker befreien."

Die Männer Arroths brachen mit vereinten Kräften das Verlies auf. Danach reichten sie Éndariel sein Hab und Gut.

Der Dunkelelf glitt in den nachtschwarzen Umhang und hüllte seinen blutigen Leib darin ein. Gleich darauf zurrte er den Waffengurt fest um die Hüften.

In diesem Moment wurde Tayla bewusst, dass diese Kratagoner ihre einzige Hoffnung auf Rettung waren. Sie sah nur noch verschwommen und sie konnte nicht mehr verstehen, worüber sich die Krieger im Detail unterhielten. Sie musste die Taubheit und ihre Starre bezwingen und auf sich aufmerksam machen.

„Lasst uns verschwinden. Bald wird entdeckt werden, dass wir bis in den Palast vorgedrungen sind.“, sagte Graf Arroth.

Seine Männer führten Éndariel aus dem Verlies.

Tayla flüsterte, als sie sich verzweifelt gegen die Kälte auflehnte: „Wartet.“

Mit einer Fackel trat der Graf ins Verlies zurück und erblickte sie, eine blutverschmierte Frau.

„Was tust du hier, mein Kind?“, fragte er und beugte sich zu ihr herunter.

Seine Gutmütigkeit und Sorge überraschte sie. Das hätte sie von einem Kratagoner nicht erwartet.

„Helft mir, *bitte.*“ Mehr als dieses Flehen brachte Tayla nicht zustande.

„Du bist halb erfroren.“, stellte er fest. Er nahm seinen Umhang ab und legte ihn Tayla um die Schultern. „Kannst du aufstehen?“

Sie schüttelte den Kopf.

Graf Arroth legte ihr einen Arm um den Oberkörper und einen unter die Beine. Dann hob er sie hoch und trug sie bis zu seinen Männern, die im Tunnel auf ihn gewartet hatten.

„Wer ist sie?“, fragte einer.

„Das spielt keine Rolle. Sie war zusammen mit einem Kratagoner in einem Verlies eingesperrt und das ist Grund genug, um ihr zu helfen.“

Tayla war dankbar, dass er sich nicht von seinem Unterfangen abbringen ließ.

„Ist dieser verdammte General endlich hier aufgetaucht?", fragte Graf Arroth gereizt.

„Nein, er hat vor dem Palast kehrt gemacht, sich mit seinen Sturmfalken einen heftigen Schlagabtausch geliefert und dann ist er davon geprescht. Er wolle Dwar und seiner Horde nicht das ganze Blutvergießen überlassen, so sagte er." Der Mann in Rüstung fügte beeindruckt hinzu: „Die Soldaten hat er regelrecht niedergemäht!"

„Schweig still!", befahl Arroth wütend, „auf diesen Bastard ist kein Verlass. Lasst uns gehen. Die Zeit drängt! Bald wird die Nacht vorüber sein."

Tayla wusste nicht, wovon die Männer gesprochen hatten und konnte ihren Worten keine Bedeutung beimessen. Sie nahm nur vage wahr, dass sie aus dem Tunnel und dem Palast getragen wurde. Ihr Retter hatte sie auf sein Pferd gehievt und war dann mit ihr und seinen Gefolgsleuten durch Gelese galoppiert. Tayla sah die tobenden Kämpfe, durch die sie ritten, nur verschwommen. Gelese glich einem Schlachtfeld, und sie konnte nichts dagegen tun.

Die Stadt lag hinter ihnen und die Pferde beschleunigten ihren Lauf. Ihre Reiter lenkten sie in den Lorolas Wald. Es musste mindestens eine Stunde gedauert haben, bis sie das Lager der Kratagoner erreicht hatten. Dort hob Graf Arroth Tayla vom Pferd und trug sie an glimmenden Feuerstellen und schnaubenden Rössern vorbei.

Bald erreichte er ein Nebenlager, das aus nur wenigen schwarzen Zelten bestand: „Ich werde dich in das Zelt des Generals der Sturmfalken bringen."

Er trat mit ihr in ein achteckiges Zelt.

„Und wie ich sehe, ist er noch auf dem Schlachtfeld." Er

trug sie durch das Zelt und lehnte sie an einen Holzpfahl, der das Zeltdach trug. „Ich werde dir Wasser und Brot bringen lassen – nein, ich bringe es dir selbst, dann bin ich sicher, dass du es bekommst. Doch sobald dieser verdammte Sturmfalke eintrifft, werde ich dich in seine Hände übergeben. Soll er sich mit dir herumschlagen und entscheiden, was mit dir geschieht. Sieh mir das bitte nach, mein Kind, ich will nicht über dich urteilen."

Er verließ das Zelt und kam bald darauf mit dem Versprochenen zurück. Arroth hielt ihr das Brot hin: „Iss."

Schnell stellte Tayla fest, dass sie zu schwach war, um nach dem Brot zu greifen.

„Du musst ja völlig entkräftet sein, Mädchen. Hier."

Er brach ein Stück ab und hielt es an ihre Lippen. Tayla musste lange kauen, bis sie es hinunterschlucken konnte.

„Trink."

Sie tat wie ihr geheißen.

„Geht es dir besser?"

Sie nickte erschöpft.

„Verzeih mir, mein Kind, aber ich muss das tun." Er holte einen kurzen Strick hervor und band ihre Hände über dem Kopf an dem Holzpfahl fest.

„Schneidet er nicht zu sehr in dein Fleisch?"

Sie schüttelte den Kopf.

„Gut. Dann werde ich dich jetzt alleine lassen.", meinte er und verschwand.

Tayla sah träge auf die Fesseln, bevor sie Dunkelheit umfing und sie in einen traumlosen Schlaf glitt.

Fleischgewordene Unschuld

Die Sturmfalken preschten im Morgengrauen ins kratagonische Lager. Viele von ihnen hatten sich Weiber aus der Königsstadt mitgenommen, um sie zu vergewaltigen – oder, wie sie es ausdrücken würden – um ihnen zu zeigen, wozu ein Kratagoner fähig war. Auch Zacharias hatte zwei bei sich. Eine saß vor ihm und die andere hinter ihm auf dem Pferd. Er hatte kaum ein Wort mit ihnen gewechselt. Trotzdem waren sie ihm verfallen. Scheinbar freiwillig saßen sie mit ihm auf dem Schwarzen.

Die Sturmfalken galoppierten zwischen die Zelte und kamen, Staubwolken aufwirbelnd, zum Stehen. Zacharias schwang sich vom Rücken des Schwarzen und hob gleich darauf die Frauen von dessen Rücken.

„Was habt Ihr nur getrieben, General?!“, fuhr ihn Graf Arroth an, der im Lager auf ihn gewartet hatte.

„Ich habe getan, wozu ich hierher geschickt wurde. Ich habe getötet.“, erwiderte er abgeklärt.

„*Getötet* habt Ihr?!“ Arroth stellte sich Zacharias wutschnaubend in den Weg, als er mit seinen Gespielinnen verschwinden wollte, „Ihr habt Eure Befehle missachtet! Wir hatten eine gemeinsame Mission!“

„Die Ihr, wie ich hörte, sehr gut alleine erfüllt habt.“

„Seht Euch nur an!“, empörte er sich, „an Euren Händen klebt das Blut Unschuldiger!“

Zacharias beugte sich zu ihm vor und flüsterte grinsend in sein Ohr: „Und stellt Euch vor, edler Graf, gleich kommt noch mehr hinzu.“ Er sah verschwörerisch zu den beiden Frauen, die unter seinem Blick zu kichern begannen.

Arroth stieß ihn von sich fort: „Dann verschwindet mit Euren Huren, widerwärtiger Köter!“

Der Graf wollte gerade gehen, als ihm einfiel: „In Éndariels Verlies haben wir eine weitere Gefangene gefunden. Sie liegt gefesselt in Eurem Zelt. Nehmt Euch ihrer gefälligst an. Diesen Befehl werdet wohl auch Ihr befolgen können.“

„Ich nehme von Euch *keine* Befehle entgegen.“, erwiderte Zacharias gleichgültig. Dann zog er die Weiber mit ins Zelt.

„Nehmt mir die Rüstung ab.“, befahl er.

Die beiden taten wie ihnen geheißen. Dabei küssten sie ihn und ließen ihre Hände über die freigelegten Stellen seines Körpers gleiten. Er packte sie ungestüm und stieß sie auf sein Lager. Wild rissen sie ihm das Hemd auf und liebkosten seine Brust. Zacharias ließ seine Hand in den Ausschnitt der einen wandern und zog sie dann ganz aus.

„Ihr gebt euch mir hin wie zwei Huren.“

„Wie zwei gute Huren.“, erwiderte eine und öffnete seine Hose.

„Das werden wir sehen.“

Zacharias' Blick fiel auf eine blutüberströmte Gestalt, die scheinbar leblos gefesselt am Holzpfahl in der Mitte des Zeltes kauerte.

„Was würdet ihr mit dem machen?“, fragte er amüsiert.

Eine sah zu ihm auf: „Dieser Mann hat doch gesagt, es sei eine Frau, oder nicht?“

„Ein Weib?“, lachte er bei ihrem Anblick.

Sie ließ die Hand zwischen seine Schenkel wandern: „Aber

was spielt das für eine Rolle?“

„Sehr richtig.“, grinste Zacharias.

Da vernahm er eine leise Stimme: „Zacharias?“

Er glaubte, seine Ohren würden ihm einen Streich spielen. Diese Stimme kannte er, sie war tief in sein Gedächtnis eingebrannt...

„Runter von mir!“, befahl er und die Frau ließ von ihm ab.

Er schloss die Hose, stand auf und wand sich der blutüberströmten Gestalt zu, die gefesselt in seinem Zelt kauerte. Schnell eilte er zu ihr und kniete sich vor sie. Ihr Kinn ruhte auf der Brust. Sie war vermutlich ohne Bewusstsein. Vorsichtig umfasste er ihr blutiges Gesicht und hob ihren Kopf ein kleines Stück an.

Seine Ohren hatten sich nicht getäuscht. Es war Tayla.

Zacharias sprang auf und schrie zornig: „Schert euch weg!“

Die Frauen zuckten zusammen, dennoch weigerten sie sich zu gehen.

Er ging fluchend zu ihnen und prügelte auf sie ein: *„RAUS, elendige Huren!“*

Sie verließen wimmernd das Zelt.

Zacharias lief indes zurück zu Tayla und hockte sich vor sie. Er holte einen Dolch hervor und schnitt die Fesseln durch. Wie war es möglich, dass sie sich so übel zugerichtet und gefesselt in seinem Zelt befand? Er konnte es nicht erklären. Warum war sie gemeinsam mit Éndariel in einem Verlies in Gelese eingesperrt gewesen?

Vorsichtig hob er ihren Kopf an und strich über ihre blutverkrusteten Wangen: „Tayla? Kannst du mich hören?“

Benommen öffnete sie die Augen. Ob sie ihn erkannte?

„Was hat man dir angetan?“

Ihr Anblick schockierte ihn. Was war ihr bloß widerfahren? Plötzlich trat Angst in ihre gläsernen Augen.

„Fürchte dich nicht vor mir. Ich werde dir nichts tun.“

Eigentlich hätte er ihr nicht helfen dürfen, er hätte sie verrecken lassen müssen. Doch es stand nicht eine einzige Sekunde außer Frage, dass Zacharias sie retten würde. Darum holte er eine Schale mit Wasser und ein Tuch, um sie vom Blut zu befreien.

„Das wird nicht wehtun.“, erklärte er und zeigte Tayla das feuchte Tuch.

Behutsam tupfte er damit über ihr Gesicht. Dann wusch er ihre Arme und Beine ab. Tayla ließ es zu seiner Beunruhigung einfach geschehen. Sie folgte seinen Händen nur mit ihren Blicken.

„Ich werde dich jetzt ausziehen, Tayla. Hab keine Angst, dir wird nichts geschehen und ich werde dir nichts Schändliches antun. Ich will dich nur von dem Blut befreien.“

Seine Finger zogen die Verschnürungen des blutgetränkten Hemdes auf. Als er es Tayla über den Kopf zog, bedeckte sie sich benommen mit den Händen.

Zacharias lächelte betrübt, weil sie ihm offenbar nicht vertraute, warum sollte sie auch, und wiederholte: „Ich verspreche dir, dass ich dir nichts tun werde.“

Vorsichtig ergriff er ihre Hände und zog sie weg.

„Siehst du, es ist nichts passiert.“

Er tauchte das Tuch in die Schale und wrang es aus. Erst wusch er damit über ihren Hals, dann über ihr Dekolleté. Tayla sank dabei erschöpft in seinen starken Armen zusammen und ihr Kopf vergrub sich in seinem Hals.

„Ich werde nicht sterben.“ Mehr vermochte sie nicht zu sagen.

„Nein, das wirst du nicht.“

Ein kaum wahrnehmbares Lächeln umspielte ihre Lippen und er wusste, dass sie die Worte meinte, und nicht einfach nur gesagt hatte.

Als er ihren Rücken abwusch, spürte er, wie eiskalt sie war und wie sie sich wärmesuchend an ihn schmiegte. Zacharias genoss die Nähe zu ihr auf eine Art, die er bislang nicht gekannt hatte. Er wusste nur zu gut, dass es falsch war, aber er konnte und wollte sich nicht dagegen wehren. Jetzt nicht. Dass Tayla nackt und verletzlich in seinen Armen lag, hatte er vollkommen vergessen.

Der Schauer, der ihren Körper erfasste, riss ihn aus den Gedanken.

„Was hast du?"

Seine Frage beantwortete er sich selbst. Sie zitterte, als würde sie gleich erfrieren und ihre Lippen waren ganz blau.

Idiot.

„Dir muss schrecklich kalt sein."

Schnell zog er sein aufgerissenes Hemd aus und legte es über ihre Schultern. Mit zitternden Händen schlang Tayla den Stoff um sich.

„Komm her.", sagte er und nahm sie in den Arm. Dann stand er auf und trug sie zu seinem Lager hinüber. Dort legte er eine wärmende Decke um sie.

Abrupt wandte er sich von ihr ab und fragte sich, was zur Hölle er da gerade tat. Er konnte das doch nicht tun! Das war falsch! Er konnte jede, aber nicht *sie,* in sein Bett legen! Wenn sie jemand entdeckte... Wobei, das war ihm egal. Gleich wer es war, er würde ihn töten. Er musste die Begierde, die auf einmal in ihm entflammt war, bekämpfen. Aber wenn er ehrlich zu sich selbst war, wollte er es nicht. Nein...

Jetzt, da ihm wirklich bewusst war, wer nackt in seinem Bett lag, fiel es ihm umso schwerer sich zu beherrschen. Mit zusammengepressten Zähnen brachte er einige Schritt Entfernung zwischen sich und Tayla.

„Bleib bei mir.", flüsterte sie.

Erst glaubte er, dass er sich ihre Stimme nur eingebildet hatte, dann drehte er sich zu ihr um und sah sie fragend an. Er konnte nicht glauben, dass sie wirklich wollte, dass er, Zacharias, blieb. Nicht nach allem, was in der Vergangenheit geschehen war.

„Bitte.“, flehte sie leise.

Ohne sich ein weiteres Mal bitten zu lassen, schlüpfte er unter die Decke und legte sich neben sie. Er schlang die Arme um sie, obgleich er nicht wusste, ob ihr das Recht war.

„So ist es besser, nicht wahr?“, fragte er und vergaß, dass sie im kratagonischen Heerlager waren.

„Ich bin froh, dass du bei mir bist.“, flüsterte sie kaum hörbar.

Ohne weiter darüber nachzudenken, legte er sich auf sie und nahm ihr Gesicht in die Hände. Behutsam beugte er sich zu ihr herunter und küsste sie. Er sah, wie Tayla die Augen schloss und seinen Kuss befangen erwiderte. Der Kratagoner wollte ihr die Unsicherheit nehmen, kam ihr abermals näher und ließ seinen Mund ihren ein zweites Mal finden. Doch Tayla blieb ruhig.

„Was hast du?“, fragte er, während er eine Haarsträhne aus ihrem Gesicht strich. War es falsch gewesen sie zu überfallen? Spürte er Reue? Unsicherheit? Pff, nein. Er nicht.

„Nichts.“, antwortete sie und er könnte schwören, dass sie ihn anlog, „ich bin nur fürchterlich müde.“

„Dann solltest du schlafen.“

„Ich habe Angst.“ Ihre leise Stimme brach ab.

„Ich passe auf dich auf.“, versprach er leichthin und meinte doch, was er gesagt hatte.

„Bist du noch bei mir, wenn ich aufwache? I-Ich-“

„Ja.“ Wieder das gleiche. Verdammt, was war mit ihm los?

„Lass mich nicht mehr los, Zacharias.“, bettelte sie.

Sein Name aus ihrem Mund schickte warme Schauer seinen Rücken hinunter: „Schlaf, Tayla..."

Er zog sie an sich und legte einen Arm um sie. Tayla sah ihn an und seufzte. Dann schloss sie die Augen.

Zacharias betrachtete sie noch lange. Er fragte sich, wer ihr so etwas antun konnte: Nur selten hatte er jemanden gesehen, der so grausam zugerichtet war wie Tayla, als er sie in seinem Zelt entdeckt hatte. Blutüberströmt, eiskalt, verängstigt... Außerdem bedeckten einige Hämatome ihren schönen Körper.

Gedankenverloren lehnte er seinen Kopf an ihren. Er würde sein Versprechen nicht brechen. Er würde auf sie aufpassen und sie würde in sein Gesicht sehen, wenn sie aufwachte. Ohne dass es ihm bewusst war, fiel die Gefühllosigkeit, die ihn in Kratagon beherrscht hatte, von ihm ab. Er sah Tayla wieder so wie beim ersten Mal. Sie war die Unschuld. Und sie hatte mehr in ihm verändert, als er zugeben wollte.

Fliegen und fallen

Wärme umhüllte sie. Sie kostete die Gedankenlosigkeit aus. Doch sie würde aufwachen müssen – und sie würde *ihn* verlassen müssen. Tayla schlug die Augen auf und sah in Zacharias' Gesicht, welches in diesem Moment ungekannte, weiche Züge besaß. Er hielt sie im Arm und schlief noch. Sie streckte die Hand nach ihm aus, doch dann zögerte sie, bevor sie ihn berührte. Wollte sie diesen Augenblick wirklich zerstören, indem sie in weckte? Nein...

Tayla zog die Hand zurück, schmiegte sich an seine Brust und horchte dem gleichmäßigen Schlag seines Herzens. Sie lächelte gedankenverloren und ließ sich von dem Heben und Senken seines Brustkorbs zurück in den Schlaf wiegen.

Tayla spürte eine Hand, die ihr über die Schulter strich. Seine Hand. Sie öffnete blinzelnd die Augen und sah Zacharias über sich gebeugt. Sie betrachtete sein markantes Gesicht, seine einzigartig blauen Augen, die wie zwei Saphire funkelten.

„Hallo, Tayla."

Sie antwortete verträumt: „Guten Morgen."

Zacharias grinste: „Morgen haben wir schon lange nicht mehr. Die Sonne hat ihren Zenit bereits überschritten."

Sie errötete verlegen.
„Aber wie ich sehe, hat dir der Schlaf gut getan..“
„Du hast Recht, ich fühle mich viel besser.“ Sie legte vorsichtig die Arme um seinen Nacken und zog ihn auf sich, „das habe ich nicht nur dem Schlaf zu verdanken.“
Sie war im vollen Bewusstsein was sie tat. Sie wollte seine Nähe spüren, wollte das Gefühl der Liebe genießen, wenn er sie vor all der Zeit nicht völlig belogen hatte. Er war der eine Mann, nach dem sie sich sehnte. Nur er allein hatte sich in ihre Träume geschlichen. Heute würde sie alles riskieren, heute würde sie in den Himmel steigen, auch wenn sie danach wieder auf hartem Fels aufschlug.
„Wer weiß, wie viel Zeit uns noch bleibt.“, flüsterte sie. Sie sah den Krieg in seinen Augen und wusste, dass ihr gemeinsames Glück nur von kurzer Dauer war. Sie waren Todfeinde.
„Ich weiß es.“, erwiderte er und beschwor sie mit den Blicken. „Wir haben das Jetzt. Alles was kommt, ist mir egal. Wir haben das Hier und wir haben uns.“
Er lächelte und sie zog ihn noch dichter zu sich. Zacharias strich durch ihr Haar und küsste ihre Stirn. Tayla hingegen nahm sein Gesicht in die Hände und zog seinen Mund zu ihrem hinunter. Als sich ihre Lippen fanden, schloss sie, durchströmt von Wärme und einem elektrisierendem Gefühl, die Augen.
Er raunte, während er sanft an ihrem Hals knabberte: „Ich begehre dich, Tayla. Ich begehre dich mehr denn je.“
Sie fuhr durch sein Haar und presste seinen Kopf an sich. Daraufhin schob er einen Arm unter sie. Er setzte sich auf und zog sie mit sich, bis sie wieder in seinen Armen lag. Tayla verharrte nicht lange in dieser Position. Ihn ungezügelt küssend, wollte sie sich mit ihm zurückfallen lassen. Einmal nur wollte sie sich ihren Gefühlen für ihn ganz hingeben.

Einmal nur wollte sie die Frau des einen Mannes sein, der Schönheit, Männlichkeit und Wildheit in sich vereinte und ihr Herz mit jedem Blick höher schlagen ließ.

Zacharias keuchte: „Tayla, wenn du das jetzt tust, kann ich mich nicht länger zurückhalten."

Sie vergrub ihr Gesicht in seinem Hals und sagte: „Dann tu es nicht."

„Ich will, dass du mich ansiehst, wenn du das sagst.", verlangte er streng und fast so, als konnte er ihr nicht glauben.

Tayla hob den Kopf, blickte ihm in die Augen und wiederholte: „Dann tu es nicht."

Sie ließ es zu, dass er ihr langes Haar zurückstrich, sodass es sich in braunen Kaskaden über den Rücken ergoss. Dann streifte sie sich langsam das Hemd über die Schultern und ließ es fallen.

„Halt dich nicht zurück, bitte."

Sie erkannte, wie die Begierde seine Augen verdunkelte. Er packte sie, ließ sich auf sie fallen und hielt sie unter sich gefangen. Sie tauschten hemmungslose Küsse aus. Bald ließ er seine Lippen über den Hals und das Schlüsselbein zu ihren Brüsten wandern. Er liebkoste sie und Tayla vergrub die Hände in seinem Haar. Sie spürte deutlich, dass er bereit für sie war, bereit, das lange herausgezögerte Verlangen zu stillen. Keuchend ließ er von ihr ab, öffnete die Hose und streifte sie ab. Er verharrte einen Moment und musterte sie. Dieses Mal bedeckte sie sich nicht. Sie wartete auf ihn, ihr Atem ging schwer und sie war erfüllt von Sehnsucht. Sehnsucht nach ihm... Sobald er wieder zu ihr zurückgekehrt war und sein Gewicht auf ihr lastete, schlang sie Beine und Arme um seinen nackten Körper. Sie spürte ihn überall und konnte nicht genug von diesem Gefühl bekommen. Es war wie eine Sucht, die sie zerriss, während sie vor Glück auf Wolken wandelte.

„Sieh mich an, Tayla."

Sie blickte sehnsüchtig zu ihm auf und ihr Atem war ein Keuchen. Sofort verlor sie sich in seinen blauen Augen, bevor sie seine leidenschaftlichen Küsse zurück in die Wirklichkeit holten, in der es gerade nur ihn für sie gab. Noch bevor Tayla etwas sagen konnte, verschmolzen sie ganz miteinander und er trug sie in fremde Welten, die sie sich nicht erträumt hätte. Ganz im Rausch der Gefühle gefangen, umklammerte sie Zacharias' Nacken und ihr Körper erbebte unter ihm, während sie laut seinen Namen rief. Gefühlswellen überrollten sie und Wogen des Glücks brachen über ihr zusammen.

Zacharias' lauter Atem holte sie zurück. Nun entrang sich auch seiner Kehle ein wildes Stöhnen und er sackte auf ihr zusammen. Sein Körper lastete schwer auf ihrem. Ihr Brustkorb hob und senkte sich viel zu schnell, genauso wie seiner. Sie vergrub die Hände in seinem Haar und spürte sein Lächeln mehr als sie es sehen konnte.

Zacharias stemmte sich nach einiger Zeit mit den Armen hoch und erlaubte ihr, sich unter ihm wegzurollen.

Tayla fühlte die Schwäche zurückkehren, doch so könnte sie ewig verharren. Ihre Haut war heiß vom Liebesspiel sowie von Zacharias' Liebkosungen und ihr Körper pulsierte noch. Sie fühlte sich so erfüllt und glücklich wie noch nie in ihrem ganzen Leben.

„Ist dir kalt?"

Sie schüttelte den Kopf und ihre Mundwinkel hoben sich zu einem glücklichen Grinsen: „Nein, mir ist nicht kalt. Jede deiner Berührungen glüht auf meiner Haut."

Er beugte sich lachend über sie: „Dann verbrenne!"

Tayla kicherte, während er sie wieder küsste und ihr spielerisch in die Rippen stieß. Sie stieß hart die Luft aus, als sie ein stechender Schmerz durchfuhr. Zacharias bemerkte es, denn er sah kurz in ihre Augen, dann machte er an der Stelle weiter, an der er kurz gestoppt hatte.

„Zacharias, bitte nicht.“, lehnte sie ab, auch wenn sie von ihm noch tausend Mal geliebt werden wollte. Éndariel musste sie, als er sie durch die Eisenstäbe in sein Verlies gezerrt hatte, stärker verletzt haben, als sie dachte.

„Hast du Schmerzen?“

„Bitte, sorge dich nicht um mich.“

„Das tue ich aber.“

Sie bemerkte, wie Besorgnis seine Züge überschattete und versuchte ihn zu beruhigen: „Ich werde daran nicht sterben.“

Er lächelte: „Nein, das wirst du ganz bestimmt nicht.“

Doch so, wie auch die Schmerzen zurückgekehrt waren, kehrte auch die Realität zurück und kämpfte sich unermüdlich in ihr Bewusstsein. Es herrschte Krieg. Krieg zwischen Lorolas und Kratagon, Krieg zwischen ihr und... nun ja... ihm. Sie hatte Verpflichtungen, sie konnte nicht länger bleiben, egal wie sehr sie es sich wünschte.

Bevor sie ihm erklären konnte, dass sie gehen musste, seufzte er: „Ich weiß.“

Tayla sah ihn fragend an, obwohl sie wusste, dass er ihre Gedanken erraten haben musste.

„Sag mir nur Eines. Warum?“

„Ich *muss* zurück.“, antwortete sie betrübt. Es fiel ihr schwer diese Worte auszusprechen. Sie könnten alles zwischen ihnen zerstören.

Der leidenschaftliche Glanz verschwand aus seinen Augen: „Ich weiß, Tayla.“

„Dann lässt du mich gehen?“

„Habe ich denn eine andere Wahl?“, fragte er und sie konnte seinen Tonfall nicht deuten.

Er stand auf und zog sich an. Dann half er Tayla

aufzustehen. Sie bemerkte, dass ein Blutfleck auf dem hellen Laken seine Aufmerksamkeit auf sich zog.

Sie rang mit sich, ihm ihre Liebe zu gestehen, denn sie wollte, dass er endlich erfuhr, was sie für ihn empfand, blieb ihnen doch nicht mehr viel Zeit.

Doch Zacharias kam ihr zuvor: „Du hast dich für mich aufgespart, Tayla? In der langen Zeit, in der ich dich verlassen hatte, hast du dich aufgehoben, *für mich?*"

Unglauben sprach aus ihm, aber Tayla erkannte auch die tieferen Gefühle. Der starke, kratagonische Krieger war beeindruckt, vielleicht sogar gerührt. Er, der Verführer und Weiberheld, der Unantastbare.

„Ja, das habe ich.", antwortete sie auf einmal wieder schüchtern, denn sie hatte nicht damit gerechnet, dass Zacharias sie darauf ansprechen würde. Wobei – ihm war alles zuzutrauen.

Er zog sie in eine letzte Umarmung.

„Glaub mir bitte, Zacharias, wenn ich dir sage, dass ich gerne noch bei dir bleiben würde.", murmelte sie und lehnte den Kopf an seine Brust. Er hatte sie den Krieg und die schrecklichen Dinge, die ihr in der letzten Zeit widerfahren waren, vergessen lassen – und dafür liebte sie ihn noch mehr.

„Das tue ich."

Er griff hinter sie und hob das aufgerissene Hemd auf.

„Ich bin sehr froh, dass du der General warst, an den Graf Arroth mich aushändigte. Auch wenn du ihn sehr wütend gemacht hast.", sagte sie, um die herrschende Stille zu durchbrechen.

Zacharias lachte und half Tayla ins Hemd: „Ich mache so einige Männer wütend. Besonders wenn sie sich *Graf* oder *König* schimpfen."

Er riss vom Laken des Lagers einen Streifen Stoff ab und

band ihn um ihre Hüften.

„Danke.“, sagte sie, zog den Knoten enger und war froh, dass man die letzten Spuren Éndariels, die Blutergüsse, nicht länger sehen konnte.

Zacharias griff nach ihrem Amulett und ließ es langsam unter den Stoff gleiten: „So ist es hier sicherer für dich .“ Ein eigenartiges Funkeln trat bei dem Anblick des Schmuckstücks in seine Augen.

„Ist alles in Ordnung?“, fragte Tayla verunsichert.

„Ach, Tayla... Wenn du doch nur nicht – nun ja, du weißt schon, wärst...“

„Ich... Ich sollte jetzt gehen...“ Sie bemühte sich neutral zu klingen, das ungute Gefühl, das sie bei seinem eigenartigen Gesichtsausdruck beschlich, nicht hörbar werden zu lassen.

„Du wirst nicht alleine durch unser Lager laufen. Das ist zu gefährlich. Ich werde dich begleiten. Komm.“

Er führte sie grob aus dem Zelt.

Einer der Sturmfalken stand draußen und rief ihn an: „Na, General, wohl gerade erst mit der Kleinen aus dem Bett gekrochen, was?“

„Halt's Maul!“, fuhr Zacharias ihn an, während er Tayla an ihm vorbeiführte.

„Lass mich doch mal sehen.“, begehrte der Sturmfalke auf und versperrte ihren Weg. Er packte Taylas Arm und war im Begriff, sie zu sich zu zerren.

„Lasst mich los!“, zischte sie, doch sie war zu schwach, um sich alleine zu befreien. Der Kerl stank fürchterlich nach Alkohol, Blut und Rauch.

„Komm zu mir, kleine Hure!“

Plötzlich holte Zacharias aus und schlug ihm mit der Faust ins Gesicht. Der Trunkenbold taumelte zurück und krachte zu Boden. Eines der Weinfässer, die neben ihm gestapelt waren, riss er mit sich.

„Fass sie nie wieder an!“, drohte Zacharias.

Er zog Tayla an sich und eilte mit ihr weiter: „Hat er dir etwas getan?“

Sie schüttelte den Kopf.

Zacharias blieb bei einem schwarzen, ungesattelten Pferd stehen und hob Tayla auf dessen Rücken: „Ich bringe dich weg von hier. Los, Sturmfalke!“

Er trieb den Hengst an und sie galoppierten durch das kratagonische Lager. Tayla stellte mit Schrecken fest, dass es weitaus größer war, als sie es sich ausgemalt hatte. Überall sah sie Krieger, die unter verschiedensten Wappen kämpften.

„Für welchem Mann kämpfst du?“, fragte sie.

Zacharias war kalt und abweisend: „Für mich selbst.“ Sie ließen das Lager hinter sich und er erklärte: „Bis nach Gelese ist es noch weit. Zu weit, um in deinem Zustand dorthin zu laufen. Vor dem nächsten Angriff wirst du es nicht schaffen.“

„Es wird einen *zweiten* Angriff geben?“, fragte sie schockiert.

„Ja. Heute Nacht wird Gelese das Aufgebot aller Soldaten Kratagons zu sehen bekommen, die hier in Lorolas sind.“

Seine Veränderung machte ihr Angst, dennoch sagte sie: „Dann werden noch mehr Unschuldige sterben.“

„So lautet der Befehl, Tayla. Dem kann sich niemand widersetzen.“

„Würdest du dich ihm widersetzen wollen?“

Zacharias brachte das Pferd zum Stehen: „Nein.“

„Aber – aber warum?“

„Ich bin ein Kratagoner. Für meine Heimat würde ich immer mein Schwert erheben.“

„Aber könntest du es für mich auch sinken lassen?“

Er legte eine Hand an ihre Wange und sagte: „Ich habe

schon so viel für dich getan, dem du dir nicht bewusst bist. Gerade jetzt bewahre ich dich wieder vor dem Tod."

„Dafür bin ich dir auch unendlich dankbar." Sie reckte ihren Kopf und küsste ihn mit dem Mut der Verzweiflung. Sie war sich sicher, dass es ihn besänftigen würde.

Zacharias erwiderte ihren Kuss nicht und ließ ihre Gefühlswelt erschüttert zurück: „Dann erwarte nicht mehr von mir. Erwarte nicht mehr, als ich dir geben kann." Er schnalzte mit der Zunge und Sturmfalke trabte vorwärts.

Das Pferd blieb stehen und Zacharias sprang ab: „Weiter kann ich dich nicht bringen. Ich sehe in der Ferne schon Geleses Stadtmauern."

Er hob sie von Sturmfalkes Rücken und sagte: „Tayla, beantworte mir noch eine Frage. Wer hat dir das angetan? Wer hat dich so zugerichtet?"

Sie senkte den Blick: „Ich kann darüber nicht sprechen, Zacharias. Nicht jetzt und auch nicht mit dir."

„Warum?", fuhr er sie laut an, „hat man dir gedroht?"

Bilder von Éndariel schossen vor ihr inneres Auge. Sie sah seine Folter und ihre eigene durch seine Hand und schüttelte mehr verzweifelnd als verneinend den Kopf: „Ich kann es dir nicht erzählen."

Zacharias drängte nicht weiter: „Versprich mir, dass du auf dich aufpasst."

„Ich verspreche es."

„Gut.", meinte er sachlich, „sehen wir uns wieder?"

Unüberlegt sagte sie: „Ja."

Sie sah zu ihm auf. Auf dem schwarzen Friesen war er wieder der unnahbare, verwegene Krieger. Stark, undurchschaubar und gleichzeitig so kalt, wie sie ihn nur selten erlebt hatte.

„Komm in der morgigen Nacht in die Nähe unseres Lagers

und ich werde dich finden."

Tayla nickte enttäuscht von seiner Gleichgültigkeit und beobachtete, wie er sein Pferd antrieb und davon preschte. Sie sah ihm nach, bis er verschwunden war. Er hatte sich nicht ein einziges Mal zu ihr umgedreht. Egal wie sehr sie es sich gewünscht hatte, er hatte es nicht getan.

Tränen stiegen in ihre Augen und sie presste die Lippen aufeinander. Sie versuchte den aufkommenden Schmerz in ihrem Herz zu betäuben, aber es wollte ihr nicht gelingen. Alles was ihr blieb war ihre Bestimmung. Sie war alles, an das sie sich klammern konnte.

Tayla schloss das magische Amulett in der Faust ein und rief im Geiste nach Elozar. Er würde kommen. Wenigstens seiner konnte sie sich sicher sein.

Taylas Kunde

Elozar blickte über Geleses blutige Straßen. Kälte erfüllte ihn bei dem Grauen, dass sich seinen Augen bot. Er stand in Blutlachen, menschenleere Rüstungen und zerbrochene Waffen lagen auf dem Boden verstreut. Viele der Häuser, Türme und Verteidigungsanlagen lagen in Trümmern. Der große Marktplatz auf der ersten Stadtebene glich einem Schlachtfeld und brutale Zerstörung war das einzige, das man sehen konnte. Die Blicke des Löwen blieben immer wieder an den Rüstungsteilen und aufgebrochenen Harnischen hängen. Die Schattenaffen hatten keinen Toten zurückgelassen. Kein Mensch, kein Pferd und auch keinen ihrer Rasse. Viele der Soldaten hatten sie gleich hier gefressen, nachdem sie sie skrupellos aus den Rüstungen geschält hatten. Die anderen, die sie in ihr unterirdisches Reich verschleppt hatten, mussten jetzt schon tot sein. Von gierigen Klauen brutal zerfleischt.

Taylas Hand, die seine Flanke tätschelte, riss ihn aus den Gedanken. Schon als er sie aus dem Wald geholt hatte, war ihm dieser Geruch aufgefallen. Sie stank nach ihm. Sie stank nach diesem Mörder.

Er schnaubte verächtlich. Wie konnte sie die Nähe zu Zacharias nur erdulden? Sie musste ihm nicht sagen, dass sie lange bei ihm gewesen war. Ihr ganzer Körper schrie es ihm entgegen. Laut und schrill. Alle Freude, die er verspürt hatte, als er sie endlich wiedergesehen hatte, war verflogen, als ihm bewusst geworden war, bei wem sie die Nacht verbracht hatte. Er war wütend über ihre Naivität und ihren Leichtsinn, denn diesem Kratagoner war nicht zu trauen! Trotzdem beschlich ihn die Sorge um ihr Wohlergehen, denn unter Zacharias' Gestank mischte sich der metallische Geruch von Blut. Doch so roch kein Mensch und auch kein Tier.

Tayla, die bis zu diesem Zeitpunkt kein Wort gesprochen hatte, erklärte: „Ich möchte dir erzählen, was geschehen ist."

Er wusste, wie sehr es sie schämte und quälte von den Geschehnissen im Verlies zu sprechen. Es kostete sie große Überwindung zu gestehen, dass sie sich nicht gegen Éndariels Grausamkeiten zu wehren vermocht hatte. Beschämt rieb Elozar seinen Kopf an ihr. Er bereute seinen Zorn ein wenig, hatte sie doch viel durchgemacht.

„...dann wurde Éndariel aus dem Verlies befreit und mich nahm man als Freund, und nicht als Feind, mit. Man brachte mich in das feindliche Lager und ein Graf gab mir zu trinken und auch zu essen. Dennoch wurde ich in einem Zelt gefesselt. Es war Zacharias' Zelt, Elozar. Er hat mir das Blut vom Körper gewaschen..."

Er konnte ihr nicht länger zuhören. Der bloße Gedanke, dass dieser Kratagoner seine Halbgöttin berührt hatte, weckte in ihm ein unvergleichliches Grauen!

Elozar warf sie brüllend ab und stürzte sich auf sie. Mit einem Schrei hob sie schützend die Hände und versuchte sich auf die Seite zu rollen.

Wie hatte sie sich nur mit diesem Mann vereinen können?! Hatte sie denn vergessen, was er ihr selbst, und nicht zuletzt ihm, angetan hatte?! Wäre er nicht in die Welt der Götter zu seinem Vater geflohen, dann wäre er verreckt!

„Elozar, ich verstehe deinen Zorn.“, beschwichtigte sie.

Elozar wollte Taylas Rechtfertigung nicht hören. Ein markerschütterndes Brüllen brachte sie zum Schweigen. Seine gewaltige Löwenstimme hallte durch ganz Gelese und sämtliche Geräusche erstarben. Er hatte Tayla noch nie Anlass gegeben, sich vor ihm zu fürchten – doch er war ein Halbgott und, nicht zu vergessen, ein Löwe. Sie musste endlich zur Vernunft kommen.

Lange verharrte er so, bis sein Atem wieder gleichmäßiger wurde, das laute Rauschen in seinen Ohren verklang und er Taylas Schluchzen hörte.

„E-Es... Es tut mir L-Leid.“, weinte sie und vergrub das Gesicht in den Händen.

Sie unternahm einen Versuch aufzustehen, drückte die Hände auf den Brustkorb und ging wieder in die Knie.

Erst jetzt wandte er sich ihr zu. Sie war verletzt und trotz aller Wut war sie noch immer seine Gefährtin.

„Bitte hilf mir.“, brachte sie hervor, während sie ihm das Amulett entgegenstreckte, „heile mich. Uns steht ein weiterer Angriff bevor und so kann ich nicht kämpfen.“

Elozars Augen weiteten sich und er schnupperte besorgt an ihr. Dann legte er eine Pranke auf den tränenförmigen Anhänger, ließ den Zauber des Lichts hineinströmen und ihre Götterzeichnungen begannen zu leuchten.

„Danke, Elozar.“, seufzte sie, als die Schmerzen in ihrem Brustkorb, genauso wie die Hämatome, verschwanden, „Wir müssen sofort zu König Serai. Er muss darüber informiert werden.“

Tayla wartete gemeinsam mit Porter und Elozar vor dem Ratshaus auf der Palastebene auf König Serai. Der

Wissenschaftler hatte pflichtbewusst Khandras Drakan besucht und hatte die Halbgötter zufällig getroffen, da er sich von dem Khandras wegen einer Ratssitzung frühzeitig verabschieden musste. Da König Serai dieser Sitzung beiwohnte, warteten die drei vor dem Ratshaus, bis sie eingelassen wurden.

„Warum dauert das denn so lange?“, fragte Tayla ungeduldig und spürte Elozars Zustimmung. „Ein kratagonisches Heer ist auf dem Vormarsch!“

Porter legte ihr in Anbetracht ihrer spärlichen Bekleidung seinen beigen Umhang um die Schultern. Kurz darauf öffnete sich das Flügeltor zum Ratshaus. Zu Taylas Überraschung erblickte sie Königin Arianna.

„Ich wurde bereits über Euer Ersuchen unterrichtet, Halbgöttin Tayla. Bitte folgt mir. Mein Gemahl erwartet euch.“

Falten bildeten sich auf dem hageren Gesicht der Königin, als sie Tayla musterte und die drei zum Versammlungssaal führte.

„Bis jetzt sind nur der Gladio'Arenam und der Khandras eingetroffen.“, erklärte sie und öffnete die Tür.

Die Blicke der drei Männer richteten sich sofort auf die Halbgötter und Marlon stürmte bestürzt auf sie zu: „Um Himmels Willen! Tayla! Was ist dir zugestoßen?“ Er zog sie in eine Umarmung. „Du bist ja völlig unterkühlt. Was ist passiert? Wie – wie siehst du überhaupt aus?“ Er wandte sich entsetzt Porter zu: *„Was wurde meiner Tochter angetan?!“*

Der Wissenschaftler hob beschwichtigend die Hände und stotterte: „W-Wüst-ten-k-könig, i-ich-“

Tayla löste sich von ihrem Vater und besänftigte ihn: „Wir sprechen später darüber. Es gibt Wichtigeres.“

Marlon schnitt ihr aufgebracht das Wort ab: *„Was ist ist*

wichtiger als das Wohlergehen meiner Tochter, der auserwählten Halbgöttin und Sica'Deserto?!"

Ein tiefes Grollen erklang daraufhin in Elozars Kehle.

„Ein bevorstehender Angriff. Heute Nacht."

König Serai räusperte sich: „Woher wisst Ihr davon, Halbgöttin?"

Taylas Gedanken überschlugen sich. Sie durfte nicht die Wahrheit sagen! Wie konnte sie ihre Gefangenschaft und die Liebesnacht mit Zacharias verschweigen?

Bevor sie sich eine Lüge ausdenken konnte, trat Elozar vor und hob seine Löwenstimme zu einem Brüllen. Marlon, Porter und der König schreckten heftig zusammen. Khandras Drakan, der sich nicht damit aufgehalten hatte seine Verletzungen zu verbinden, beobachtete den Halbgott mit unergründlicher Miene.

„Ich habe einmal den Fehler gemacht und eine Warnung Taylas nicht ernstgenommen. Das wird mir kein zweites Mal passieren.", sagte der Monarch, der noch immer sehr blass und angeschlagen war.

Tayla bemerkte, dass der Khandras sie forschend musterte und sie zog automatisch den Knoten ihrer spärlichen Bekleidung fest, während Elozar sich schützend vor sie stellte.

„Also ist es entschieden.", drang Marlons Stimme in Taylas Bewusstsein, „wir kämpfen auf den gleichen Postionen wie in der letzten Schlacht und die Halbgötter schützen die südliche Toranlage. Auch wenn mir nicht wohl dabei ist, meine Tochter im Krieg nicht beschützen zu können, sehe ich ein, dass es so am besten ist."

Die Prüfung

Während die Ratssitzung in Gelese stattfand, stand der Hexenmeister auf einer achteckigen Holzplattform in Arbor. Der alte, weise Mann spürte, dass der Wind große Veränderungen näher brachte – und große Gefahren. Er atmete tief ein, versuchte die Böen zu deuten, etwas aus ihren verschlüsselten Botschaften zu lesen. Seine knochigen Hände schlossen sich fester um seinen mannshohen Stab, als er etwas wahrnahm, das an uralten Erinnerungen rüttelte. Nicht an den Erinnerungen des Hexenmeisters, sondern an den Erinnerungen des Puppenspielers, die er tief in seinem Geist vergraben hatte.

„Arwenar? Ähm... Hexenmeister?“, druckste eine männliche Stimme hinter ihm.

Er wand sich um und erkannte den Jäger Fanir, der unsicher von einem Fuß auf den anderen trat. Fanirs Haar war kastanienbraun, genauso wie seine forschenden Augen.

„Was hast du mir zu berichten, Sohn Arbors?“, fragte der Hexenmeister geduldig und lächelte schwach.

„Alrik und ich haben die Sicherheit der Stadt überprüft, wie Ihr es angeordnet habt. Alles ist in bester Ordnung. Außerdem haben wir genügend Wasser- und Nahrungsvorräte. Bis zur nächsten Jagd können wir noch ein paar Tage warten.“

Der weise Magier ließ den Wind, der schon so viel gesehen und gehört hatte, über sein Gesicht streichen und entgegnete wissend: „Ihr solltet bis zum Aufbruch nicht zu viel Zeit verstreichen lassen und die Jäger in Gebiete östlich von Arbor führen. Wir sind nicht mehr allein in diesem Wald.“

Er hatte dies schon seit Tagen erahnt, jetzt hatte er Gewissheit.

„W-wie meint Ihr das, Aw-, ähm, Hexenmeister?“

„Sohn Arbors, bitte sprecht mich nicht mit Arwenars Namen an, er gehört in die Vergangenheit, nicht in die Gegenwart.“, ersuchte er Fanir gutmütig.

Der Jäger straffte sich und antwortete augenblicklich: „Natürlich.“

„Um zu Eurer Frage zurückzukommen, Fanir. Ihr und Eure Männer seid schon lange nicht mehr die einzigen Jäger im Lorolas Wald. Es kamen Stärkere, Brutalere, Gefährlichere... Manchmal dauert es keinen Wimpernschlag und der Jäger wird zum Gejagten.“ Er hielt mitten in seiner Erklärung inne und versuchte, durch das dichte Blätterdach, auf den Waldboden zu spähen. Dort unten war etwas... Etwas näherte sich der Stadt... Eine dunkle Macht... „Bitte lasst mich nun alleine, Sohn Arbors, ich gedenke jetzt wieder meinen Aufgaben nachzugehen.“

Fanir nickte. Bevor er verschwand, zögerte er und bemerkte leise: „Norolana wird Euch nach ihrer Rückkehr von Gelese vertrauen. Ihr habt Euch ihrem Volk schon mehr als einmal als würdig erwiesen.“

Sobald der Jäger außer Sicht war, seufzte der Hexenmeister. Wenn Fanir nur wüsste, dass seine wahre Prüfung noch bevorstand. Diese würde ihn erwarten, sobald er auf den Waldboden zurückkehrte.

Das trockene Laub knisterte unter seinen bedachten Schritten. All seine Sinne waren in diesem Moment geschärft wie eine tödliche Klinge. Er hörte den Wind, der über die Gräser auf der entfernten Lichtung strich, den Käfer, der über einen Ast kletterte, den Vogel, der hoch über seinem Kopf mit den Flügeln schlug.

Der Hexenmeister fühlte sich in die Leben Arwenars und des Puppenspielers zurückversetzt. Diese zwei Männer war er einmal gewesen, er hatte ihre Körper bewohnt und ihre Taten vollbracht. Als Puppenspieler hatte er sich, ständig von der schrecklichen Angst verfolgt, dass seine Morde bemerkt wurden, durch die Straßen seiner Heimat bewegt. Gegen das Herzrasen und den kalten Angstschweiß, der seinen gealterten Körper wie ein Film überzog, konnte er auch ein halbes Jahrtausend später nicht ankämpfen. Doch je näher er der dunklen Energie kam, die in den Lorolas Wald eingedrungen war, desto beherrschter wurde er und bald war die Panik vergangen, die er immer mit den schrecklichen Morden an seinem Orden und der Frau, die er einst geliebt hatte, verband. Ihm wurde es schwer um's Herz. Narika...

Der Hexenmeister löste eine Hand von seinem Stab und streckte die Finger aus. Er spürte, wie die bedrohliche Energie auf seinen Fingerspitzen kribbelte. Als er sich langsam um die eigene Achse drehte, um die Quelle der Macht auszumachen, stockte er. Selten war es ihm gelungen, eine Quelle so schnell ausfindig zu machen, selten war eine Quelle so stark gewesen, dass man sie kaum vor ihm verbergen konnte...

Furchtlos, aber wohl im Wissen, welcher Gefahr er sich

aussetzte, machte er einen Schritt in Richtung der pulsierenden Energie. Wieder knisterte das Laub unter seinen Füßen. Der Hexenmeister konnte nicht riskieren, dass man ihn hörte. Deswegen webte er einen wortlosen Zauber, der alle Geräusche, die er verursachte, verklingen ließ.

Er bewegte sich wachsam durch den Wald und gab stets darauf Acht, dass er gegen den Wind ging, sodass der Eindringling nicht auf seinen Geruch aufmerksam werden konnte. Die Bäume, die Träger des Himmels, dienten ihm dabei zum Schutz. Seine grauen Augen streiften aufmerksam über seine Umgebung. Die dunkle Energie wurde stärker und stärker, ein Prickeln überlief seine Haut.

Er tat dies für das Licht, für den Frieden. Vor unzähligen Jahren hatte er sich geschworen, für das Gute in der Welt einzustehen. Das war seine Chance sich endlich zu beweisen und sich zu offenbaren. Er war nicht länger der weiche, sanftmütige Arwenar, der nicht mit seinen magischen Kräften umgehen konnte. Er war nicht mehr der Puppenspieler, der grausame Mörder, der ein ganzes Land in Angst und Schrecken versetzt hatte. Er war der Namenlose, der Hexenmeister, der sich von seinen Dämonen befreit hatte und sich einen leidvollen Weg durch die Schatten gebahnt hatte.

„Ich weiß, dass Ihr hier seid.“, sagte der Hexenmeister ruhig und stützte sich entspannt auf seinen Stab, „Ihr könnt Euch nicht vor mir verbergen.“

Der Eindringling wechselte nahezu lautlos seine Position. Dabei trug der Wind seinen Geruch zu dem alten Magier. Dieser roch fremd, leicht moschusartig, aber nahezu brüllend stach der metallische Gestank von Blut hervor. Der Hexenmeister schürzte bei dieser Erkenntnis angewidert die Lippen, dann stockte er. Dieses Blut... Dieser Geruch... Es war der der Halbgöttin. Es war kaum noch wahrzunehmen, aber er täuschte sich ganz sicher nicht. Was hatte das zu bedeuten?

„Wer seid Ihr?“, fragte der Hexenmeister.

Niemand antwortete.

Er lächelte matt und strich mit dem Daumen nachdenklich über seinen unebenen Stab: „Ich weiß, woher Ihr kommt. Ich weiß, dass Ihr keine guten Absichten hegt.“ Der Eindringling schwieg noch immer, daher versuchte der Hexenmeister ihn aus der Reserve zu locken: „Ihr wart vor nicht allzu langer Zeit in Gelese. Dort habt Ihr Halbgöttin Tayla getroffen. Warum seid Ihr jetzt hier?“

Der Wind nahm an Stärke zu und zerrte an einem schwarzen Umhang, der sich dem Magier hinter einem Baumstamm offenbarte.

„Ich bin kein Feind. Ihr könnt Euch mir bedenkenlos zeigen.“, fuhr er fort. Da der Eindringling noch immer reglos blieb, schlussfolgerte der Hexenmeister: „Ihr stammt nicht aus Lorolas. Lasst mich kurz überlegen…“ Jetzt erkannte er den fremdartigen Geruch wieder: „Natürlich, Ihr seid ein Dunkelelf, warum bin ich nicht gleich darauf gekommen?“

„Ihr kennt mich nicht, aber ich weiß, wer Ihr seid, Hexenmeister, dessen Namen niemand kennt.“

Er lächelte freundlich: „Sehr richtig. Ich bin der Namenlose.“

Eine schlanke, hochgewachsene Gestalt offenbarte sich. Der Dunkelelf trug nachtfarbene Gewänder, Augen und Haare waren pechschwarz. Würden sich diese Geschöpfe aus dem Schatten nicht alle so ähnlich sehen, hätte er ihn vielleicht erkannt.

„Wenn Ihr zurück nach Kratagon reisen wollt, werde ich Euch nicht daran hindern.“, erklärte der Hexenmeister, „wollt Ihr in Eure Heimat zurückkehren?“

Die Augen des Dunkelelfs wurden schmal, der Rest seines Gesichts glich einer Maske: „Ich rate Euch zu verschwinden, alter Mann. Auch wenn Ihr der sagenumwobene Namenlose seid, könnt Ihr meiner Macht nichts entgegensetzen.“

„Wahrscheinlich habt Ihr Recht.“, lenkte der Magier ein und wusste doch, wie sehr sich sein Gegenüber irrte. Gleichzeitig unterschätzte er nicht die Gefahr, die von ihm ausging. Er kannte die Tücke von Dunkelelfen und ihre Bösartigkeit.

„Leider kann ich Euch hier nicht passieren lassen.“, bedauerte der Hexenmeister und spürte, dass er nicht länger alleine war. Er nahm zwei Gestalten wahr, die sich nicht weit von ihm im Unterholz im Verborgenen hielten.

„Warum?“, forderte ihn der Dunkelelf heraus.

„Ich wurde zum Wächter dieses Gebietes ernannt, Fremder, und es wäre äußerst bedauerlich, wenn Ihr mich daran hindert, meine Aufgabe zu erfüllen.“

„Warum sollte ein Kratagoner Feindesland verteidigen?“, fragte sein Gegenüber misstrauisch und in seine nachtschwarzen Augen trat ein bedrohliches Funkeln.

Die zwei Gestalten im Unterholz bewegten sich. Der Hexenmeister tastete mit seinen magischen Sinnen nach ihnen und versuchte zu erkennen, ob sich dort Feinde oder Verbündete versteckten. Leider wurden ihre Auren von großer Anspannung und Nervosität beherrscht, sodass er keine klaren Schlüsse ziehen konnte.

„Ich werde diesen Weg nehmen, alter Mann, denn er führt mich auf dem schnellsten Weg zurück in meine Heimat.“, erklärte der Dunkelelf in einem Tonfall, der dem Hexenmeister Angriffsbereitschaft signalisierte.

„König Jadro hat die Flüche also noch nicht von dem unterirdischen See aufgehoben? Das überrascht mich...“, versuchte er den Fremden in ein Gespräch zu verwickeln, um Zeit zu gewinnen.

„Natürlich nicht. Warum sollte er? Der Herrscher hat große Pläne."

Und so schnell verriet man zuviel, dachte der Hexenmeister, bevor er vermutete: „Ihr müsst König Jadro nah stehen, wenn Ihr um seine... Absichten wisst." Er überlegte laut: „Wer, von dem Volk der Dunkelelfen aus dem Weißen Gebirge, könnte Jadros Vertrauen genießen? Umbra, der Unsterbliche, aber das seid Ihr nicht... Wie hieß noch gleich der langjährige Repräsentant, seine rechte Hand?" Der Hexenmeister riskierte einen Blick zu dem Eindringling und las in seinem Gesicht, dass er mit seiner Annahme genau richtig lag. „Éndariel, nicht wahr?"

Abwartend, wie Éndariel auf seine Entlarvung reagieren würde, tastete er nach den unbekannten Gestalten im Unterholz. Sie machten nicht den Anschein, als würden sie gleich in das Geschehen eingreifen.

Mit dem Gedanken Zeit zu schinden, erzählte der Hexenmeister entspannt: „Mir ist einmal eine Geschichte zu Ohren gekommen, Éndariel. Eine Geschichte über einen jungen Elf aus Umbras Volk. Über einen jungen Elf, der vor zwei Jahrhunderten geboren wurde." Prüfend ließ er die Blicke schweifen. „Die Familie des Jünglings gehörte zum Adelsstand im Weißen Gebirge und genoss hohes Ansehen, jedenfalls bis zu dem Tag, an dem die Kinder des Hauses größere Zuneigung zueinander empfanden, als sie sollten. Es gibt verschiedene Varianten der Geschichte. In der einen findet man Bruder und Schwester während eines Beilagers zusammen in ihrem Versteck im Nadelwald. In der anderen ist von einer Bruderliebe die Rede. Ich habe die Familie nicht persönlich gekannt, aber ich glaube an die Beziehung zwischen den beiden Brüdern."

Nach einer rednerischen Pause, in der er eine Reaktion

Éndariels abwartete, beschrieb er: „Wisst Ihr, eine körperliche Liebe zwischen Bruder und Schwester hätte natürlich auch für Aufregung und Entrüstung gesorgt – doch sie hätte niemals diese Folgen gehabt. Als Dunkelelf habt Ihr von dem damals als Skandal besagten Ereignis doch sicherlich gehört, nicht wahr? Wisst Ihr um die Folgen?"

Der Eindringling blieb stumm und starrte in die Leere, als würde er versuchen, seinen Gesichtsausdruck krampfhaft nichtssagend zu halten.

„In der Stadt, in der die Brüder lebten, wurden sie, wie man sie im Wald gefunden hatte, öffentlich zur Schau gestellt. Das Oberhaupt der Familie, das großen Einfluss hatte, konnte das Todesurteil für seine beiden Söhne verhindern. Der ältere erhielt das Recht zu leben und wurde, nachdem er die schändliche und brutale Hinrichtung seines Geliebten und Bruders mitangesehen hatte, als Sklave an den Hof des Unsterblichen Umbra verbannt. Die gesamte Familie wurde ihres Standes und ihrer Machtposition enthoben und führte ein primitives Leben am Rande der Existenz. Man erzählt sich, dass sie sich nach einigen Jahren der Verspottung und des Hungerleidens aus Verzweiflung das Leben nahmen... Obwohl der lebende Bruder am Hof des Unsterblichen Sklavenarbeit verrichten musste soll er ein kluger Kopf und brillanter Stratege gewesen sein. Durch seine Fähigkeiten gelang es ihm wohl, wieder ein akzeptables Leben zu führen. Seine... *Neigungen* soll er trotzdem nicht abgelegt und in aller Heimlichkeit ausgelebt haben. Wie weit es dieser Junge noch gebracht hat, ist leider nicht überliefert. Wisst Ihr es zufällig?"

Ihre Blicke trafen sich und bohrten sich tief ineinander: „Nein."

Der Hexenmeister zog unbemerkt seine Schlüsse aus dieser Antwort und versuchte Éndariel nach seiner

Ablenkung die Information zu entlocken, die ihn eigentlich interessierte: „Was ist in Gelese mit Halbgöttin Tayla passiert?“

„Warum interessiert Euch das?“, fragte der Dunkelelf. Nichts an ihm verriet etwas. Weder seine Stimme, noch sein Gesichtsausdruck.

„Warum sollte es mich nicht interessieren?“

„Was bezweckt Ihr hier, alter Mann?“, verlangte Éndariel misstrauisch zu wissen, während er langsam in Richtung Arbor ging.

„Ich bin der Wächter dieses Gebietes. Ich werde Euch nicht passieren lassen.“, erklärte der Hexenmeister ruhig und wappnete sich im Geiste für einen Angriff.

„Ihr könnt mich nicht aufhalten.“, entschied der Dunkelelf und stolzierte erhobenen Hauptes weiter.

„Kommt nicht näher!“, warnte plötzlich eine Stimme hinter den beiden.

Der Hexenmeister erkannte diese sofort.

Fanir.

„Sohn Arbors, kehrt in Eure Stadt zurück!“, wies der Hexenmeister alarmiert an, denn der Krieger war für den Eindringling ein einfaches Ziel und dessen Auftauchen machte seinen Plan zunichte.

„Wir werden unsere Heimat verteidigen!“, beharrte Alrik.

Der weise Magier hörte, wie er aus seinem Versteck neben Fanir sprang und zwei Messer zog. Das nervenaufreibende Schaben von Metall auf Metall jagte ihm einen Schauder über den Rücken.

Ehe er sich versah und in das Geschehen eingreifen konnte, hechtete der Dunkelelf zu den Arboranern und packte Alrik, der panisch aufschrie: *„Hilfe! Hilfe!“*

„Lass ihn los!“, befahl Fanir und spannte mit zitternder Hand einen Pfeil auf seinem Bogen.

Die Finger des Hexenmeisters schlossen sich fest um seinen knorrigen Stab. Seine Zeit war gekommen. Das war seine Prüfung. Seine wahre Prüfung, um Norolana seine Loyalität zu beweisen.

„Ich habe Euch gewarnt, alter Mann.“, wiederholte Éndariel mit kehliger Stimme. „Ich habe Euch gewarnt! Gebt den Weg frei!“

Der Hexenmeister hätte Éndariel töten können. Doch etwas sagte ihm, dass nicht er es war, der dazu auserwählt worden war, dem Leben dieses Geschöpfes ein Ende zu bereiten. Strahlende, blaue Augen blitzten vor ihm auf. Augen, die von Wahnsinn und großem Schmerz gezeichnet waren.

Plötzlich zerbrachen die blauen Augen wie Porzellan und die Scherben stoben auseinander. Sie gaben den Blick auf eine schwarze Flagge frei. Ein roter Drachenschädel auf schwarzem Grund... Ein Atem im Nichts... Finsternis.

„Ich verstehe...“, murmelte der weise Magier und das Dunkel um Éndariels Person und seine Geheimnisse begann sich zu lichten. „Ich verstehe.“ Nun wusste er, was aus dem Jüngling aus der Geschichte geworden war. Er wusste, dass dieser für kurze Zeit große Macht und große Erfüllung erfahren würde, bis sein Leben abermals eine schreckliche Wendung annehmen sollte.

„Lasst den Mann frei und ich trete beiseite und werde Euch nicht länger an Eurer Reise hindern.“, sagte der Hexenmeister, während er in Alriks schreckensgeweitete Augen sah.

Fanir brüllte ihn unverstanden an: „Nein! Warum?!“

Diese Frage konnte er nicht beantworten. Wenn Éndariel das Schicksal ereilen sollte, was ihm vorherbestimmt war, dann durfte er, der Hexenmeister, jetzt nicht eingreifen.

„Heute muss kein Blut vergossen werden. Der Krieg ist eine Seuche, aber wir lassen es nicht zu, dass sie heute unseren

Verstand zerfrisst.“, erklärte der Hexenmeister und spürte die prüfenden, abwägenden Blicke des Eindringlings auf sich.

Ohne ein weiteres Wort, packte dieser Alrik fester und zerrte ihn unbarmherzig tiefer in den Wald hinein: „Bleibt zurück!“

Fanir wollte den beiden nachsetzen, aber der Hexenmeister hielt ihn am Arm zurück: „Ihm wird nichts geschehen.“

Als der Dunkelelf außer Reichweite war, verschwammen seine Konturen und er löste sich in dichten Rauch auf, der zu den Baumkronen wogte und dann gen Süden strömte.

Alrik sackte indessen keuchend und weinend auf die Knie. Seine Messer lagen zerstreut auf dem Boden und sein Freund Fanir hetzte zu ihm und spendete ihm Trost.

„Ihr – Ihr habt mein Leben gerettet.“, keuchte Alrik und man konnte die unausgesprochene Dankbarkeit in seinen Augen sehen.

Der Hexenmeister lächelte matt und doch war sein Herz so schwer wie Blei. Er hatte diese großen Mächte, die ihm innewohnten, noch nie als Erleichterung oder Geschenk empfunden. Sie waren eine Bürde. Und nun, da er gleich zwei Tode in naher Zukunft gesehen hatte, die eng mit dem Schicksal Éndariels verwoben waren, wog die Last auf seinen alten Schultern abermals schwerer. Besonders, weil jemand, für den er große Sympathie empfand, am Ende des Krieges die Sterbliche Welt verlassen und die Lebenden in schrecklicher Erschütterung zurücklassen würde.

Kratagon

Die Pflichten einer Prinzessin

Prinzessin Gaia sah sehnsüchtig aus dem Fenster ihrer Gemächer in Skandor. Es dauerte nicht mehr lange, bis die Sonne unterging. Sie war schon tieforange und beugte ihr Haupt hinter den fernen Hügeln.

Wie so oft in den letzten Tagen träumte Gaia sich zurück an den Teich. Sie fühlte wieder das kalte Wasser, die frische Luft, die Ufergräser. Vor allem aber Rowans Berührungen und Küsse. Sie vermisste den Bogenschützen sehr, aber er hatte nicht bei ihr bleiben können, als die ersten kratagonischen Heere nach Lorolas gezogen waren. Noch immer sah sie sein warmes Lächeln vor sich, und es bereitete ihr ein angenehmes Kribbeln in der Magengegend.

Sie wandte sich wieder dem Brief zu, den sie ihm schreiben wollte. Sie hatte sich das Pergament, die Feder und das Tintenfässchen schon am Mittag von ihrer Zofe bringen lassen, doch ihr fehlten die richtigen Worte. Wie konnte sie ihre Gefühle zu ihm bloß ausdrücken? Sie waren so wundervoll, so überwältigend, dass sie sterben wollte, wenn er in den Schlachten in Lorolas fiel.

Sie lächelte bei der Erinnerung an ihn, den Mann, den sie erst einen unvergesslichen Tag lang kannte.

Da pochte es an der Tür. Sie sah erschrocken auf, war sie doch ganz in Gedanken versunken gewesen.

„Gaia?“

Es war Galdor, ihr Vater. Sie liebte ihn sehr, denn er behandelte sie nicht wie die goldene Prinzessin, zu der sie einmal erhoben worden war. Bei ihm konnte sie ganz das Mädchen sein, das sie wirklich war.

„Herein.“, sagte sie und stand vom Fenstersims auf.

Der massige Talkönig öffnete die Tür und grinste: „Na?“

Sie lief zu ihm und warf sich in seine Arme. Hier in Skandor hatte er kaum Zeit für sie. Wenn überhaupt sahen sie sich beim Abendmahl, und auch das nur selten. Seit Rowans Abreise hatte sie ihn gar nicht zu Gesicht bekommen.

„Was strahlst du denn heute so, meine Kleine?“, fragte er gutgelaunt.

Ihr Lächeln vertiefte sich noch ein wenig mehr und sie seufzte: „Ich glaube, ich bin verliebt, Vater.“

Er tätschelte ihren Rücken und meinte noch immer liebenswürdig: „Aha, ist das so?“

Gaia sah verträumt zu ihm auf: „Ich fühle mich, als würde ich von Wolken in den Himmel getragen werden.“

„Meine süße Prinzessin.“, sagte Galdor und legte einen Arm um ihre Schultern, „wer ist denn der Glückliche?“

Sie löste sich von ihm, tanzte lachend zurück zum Fenster: „Rowan, der Bogenschütze.“

Augenblicklich verhärteten sich die Gesichtszüge ihres Vaters und Gaia ging zu ihm zurück und erklärte beschwichtigend und gleichzeitig von dem Hochgefühl des Glücks erfüllt: „Weißt du, er wurde in unserer Heimat, dem

Palanthras Gebirge geboren."

„Du kennst diesen Mann doch kaum.", erwiderte Galdor gutmütig und strich über ihren Rücken. „Mein Kind.", fuhr er sanft fort, „du bist bereits einem anderen versprochen, das weißt du doch."

Er streckte seinen Arm vor und überreichte ihr eine Schriftrolle mit Wellensiegel. Es war das Wappen von Mortem Mar'Ghor.

Mit einem Mal war alle Leichtigkeit verschwunden und die Schriftrolle wog schwer in Gaias Hand.

„Derethor hat der Vermählung mit seinem Sohn Graf Arroth zugestimmt.", sagte er und sein dichter, grauer Schnauzer hüpfte auf und ab. „Das ist ein Grund zur Freude, mein Kind!", fügte er hinzu, doch Gaia erkannte, dass seine gute Laune nur eine Maske war.

Die Prinzessin rollte das Pergament auf und las die Zeilen flüchtig. Sie wollte gar nicht wissen, was Stadthalter Derethor im Detail dazu sagte, dass die goldene Tochter Kratagons ihren Sohn heiratete.

Bei dem Gedanken daran, dass dieses Schreiben die Trennung von Rowan bedeutete, wurden ihre Augen tränennass. Ihr Vater schloss sie in eine trostspendende Umarmung und ließ sie einige Momente weinen.

„Lass dieses Arrangement nicht zu, Vater. Bitte!", flehte sie.

Er sagte ganz leise und bedrückt, was nur sehr selten vorkam: „Gaia, du weißt, dass ich nie auf diese Vermählung gepocht habe. Deine Mutter-"

Sie unterbrach ihn wütend schreiend: „Ich hasse sie! Bitte, sprich mit ihr, Vater!"

Kaum dass sie die Worte ausgesprochen hatte, bereute sie sie. Sie hasste ihre Mutter nicht, sie liebte sie und doch waren ihre Kühle und Strenge für sie befremdlich.

„Deine Mutter erwartet dich, mein Kind. Sie möchte dich

auf deine Reise zur Küstenstadt vorbereiten."

„Was?!"

Sie war nicht bereit, ihre Liebe für diese arrangierte Ehe aufzugeben. Das würde sie niemals! Sie war immer eine gute Tochter gewesen, hatte immer das getan, was man von ihr verlangt hatte. Dieses Mal würde sie nicht gehorchen.

„Beruhige dich, Gaia. Die Dienerschaft des Stadthalters wird dich in die Gebräuche einführen und dich auf die Hochzeit vorbereiten, bis die hohen Herrn selbst aus dem Krieg zurückkehren." Mit einem Mal warf er verzweifelt die Arme hoch: „Verdammt! Ich kann doch auch nichts daran ändern! Ich werde von den Mächtigen verspottet! Ich will dich nicht an diese Drecksäcke verkaufen, Gaia, aber ich werde dazu gezwungen."

Sie zuckte ängstlich zusammen und wünschte sich nichts sehnlicher, als bei Rowan zu sein.

Galdor hob beschwichtigend die Hände: „So habe ich das nicht gemeint... Derethor und Arroth sind durch und durch ehrenwert und gut. Sie sind die einzigen, von denen man das in diesem vermaledeiten Land behaupten kann."

„Ich werde ihn nicht heiraten, Vater.", wimmerte sie, denn sie brachte nicht den Mut auf, um mit fester Stimme zu sprechen.

„Komm, wir gehen zu deiner Mutter."

Auf dem Weg wurden sie von einem Boten aufgehalten. Er hatte Galdor eine Nachricht überbracht.

Als der Talkönig diese gelesen hatte, knurrte er: „Eine Einladung von König Jadro nach Skandor. Er gibt morgen ein großes Fest zum Kragonstag und ich soll mit den anderen Ratsmitgliedern auf einer vermaledeiten Tribüne sitzen. Dieser Mistkerl! Das bedeutet nichts Gutes!"

Gaia lächelte matt: „Es ist doch sehr nett, wenn du eingeladen wirst. Das wolltest du doch immer."

Ihr Vater rümpfte die Nase: „Mein Kind, ich habe das Gefühl, dass mich bald das Zeitliche segnet. Ich weiß nicht warum, aber... es ist einfach so. Man kann niemandem mehr trauen. Ich liebe dich, meine Kleine. Egal was passiert, ich liebe dich. Und ganz egal was du tust und wie du dich entscheidest, du machst mich stolz.“

Gaia schaute missmutig zu ihrer Mutter auf. Sie sah ihr sehr ähnlich, hatte langes, blondes Haar, helle Haut und grüne Augen. Sie war schlank und trug ein bodenlanges, schlichtes Kleid.

„Komm zu mir, Gaia.“, forderte sie die Prinzessin unterkühlt auf.

Gaia biss die Zähne zusammen und tat wie ihr geheißen. Ihre Mutter stand, wie sie selbst zuvor, an einem Fenster und sah hinaus.

Sobald sie bei ihr angelangt war, verließ ihr Vater die Gemächer und Angst beschlich sie.

„Wie ich sehe, hast du die Schriftrolle erhalten.“, stellte sie fest, ohne sich ihr zuzuwenden.

„Ja.“, antwortete sie unsicher und erinnerte sich an den Namen ihrer Mutter, den ihr ihre Unnahbarkeit im Volksmund eingebracht hatte. Glenn, die Kalte.

„Du wirst in zwei Wochen nach Mortem Mar'Ghor eskortiert, Gaia. Solange liegt es in meiner Verantwortung, dich auf diese Vermählung und die Pflichten vorzubereiten, die mit dem Bund der Ehe einhergehen.“, sprach sie sachlich.

Gaia wusste nur zu gut um die Pflichten einer verheirateten Frau. Wäre Rowan ihr Gemahl, würde sie diesen gerne nachgehen, nicht aber, wenn sie diesen Graf Arroth ehelichen sollte. Er war viel zu alt, auch wenn es nichts Unübliches war, wenn junge Frauen, Mädchen sogar, sich das Bett mit einem alten Kerl teilten.

Gaia nahm allen Mut zusammen und sprach ganz offen: „Mutter, ich bin siebzehn Jahre jung. Ich möchte diesen Graf nicht heiraten. Ich möchte selbst wählen, mit wem ich den heiligen Bund schließe und wem ich Kinder schenke und mit wem ich den Rest meines Lebens verbringe."

Glenn lächelte kühl und wandte sich wieder dem Fenster zu: „Was du möchtest, Prinzessin, spielt keine Rolle."

Die Blicke ihrer Mutter trafen sie mit einem Mal, sodass Gaia einen Schritt zurücktaumelte.

„Warum muss ich gerade ihn heiraten?", fragte sie dann.

„Ich habe mich seit deiner Geburt darum bemüht, dass du mit einem hochangesehen, mächtigen Mann vermählt wirst. Es ist zu deinem Besten."

„Das glaube ich dir nicht!", widersprach sie entschlossen, „du tust nie etwas, wenn es nicht zu deinem Wohl beiträgt. Sag mir die Wahrheit, das bist du mir schuldig."

Gaia fürchtete sich, damit zu weit vorgewagt zu haben. Aber anders konnte sie ihrer Mutter niemals die wahren Beweggründe entlocken.

„Du weißt um das Ansehen deines Vaters, Gaia. Die anderen Aristokraten verachten ihn. Heiratest du in eines der einflussreichen Häuser ein, wird dein Glanz auch uns im hellen Licht stehen lassen."

Die Prinzessin konnte es nicht fassen. Sie wusste, dass ihre Mutter kaltherzig und selbstsüchtig war, aber das überstieg sogar ihre Vorstellungen.

„Du wurdest Graf Arroth schon lange versprochen."

„Aber dieses Versprechen ist brüchig.", sagte Gaia und wusste, dass sie mit dem, was folgen würde, alles riskierte. „Sie werden eine jungfräuliche Braut erwarten. Aber das bin ich nicht mehr. Arroth wird mich nicht wollen."

Glenn holte aus und schlug ihr in kalter Wut ins Gesicht.

Gaias rechte Wange entflammte vor Schmerz.

„Wenn du mich nochmal schlägst, dann schickst du nicht nur eine Unreine, sondern auch eine Hässliche nach Mortem Mar'Ghor.“, keuchte Gaia und presste die Hände auf die Wange. Jetzt war ihr alles gleichgültig.

„Niemand wird etwas davon erfahren.“, drohte Glenn ruhig und in ihre Augen trat ein kalter Glanz, „du wirst Graf Arroth heiraten, komme was da wolle.“

Am Abend saß Gaia wieder über das Pergament gebeugt in ihrem Zimmer. Sie hielt die mit Tinte benetzte Feder in der Hand und dieses Mal wusste sie genau, was sie Rowan schreiben würde.

Mein geliebter Rowan,

du kannst dir nicht vorstellen, wie oft ich mich an unsere gemeinsame Zeit am Teich zurückerinnere. Bei Tag und auch bei Nacht tragen mich meine Träume in der Zeit zurück und lassen mich erneut in deine Augen sehen, in deinen Armen treiben und deine Küsse spüren. Meine Liebe zu dir wächst von Tag zu Tag, genauso wie meine Sehnsucht und Sorge.

Ich liebe dich.

Auch wenn ich es dir nicht sagen kann, schreibe ich es dir.

Ich liebe dich.

Ich möchte mit dir, und nur mit dir, den Rest meines Lebens verbringen, dich meinen Mann nennen. Ich möchte nur dir gehören. Aber das wird mir nicht erlaubt. Als Prinzessin werde ich gezwungen, einen anderen zu heiraten und es gibt für mich kein Entkommen. Als Frau, die ich bin, werde ich mich weigern und fliehen. Niemand kann mich halten, wenn du nicht bei mir bist.

Heute Nacht werde ich weglaufen. Ich werde nach Ogea gehen und zehn Tage im Gasthof Fischerstrunk bleiben. Rowan, ich werde auf dich warten. Aber wenn du nicht kommst, dann will ich nicht mehr sein.

Sollte ich nicht mehr die Gelegenheit haben, es dir zu sagen, will ich es dir wieder schreiben. Ich liebe dich.

Für immer dein. Gaia.

Die Herren von Eis und Feuer

König Jadro saß in seinem Gemach im Hauptbollwerk Skandors und trank einen edlen Roten aus einem goldenen Kelch. Es war der Tag, an dem Tayla nach Gelese zurückkehren würde.

Während er den letzten Tropfen trank, dachte er an das, was am heutigen Tag geschehen würde. Es würde der nächste große Schritt in seinem Plan sein. Größer als alles, was er bisher vollbracht hatte. Doch das eigentliche Ziel erahnte niemand, nicht einmal der Löwengott. Er lächelte.

Voller Selbstüberzeugung stand er auf und legte einen Mantel aus Wolfspelz um die Schultern. Heute war ein großer Tag. Dieser Tag würde die Welt verändern und man würde sicher noch in Jahrhunderten von ihm sprechen.

Alles war genau so eingetreten, wie er es gewollt hatte und er würde dafür sorgen, dass sich das nicht änderte.

Bevor er seine Gemächer verlassen konnte, öffnete sich die Tür und ein ungebetener Gast trat ein. König Jadro hatte schon nach dem Schwert gegriffen, um den Eindringling an die Wand zu nageln, als er inne hielt.

„Was machst du hier?“, fragte er und hob die Brauen, „ich habe dich noch nicht erwartet.“

Der Mann schlüpfte an ihm vorbei, in die Mitte des

Raumes, wo er lächelnd stehen blieb: „Wirklich nicht? *Ich* habe *dich* überrascht?“

„Wie bist du so schnell hierher gelangt?“, fragte Jadro und richtete sich die dornenkranzartige Krone. Ihm stand nicht der Sinn nach Spielchen.

„Auf dem gleichen Weg, den deine Soldaten genommen haben. Deine Zauber werden immer stärker, mein König. Und *seine* Macht schwindet.“

Er betrachtete ihn, wie es lange niemand mehr getan hatte. Begierig. Keiner wagte es, denn sie alle fürchteten sich vor ihm. Seine Frau, die Königin, hatte es seit dem Tag nicht mehr getan, an dem Satia, der Wächter, sein Gesicht entstellt hatte. Das war Jahre her. Ihm war es völlig gleichgültig, weil für ihn nichts, außer er selbst, von Bedeutung war.

Jadro musterte seinen Gegenüber. Er war schon seit fast zwei Jahren sein heimlicher Kurtisan. Die meisten Kratagoner hielten derartiges für widernatürlich, pervers. Doch er war der *König!* Er stand über allem... Er hatte sich dieser dunklen Begierde dennoch schon seit einigen Wochen nicht mehr hingegeben. Nicht mehr, seitdem Zacharias bewusstlos in seinen Gemächern gelegen hatte und er endlich das Verlangen stillen konnte, das solange in ihm gebrannt hatte. Er seufzte genussvoll und seine Mundwinkel hoben sich.

„Warum bist du heute so zurückhaltend?“, fragte der Besucher.

„Zurückhaltend?“, lachte Jadro, „ich bin nicht *zurückhaltend.* Ich habe viel zu tun. Du weißt, heute ist der Kragonstag und ich habe große Pläne.“

„Zu viel, um-“

„Ja. Und jetzt schweig! Ich werde erwartet.“

Der König hatte noch viele Fragen an seinen Kurtisan,

doch diese hatten Zeit bis später. Also verließ er das Hauptbollwerk Skandors und trat auf den riesigen Burghof, der festlich geschmückt war. Unzählige Schaulustige hatten sich dort versammelt. Es war eine Tribüne errichtet worden, auf der sich heute die mächtigsten Aristokraten und Würdenträger eingefunden hatten.

Alles lief wie geplant.

„Wie schön, die Dunkelelfen sind endlich eingetroffen.“, sagte Jadro zu sich selbst, als er den starken Schneefall und den gefrierenden Atem vor seinem Mund wahrnahm, „sie haben die Kälte aus ihrem Weißen Gebirge tatsächlich bis hierher nach Skandor gebracht.“

Jadro wandte sich nun den Versammelten zu: „Ich freue mich, euch alle am Kragonstag begrüßen zu dürfen! Heute feiern wir zum fünfhundertzweiundzwanzigsten Mal den Moment, der die Welt veränderte. Wir feiern, dass Großkönig Kragon zur Zeit der vereinten Welt seinem Bruder Loras den Krieg erklärte!“

Ein Jubeln ging durch die Menge.

„Der Krieg gegen Lorolas hat begonnen und heute werde ich eure Ängste und Sorgen zerstreuen. Auch in diesem Jahr würdigen wir den größten aller kratagonischen Feiertage durch eine besondere Darbietung. Heute werdet ihr einen Kampf der Mächte erleben. Dieses Schauspiel soll euch unter dem Namen *Die Herren von Eis und Feuer* im Gedächtnis bleiben. Ihr werdet sehen, dass Kratagons Flamme unbezwingbar ist!“

Alles lief exakt nach Plan, dachte er. Und ja, *das* sollten sie wirklich sehen.

„Und wer wäre in diesem Wettstreit ein besserer Gegner als Umbra, der unsterbliche Fürst der Dunkelelfen aus dem Weißen Gebirge?“

Das gewaltige Tor, das in den Innenhof der Burg führte,

blähte sich wie ein Segel und brach auf. Umbra, der Fürst der Dunkelelfen, erschien ohne Begleitung im Torbogen. Er trug einen dunklen Umhang, der wie sein schwarzes Haar im Wind wehte. Eine Maske verdeckte wie üblich sein Gesicht.

„König Jadro von Kratagon!“, hallte sein Gruß an den hohen Mauern wieder.

Die Schaulustigen wisperten erschrocken und ein Raunen ging durch die Menge. Alle fürchteten Umbra, den sagenumwobenen Unsterblichen, der schon so viele Zeitalter miterlebt hatte. Sein Ruf eilte ihm weit voraus, auch wenn niemand mehr Wahrheit von Mär unterscheiden konnte.

„Dies hier ist die letzte Gelegenheit, um den Kampf anders zu gestalten.“, erklärte König Jadro ruhig und warf einen flüchtigen Blick auf seinen Rubinring.

„Vertan.“, erwiderte er.

Die beiden traten gleichzeitig ins Zentrum des Burghofes und verneigten sich voreinander.

„Dann lasst das Schauspiel beginnen, das euch an meine unerschütterliche Macht erinnern soll!“, rief Jadro.

Der König vermutete, dass Umbra heute nicht darauf warten würde, bis er, Jadro, einen ersten Angriff wagte. Er wollte und *musste* den Legenden und Geschichten, die sich um seine Person rankten, neue Nährstoffe geben. Und das würde er ganz sicher tun.

Aber nicht nur über Umbra würden sich Pöbel und Obrigkeit neue Schauergeschichten erzählen. Nein... Wenn das Fest vergangen und der Tag zu Ende war, würde man im ganzen Land, auf der ganzen Welt, von ihm, Jadro, sprechen.

Alles war perfekt.

König Jadro hielt den Unsterblichen mit den Blicken gefangen. Noch als er die Fäuste ballte und den Rubinring an seinem Finger spürte, gefror die Luft in seinen Lungen. Der Wein, in Fässern und Kelchen, erstarrte in ganz Skandor zu Eis.

Der Herrscher Kratagons fühlte sich dem Tode nah. Er wollte mehr von diesem Gefühl. Viel mehr. Also atmete er ein zweites Mal ein. Es war ihm kaum noch möglich und die eisige Luft brannte wie Feuer auf der Haut.

Alle Geräusche erstarben und Totenstille legte sich über den Burghof. Jadro kostete das Gefühl des Sterbens vollends aus, bis er die lodernden Flammen tief in sich nicht länger ersticken konnte. Der Schnee, der ihn umgab, schmolz in einem weiten Kreis. Als er ausatmete, strömte heißer Rauch aus seinem Mund.

Er war mächtig. Alles lief wie geplant.

In der dichten Dampfwolke stehend, sah man nur noch das Leuchten des roten Rubinrings an Jadros Finger.

„Lasst das Schauspiel beginnen!", schrie er und Flammenzungen leckten aus seiner Mundhöhle.

Geschmeidig setzte sich der Unsterbliche in Bewegung und Jadro wurde von einer Welle aus Eis und Schnee gegen die massive Mauer geschleudert. Sämtliche Luft wurde aus seiner Lunge gepresst und sein Körper erstarrte. Er würde sich dieser Agonie noch einige Augenblicke aussetzen, den Hass in dem Unsterblichen länger schüren.

Genau so wollte er es. Er war der Spieler und alle anderen willenlose Figuren. Er hielt alle Fäden in der Hand. Er war das Schicksal.

Mit donnerndem Knallen explodierte die gefrorene Wand, unter der Jadro gefangen war. Bevor der König selbst einen zweiten dunklen Zauber weben konnte, riss der umherwirbelnde Schnee ihn mit sich in einen gewaltigen Strudel.

Jadro lachte. Es war ein wahnsinniges, grausames Lachen: „IST DAS ALLES?!"

Er schleuderte durch die Luft, verlor völlig die

Orientierung. Doch er ließ es zu. Er hatte es so *gewollt*.

„Umbra! Ist das alles?!“

Er gab der verzehrenden Sucht nach Macht nach und ein Feuersturm entfachte, der den Strudel durchbrach und den Burghof in dichte Nebelschwaden hüllte.

Jadro kam keuchend auf die Beine. Zufrieden erkannte er, dass dieses *Schauspiel* für Umbra schon lange zu einem echten Kampf geworden war.

„Ist das alles?“, fragte er nun wieder ruhig, „denkt an Eure Hure, Umbra, wollt Ihr sie denn nicht rächen?! Habt Ihr etwa schon vergessen, was ich ihr angetan habe?!“

Wie aus dem Nichts erschien ein Pfeil aus Eis in Umbras Hand, den er mit einem furiosen Schrei in Jadros linker Schulter versenkte.

Der König kostete den Schmerz aus und fuhr boshaft fort: „Ich habe dieses Weib gefoltert und blutig gefickt! Ich habe sie verrecken lassen! Zacharias ist genau das gleiche widerfahren, Umbra, aber Euer Sohn musste *leiden,* er musste so sehr *leiden*, dass er sich wünschte zu sterben!“

Der Pfeil in seiner Schulter schmolz.

„Wehe Eure Schlangenzunge spricht noch ein weiteres Wort.“, drohte der Unsterbliche und zog sein Elfenschwert, dessen Klinge heute im Zeichen des Schauspiels aus Eis bestand.

„Ihr habt meinen Sohn, meinen Erben, gedemütigt und geschändet. Dafür werdet Ihr Dinge erleiden, die sich kein Sterblicher vorstellen kann!“

Jetzt riss auch Jadro sein Schwert aus der Scheide, woraufhin der wertvolle Stahl in Flammen aufging.

Als die Mächte wieder aufeinanderprallten, hatte Jadro kaum Augen für seinen Gegner. Er dachte nur an das, was gleich folgen würde. Das furiose Finale.

Alles lief wie geplant!

„Ihr seid von Verrätern umgeben, Fürst Umbra. Und die größten finden sich in Euren eigenen Reihen wieder. Begonnen mit Zacharias!“, rief Jadro im Wissen, was er mit diesen Worten auslösen würde.

Umbra schleuderte sein Schwert in den Schnee, riss die Arme in die Luft und unzählige, eisige Waffen erhoben sich in die Luft.

„Jetzt werdet Ihr sterben!“, schrien sie beide gleichzeitig.

Dann streckte Umbra die Arme vor und die Geschosse aus Eis und Schnee rasten auf den König zu. Im selben Augenblick erschüttere donnerndes Gebrüll die Luft. Satia, der Wächter, stieß aus dem Himmel zu ihnen hinab. Der gewaltige Drache riss sein Maul auf und ein lodernder Feuerstrahl ging auf Umbra nieder.

Jadros wahnsinniges Lachen vollendete die grausame Melodie des Todes.

Der Rubinring an seinem Finger glomm auf und er befahl dem Wächter, seinen Plan zu vollenden. Der Drache flog einen weiten Bogen, riss den Kopf herum und spie einen weiteren, glühend heißen Feuerstrahl aus.

Die Tribüne ging in Flammen auf.

König Jadros Blicke schweiften zwischen Umbra, der brennenden Tribüne und dem Wächter hin und her. Er beobachtete, wie die ach so mächtig besagten Aristokraten versuchten, von ihrem brennenden Scheiterhaufen zu entkommen. Doch es gab kein Entkommen.

Todesschreie zerrissen die Luft.

Derethor, der ehrenvolle Stadthalter von Morten Mar'Ghor.

Tot.

Galdor, der maulaffige Talkönig.

Tot.

Alle Mächtigen.

Tot.

Jadros entstelltes Gesicht verzog sich zu einer grauenvollen Fratze der Genugtuung, als der Wächter auf den Pöbel hinabstieß. Männer rannten panisch durch den Innenhof. Frauen. Kinder.

Panisch! Schreiend! Brennend!

Niemand würde nun an seiner Macht zweifeln oder sie herausfordern. Alle, die eine Gefahr für die Krone hätten darstellen können, waren nur noch Asche. Alle, außer Umbra. Ihn konnte er nicht töten, egal wie groß die Bedrohung war. Doch den Unsterblichen hatte er nicht zu fürchten, denn Zacharias hing an Jadros Gnade. Und solange er Zacharias kontrollierte, kontrollierte er die Dunkelelfen.

Alles war perfekt. Alles war so gekommen, wie er es seit Jahren geplant hatte. Und es war noch lange nicht vorbei...

Erst in der Nacht kehrte Jadro in seine Gemächer zurück. Als er eintrat, wurde er bereits erwartet. Es war sein Kurtisan.

„Was willst du?", fragte er, während er den Pelzmantel nachlässig auf den Boden warf.

„Noch immer das gleiche.", gab dieser zurück und nahm auf dem großes Bett Platz. „Ich habe den Kampf beobachtet. Ich habe alles gesehen."

„Wirklich *alles?"*, vergewisserte Jadro sich und seine Lippen zeichnete ein boshaftes Lächeln.

„Ja, *wirklich alles."* Er lehnte sich entspannt zurück. „Ich hätte nicht gedacht, dass du es wirklich tust. Es war atemberaubend."

„Das war es wortwörtlich.", schmunzelte der König und wurde plötzlich wieder streng: „Zweifle niemals wieder an mir. Ich habe dir gesagt, was heute passiert. Du weißt, was in Zukunft passieren wird. Halte mich nicht noch einmal für einen Mann der leeren Worte!“

„Das tue ich nicht, und das bist du nicht. Das ist auch der Grund, warum ich dir, und nur dir, diene, mein König.“ Der Mann sah ihn durchdringend an: „Sie alle haben gebrannt. Sie alle sind tot. Du bist gnadenlos.“

Jadro erwiderte, erfüllt von Macht und dem wilden Rausch der Erregung, den die Morde in ihm ausgelöst hatten: „Ich wusste es seit dem Tag meiner Geburt. Ab heute weiß es jeder.“

„Hast du mich vermisst?“

Diese Frage ließ Jadro sardonisch lächeln und schweigen.

„Es gibt viele Neuigkeiten... Verbündete sind zu Verrätern geworden. Und als ich im Verlies eingesperrt war, habe ich sie gesehen, die Tochter des Lichts.“

Der König horchte auf. Das Gespräch nahm eine interessante Wendung.

„Sie war meiner Gnade ausgeliefert. Ich hätte sie töten können. Es wäre so leicht gewesen.“

Jadro begehrte scharf auf: „Aber das hast du nicht?“

„Natürlich nicht.“, beruhigte er, „ich weiß um deine Pläne, mein König. Ich würde dir niemals in den Rücken fallen. Du brauchst immer ein großes Publikum...“

„Nicht immer.“, gab Jadro zurück und seine Gedanken entfernten sich von der Auserwählten.

Er ging zu einem Tisch hinüber, der vor den bodentiefen Fenstern stand, und legte seine gezackte Krone darauf ab. Als er die schweren Samtvorhänge zuzog, fielen schwarze Haarsträhnen in sein vernarbtes Gesicht.

„Zieh dich aus.“, befahl er.

Sein Besucher stand auf, legte den dunklen Umhang ab und warf ihn achtlos auf einen der Sessel.

Für gewöhnlich folgten unzählige Messer, Dolche, Pfeile,

ein Schwert und ein Bogen.

„Was? *Du* bist unbewaffnet?“, fragte der König amüsiert.

„Nicht ganz.“, entgegnete der Kurtisan ungeniert und sank nackt auf das Bett.

Jadro musterte ihn für einen Augenblick und verglich ihn automatisch mit Zacharias. Seinen einstigen Schüler, diesen verräterischen Bastard, hätte er in dieser Nacht vorgezogen, aber das spielte keine Rolle, denn er spürte wieder das Verlangen in sich auflodern, das nur auf einem Weg gestillt werden konnte. Diese dunkle Begierde.

Jadro legte seinen Schmuck ab und wurde dabei genau beobachtet. Ihn störte es nicht. Es war erfrischend, die Gegenwart von jemandem zu genießen, der nicht vor Furcht erzitterte oder erschrocken den Blick senkte, wenn er ihn sah.

„Du warst heute unglaublich.“

„Ich weiß.“, gab der König kühl zurück und näherte sich dem Bett mit entschlossenen Schritten, „ich weiß.“

„Es gibt keinen mächtigeren Mann auf der Sterblichen Welt. Nicht mehr.“

„Dafür habe ich persönlich Sorge getragen. Und jetzt schweig.“

„Sie haben gebrannt wie Ogeas Rebellen auf dem Scheiterhaufen…“, schwärmte Jadros Gespiele.

König Jadro herrschte ihn ungeduldig an: „Schweig!“

„Sie alle haben gebrannt und ich-“

Er packte sein langes Haar und riss seinen Kopf in den Nacken: „*Schweig!* Jetzt ist nicht die Zeit zum Reden.“

Grob drehte Jadro ihn auf den Bauch.

„Glaub dich ja nicht in der trügerischen Sicherheit, dass ich dir nichts antun würde.“, drohte Jadro, „wenn du mir ungehorsam bist oder mich hintergehst, dann schlitze ich dir mit deinem eigenen Dolch die Kehle auf.“

„Das würdest du nicht tun.“
„Oh doch, das würde ich! Du weißt zu viel, du weißt viel zu viel... Und jetzt halt endlich deinen Mund, Éndariel, sonst bringe ich dich zum Schweigen, aber nicht so, wie du es magst...“
Der König stürzte sich auf ihn und presste ihn hart in die Kissen.
„Die Königin, was ist mit der Königin, was passiert, wenn sie etwas hört?“
Jadro beugte sich zu ihm herab und flüsterte blutrünstig in sein Ohr: „Die Königin hat ausgedient. Seit der Geburt meiner Söhne war ihre Pflicht auf der Welt getan. Nicht nur Derethor und Galdor saßen heute auf der Tribüne, Éndariel. Schätze dich glücklich, dass du nicht dorthin eingeladen wurdest. Und jetzt schweig. Mir ist nicht nach reden zu Mute, oh nein...“
Er presste ihn tiefer in die Kissen, sodass dieser kaum noch Luft bekommen konnte: „Heute Nacht wird das Schicksal endlich seinen Lauf nehmen. Heute Nacht werde ich das Ziel, das alle kratagonischen Könige verfolgten, endlich erreichen. Ich!“
Er konnte es kaum noch erwarten.
Die ganze Welt würde eine andere sein.
Es hatte damals mit einem Funken begonnen.
Nun würde das Feuer endlich entflammen.

Lorolas

Das Lied der drei Sonnen

Tayla stand zwischen Lethiel und Elozar auf der Stadtmauer Geleses. Es würde vielleicht noch eine halbe Stunde dauern, bis die Sonne hinterm Horizont verschwand. Die Halbgöttin konnte sich mit der Rüstung nicht anfreunden, die ihr im Palast angelegt worden war. Sie war für einen Mann geschaffen und viel zu groß für sie. Den Säbel noch im dunklen Verlies wissend, hatte Tayla ein Schwert dankend angenommen. Elozar war in die Rüstung gekleidet, die die Arboraner für ihn angefertigt hatten.

„Gerion hat diese Schmiedearbeit für Euch geleistet, Halbgott.“, urteilte der Elf, „ich hätte Euch eine solche Verschwendung von Eisen nicht übergeben. Nun ja... Wenigstens schützt sie Euch – etwas.“ Lethiel warf Tayla einen Blick zu: „Sobald ich zurück in Arbor in meiner Schmiede bin, werde ich euch beiden eine Rüstung schmieden, die Halbgöttern würdig ist.“

„Es wäre uns eine Ehre.“, erwiderte Tayla dankbar.

„Ich spüre, dass Euch in den vergangenen Tagen etwas

Schreckliches widerfahren ist, Tayla.“

Sie zuckte zusammen.

„Ihr müsst nicht darüber sprechen.“

„Verzeiht, Meister, aber das möchte ich auch nicht.“

„Beantwortet mir bloß eine Frage.“

Sie nickte einverstanden.

„Hat es mit dem Kratagoner zu tun?“

Tayla überlegte fiebrig, welchen Kratagoner Lethiel meinte. Er konnte nicht wissen, dass Zacharias hier in Lorolas war. Oder wusste er es doch? Hatte er ihn etwa in der vergangenen Schlacht gesehen?

„Ja.“, entgegnete sie, zufrieden, dass diese Antwort viele Schlüsse zuließ.

Vorsichtig linste sie zu Lethiel herüber. Er hatte sie gedeutet. Und seiner Mine nach zu urteilen, genau richtig.

Lethiel spähte plötzlich in den Wald hinein: „Dort ist etwas.“

„Was denn?“, fragte Tayla, die nichts erkennen konnte.

„Es will sich mir nicht offenbaren...“

Tayla schärfte ihr Sichtfeld und versuchte etwas im lichten Wald zu erkennen. Alles was sie sah, waren die Spuren des Feuers, das vor Jahresfrist gewütet hatte. Der Wald erholte sich unnatürlich schnell.

„Duckt euch!“, schrie Lethiel.

Er hievte sich über Elozars Rücken zu Tayla und riss sie mit sich herunter. Ein Pfeil bohrte sich über ihren Köpfen ins Gestein.

„Sie greifen an.“, wisperte er und lugte über die Steinkante in den Wald.

„Könnt Ihr jetzt etwas erkennen?“

„Nein.“

„Aber-“

„Nichts aber!“

Elozars Brüllen riss sie aus ihrer Diskussion. Tayla sah zum Himmel und erblickte einen Greif, der sich auf sie herabstürzte. Sie sah panisch um sich, doch sie waren bis jetzt die einzigen auf der gewaltigen Stadtmauer.

Der Greif kam näher und man erkannte einen Mann, der auf seinem Rücken ritt.

„Lauft in einen der Wehrtürme!“, wies Lethiel an.

Tayla schwang sich auf Elozars Rücken und zog ihren Meister hinter sich. Der Löwe spurtete sofort in Richtung des Turms, der in fünfzig Schritt Entfernung lag. Er wirkte den Zauber des Lichts und flog, wie ein tödliches Geschoss, über die Mauer. Gerade, als er unter das schützende Dach sprang, ertönte ein ohrenbetäubend lautes Krachen. Der Greif musste das Dach im Flug gerammt haben.

Tayla und Lethiel kletterten von Elozar herunter und beobachteten den Staub, der von der Decke rieselte.

„Wir müssen etwas unternehmen! Die Bogenschützen sind noch nicht in Position!“, erkannte Tayla, „ich werde ihn mit Elozar ablenken.“

Dieses Vorhaben setzte sie sofort in die Tat um: „Hierher!“, rief sie wieder auf der Mauer und riss die Arme in die Luft. Es war so, wie sie befürchtet hatte. Der Greif flog auf die Soldaten zu, die formiert zur Mauer marschierten.

„HIERHER!“ Taylas Stimme wurde lauter - jedoch nicht laut genug. Der Greif stieß zu den Soldaten hinab und hackte mit seinem großen Schnabel nach ihnen. Die Männer stoben wie eine aufgewirbelte Staubwolke auseinander.

Erst Elozars Gebrüll zog die Aufmerksamkeit des geflügelten Jägers auf sich. Ehe Tayla sich versah, landete der Greif vor ihnen auf der Mauer. Fauchend reckte er den Kopf vor und breitete die Flügel aus.

Erst jetzt erkannte Tayla den Reiter der Kreatur.

„Rowan.“, stieß sie mit zusammengebissenen Zähnen aus

und ließ die Hand an den Knauf des Schwertes wandern.

„In Eurer Rüstung hätte ich Euch fast nicht erkannt, Tochter des Lichts.“, grinste Rowan mit den Zügeln in der ruhigen Hand.

„Wir müssen diesen Kampf nicht austragen.“, sagte Tayla beschwichtigend. Ihr widerstrebte es, das Schwert gegen ihn zu erheben, weil sie wusste, dass er ein gutes Herz hatte.

„Zacharias erzählte mir von Euch. Er erzählte mir, wie er Euch in seinem Zelt gevögelt hat.“

Überraschend griff Elozar den Greif an. Er verbiss sich wutschnaubend im linken Flügel, woraufhin die Kreatur mit dem Schnabel nach ihm hackte.

Tayla nutzte den Überraschungsmoment und sprang hinter Rowan auf den Jäger des Himmels.

„Und? Was wollt Ihr jetzt tun?“ Er lachte spöttisch und zog an den Zügeln. Daraufhin schlug Arkas mehrfach mit den Flügeln und schleuderte Elozar von sich. Der Greif erhob sich wegen der Bisswunde nur schwerfällig in die Luft. Doch dann gewann er rasch an Höhe.

„Seht nur, Tayla.“, rief Rowan aus, „sie kommen!“

Es waren die kratagonischen Reiter.

„Ihr seid Zacharias' Freund, Rowan. Bitte lasst Vernunft walten. Wir können einen Kampf vermeiden.“

„Was glaubt Ihr, was ich hier tue? Dachtet Ihr wirklich, ich würde Euch töten, Halbgöttin? Zacharias bat mich darum, Euch von dem Schlachtfeld fernzuhalten, damit Euch nichts zustößt.“

„Darum hat er Euch *gebeten?*“, versicherte sie sich ungläubig.

„Ja, das hat er. Ihr scheint wohl etwas in ihm geweckt zu haben.“

Sie wagte kaum zu hoffen: „Wovon sprecht Ihr?“

„Regungen.“, drückte er sich versichtig aus.

Auch wenn Tayla auf das Wort *Gefühle* gehofft hatte, ließ sie sich nicht von ihrer Pflicht, diese Schlacht zu schlagen, abhalten: „Trotzdem könnt Ihr mich nicht davon abhalten zu kämpfen."

„Das weiß ich. Darum sitzt Ihr auch auf Arkas in mehreren hundert Schritt Höhe."

Ihre Mine verfinsterte sich: „Bringt mich zurück!"

„Das werde ich nicht. Zacharias ist mein bester Freund. Ich werde ihn nicht enttäuschen."

„Ihr lasst also lieber Unschuldige sterben?!"

„Meine Entscheidung ist gefallen."

Tayla sah zu den Kratagonern herunter. Die Zeit drängte.

„Bringt mich zurück! *Sofort!*"

„Oder was?", lachte er.

„Oder ich springe."

Seine Augen weiteten sich: „Das würdet Ihr nicht wagen."

„Glaubt mir, das würde ich."

Mit diesen Worten stürzte sie sich von Arkas' Rücken. Sie war bereit, durch die kalte Luft zu stürzen und auf dem harten Grund aufzuschlagen. Als sie gerade frei wie ein Vogel in der Luft schwebte, packte Rowan ihr Handgelenk und zog sie zurück auf den Greif. Sein Gesicht war aschfahl und doch leuchteten seine Augen bewundernd.

Er hatte schnell regiert, stellte Tayla beeindruckt fest.

„Ihr seid gerissen, Tayla, sehr gerissen.", äußerte er und ließ Arkas gen Boden fliegen.

Als sie in der Nähe des Osttors landeten, sagte Tayla: „Passt auf Euch auf, Rowan. Ihr habt ein gutes Herz."

„Ihr auch."

Sie rutschte von Arkas' Rücken herunter und rannte zurück zu ihrem Posten.

Beim südlichen Teil der Stadtmauer angekommen, zwängte

Tayla sich durch die dichten Reihen von Soldaten, die sie in der Rüstung nicht erkannten. Auf der Mauer wurde sie von Elozar und Lethiel in Empfang genommen.

„Ich bin wohlauf.“, beschwichtigte sie die beiden.

Tayla sah über Gelese hinweg. Sämtliche Soldaten standen unter den blutroten Bannern der Stadt auf ihren Posten. Auch über ihnen wehte solch eine Flagge. Sie sah zu dem schneeweißen Löwengott, der auf ihr abgebildet war.

„Wache über uns.“, betete sie, als sie sich an die beängstigend große Zahl von Feinden erinnerte, die sie eben aus der Luft gesehen hatte.

„Kennt Ihr *Das Lied der Drei Sonnen?“,* fragte Lethiel und holte sie aus ihrer Gedankenwelt.

„Das Lied der Drei Sonnen? Nein... Was ist das? Ein Volkslied?“

„Nein, Tayla. Es ist vielmehr ein Lied um Schlachten, Götter und Könige. Es gibt Gerüchte, dass seine Melodie wieder zu Ehren der Halbgötter erklingt. Jeder Lorolasser kennt es.“

„Woher kennt Ihr es, Lethiel?“

„Es wurde einst auch in Kratagon gesungen. Das war zu einer Zeit, als man noch an eine Befreiung glaubte...“

Lethiel hob die Stimme und begann erst die Melodie zu summen. Tayla fühlte sich in das Lied hinein. Es traf sofort ihr Herz. Die Melodie war traurig, erbauend und gleichzeitig musste man an die markerschütternden Laute von Kriegshörnern und Trommeln denken.

Die Soldaten um Lethiel sahen zu ihm. Sie erkannten die Abfolge von Tönen und stimmten mit ein. Wie ein Lauffeuer breitete sich *Das Lied der Drei Sonnen* über die Stadt aus und nach nur wenigen Augenblicken gab es keinen Soldaten mehr, der nicht sang:

„Drei Sonnen wachen übers Land,
strahlend schön und überall gekannt.
Das goldne Aug, die weiße Mähn, der goldne Stein,
die hielten die Welt des Einen rein.

Drei Sonnen waren sie,
zwangen jede Macht in die Knie.
Gleich wer sich gegen sie erhob,
diesem Mond drohte der Tod.

Blutrot waren der Sonne Banner,
wild peitschten sie bei Sturm im Wind.
Dröhnend schallten die Hörner,
die riefen der Mähnes Kind.

Wenn graue Wolken den Himmel begruben,
und des Auges Zauber die Zwänge brach,
hörte man des Steins Stimme erklingen,
die zu den singenden Mannen sprach:

„Auf ihr Heere des Weißen, der dort oben thront!
Schärft die Klingen, dass ihr keinen Feind verschont!
Wappnet euch für die blutge Schlacht,
wappnet euch, bis der Feind erwacht!“

„Hört ihr nicht die Trommel, die Schläge in euren Ohren?
Sie trieb uns in den Krieg, ließ uns in Verderbnis schmoren!
Ihr Klang lässt alles Leben erbeben,
fragt dennoch nicht nach der Mähnes Segen.“

Nun stehen die Männer der Mähn in Reih und Glied;
brüllen der Trommel entgegen ihr wildes Lied:

„Tod dem Schatten der wacht,
Tod dem Unheil der Nacht!
Tod dem grauenvollen Sohn,
der herrscht auf Kratagons Thron!“

So tobt an zwei Fronten die Schlacht,
unter der Mähn', die ewig wacht.“

Das Lied der Drei Sonnen verhallte. Die Herzen der Männer, und auch Taylas, waren nicht mehr so schwer. Man hatte wieder Mut geschöpft.

Tayla fand keine Worte für das, was gerade geschehen war. *Das Lied der Drei Sonnen* handelte von ihr, dem Stein, Elozar, dem Auge, und dem Löwengott, der weißen Mähne. Sie war überwältigt von dem Gefühl, das dieses Lied in ihr hervorgebracht hatte.

Die Angst vor der Schlacht

Lethiel machte Tayla auf das Feld vor Gelese aufmerksam, welches nach dem letzten Angriff aus aufgewühlter Erde bestand: „Die Kratagoner sind der Mauer nicht mehr fern. Ich frage mich, warum sie so nah an die Stadt vorstoßen. Sie müssen doch sehen, dass alle Geschütze bereit zum Einsatz sind."

Tayla sah zu den Türmen in der Mauer, in denen die Katapulte bereits ausgerichtet und beladen wurden. Ihr Herz zog sich zusammen. Was würde sie tun, wenn Zacharias durch ein Geschoss vom Pferd gerissen und zerschmettert würde?

„Gleich werden sie das Feuer eröffnen.", murmelte Lethiel, „warum kommen diese Narren immer nähcr?!"

Auch Tayla verstand die Bewegung des kratagonischen Heeres nicht. Warum lieferten sie sich den Fernkampfwaffen aus? Die Sorge um Zacharias und das Pflichtgefühl gegenüber ihrer Heimat brachten sie fast an die Grenzen ihrer Disziplin.

Die Sonne verschwand hinter dem Horizont. Anspannung legte sich auf die Gemüter der Lorolasser. Nun, da sie wussten, welche Ungeheuer sie bei Nacht zu fürchten hatten, glaubte wohl niemand mehr an sein sicheres Überleben.

Im Zwielicht vernahm Tayla Admiral Elnors Befehl auf der Mauer. Daraufhin schnellten die Wurfarme der Katapulte vor und schleuderten große Felsbrocken auf das offene Feld vor der Stadt. Doch die Formation der Kratagoner hielt stand. Selbst als die ersten Krieger und Pferde unter den Felsbrocken zermalmt wurden, ritten sie unverwandt in einer langen Reihe auf Gelese zu.

Während Tayla mit rasendem Herz und nassen Händen von der Mauer starrte, brachen Geleses Soldaten in Jubel aus.

„FEUER!“, hörte sie Admiral Elnor schreien.

Tayla vernahm das Singen von unzähligen Sehnen und sah, wie eine erste Pfeilsalve auf die Kratagoner niederprasselte.

Taylas Atem stockte, als nun auch die Speerträger in den vordersten Reihen zum Wurf ausholten. Sie wollte nicht sehen, was die mörderischen Waffen anrichten würden. Doch sie zwang sich, den Blick nicht zu senken. Sie wollte, nein, sie *musste* den Sieg Geleses mitansehen.

Gleichzeitig mit dem Abwurf der Speere drangen von Westen und Osten panische Schreie an ihre Ohren. Laut. Fassungslos. Panisch.

Was war geschehen?

„Lethiel, was passiert hier?“, fragte sie, als sich der lichte Wald im Osten verdunkelte.

Bevor die beiden erkennen konnten, welches Unheil sich dort zusammenbraute, ertönten Glocken und Nebelhörner und versetzten die Lorolasser in Aufruhr. Donnerndes Gebrüll vervollständigte das Kriegslied und der Boden erzitterte.

„DIE SCHATTENAFFEN! SIE GREIFEN AN!“, schrie Admiral

Elnor aus Leibeskräften.

Jetzt endlich erkannte auch Tayla das nahende Unheil. Sie schalt sich im Geiste dafür, dass sie geglaubt hatte, dass sich die kratagonischen Reiter bewusst dem Tod auslieferten. Es war schlicht eine Ablenkung gewesen – und diese war zu ihrer Bestürzung geglückt. Alle Augenpaare hatten sich auf den Süden gerichtet und niemand hatte das Unheil bemerkt, das von Osten und Westen heraufgezogen war.

Verzweifelt sah Tayla nach links und dann nach rechts. Wo würde ihre Hilfe am dringendsten benötigt werden? Wo sollte sie hin?!

Hastig wandte sie sich Elozar zu: „Geleses Verteidigung ist auf einen frontalen Angriff ausgerichtet. Darum müssen wir uns aufteilen. Du wirst am Osttor, und ich am Westtor kämpfen!“

Angst trat in seine goldenen Augen.

„Ich werde mit Tayla gehen.“, überzeugte Lethiel den Löwen.

„Dann kommt, Meister, *schnell!“*, drängte Tayla und rannte mit Lethiel davon.

„Ich hoffe, es ist noch nicht zu spät!“, sagte Tayla außer Atem, als sie am Westtor angekommen waren.

Vor dem Tor standen nur knapp hundert Soldaten formiert. Manche von ihnen waren beritten. Sie sah besorgt zur Mauer hinauf, auch hier war nur eine geringe Anzahl von Männern postiert worden. Sie spürte den Boden erzittern. Die Schattenaffen konnten nicht mehr fern sein.

„Wir müssen uns beeilen! *Schnell!“*

Auf der Mauer erblickten sie die feindlichen Bestien. Sie hatten Gelese erreicht. Tayla starrte wie in Trance auf ihre mächtigen Fäuste. Bei jedem ihrer weiten Sprünge rissen sie den Boden noch weiter auf.

„Wie können wir sie bloß aufhalten?“, fragte sie heiser.

Noch nie hatte sie etwas Vergleichbares gesehen.

„Wir werden unsere Schwerter ziehen und gegen sie kämpfen. Etwas anderes bleibt uns nicht übrig.“

Tayla nickte und legte ihre Hand an die Klinge. Die Schattenaffen prallten im selben Moment gegen die hohe Stadtmauer. Tayla sah ihre glühenden Augen, sah die Gier nach ihrem Blut. Doch Tayla hatte nicht vor, in ihrer ersten Schlacht im Namen des Löwengottes zu sterben.

Die Schattenaffen kamen mit weit aufgerissenen Mäulern näher.

Sie würde nicht sterben.

Die Kreaturen brüllten blutrünstig und nutzten ihre Klauen, um in der Mauer Halt zu finden. Sie waren nur noch fünf Schritt entfernt.

Sie würde nicht sterben.

Noch vier...

... drei...

... zwei...

SIE WÜRDE NICHT STERBEN!

Der erste Koloss hievte sich über die Mauerkante und stürzte sich auf Tayla. Diese riss das Schwert aus der Scheide und rammte es der Kreatur in den Wanst. Lethiel neben ihr wirbelte im Tanz des Todes umher.

„Duckt Euch!“, schrie er plötzlich.

Tayla ging sofort in die Knie und Lethiels Klinge bohrte sich dicht über ihrem Kopf in die Stirn eines Schattenaffen.

Unmittelbar neben Tayla wurde ein Soldat von einer Bestie angefallen. Diese zerriss die Rüstung wie Stoff und begann gierig ihn zu zerfleischen.

Tayla wollte ihren Augen nicht trauen und schrie

angewidert: „Verschwinde! Verschwinde, Ungeheuer!“

Voller Ekel stach sie das Schwert in die Schultern und den Nacken des Kolosses, bis dieser leblos über dem Toten zusammensackte.

Wie konnten diese Bestien so etwas nur tun?

Tayla trat wieder an die Brüstung der Mauer und sah hinunter. Der Sturm von Schattenaffen wollte kein Ende nehmen. Wie schwarzes Pech ergossen sie sich über das Land – und nichts konnte sie aufhalten. Überall auf der Mauer tobten Kämpfe. Ungleiche, brutale, tödliche Kämpfe.

Lethiel streckte den letzten Koloss auf der Mauer nieder und stützte sich keuchend auf die Knie.

„Das also ist Krieg.“, wisperte Tayla fassungslos.

Er sah kurz zu ihr: „Ja, das ist Krieg.“

Aller Mut, alles was sie erreicht hatte, zerfiel bei dem Blick auf das Schlachtfeld zu kalter Asche: „Ich... ich hätte niemals gedacht... Ich-“

„Es mag nicht gut für uns aussehen – aber unser Glaube wird uns stärken. Nach dieser Schlacht werden wir unsterblich sein. Heute und für die Ewigkeit. Wenn Ihr nicht glaubt und hofft, sagt mir, wer soll es dann tun?“

„Ich weiß es nicht. Aber wie soll ich ihre Hoffnung bewahren?“ Sie zeigte die Mauer herunter auf das pure Grauen.

„Ihr müsst es!“

„Wie kann Hoffnung uns hier weiterbringen?“, fragte sie unglücklich. Einen Sieg in dieser ungleichen Schlacht zu erkämpfen war unmöglich! Sie alle würden sterben. Elozar, ihr Vater, Lethiel, Thorak, Norolana... Diese Liste hätte sie in Gedanken endlos weiterführen können. Vielleicht stand an ihrem Ende sogar Zacharias' Name.

„Ohne Hoffnung wären wir schon seit zwanzig Jahren verloren. Ich wäre mein ganzes Leben verloren gewesen, wenn ich nicht fest daran geglaubt hätte, einmal aus Kratagon fliehen zu können.“

„Aber Hoffnung gewinnt keine Schlachten!“, begehrte sie auf.

„Tayla. Wir *werden* leben und siegen. Ihr, die Halbgöttin, und der Sohn des Löwengottes kämpfen für Lorolas.“

Sie lachte bitter: „Wir sind nur zwei Sandkörner einer Wüste.“

„Wir sterben an einem anderen Tag. Wir alle.“

Ihre Blicke trafen sich und Tayla fühlte sich ermutigt.

„Ihr, Elozar und der Löwengott seid die Drei Sonnen. Die Drei Sonnen sterben nicht. Sie vergehen nicht im Schatten. Ihr Licht durchdringt jede Dunkelheit!“

„Wir sind die Drei Sonnen...“

„Von euch haben tausende und abertausende Männer gesungen. Alle glauben an euch!“

„Ja...“

„Ohne euch beide ist die Sterbliche Welt verloren – und darum werdet ihr nicht sterben!“

„Dann soll es so sein, Lethiel. Lasst uns kämpfen!“

Der Hinterhalt

Erneut zerrissen Kriegshörner die gespannte Luft. Tayla fuhr herum und spähte gen Süden. Ein einzelner Schattenaffe trat aus dem Wald auf das gepflügte Feld vor der Königsstadt. Die anstürmenden Kreaturen verharrten einen Augenblick und stellten den Angriff ein. Der einsame ihrer Art schien zu ihnen zu sprechen.

Doch was?

Die unheilvollen Laute, die er von sich gab, wurden lauter und wütend. Taylas Augen loderten vor Zorn auf. Das musste der Anführer der Kolosse sein. Das musste der sein, der dieses Massaker zu verantworten hatte.

„Wir müssen ihn töten!“, beschloss Tayla.

„Wollt Ihr Euch ihm etwa auf offenem Feld stellen?“, fragte Lethiel ungläubig.

„Wenn ich es nicht tue, werden wir diese Schlacht verlieren. Meister, seht Euch doch um! Sie kommen zu Tausenden! Dazu reiten die kratagonischen Männer an vorderster Front. Ich muss mich ihm stellen.“

„Aber, Tayla, das wäre Selbstmord.“

„Dann sagt mir, auf welchem Weg wir diese Schlacht gewinnen können. Ihr sagtet, ich solle hoffen und für Gelese kämpfen. Genau das werde ich jetzt tun."

„Aber nicht ohne mich.", entschied er.

Sie nickte und erklärte: „Ich werde Elozar rufen. Nur mit ihm können wir die Schattenaffen bezwingen."

Während sie und Lethiel sich einen Weg bahnten, rief Tayla im Geiste ihren Gefährten herbei. Sie würden sich am Südtor treffen.

„Öffnet das Tor!", rief Tayla Admiral Elnor an, der auch dieses Mal das Kommando über die südliche Toranlage hatte. Elozar war auch schon auf dem Marktplatz eingetroffen.

„Sich dort hinauszuwagen ist Selbstmord!", begehrte er auf.

„Öffnet das Tor, Admiral!", befahl Tayla.

„Ihr werdet außerhalb der Mauer alle sterben! Kein Soldat kann euch beschützen."

Tayla nahm ihre Position zwischen Elozar und ihrem Meister ein: „Sehe ich so aus, als benötige ich Schutz?"

Elnor gab nach einem prüfenden Blick den Befehl zum Öffnen des Tores. Die schweren Balken ächzten, als es einen Spalt aufschwang.

„Beeilung! Das Tor muss wieder geschlossen werden!"

„Kommt.", rief Tayla und rannte los.

Tayla bildete während ihres Vormarschs die Nachhut und hielt Lethiel den Rücken frei. Sie fühlte sich, wie ein hilfloses Tier, umzingelt von blutgierigen Bestien.

Sie hatten schon fast eine weitere Kreatur passiert, als diese mit wütendem Gebrüll zu ihr herum schwang und sich in ihrem Arm verbiss. Gerade, als der Koloss sie zu Boden schleuderte, rammte sie ihm das Schwert durch die Schulter und tötete ihn. Der Schattenaffe brach leblos über ihr zusammen und der schwere Körper hielt sie gefangen.

„Elozar!“, schrie Tayla.

Der halbgöttliche Löwe war in einen Kampf gegen fünf Besten verwickelt.

„Lethiel!“, rief sie dann nach ihrem Meister, „Lethiel!“

Da sprang er über sie hinweg. Er überrumpelte die Schattenaffen, die Elozar belagerten, und trennte ihnen allen mit nur einem Hieb den Kopf von den Schultern.

Danach kam der Elf eilig zu ihr und befreite sie.

„Seid Ihr unversehrt?“, fragte er außer Atem.

Mit einem Blick auf die Bisswunde sagte sie: „Nein, aber ich kann weiterkämpfen.“

„Dann kommt, wir müssen weiter!“

Tayla erkannte, dass Lethiel einen schmalen Gang erspäht hatte, der sich zwischen den Kolossen gebildet hatte.

Als sie sich zwischen den Schattenaffen hindurchgezwängt hatten, keuchte Lethiel: „Dort drüben ist der Fürst und Feldherr der Schattenaffen.“

Er deutete auf einen Koloss, der auf einem Felsen stand und die Horden befehligte.

„Geht, ich werde die Schluchtenreißer aufhalten, solange ich kann.“

„Wir können Euch nicht alleine mit Ihnen zurücklassen!“

„Doch das könnt ihr! *Geht!*“

Sie schwang sich auf Elozars Rücken und dieser spurtete in Richtung des Felsens. Während des stürmischen Ritts ließ Elozar seine Götterzeichnung aufglimmen, damit er sich einen direkten Weg zum Führer der Kreaturen bahnen konnte.

Wenige Schritte vor dem Felsen stand endlich nichts mehr zwischen ihnen und dem Anführer. Er trug Kriegsbemalungen aus Blut und Schmuck aus menschlichen Schädeln. Weiße, blanke Schädel von Kindern und

Erwachsenen.

Der Blick des Führers richtete sich auf die Halbgötter.

„Die Tochter des Lichts und der Sohn des Löwengottes.“, schnaubte Dwar. „Überrascht es Euch, dass ich Eure Sprache spreche?“, bemerkte der Fürst bei Taylas verwundertem Blick, „macht mich das mehr zu einem von Eurer Art? Fällt es Euch so schwerer, mich zu töten? Deswegen seid Ihr doch hier, nicht wahr?“

Tayla hörte Kaltblütigkeit in seiner ungewohnten Stimme. Sie wusste nicht, was sie erwidern sollte. Sie überraschte es wirklich, dass er die gemeine Zunge beherrschte. Und ja, es nahm ihm etwas Bestialisches und verlieh ihm einen Hauch Menschlichkeit.

Der Schattenaffe straffte sich: „Mein Name ist Dwar. Ich bin der Fürst der Schattenaffen aus dem Valeduara, dem Südtal. Merkt euch meinen Namen, Halbgötter, denn er wird in euren Ohren widerhallen, wenn ihr sterbt.“

„Wir sterben an einem anderen Tag.“, entgegnete Tayla, doch ihre Stimme klang weit weniger entschlossen.

Dwar stieß einen Laut aus, der an ein blutrünstiges Lachen erinnerte: „Glaubt Ihr denn überhaupt an das, was Ihr da sagt, Tochter des Lichts?“

„Ja, das tue ich!“

Elozar hob stolz sowie bedrohlich das Haupt.

„Verschwindet aus Lorolas, Dwar!“

„Warum sollte ich das tun?“

„Weil ich es befehle. Ergebt Euch und zieht Euch in Eure Heimat zurück! Ergebt Euch, oder Ihr werdet noch in dieser Nacht sterben!“

Dwar bäumte sich auf, brüllte ohrenbetäubend laut und sprang von dem Felsen hinunter. Vor Tayla und Elozar kam er auf dem Boden auf. Er schnob, sodass seine Nüstern bebten. Seine glühenden Augen durchbohrten die Kinder des

Löwengottes. Tayla spürte die Blutgier, die von ihm ausging.

Furcht beschlich sie, denn unzählige Schattenaffen hatten sie unbemerkt umzingelt.

Jeglicher Fluchtweg war versperrt.

Einer von ihnen würde heute Nacht sterben.

Dwar oder sie.

Der Fürst schnaubte und trommelte, wie ein wilder Gorilla, mit den Fäusten auf den Boden. Die anderen Schattenaffen taten es ihm gleich und so entstand eine donnernde Melodie, die ihren Kampf bis zum Ende begleiten sollte.

Im Takt der Schläge sprach Dwar:

„Die Drei Sonnen Lorolas'
knechten die Welt durch ihren Hass.
Angesicht zu Angesicht ich mit ihnen steh',
Schmerz fährt mir ins Herz; oh weh!

Aug' wird erblinden,
Stein wird verschwinden,
Nie erblassen die Sünden,
der Kinder des Einen!

Mein Blick wird sie sehen,
mein Verstand wird sie richten,
meine Fänge sie töten,
wenn wir Lorolas vernichten!

Um zu heilen die Krankheit,
die sie übers Land gebracht.
Um zu verbreiten die Weisheit
der kratagonischen Macht!

Die Welt des einen Thrones!
Die Welt des wahren Sohnes!
Die Welt überzogen von Schatten,
das Licht der Sonnen wird verblassen!"

Ohne Vorwarnung sprang Dwar vor und kam vor Tayla auf. Er reckte ihr das massive Haupt entgegen und brüllte. Der faulige Gestank, der aus seinem aufgerissenen Maul drang, ließ Tayla würgen. Dwar verlagerte sein Gewicht und unternahm einen Versuch, seine Klauen in ihren Unterleib zu graben. Tayla wich einen Schritt zurück und sein Hieb ging ins Leere. Sogleich holte sie mit ihrem Schwert aus und ließ es durch die Luft wirbeln. Elozar kam ihr zu Hilfe, attackierte Dwar aus dem Hinterhalt und verbiss sich in seinem Nacken.

Der Fürst brüllte schmerzerfüllt, lehnte sich gegen Elozars Kraft auf und riss ihm die Rüstung vom Leib. Dann warf er sein massives Haupt herum und schleuderte den Löwen von sich.

Tayla sah, wie Dwar zum erneuten Angriff ansetzen wollte und griff ins Geschehen ein. Geistesgegenwärtig rannte sie zu dem Ungetüm und grub ihr Schwert bis zum Schaft in dessen Oberarm. Dwar ertrug den Schmerz und griff unerwartet nach dem Schwert.

Tayla wollte es nicht loslassen, doch seine giftigen Klauen waren zu nah. Der Fürst zog sich das Schwert daraufhin selbst aus dem Leib.

Die Horde, die sie noch immer einkreiste, schlug nun wilder und schneller mit den Fäusten auf den Boden.

Dwar richtete sich schnaubend mit dem Schwert in der handähnlichen Gliedmaße auf und fauchte: „Mein Blick wird sie sehen... Mein Verstand wird sie richten... Meine Fänge sie töten... Wenn wir Lorolas vernichten!"

Abrupt holte er mit dem Schwert aus und schlug nach Taylas Kopf. Viel zu spät duckte sie sich unter der Klinge hinweg, trotzdem gelang es ihr gerade noch auszuweichen.

Sie war entsetzt. Warum konnte diese wilde Bestie von einer solchen Waffe Gebrauch machen?

Ihr blieb keine Zeit zum Nachdenken, denn Dwar setzte mit dem Schwert zum erneuten Angriff an. Sie vergrößerte die Distanz und floh sich in Elozars Nähe.

„Wir müssen ihm das Schwert abnehmen.", keuchte Tayla.

Mit dieser Waffe würde er den Kampf für sich entscheiden. Blitzschnell traf sie eine Entscheidung. Mit dem Mut der Verzweiflung sprintete sie zu Dwar, sprang aus dem Hinterhalt auf seinen Rücken und schlang die Arme um seinen Hals. Mit aller Kraft, die sie aufbringen konnte, würgte sie ihn.

Dwar versuchte vergebens sie abzuschütteln, bis er sich auf den Rücken warf und Tayla unter sich begrub.

Sie durfte nicht loslassen! SIE DURFTE NICHT LOSLASSEN! Auch wenn sie von der Kreatur fast zerdrückt wurde, festigte sie den Würgegriff um Dwars Hals - und ihr Plan ging auf.

Als Elozar sich auf den Schattenaffen stürzte, um seinem Leben ein Ende zu bereiten, ließ dieser das Schwert los und fuhr die Klauen aus, seine vertrauten Waffen, die ihn noch nie im Stich gelassen hatten.

Sobald das Schwert frei war, griff Tayla danach und hielt es an Dwars Kehle.

„Rettet das Leben Eures Herrn!", rief sie die anderen Schattenaffen an.

„Ich überlasse ihn euch, wenn ihr euch zurückzieht und schwört, dass ihr nie wieder zurückkehrt!"

Dwar gab Laute in der Sprache der Genra von sich, die die Halbgötter nicht verstehen konnten. Daraufhin willigte ein

Schattenaffe, der die menschliche Zunge beherrschte, ein. Es war Zehr'Gor.

„Verschont ihn, Halbgötter. Wir tun, was ihr verlangt."

„Schwört es!", beharrte Tayla schrill.

Zehr'Gor zeigte keine Reaktion.

„SCHWÖRT ES, KREATUR!"

Zehr'Gor nickte und tat was sie verlangte.

Tayla ließ Dwar aus ihrem tödlichen Griff entweichen und dieser baute sich vor ihr auf: „Ihr seid so leichtgläubig, Tochter des Lichts."

Mit diesen Worten stürzte nicht nur er sich auf die Halbgötter. Seine Horde folgte ihm.

Eine veränderte Welt

Verzweifelt sah Tayla dem Bevorstehenden entgegen. Mit einem Schwert und Löwenklauen ließ sich keine ganze Horde Genra bezwingen.

Noch nie hatte Tayla sich etwas so sehr gewünscht, wie den Tod dieser Kreaturen. Sie sollten sterben. Alle!

Wie aus dem Nichts spürte sie den göttlichen Energiestrom in ihrem Körper. Dazu gesellte sich eine Macht, die ihr fremd war, dennoch den gleichen Ursprung hatte. Es musste der Löwengott sein, der seinen Blick jetzt allein auf sie gerichtet hatte. Es war ein unbeschreibliches Gefühl seinen allsehenden Blick auf sich zu wissen und seine Macht in sich zu tragen.

Ohne Taylas bewusstes Zutun wurde die Energie freigesetzt und strömte durch ihre Gliedmaßen und ihren Geist. Die Energie war so überwältigend und stark, dass Tayla glaubte, sie würde darin ertrinken. Ihr Körper drohte unter den magischen Kräften und dem Blick des Löwengottes zu zerspringen.

In diesem Moment wurde Tayla klar, dass sie die entfesselten Mächte befreien musste. Sie musste den Zauber des Lichts einsetzen. Ihr Blick richtete sich wie in Trance auf die Bäume des Lorolas Waldes. Sie war nicht mehr sie selbst, beherrschte weder sich noch die Magie. Ohne dass sie es kontrollieren konnte, verließen die göttlichen Mächte ihren Leib. Sie strömten übers Schlachtfeld und drangen tief in die Bäume.

Überlautes Knarren und Ächzten durchschnitt den Lärm der tobenden Kämpfe.

Taylas Augenlieder begannen zu flimmern. Ihr Geist wurde ihrem vergänglichen Leib entrissen. Sie schwebte dem nachtdunklen Firmament entgegen und strahlte hell wie die Sonne. Der Zauber des Lichts machte sie mächtig, unbesiegbar, göttlich!

Ein Teil von Tayla war noch immer in den Energiestrom eingetaucht, als die Bäume dem Himmel entgegen schossen und sich ihre Äste bogen. Starker Wind kam auf und fegte übers Schlachtfeld.

Tayla wusste, dass ihr Körper von den heftigen Böen gepeitscht wurde, aber sie spürte es nicht. Sie stand über den weltlichen Leiden, kein sterblicher Gedanke, kein Schmerz erreichte sie. Sie war vollkommen, war mehr und wurde allein von dem Zorn auf die Schattenaffen beherrscht.

„Tayla!“, hörte sie Lethiel in weiter Ferne rufen, obwohl er sich gerade bis zu ihr vorgekämpft hatte und sein Schwert vor sie beide hielt.

„Sie ist nicht sie selbst!“, schrie er. Doch seine Schreie verhallten und ihre Bedeutung drang nicht bis in ihren Verstand vor.

Sie kannte nur noch den Zorn und wurde von ihm und dem Zauber des Lichts voll und ganz beherrscht. Sie hob kraftvoll die Arme und im Wald brachen die Wurzeln der Bäume mit lautem Getöse durch den Boden. Die Bäume verließen den Wald und näherten sich mit vernichtenden Kräften der Königsstadt.

Tayla war nicht fähig zu begreifen, dass sie diese Tat

vollbracht hatte. Sie befand sich in einem rauschähnlichen Zustand, war in ihm gefangen.

Elozars Gebrüll lenkte ihre Aufmerksamkeit zurück auf ihren Körper. Der Feind hatte seinen Sturm auf Gelese eingestellt und sämtliche Kräfte auf sie konzentriert. Sie, die Göttliche, die die Macht besaß, die kratagonischen Streitkräfte alleine zu vernichten.

„Tayla!“, hörte sie Lethiel verzweifelt flehen. Er rüttelte an ihrer Schulter, doch sie reagierte nicht. „Elozar, tut etwas! Bringt sie zur Vernunft! Holt sie aus dem Schatten!“

Die ersten Schattenaffen waren nah. Wellen des Zorns und der Abscheu brachen über ihrem Kopf zusammen. Sie würde sie töten! *Alle!*

Erfüllt von der schier endlosen Macht des Löwengottes, riss Tayla die Arme in die Luft und kreuzte sie vor der Brust. Eine Säule aus Wurzelgeflecht brach unter ihren Füßen aus dem Boden und schnellte, mit ihr an der Spitze, unzählige Schritt nach oben. Ihr Körper vereinte sich wieder mit ihrem hell leuchtenden Geist und Tayla entfesselte ihren Zorn. Wogen aus Wurzelwerk schossen um ihre Himmelssäule herum aus dem Boden. Wie unaufhaltsame Wellen brach die Wurzelwand und begrub unzählige Feinde unter sich, bevor sie diese mit sich in den Erboden riss.

Die Mächte, die in Tayla wirkten, intensivierten sich und sie wurde ganz von dem herrlichen Gefühl erfüllt, das ihr die tausend Tode bereiteten.

Mit einem Mal schrie Tayla: „Hüter des Waldes, ich rufe euch! Steht mir in diesem Kampf bei! HÜTER DES WALDES! ICH RUFE EUCH!“

Taylas Stimme war so laut wie ein großes Kriegshorn, schallte über das gesamte Schlachtfeld, Gelese und darüber hinaus. Ihr eigener Zauber und der Löwengott, der sie noch immer ansah, befähigten sie dazu.

Für die Halbgöttin dauerte es nicht länger als ein Wimpernschlag, bis die Hüter des Waldes aus dem Lorolas Wald galoppierten. Die Allianz wurde von Schattenläuferin und einem Labru angeführt.

Tayla beobachtete zufrieden, wie Schattenläuferin und die anderen fleischfressenden Kreaturen erste Feinde anfielen und töteten. Die Labrus rissen die Köpfe hin und her und erschlugen Männer wie Schattenaffen mit ihren Geweihen.

„Zu mir! Kommt zu mir!“, rief Tayla von ihrer Säule aus und scharte ihre tierischen Verbündeten um sich.

Bevor Tayla eine weitere Wurzelwelle heraufbeschwören konnte, ließ ein Erschüttern des Bodens sie alle innehalten. Menschen wie Schattenaffen horchten der Stille. Ein Donnergrollen zerriss die Nacht.

Tayla spürte, dass der Gott der Götter seinen Blick von ihr nahm. Der Boden erzitterte und erbebte erneut, so als würde er entzweigerissen, und Taylas Himmelssäule stürzte in sich zusammen. Bevor sie kreischend auf dem Boden aufschlagen konnte, fing Lethiel sie auf. Sie war völlig verwirrt, entkräftet, fühlte sich nicht mehr wie sie selbst. Jetzt, da sie nicht mehr von den weltlichen Leiden befreit war, wurde sie von Schuld und Verzweiflung überrollt. Sie war nicht mehr die strahlende Göttin, die über unbegrenzte Macht verfügte. Sie war wieder sie selbst, Tayla.

„Tayla, geht es Euch gut? Habt Ihr Euch etwas getan?“, fragte Lethiel, der sie herunterließ und auf die eigenen Füße stellte.

Unbemerkt von ihren Bewohnern umhüllte eine dunkle Macht die Sterbliche Welt und zerbrach das Siegel des Guten.

Tayla sah verunsichert zu ihrem Gefährten. Was sie erblickte, erfüllte sie mit Panik und Verzweiflung. Reine Furcht und blankes Entsetzten standen in Elozars goldenen

Augen geschrieben.

Ein letzter, gewaltiger Ruck erschütterte den Boden. Die Menschen fielen wie Kegel und Geleses Stadtmauern erzitterten. Soldaten verloren Halt und stürzten in die Tiefe.

Wutentbrannt warf Elozar den Kopf in den Nacken und stieß ein zorniges, markerschütterndes Brüllen aus. Schattenläuferin und die anderen Blutwölfe auf dem Schlachtfeld reckten sich dem nachtschwarzen Firmament entgegen und heulten. Die Labrus röhrten und schwangen die Geweihe.

Tayla sah erneut zu Elozar. Ein unheimlicher, gefährlicher Glanz lag in seinen Augen. Ein Glanz, der ihr verriet, dass er bereit war zu töten.

„Elozar, was ist geschehen?“, fragte Tayla ratlos und in Sorge. Sie hatte den Löwen noch nie so erlebt. Was wusste er, was ihr verborgen blieb?

Elozar drehte ihr den Kopf zu. Er wirkte, als würde er von unerträglichen Schmerzen gepeinigt. Und da lag noch Zorn in seinen Zügen, Zorn und unheimliches Entsetzen.

„Elozar, sag doch etwas!“, flehte Tayla voller Verzweiflung.

In den Augen des Löwen loderte brennende Wut.

Wider ihrer Erwartung hob Elozar die Stimme und sprach: „Er hat Schande über die Götter gebracht! Er hat die Länder geeint!“

Tayla war schockiert: „Elozar, was sagst du da?“

Diese Worte mussten ihn innerlich zerreißen: „ König Jadro hat die Länder vereint!“

„Aber die Schlucht ist unüberwindbar und trennt Lorolas und Kratagon für die Ewigkeit.“

Unermesslicher Zorn sprach aus ihm: „Die Schlucht existiert nicht mehr! Ein neues Zeitalter der vereinten Welt ist angebrochen.“

Sie wollte seine Worte nicht wahrhaben: „Elozar, was sagst

du da?!“

„Ich will es mit meinen eigenen Augen sehen.“, grollte der Sohn des Löwengottes, „ich will sehen, wie die Schande über meinen Vater gebracht wurde!“

Seine Götterzeichnung glomm auf und leuchtete hell wie die Sommersonne. Beinahe das gesamte Schlachtfeld wurde in gleißendes Licht gehüllt.

„Vor Einbruch der nächsten Nacht werde ich wieder hier sein.“, sagte Elozar mit eisenharter und kalter Stimme.

„Ich werde dich begleiten.“

„Nein! Dieses Mal werde ich allein gehen.“

„Du kannst mich nicht alleine zurücklassen!“, protestierte Tayla von plötzlicher Furcht ergriffen.

Seine Stimme war nun wieder mehr ein donnerndes Brüllen: *„Das verstehst du nicht, Tayla!* Du könntest es nicht verstehen!“

Zitternd zog sie sich zurück: „Aber, Elozar, sag so etwas nicht.“

„Ich bin der Sohn des Löwengottes! Und ich habe gesprochen! Bleib!“, knurrte er und rannte davon.

Tayla blieb allein zurück. Ein schreckliches Gefühl von Machtlosigkeit und Verzweiflung drohte sie zu übermannen. Was bedeutete es für ihre Bestimmung und die Zukunft der Welt, wenn Kratagons Herrscher die Länder wirklich vereint hatte?

„Oh Elozar...“, seufzte sie. Zu gerne hätte sie Gewissheit.

„Halbgöttin?“ Lethiel näherte sich ihr und legte ihr eine Hand auf die Schulter. „Es ist noch nichts verloren.“

Tayla standen Tränen in den Augen: „Wir haben versagt, Lethiel. Wenn das, was Elozar gesagt hat, wahr ist, dann haben wir versagt. Dann ist alles umsonst gewesen.“

Würde sie sich jetzt ganz ihren Gefühlen hingeben, dann würde sie weinend und zugleich wütend schreiend zusammenbrechen.

„Nichts wird umsonst geschehen sein. Und auch wenn sich seine Befürchtungen, oder wie auch immer Ihr es nennen möchtet, bewahrheiten sollten, wird es auch dafür einen Grund geben."

Egal welche Worte er für sie finden würde, er würde sie nicht erneut ermutigen können.

„Seht nur, die Kratagoner ziehen sich zurück. Diese Schlacht haben wir für uns entschieden, und das nur dank Euch."

Sie schüttelte verzweifelt den Kopf: „Was habe ich getan, Lethiel? *Was habe ich getan?* Ich habe hunderte Leben ausgelöscht!"

„Tayla-", begann er, doch sie schnitt ihm das Wort ab.

„Ich kann den Zauber des Lichts nicht beherrschen! Ich war nicht mehr ich selbst! Und ich weiß nicht, was ich tun soll, damit sich so etwas nicht wiederholt. Ich werde diese Magie nie wieder einsetzen."

Der Elf sagte: „Ich glaube, wir kennen jemanden, der Euch helfen kann."

Tayla stand eine Stunde später angespannt vor blauen Flammen, die vor ihr in der Luft flackerten.

„Ich habe es gespürt, Halbgöttin.", sagte eine Stimme aus dem Feuer.

„Arwenar-", sie stockte, „Hexenmeister... Ich konnte es nicht kontrollieren. Der Zauber des Lichts hat mich beherrscht, hat vollkommen von mir Besitz ergriffen."

„Ich weiß, Halbgöttin.", erwiderte er ruhig. „Ich saß in Arbor, in der Kemenate, als es geschah. Ich habe Eure Zauber wahrgenommen. Sie waren unglaublich. Sie haben die Welt, besonders diesen Ort, verändert."

Tayla sah auf und betrachtete den Lorolas Wald. Im ersten Augenblick sah er aus wie vor dem Brand, doch er war noch gewaltiger, noch wundersamer, noch schöner. Magisch. Anders konnte sie es nicht beschreiben.

„Die genauen Auswirkungen Eurer Zauber werden wir erst in den kommenden Tagen feststellen können, denn Ihr habt etwas Großes vollbracht. Aber das war nicht der Grund, weshalb Ihr mit mir sprechen wolltet, nicht wahr?“

Bevor sie antworten konnte, fuhr er fort: „Ich weiß genau, wie Ihr Euch fühlt. Diese unglaubliche Macht, wenn Euch die Magie durchströmt und die zerstörerische Leere und Schuld, wenn Ihr Euch aus dem Rausch der Macht befreit habt... Arwenar kannte es gut, Halbgöttin. Arwenar hat es unzählige Male erlebt, musste es durchleben... Davor möchte ich Euch bewahren. Und ich kann Euch vor diesen Erfahrungen bewahren, denn Arwenar hat viel an mich weitergegeben.“

Tayla verstand nicht, warum er von Arwenar in der dritten Person sprach, war er doch der Puppenspieler persönlich. Doch das, was er ihr in diesem Moment versprochen hatte, interessierte sie weitaus mehr.

„Heißt das?“, stammelte sie ungläubig.

„Ja, ich werde mich Eurer annehmen, sobald Ihr nach Arbor zurückkehrt. Und ich werde Euch lehren, den Zauber des Lichts zu kontrollieren.“

„Ich danke Euch, Hexenmeister, ich stehe auf ewig in Eurer Schuld.“

Lethiel hatte Tayla in Empfang genommen, nachdem sie das Gespräch mit dem Hexenmeister beendet hatte.

„Lasst uns in die Stadt zurückkehren. Die Mächtigen Lorolas' werden einige Fragen an Euch haben.“, sagte der Elf.

„Ihr habt Recht, Lethiel. Wenn ich diese Fragen doch nur beantworten könnte...“

Er tätschelte wohlwollend ihren Rücken: „Tayla, heute habt Ihr Euch den Respekt der Ratsmitglieder verdient. Ihr seid die Halbgöttin! Sie werden sich hüten, Euch zu erzürnen.“

„Danke, Meister.“

Mit einem vorsichtigen Versuch humorvoll zu sein hüstelte er: „Manchmal muss die Wahrheit eben ausgesprochen werden. Ich tue nur, was ich kann.“

Tayla schenkte ihm ein betrübtes Lächeln, denn mehr brachte sie nicht zustande.

Kratagon

Am Ziel

König Jadro blickte nach Osten, blickte zum Horizont. Erste Sonnenstrahlen tasteten über die fernen Bergwipfel und noch immer hielt die Welt erschüttert inne.

Diese Nacht hatte er seit Jahren geplant.

Alles war so verlaufen, wie er es vorhergesehen hatte.

Er war der mächtigste Mann der Welt.

Endlich.

Lorolas

Das Spiel des Rates

Norolana und Thorak erwarteten Tayla und Lethiel vor dem Ratshaus auf der Palastebene. Thorak hatte einige Blessuren aus der Schlacht davongetragen und sah in Taylas Augen ziemlich übel aus. Obwohl ihn jede Bewegung schmerzen musste, zog er Lethiel und sie in eine Umarmung.

„Ich bin so froh, dass ihr beide überlebt habt!“, seufzte er.

Norolana nickte und lächelte: „Halbgöttin, ich weiß nicht, was ich sagen soll. Ihr habt die Stadt gerettet. Eure Zauber waren *unglaublich.*“

Unbehagen stieg in Tayla auf: „Danke, Norolana... Wie geht es dir, Thorak?“, fragte sie dann an den arboranischen Krieger gewandt.

Er zuckte die Schultern und wiegelte ab: „Ach... Das ist doch gar nichts.“

Daraufhin hob Norolana eine Braue und er verbesserte sich mit gehobenen Händen: „Schon gut, schon gut! Dieser Khandras hat mich ein paar Mal-“ Wieder sah Norolana ihn mahnend an, „och! Na schön! Dieser Drakan hat mich einige Male gerettet. Jetzt zufrieden?“

Tayla musste unweigerlich schmunzeln. Endlich kehrte wieder etwas Normalität in ihr Leben zurück. Auch wenn es nur für einen kurzen Augenblick war.

Norolana sagte: „Der Rat wird gleich tagen und Ihr werdet erwartet, Tayla. Es wurden Kleider für Euch bereitgelegt. Sie befinden sich in meinen Gemächern. Ich schlage vor, dass Ihr Euch umzieht und dann dem Kriegsrat beiwohnt. Ich helfe Euch selbstverständlich beim Ankleiden.“

„Danke, Norolana.“

Die Alte führte Tayla in ihre Gemächer. In einem Schrank hingen mehrere Kleider, aus denen Tayla eine Auswahl treffen sollte.

„Wer hat diese Sachen hergebracht?“, fragte Tayla. Sie hatte sich schon von Blut und Rüstung befreit.

„Königin Arianna hat sie persönlich ausgewählt und Euch zum Geschenk gemacht.“

Tayla begutachtete die Kleider und wählte schlussendlich ein schlichtes Weißes aus fließendem Stoff. Norolana half ihr beim Auskleiden. Dann reichte sie ihr das Kleid.

Tayla betrachtete es skeptisch. Sie sträubte sich innerlich dagegen, dieses damenhafte Gewand anzulegen. Dennoch zog sie den dünnen Stoff an sich hoch und verknotete die ledernen Schnüre an den Schultern.

„Ich sehe aus wie eine Dame. Ich hasse es.“, stieß Tayla aus und pustete sich eine Haarsträhne aus dem Gesicht.

Norolana lachte und band ihr einen schmalen Lederriemen um die Hüften. Dann drapierte sie das Kleid darüber und guckte sie zufrieden an.

„Setzt Euch.“, forderte sie Tayla auf, die in diesem Gewand ein Gefühl von Nacktheit überkam.

Tayla nahm lustlos auf einem gepolsterten Hocker Platz.

Norolana holte derweil einen Kamm und einige helle Perlen herbei. Dann machte sie sich daran, das lange, braune Haar zu bändigen und kämmte es so lange, bis es sich seidig glänzend über ihren Rücken ergoss.

„Erlaubt Ihr mir, Euch diese Perlen ins Haar zu flechten?“, fragte sie.

„Tobt Euch ruhig aus, Norolana, ein respekteinflößendes Äußeres ist dank diesem Aufzug sowieso ruiniert.“

„Tayla, es ist schön Euch einmal nicht in Rüstung zu sehen.“

Die Halbgöttin hob die Brauen: „So, ist es das?“

Norolana flocht dünne Haarsträhnen und arbeitete in diese sorgsam die Perlen ein. Als sie auf jeder Seite fünf Strähnen geflochten hatte, band sie diese auf Taylas Hinterkopf locker zusammen.

„Ihr seht bezaubernd aus, Halbgöttin.“

„Hm.“, machte Tayla skeptisch und stand auf: „Bei dem Gedanken, mich so dem Kriegsrat zu zeigen, fühle ich mich nicht wohl.“

„Wenn Ihr dort nicht in einem der Kleider erscheint, beleidigt Ihr die Königin.“

Thorak und Lethiel erwarteten Tayla und Norolana vor der Flügeltür, die zum Versammlungsort des Kriegsrates führte.

Tayla bemerkte, wie sich Thoraks Augen weiteten, als er sie erblickte.

„Tayla, du siehst atemberaubend aus.“, sagte er, und verbeugte sich leicht.

„Ich sehe nicht aus wie eine Kriegerin.“, murmelte sie.

„Aber wie eine Halbgöttin.“, entgegnete er zuvorkommend.

Lethiel belehrte sie von oben herab: „Ihr tragt keine Waffe bei Euch. Eine Frau, und ganz besonders eine Frau wie Ihr, sollte nie ohne eine Waffe Ihre Gemächer verlassen.“

Sie sagte leicht gereizt: „Wie Ihr seht, kann ich keine Waffe mit mir führen.“ Sie deutete mit geschürzten Lippen an sich hinab.

Er drückte Ihr einen kurzen Lederriemen und einen Dolch in die Hand.

„Was soll ich damit?“

„Bindet Euch den Riemen um den Schenkel und lasst den Dolch unter dem Rock verschwinden.“

„Tja, Lethiel kennt sich mit so etwas aus.“, zwinkerte Thorak und lachte.

Tayla nahm den Dolch dankbar entgegen und hob den Rock übers Knie. Dann band sie den Lederriemen um ihre Wade, steckte den Dolch durch eine Lasche und ließ den Rock wieder fallen, sodass er ihre Füße bedeckte.

Auf einmal öffnete sich die Tür zum Versammlungssaal. Tayla erblickte zu ihrer Verwunderung Königin Arianna, die unverändert bleich und mager war. Heute kleidete sie dunkelgrüne Seide und schwarzes Tuch.

„Willkommen, Halbgöttin.“, grüßte die Regentin und senkte das Haupt, „der Rat erwartet Euch. Mein Gemahl lässt Euch durch mich an dieser Stelle seinen Dank für Eure großen Taten ausrichten. Bitte folgt mir.“

Sie deutete in den hellen Versammlungssaal und sie traten ein.

„Seid gegrüßt Krieger Arbors, Norolana, aber vor allem Ihr, Halbgöttin Tayla, die die Schlacht mit ihrer alles übersteigenden Macht entschied.“ Es war Admiral Elnor der sprach und neben König Serai saß. Er hatte einen Arm verbunden und ein weiterer Verband verbarg eine Wunde an seiner Schläfe.

„Wenn ich vorstellen darf.“, räusperte sich Admiral Elnor, „Gladio'Arenam Marlon, der Wüstenkönig, mit seinem Jäger Loran.“ Ihren Vater und seinen Begleiter hatte Tayla sofort erkannt. Sie hatten in der Schlacht keine Verletzungen davongetragen.

„Der Herr mit dem Dreizack ist Fürst Praiodan aus der Kristallbucht im Westen.“, fuhr Elnor fort.

Praiodan war ein spitzbärtiger Hochgeborener in meerblauer Tracht und saß ebenso an der Tafel. Er hielt einen Dreizack in der Hand und hatte den Zenit seines Lebens noch nicht überschritten. Anders war es bei einem Kerl, der bei weitem nicht so feingliedrig gebaut war und eine Axt vor sich auf den Tisch gelegt hatte.

„Dies ist Baarjan, Sohn des Baarlor und Graf aus Osgardth in den Katharen. Zu seiner Rechten sitzt Aélindir, der Prinz der Elfen aus dem Alaéwald.“

Die Halbgöttin sah zu Aélindir. In ihren Augen war er mit seinem langen, goldenen Haar und dem langen Gewand fast weibisch. Dennoch war er von einer außerordentlichen Schönheit und sein schmales Gesicht, dominiert von hohen Wangenknochen und grünen Augen, umgab ein heller Schein.

„Khandras Drakan aus dem Norden habt Ihr bereits kennengelernt, wenn ich mich nicht irre.“

Ihre Blicke trafen sich und wieder wurde Tayla von einem Schauder ergriffen. Drakans gerußte Augen musterten sie von Kopf bis Fuß. Stellte er sich etwa vor, was dieser weiße Stoff verbarg? Tayla fühlte sich ausgeliefert und hilflos, wie eine Frau, die nur ihren Körper zu bieten hatte, um Einfluss auf das Weltgeschehen und die mächtigen Herrn zu nehmen. Dennoch blieb ihr nicht unbemerkt, dass auch Drakan noch einige unverbundene Schnitte auf den nackten Armen und der Brust davongetragen hatte.

„Es ist mir eine Ehre, die Führer der freien Völker kennenzulernen.“, begann Tayla und verneigte sich vor den Männern, die sich einst von Lorolas losgesagt hatten.

Die Männer erhoben sich von ihren Stühlen und senkten ihrerseits den Kopf. Einer nach dem anderen traten sie vor, und küssten Taylas Hand. Nur der Khandras blieb sitzen und hielt sich die rechte Hand aufs Herz, was Tayla ihm gleichtat.

„Nehmt bitte Platz.“, forderte König Serai Tayla, Lethiel, Thorak und Norolana auf.

Die Arboraner setzten sich auf drei nebeneinander stehende Stühle an den großem Tisch. Tayla nahm am Kopfende Platz. Sie bemerkte die nahezu weiße Haut des Monarchs, seine matten Augen und seine Ausgezehrtheit.

König Serai ergriff das Wort: „Ich muss mich bei Euch bedanken, Halbgöttin. Ihr habt Gelese vor dem sicheren Untergang bewahrt und den Feind zurück in seine Dunkelheit getrieben. Ich stehe tief in Eurer Schuld.“

„Ich habe nur meine Pflicht getan und bin glücklich, Lorolas beschützen zu können.“

„Seid Ihr in der Lage, wann auch immer es Euch beliebt, auf diese Mächte zuzugreifen?“

Alle Blicke waren auf sie gerichtet: „Nein...“

„Kommt und lernt von uns in der Kristallbucht. Es gibt wundersame Geschöpfe dort, Halbgöttin Tayla.“, bot sich Fürst Praiodan an.

Bevor Tayla etwas erwidern konnte, begehrte Baarjan auf: „Nein, folgt mir in den Norden! Lasst die kalten Winde Euer Lehrmeister sein.“

„Dummes Geschwätz.“, durchbrach die Stimme des Regenten die Streitigkeiten, „allein die Halbgöttin weiß, welchen Weg sie gehen muss, um alles Nötige zu lernen, um ihre Pflicht gegenüber dem Volk zu erfüllen. Sie steht dem Löwengott näher als wir alle. Wobei es, wie mir berichtet wurde, wohl hier in Gelese außerordentlich talentierte Zauberkundige gibt.“

Marlon kratze sich nachdenklich das bärtige Kinn: „Bringt meine Tochter nicht von dem Weg ab, den sie für richtig hält.“

Tayla war ihrem Vater für diese Worte dankbar.

„Verlangt Ihr sie denn nicht zurück, Gladio'Arenam? Sie ist schließlich Euer eigen Fleisch und Blut.“, warf Baarjan aus Osgardth ein.

„Nein, ich verlange sie nicht zurück. Natürlich würde es mich freuen, wenn sie zurück in ihre Heimat käme. Doch Tayla ist nicht mehr nur meine Tochter.“

Serai schlug mit der flachen Hand auf den Tisch: „Kommen wir endlich zu dem eigentlichen Grund unserer Versammlung zurück, nämlich dem Krieg. Wir können nicht mehr länger leugnen, dass Kratagon ein machtvolles Land ist. Es hat heute zum ersten Mal seine Kräfte aufgeboten und demonstriert, wozu es in der Lage ist. In Anbetracht des Anschlags auf meine Person und die beiden Angriffe auf Gelese, ist es an der Zeit klarzumachen, in welcher Position sich Lorolas befindet. Wären die Halbgötter in der Schlacht nicht zugegen gewesen, dann wären wir unterlegen. Sollte sich bewahrheiten, dass der kratagonische Herrscher die Länder der Sterblichen Welt geeint hat, stehen wir vor einem Problem, für das es eine Lösung zu finden gilt. Eines sollte dennoch nicht außer Betracht gelassen werden: Der Herrscher Kratagons mag vielleicht die Länder vereint haben, nicht aber die Völker.“ König Serai machte eine rednerische Pause und ließ den Blick durch die Runde schweifen. „Zu dieser Stunde können wir nur darüber rätseln, was das Donnergrollen und das Erbeben der Erde zur Zeit der Schlacht ausgelöst hat. Hoffentlich haben wir darüber bald Gewissheit. Wenn sich die schlimmsten Befürchtungen bewahrheiten sollten, ist die Lage dennoch nicht aussichtslos. Denn an unserer Seite kämpfen die Halbgötter

Tayla und Elozar, die mächtigen Gesandten der Götterwelt. Sie haben Kratagon schon einmal zurückgeschlagen! Warum sollte es ihnen kein zweites Mal gelingen? Sie stehen in den Diensten der Mächtigen und werden diesen nicht den Rücken kehren."

Tayla war die Art, wie der König den letzten Satz gesagt hatte, nicht geheuer.

Der Monarch sah ihr beschwörend in die Augen: „Ihr dient Lorolas, Tayla, Ihr dient meinem Reich."

Irgendwie beängstigte sie sein Tonfall.

„Vergesst das nie. Niemals.", setzte Serai nach.

„Was wollt Ihr mir damit sagen?", fragte sie misstrauisch.

„Ihr habt mich schon verstanden, Tayla.", winkte der König ab, „wie zerstörerisch Eure göttlichen Fähigkeiten sein können, habt Ihr heute bewiesen. Eure Zauber haben hunderte Männer und aberhunderte Kreaturen in den Tod gerissen."

Tayla stockte der Atem. Die Bilder des Massakers hatten sich wie glühender Stahl in ihr Gedächtnis eingebrannt.

Admiral Elnor nahm das Wort: „Halbgöttin Tayla, wie schätzt Ihr die Lage ein, in der wir uns befinden? Glaubt Ihr an eine Okkasion den Feind zu bezwingen?"

Tayla fühlte sich überrumpelt. Sie hatte nicht damit gerechnet, dass ihr Rat erbeten werden würde.

Sie räusperte sich, um ein wenig Zeit zu schinden, in der sie sich eine angebrachte Antwort überlegen konnte: „Werter Admiral Elnor. Ich vertraue den Menschen und ich vertraue in ihren Willen und das Wohlwollen ihrer Herrscher, eine Lösung für das uns alle betreffende Problem zu finden. Eure zweite Frage kann ich Euch noch nicht beantworten. Elozar ist gleich nach dem Ende der Schlacht aufgebrochen, um sich der Einigung der Länder zu vergewissern. Nach seiner Rückkehr werdet Ihr umgehend erfahren, was geschehen ist.“

Elnor nickte zufrieden.

„Was würdet Ihr tun, damit sich die Mächtigen Lorolas' Eurer Treue gewiss sind?“, fragte nun König Serai.

„Genügen meine Worte denn nicht?“ Tayla gelang es, ihre Entrüstung zu verbergen.

„Nun ja.“, hüstelte der Monarch, um eine galante Überleitung zu schaffen. „Schwört heute einen Eid.“

„Einen Eid?“, fragte sie überrascht.

„Bindet Euch an das Königreich Lorolas. Bindet Euch an mein Land, an mein *gottgegebenes Land.*“

Tayla blickte ratlos in die Gesichter der Führer der freien Völker.

„Ich bin bereits an Euch gebunden, König von Lorolas. Mit meiner Geburt wurde ich an *alle* in diesem Saal gebunden.“

Tayla bemerkte aus dem Augenwinkel, wie ihr Vater stolz über ihre Antwort nickte.

„Was wollt Ihr mir damit sagen? Sprecht Worte, die wir verstehen! Umhüllt sie nicht feige mit Schleiern.“, begehrte der König, der nun angespannt die Tischkante umklammerte, auf. Arianna legte ihm eine Hand auf die Schulter und sah Tayla gebannt an.

„Ich bin mir sicher, dass Ihr diese Worte zu deuten vermögt.“, äußerte Tayla mit einem eindringlichen Blick. Ihr war es egal, ob sie sich mit dieser Äußerung zu weit vorgewagt hatte.

„Heißt das, dass Ihr Euch weigert, Euch alleine meinem Reich zu verschreiben? Verweigert Ihr Euch dem Land, das als gesegnetes Land des Löwengottes gilt?“

„Fürchtet Ihr etwa, dass ich mich gegen Euch stelle?“

König Serai schwieg. Schweißperlen standen auf seiner Stirn, und er rückte seine Krone zurecht. Das war es also, wovor ihm graute.

„Ich würde mich *niemals* gegen Euch und Euer Land stellen, König Serai. Aber ich werde den freien Völkern meine Unterstützung ebenso wenig versagen. Ich bin dazu bestimmt, Lorolas *und* den fünf freien Völkern zu dienen und diese vor dem Untergang zu bewahren."

Baarjan bat Tayla: „Stellt Euch in den Dienst des Nordens, und Ihr werdet Eure Bestimmung erfüllen!"

Praiodan schüttelte den Kopf: „Ich verlange keinen Eid und keinen Dienst von Euch, Halbgöttin. Alles was ich wünsche ist, dass Ihr mich in die Kristallbucht begleitet. Nirgendwo sonst könnte man Euch besser in Kriegsstrategien und Kriegsführung unterrichten."

„Dazu hat sie euch nicht nötig!", empörte Norolana sich, „allein mein Volk machte sie zu dem, was sie jetzt ist. Wir lehrten sie das Kämpfen und alles, zu dem sie fähig ist. Wenn jemand nach der Anwesenheit der Halbgöttin verlangen kann, sind das die Arboraner!"

Aélindir, der Prinz der Elfen, hob die glockenhelle Stimme: „Wir Elfen sind durch und durch von Magie durchwoben.. Wir sind das älteste und weiseste aller Völker. Selbstverständlich würden wir uns anbieten, die Hoffnungsträgerin zu unterrichten."

Taylas Muskeln spannten sich an. Niemand der Versammelten wollte einsehen, dass sie sich keinem einzelnen verschreiben würde. Sie als Halbgöttin musste unabhängig bleiben. Sie durfte keine Eide schwören, und sich fest an einen einzigen König binden.

Wäre Elozar doch nur hier. Er wüsste, was zu tun wäre...

Tayla blendete den Streit der Versammelten aus. Würde sie doch bloß nicht dieses weibische Kleid tragen, dann würde sie ernstgenommen werden!

„Haltet ein!", schrie Tayla plötzlich.

Die Versammelten schwiegen: „ES REICHT! Ich lebe,

kämpfe und sterbe für euch alle. Für alle Völker."

„Halbgöttin kämpfen für Gott Löwe und so für alle.", beendete Khandras Drakan mit seiner tiefen Stimme die Diskussion.

Tayla war ihm unendlich dankbar, dass außer ihrem Vater noch ein weiterer auf ihrer Seite stand und keinen Versuch unternahm sie zu binden.

Sie erhob sich schwungvoll: „Entschuldigt mich."

Bevor sie den Saal verließ, bedachte sie jedes Ratsmitglied mit einem strengen, vorwurfsvollen Blick. Nur Drakan lächelte sie flüchtig zu, was er mit einem leichten Nicken erwiderte.

Als Tayla die Tür hinter sich zugeschlagen hatte, fluchte sie laut. Dieses verrückte Spiel des Rates würde sie nicht mit sich spielen lassen! Sie alle gierten nur nach der Macht, die ihnen ihr Eid einbringen würde. Sie durfte sich von ihnen nicht in den Strudel aus Politik, Intrigen und Manipulation reißen lassen!

Sie stapfte wütend aus dem Ratshaus und ließ sich ins Gras sinken.

„Verdammtes Kleid!", schnauzte sie, „verdammter Zauber des Lichts! Warum musste er sich ausgerechnet freisetzen, wenn es alle mitansehen konnten?"

Sie ließ betrübt den Kopf sinken. Wenn die Sterbliche Welt wirklich wieder vereint war, dann würde alles wohl noch viel schlimmer kommen, als sie befürchtet hatte. Wie gerne würde sie jetzt bis zur Landesgrenze sehen können? Sie wollte endlich Gewissheit.

Tayla sah sehnsüchtig zur Sonne. Würde sie doch endlich untergehen, damit Elozar zu ihr zurückkäme. Würde doch die Nacht hereinbrechen, damit sie sich endlich wieder in Zacharias' Armen wissen konnte.

Tanz ums Feuer

Es hatte Zwielicht geherrscht, als Elozar aus der Welt der Götter zurückgekehrt war. Die Halbgötter hatten sich im Geheimen im Lorolas Wald getroffen, damit sie sich über das austauschen konnten, was die Reiche Lorolas und Kratagon auf ewig verändert hatte. Noch immer war Elozar kalt und unnahbar. Sein unermesslicher Zorn auf König Jadro war in jedem Wort, das er sprach, greifbar.

„Tayla, es ist, wie ich es befürchtet hatte. Die Länder sind vereint. Nun, da ich Gewissheit darüber habe, verlangt mein Vater, dass ich zu ihm zurückkehre."

Tränen traten in Taylas Augen. Es war schrecklich zu wissen, dass er in dieser schweren Zeit nicht an ihrer Seite sein würde.

„Du darfst nicht gehen! Nicht jetzt! Ich habe schreckliche Dinge getan, den zerstörerischen Zauber des Lichts freigesetzt! Ich brauche dich, Elozar."

„Tayla.", seine Stimme klang weich. „Es tut mir Leid. Er verlangt nach mir. In all den Jahren ist es das erste Mal. Ich habe keine Wahl."

„Aber was soll ich tun, wenn du fort bist? Die Führer der freien Völker und der König streiten darum, wer mich für sich beanspruchen kann. Ich weiß, dass wir uns an niemanden binden dürfen. Wir sind dem Wohl aller Völker verpflichtet. Aber was soll ich tun?!“

„Ich verstehe deinen Kummer, Tayla. Solange ich in der Welt der Götter verweile, darfst du nicht in die Stadt zurück. Nur gemeinsam werden wir erneut vor diesen Kriegsrat treten.“

„Aber wo soll ich hin?“, fragte sie verzweifelt, „Ich glaube nicht, dass es klug wäre, nach Arbor zu gehen, weil auch Norolana eine Führerin eines freien Volkes ist, die um mich streitet.“

Elozars Augen begannen schmerzerfüllt zu funkeln: „Du solltest zu ihm gehen.“

„Von wem sprichst du?“

„Ich spreche von *ihm*.“

Sie begriff und fragte schluchzend: „Warum?“

„Bei ihm weiß ich dich in Sicherheit. Er wird dich nicht in die Fänge der Ratsmitglieder treiben.“

„Aber du-“

Er ließ sie nicht aussprechen: „Ja, ich verabscheue ihn, aber du liebst ihn – und weil ich dich liebe, akzeptiere ich es. Weil du es bist, die meinem Sein auf dieser Welt einen Sinn gibt, will ich deiner Existenz hier einen weiteren Sinn geben, für den es sich zu leben lohnt. Er wird dich beschützen, solange ich es nicht kann.“

Tayla erwiderte gerührt: „Du bist der wahre Grund, warum ich lebe – warum ich überlebe.“

In seine Züge trat etwas wie ein Lächeln.

„Wie lange wirst du fort sein?“

„Wahrscheinlich einige Tage. Ich kann es nicht genau sagen.“

„Warum jetzt?“

„Weil dieser abscheuliche König mit seiner Tat Schande über meinen Vater, und damit auch Schande über uns gebracht hat. Mein Vater duldet es nicht.“

„Ich werde dich vermissen, Elozar.“

„Bevor ich gehe, will ich noch etwas sagen. Wenn die Zeit gekommen ist, geh zurück nach Arbor. Thorak und Lethiel werden dort sein. Dort wirst du willkommen sein.“

„Ich danke dir, Elozar. Ich danke dir für alles.“

„Und ich schwöre dir, dass ich zurückkehre, und dass sich alles zum Guten wenden wird.“

„Ich wünschte, ich könnte dir dasselbe sagen.“, wisperte sie niedergeschlagen.

Die Zeit ihres Abschieds war gekommen. Tayla drückte sich ein letztes Mal in seine Mähne, bevor er sich von ihr löste, tief in den Lorolas Wald ging und verschwand.

Tayla rannte gehetzt in Richtung des kratagonischen Lagers. Nur ein Gedanke hielt sie davon ab, erneut in Tränen auszubrechen, und all ihren Kummer hinauszuschreien. Zacharias.

Wo war er bloß? Sie konnte schon die Zelte des kratagonischen Lagers sehen. Hatte er denn nicht gesagt, dass er sie dort erwarten würde?

Tayla stolperte über eine Wurzel und fiel zu Boden. Sie sah angewidert auf das weiße Kleid hinab. Sie hasste es. Mühsam kämpfte sie sich auf die Beine. Sie weinte lautlos und rannte weiter. Die Bilder der vergangenen Tage zogen an ihr vorbei, begonnen mit Éndariel. Erneut stieg kalte Furcht in ihr auf, als sie das blutüberströmte Gesicht des Dunkelelfs im Geiste vor sich sah. Sie fühlte sich zurückversetzt in das kalte Verlies, in dem sie ihm auf Gedeih und Verderb ausgeliefert gewesen war. Sogleich wurden diese Eindrücke von einer neuen Bilderflut hinfortgespült. Es waren Bilder der vergangenen Schlacht.

Sie sah sich selbst, wie sie unzählige Feinde massakrierte. Das Vergangene gewährte ihr keine Gnade. Die Verzweiflung, die sie verspürt hatte, als Elozar in die Welt der Götter gegangen war, übermannte sogar die Furcht in ihr.

Tayla blieb stehen, holte den Dolch hervor und rammte ihn bis zum Schaft in einen Baumstamm. Heiße Tränen rannen über ihre Wangen und sie ließ sich auf die Knie sinken.

Es war aussichtslos! Alles war aussichtslos. Die Aufgabe, die Sterbliche Welt zu retten, war unlösbar.

„Tayla?“, fragte eine Stimme.

„Zacharias.“, brachte sie zwischen zwei Schluchzern hervor.

Sie war unfähig aufzustehen, darum streckte sie eine Hand nach ihm aus. Bei ihr angelangt, sank er auf die Knie und schlang die Arme um sie. Tayla vergrub das Gesicht in seinem Hals und ließ es zu, dass er ihr durchs Haar strich.

„Beruhige dich, Tayla.“, flüsterte Zacharias. Er zog sie fester an sich und spendete ihr Geborgenheit. „Komm, ich bringe dich fort von hier.“

Er stand auf und zog sie behutsam auf die Beine. Dann legte er einen Arm um ihre Schultern und brachte sie zum Lager.

Zacharias hatte Tayla in sein Zelt geführt. Den ganzen Weg über hatte sie geweint und kein Wort gesprochen. Im Zelt brannte ein Feuer in der Feuerstelle am Boden. Um diese herum waren Decken und große Kissen ausgebreitet.

Zacharias ließ sich mit Tayla an der Feuerstelle nieder, woraufhin sie sich dicht an ihn drängte und seine Hand fest umschlossen hielt.

„Was ist passiert, Tayla?“, fragte er.

„Zu viel.“, wimmerte sie.

„Ist es wegen der Schlacht?“

Tayla sah zu ihm auf: „Diese Schlacht... Sie hat soviel zerstört."

„So ist der Krieg, Tayla."

„Ich habe so viel zerstört." Beschämt über die Grausamkeit ihrer Taten, senkte sie den Blick.

„Du hast dein Land verteidigt, daran ist nichts Falsches."

„Ich bin schuld, dass die Welt, wie sie einst war, zerstört wurde..."

„Wie meinst du das?"

Tayla überwand sich und verriet: „Dein König hat die Welt vereint, Zacharias."

Seine Augen weiteten sich: „Er hat was getan?"

„Er hat die Zauber des Löwengottes gebrochen, die Schlucht zerstört und die Länder vereint. Darum musste Elozar in die Welt der Götter gehen. Ich bin alleine, Zacharias, ich bin von allen verlassen worden."

„Aber ich bin hier, Tayla, und ich werde bleiben."

Er strich über ihre Wange und Tayla war für seine Worte unendlich dankbar. Er war hier. Nur er. Er war an ihrer Seite, wenn sich alle anderen von ihr abwandten.

Lange blieben sie so nebeneinander liegen ohne ein Wort miteinander zu sprechen. Tayla beobachtete das Feuer, bis es erstickte und nur noch glimmende Glut zurückblieb. Ob sie, wenn sie den Zauber des Lichts einsetzte, auch so zerstörerisch wie die Flammen war?

Zacharias' Hand, die über ihren Oberarm strich, holte sie aus ihren Gedanken zurück.

„Ich habe Angst.", offenbarte sie.

Sie löste sich von ihm und setzte sich ihm gegenüber.

„Wovor solltest du dich fürchten?"

„Vor mir selbst, davor, dass Elozar nicht mehr zurückkommt, davor, dass mich die Mächtigen Lorolas' mit ihrer Gier zerreißen und davor, dass ich dich verliere."

Er nahm ihre Hand und lächelte ein Lächeln, das seine Augen nicht erreichte.

„Du bist alles, was mir geblieben ist.“ Die Angst und die Verzweiflung in ihrer Stimme waren mit Händen greifbar.

Zacharias rutschte zu ihr und nahm ihr Gesicht behutsam in die Hände. Er betrachtete sie so liebevoll, dass ihre Augen wieder tränennass wurden.

„Weine nicht, Tayla. Nicht um mich.“

Doch sie konnte die Tränen nicht zurückhalten. Mit dem Daumen strich er sie von ihren Wangen: „Ich bleibe bei dir.“

Er senkte seinen Kopf und küsste sie sanft.

„Versprich es.“, flüsterte sie dicht über seinem Mund.

„Was?“, fragte er mit einem Grinsen.

„Versprich, dass du mich nicht verlässt.“

Er zog sie näher an sich und küsste sie ein zweites Mal.

„Das war mein Versprechen an dich.“, hauchte er.

„Ach, Zacharias...“

„Solange ich bei dir bin, wird dir nichts geschehen.“, versprach er, bevor er sie musterte und fragte: „Was hast du denn da an?“

Das in seine Augen ein neckisches Funkeln trat, blieb ihr nicht unbemerkt.

„Es ist ein Geschenk.“, knirschte Tayla.

„Welcher Kerl umwirbt dich?“ Er beugte sich vor und flüsterte ihr hohnlächelnd ins Ohr: „Sag mir, in wen ich mein Schwert versenken muss.“

Tayla legte ihre Hände an seine Brust und drückte ihn weg, gerade so weit, dass sie in sein Gesicht sehen konnte: „Für mich gibt es nur dich, Zacharias.“

Seine Augen leuchteten wie zwei Saphire, wie brechende Wellen im Sonnenlicht. War er etwa gerührt?

Ein Lächeln umspielte seine Mundwinkel. Mit einem Finger unter ihrem Kinn beugte er sich zu ihr, um ihren Mund erneut mit seinem zu versiegeln.

Wieder verlor Tayla sich in dem Kuss. Doch dieses Mal war es anders. Sie fühlte sich geliebt, und nicht bloß begehrt. Sie fühlte sich, als würde es für ihn in diesem Moment nur eines auf der Welt geben – und das war sie.

„An was denkst du?“, fragte Tayla.

„Ich?“ Er war leicht verwirrt, vielleicht sogar etwas überrumpelt.

Er zupfte an ihrem Kleid: „Du gefällst mir so.“

„Wirklich? Ich finde es schrecklich.“

Er lachte: „Warum?“

„Man hat keinen Respekt vor mir, wenn ich das trage.“

Sie sprang auf und feixte albern: „Sieh mich doch nur an!“ Sie hob den bodenlangen Rock leicht an und tanzte lachend ums Feuer: „Es fehlt nur noch, dass mich so ein Speichellecker auf einen Ball ausführt und mich zum Tanz bittet. Weißt du, ich kann nämlich gar nicht tanzen.“

Zacharias erwiderte ihr ungehaltenes Gelächter. Dann stand er auf und ging zu ihr. Bei ihr angelangt, legte er eine Hand an ihre Hüfte und zog sie näher zu sich: „Dann werde ich es dir zeigen.“

Er ergriff ihre Hand und begann sich langsam in einem immer gleichen Rhythmus zu bewegen. Tayla ließ sich von ihm führen und folgte seinen Schritten. Sie spürte, wie ihr Herz in seiner Nähe schneller zu schlagen begann.

Nachdem sie so eine Weile durchs Zelt geschwebt waren, blieb Zacharias stehen. Er führte ihre Hände an seinen Nacken und ließ sie dort los.

Er bemerkte Taylas Unsicherheit: „Hab keine Angst.“

Zacharias hielt nun ihre Taille und sie begannen sich langsam im Kreis zu drehen.

„Und?“, fragte er beinahe tonlos, „wie fühlt sich das an?“

Tayla errötete und schwieg verlegen.

Zacharias schlang die Arme um sie und sie tanzten Leib an Leib weiter: „Du tanzt wunderbar. Wer hat dir eingeredet, dass du es nicht kannst?“

Sie blickte durch ihre langen Wimpern auf: „Ich.“

„Das musst du nicht.“

Unerwartet hob er sie hoch und sie schlang die Beine um ihn. Zacharias drehte sie beide weiter im Kreis. Sie lehnte den Kopf an seine starke Schulter und bemerkte, wie sich seine Züge entspannten.

Noch während sie ihn mit Armen und Beinen umschlungen hielt, trug er sie zur Feuerstelle zurück und ließ sich mit ihr in den Kissen nieder. Er legte sie mit dem Rücken in das Lager aus weichen Fellen und ließ sich dann, auf einen Ellenbogen gestützt, neben sie sinken.

Zacharias drückte ihre Hand an seine Brust, in die Gegend des Herzens.

„Erinnerst du dich noch daran, als wir bei der Schneiderin in Gelese waren?“, fragte er.

„Ja.“ Sie wusste nicht, ob das eine schöne, oder eine schreckliche Erinnerung war.

„Ich weiß noch, als wenn es gestern gewesen wäre, wie verwundert du gewesen bist, als du dort meinen Herzschlag gespürt hast.“

„Ja, das stimmt.“

„Warum warst du davon so überrascht?“

„Ich hätte nie geglaubt, dass solch ein Geschöpf ein schlagendes Herz besitzen könnte.“, antwortete sie ehrlich.

„Solch ein Geschöpf?“, lachte er.

„Damals kannte ich dich nicht so, wie ich dich jetzt kenne.“

Zacharias grinste: „Und wie kennst du mich jetzt?“

Er ließ ihre Hand los, doch sie nahm sie nicht von seiner Brust: „So.“

„Ich habe Durst.“, sagte sie dann, obwohl ihr bewusst war,

dass sie damit den Moment zerstört hatte.

„Ich kann dir einen Kelch Wein bringen.“, bot er an.

Tayla dachte an ihre letzte Erfahrung mit Wein und daran, was mit General Elias passiert war: „Bitte keinen Wein. Wie soll ich sagen... Ich werde sehr schnell betrunken.“

„Das macht mir nichts aus, Tayla. Das macht mir gar nichts aus.“

Tayla ahnte, worauf er anspielte und wusste nicht, wie sie darauf reagieren sollte.

„Sag mir bitte, wo ich hier Wasser finden kann und ich hole es mir selbst.“

„Gleich vor dem Zelt. Wenn dir wieder einer der Männer zu nah kommt, ruf nach mir und er wird es kein zweites Mal tun.“

Verbotene Frucht

Zacharias lehnte sich in die Kissen zurück und ließ seinen Blick durch das große Zelt schweifen. Sie blieben an seinem Lager haften, dem Ort, an dem er und Tayla sich geliebt hatten. Ihre gemeinsame Liebesnacht war so anders gewesen, eine schöne Erinnerung, die er nicht mehr vergessen wollte.

Er verschränkte die Arme hinter dem Kopf und wartete, dass Tayla zurückkehrte. Sie hatte etwas in ihm geweckt, das er vorher nicht gekannt hatte. Er konnte es nicht mit Worten beschreiben, aber er wurde sich immer sicherer, dass er es nicht wieder verlieren wollte. Jedes Mal, wenn er an sie dachte, dachte er an ihre Reinheit und ihre Unschuld. Verdammt, ja... Das war es, was sie von allen anderen Frauen unterschied.

Ein Knistern ließ ihn aufhorchen und er sah Tayla, die mit einem silbernen Kelch in den Händen im Eingang stand. Der dünne, fließende Stoff ihres Kleides erlaubte ihm ihre weiblichen Rundungen in Augenschein zu nehmen. Oh, das gefiel ihm. Seine Blicke wanderten langsam über ihre Brüste, zu ihren Hüften bis zum Boden. Sie sah wunderschön aus. Nicht mehr wie eine starke Kriegerin, obwohl es gerade das war, was ihn an ihr reizte.

Tayla blieb noch immer stehen. Er gestand sich ein, dass er das Kleid an ihr mochte. Noch mehr reizte ihn aber die Vorstellung, es ihr vom Leib zu reißen.

Er stand auf, ging zu ihr, und war sich ganz sicher, was er jetzt mir ihr tun wollte. Sie war die verbotene Frucht – und er würde von ihr kosten. Dicht vor ihr blieb er stehen und begann sie gierig zu küssen.

Tayla fiel der Silberkelch aus der Hand und er schepperte auf den Boden. Zacharias war das völlig egal. Er wollte sie, jetzt, hier, mehr als alles andere.

Tayla zog ihn an sich und erwiderte sehnsüchtig seine Küsse. Ihre Lippen hinterließen brennende Spuren auf seiner Haut und jede ihrer Berührungen machte ihn verrückt.

Zacharias spürte, wie ihm das Blut zwischen die Schenkel schoss. Sie machte ihn wahnsinnig. Er löste die lederne Verschnürung ihres Kleides an den Schultern und der fließende Stoff fiel von ihr. Für einen Moment musste er sich zurückhalten und sie einfach nur ansehen. Tayla lächelte und er las in ihren Augen, dass sie sich nach ihm sehnte. Und das gefiel ihm noch besser. Oh ja.

Er packte ihren Arm und zog sie an sich. Ihre bedingungslose Hingabe steigerte seinen Rausch ins Unermessliche. Er fuhr mit den Händen über ihren Rücken, dann über den Hintern. Sie gierten danach, ihren ganzen Körper zu erkunden, genauso wie seine Zunge danach lechzte, sie überall zu berühren und zu schmecken.

„Ich begehre dich, Tayla. Ich begehre dich, wie ich noch nie eine Frau begehrt habe.“, raunte er dunkel.

„Ist es bloße Begierde, die aus dir spricht?“, fragte sie atemlos.

Er ließ kurz von ihr ab strich mit dem Daumen über ihre sinnlichen Lippen: „Nein.“

Tayla lächelte und er glaubte in ihre Augen wäre ein erfülltes und glückliches Strahlen getreten. Er erlaubte ihr, sein Hemd zu öffnen und der Spur der Lederbänder mit den Lippen zu folgen, bevor er es sich selbst über den Kopf zog.

Er nahm Tayla in den Arm und trug sie mühelos bis zur Feuerstelle. Dort legte er sie in die großen Kissen. Einen Moment lang verharrte er stehend vor ihr und ließ ihren Anblick auf sich wirken. Tayla, die Halbgöttin, lag entblößt in seinem Zelt. Weiche Kissen schmiegten sich an ihren Leib. Sie sah ihn faunisch durch ihre langen Wimpern an und er konnte und wollte ihr nicht länger fern bleiben. Er öffnete hastig die Hose, streife sie ab und kniete sich vor sie. Tayla setzte sich auf, umfasste seinen Nacken und ließ sich mit ihm zurück in die Kissen sinken. Warum, in allen Welten, war sie nicht immer so wie jetzt?

„Küss mich.“, forderte Tayla.

Zacharias war überrascht, dass sie nicht errötete, und kam ihrer Bitte grinsend nach. Er strich durch ihr langes Haar und ihre Münder fanden sich. Er wusste, dass sein gesamtes Gewicht auf ihr lastete, doch ihr schien das nicht zu missfallen. Er berührte sie, wo auch immer er wollte, küsste sie überall. Dabei ließ er sich von ihren Empfindungen leiten, vergaß für einige Zeit alles andere. Den Krieg. Die Feindschaft. Alles. Jetzt gerade wollte er nur noch sie. Und er konnte sie haben. Nur er.

Als sie sich vereinten, stöhnte Tayla, den Mund dicht an seinem Ohr, auf. Sie legte von allein die Beine um seine Hüften und umschlang seinen Nacken. Während sie sich liebten, sah er ihr fest in die Augen und war sich sicher, dass er selten in seinem Leben so empfunden hatte wie heute.

Tayla trieb ihn zur Spitze der Leidenschaft, nachdem sie eben diese schreiend überschritten hatte. Gott, wie schaffte sie das nur?

Jegliche Spannung wich aus Zacharias' Muskeln und er ließ sich keuchend auf sie sinken.

„Du riechst so gut.“, schmeichelte er.

„Ich rieche nach dir.“

„Mein Geruch muss wirklich anziehend sein. Es ist ja dunkel geworden.“, bemerkte Zacharias.

„Solange du bei mir bist, fürchte ich mich vor nichts.“

Er legte sich neben sie und nahm sie in den Arm. Ihre Gesichter waren der kalten Feuerstelle zugewandt. Die Dunkelheit der Nacht hatte sie ganz eingehüllt.

„Du frierst, Tayla.“, bemerkte er nach einiger Zeit.

Sie drängte sich dichter an ihn: „Wenn du bei mir bist, kann mir doch gar nicht kalt werden.“

Doch er spürte das leise Zittern ihres Körpers und tastete über die Kissen. Er war sich sicher, dass dort irgendwo eine Decke gelegen hatte. Er fand sie und zog sie über Tayla und auch über sich selbst.

„Diese Nacht wird kalt, Tayla. Es sind sehr viele Menschen gestorben.“

„Aber du lebst.“

Er lächelte verwegen: „Ja, ich lebe.“ Wen überraschte das auch, dachte er. Er war schließlich einer der besten Krieger Kratagons.

„Ich bin glücklich bei dir zu sein, Zacharias.“

Er überlegte für einen kurzen Moment, was er dazu sagen sollte. Er war schließlich der Mann, er war nicht gefühlsselig. Also erwiderte er selbstzufrieden: „Wie könntest du das auch nicht?“

„Hättest du jemals gedacht, dass es dazu kommen würde?“, fragte sie und ignorierte seine Bemerkung.

Zacharias grinste: „Wozu ist es denn gekommen?“

Ihre Verlegenheit konnte er deutlich hören: „Du weißt, was

ich meine."

Herrlich, genau das mochte er so. Ihre Verklemmtheit.

Er forderte sie heraus und versuchte dabei ernst zu bleiben: „Nein, das weiß ich nicht."

„Zacharias!", fuhr sie ihn mit roten Wangen an und stieß ihm gegen die Schulter.

Er flüsterte amüsiert in ihr Ohr: „Oh, Ihr Weib von Ehre, Ihr habt Euch einem verdammten Krieger hingegeben."

„Zacharias!", mahnte Tayla und kniff ihn in den Oberarm.

Er lachte lauthals und bald lachte auch Tayla.

„Was machst du nur mit mir?", meinte Zacharias nach einiger Zeit und dachte selbst lange über diese Frage nach.

„Hm? Was?", fragte sie und schüttelte verwirrt den Kopf.

„Ach, nichts.", wich er aus, „bist du müde?"

„Wie könnte ich jetzt müde sein?"

„Du solltest schlafen."

„Und du?"

„Ich werde dich beschützen."

Ein Funkeln in ihren Augen lies es nicht zu, dass er sich länger zurückhielt, um sie in den Schlaf zu wiegen. Bevor er sich ungestüm auf sie rollen konnte, setzte sie sich auf ihn und drückte ihn lachend in die Kissen.

Der Morgen danach

„Guten Morgen, Tayla!“, plärrte eine laute Stimme.
Tayla fuhr erschrocken zusammen. Es war der Bogenschütze Rowan, der vor ihr hockte und sie belustigt angrinste.
„Rowan!“, stieß sie aus, „was fällt Euch ein?“
Sie tastete alarmiert nach Zacharias, aber er lag nicht mehr neben ihr.
Rowan lachte: „Und, hattet Ihr eine angenehme Nacht?“
Das war so peinlich! Rowan sah sie an, als hätte Zacharias ihm *alles* erzählt.
„Ja.“, murmelte sie unbehaglich.
„Ich habe Euch etwas Brot und Wasser gebracht. Wein trinkt Ihr scheinbar viel zu selten, wie mir zu Ohren gekommen ist. Hier, kommt, steht auf.“, forderte er sie dann freundlich auf und zeigte auf ein Holzbrett, auf dem alles bereitstand.
„Oh.“, machte Rowan, als ihm bewusst wurde, dass sie nackt war, „verzeiht mir, Tayla. Hier, Euer Kleid.“
Er reichte ihr das Gewand und drehte ihr den Rücken zu. Tayla schlüpfte schnell hinein, ging zu Rowan und nahm das Brett entgegen: „Ich danke Euch.“
Während sie einen Schluck Wasser trank, bemerkte sie,

dass er seine Rüstung und seinen Bogen trug: „Werdet Ihr heute wieder in eine Schlacht ziehen?“

„Nein, nicht in eine Schlacht. Einige von uns wurden zum Fürst der Genra geladen. Dwar und sie werden... Nun ja, ich weiß auch nicht genau, was sie dort in seinem Reich tun werden.“

„Sind sie schon aufgebrochen?“

„Ja.“

„Und Zacharias ist unter ihnen?“

„Ja, leider...“

Tayla ließ den Blick sinken: „Wann kommen sie zurück?“

„Wahrscheinlich vor Einbruch der Nacht.“

Sie setzten sich nebeneinander auf Zacharias' Lager.

Während Tayla aß und trank, erzählte Rowan: „Ihr tut ihm gut, wisst Ihr? Ich habe ihn noch nie so glücklich gesehen.“

Tayla umklammerte ihren Wasserbecher und lächelte: „Das kann ich mir kaum vorstellen.“

„Ich kenne ihn schon sehr lange, glaubt mir.“, beharrte er und tätschelte ihre Schulter.

„Was ist mit Euch?“, fragte sie.

„Mit mir?“ Sein Gesicht zeichnete ein träumerischer Ausdruck von Verliebtheit. „Mir geht es genauso.“

Seine gute Laune war ansteckend: „Wer ist sie?“

„Sie heißt Gaia. Es hört sich verrückt an, aber ich kenne sie erst einen einzigen Tag und weiß, dass ich sie liebe.“

„Das muss wundervoll sein.“, freute sie sich für ihn und hoffte gleichzeitig, dass Zacharias auch so für sie empfand. Sie wusste aber, dass ihre Geschichte mit einem dunklen Kapitel begonnen hatte, in dem vom Liebe noch keine Rede gewesen war.

„Tayla, ich glaube, dass das, was Euch und Zacharias verbindet, stärker ist als alles andere auf der Welt.“, ermutigte er sie.

Tayla konnte sich nicht erklären warum, aber Rowan erinnerte sie an Thorak. Es war der unerschütterliche Optimismus, der aus ihnen sprach, den sie so schätzte.

„Wenn ich doch nur wüsste, was uns beide verbindet.“, seufzte sie und biss ins trockene Brot.

Zuerst machte der Kratagoner den Anschein ihr zu antworten, doch er entschied sich dagegen und schwieg.

Gepfähltes Geschenk

Zacharias ging neben Graf Arroth durch Dwars Reich der Finsternis. Sie beide trugen Fackeln. Zu seiner Überraschung genoss der Erbe Mortem Mar'Ghors unter den Männern große Anerkennung. In den Schlachten bei Gelese war er als strahlender Held hervorgegangen und hatte sogar zwanzig Kratagoner gerettet, indem er in einem waghalsigen Manöver sein eigenes Lebens aufs Spiel gesetzt hatte.

Das war ihm nicht recht. Verdammt nochmal, das war es wirklich nicht. Er, Zacharias, wollte gefeiert werden. Nicht dieser elendige Mistkerl.

„Ich hoffe, dass Ihr Euch wenigstens heute an den Plan haltet.“, äußerte Graf Arroth scharf.

„Würde ich den Plan kennen, hielte ich mich an ihn.“

„Wenn wir Dwar und seinen Horden gegenübertreten, haltet Ihr Euer verdammtes Maul.“

„Oh, Graf, diese Worte aus Eurem Mund zu hören.“, entgegnete Zacharias zynisch.

„Ich warne Euch, wenn Ihr dieses Mal Euren Pflichten nicht nachkommt, wird der Talkönig einen General weniger in seinen Reihen haben.“

„Das wäre doch sehr bedauerlich. Fändet Ihr es denn nicht traurig, wenn wieder ein begnadeter Krieger die Welt verließe?“, provozierte er.

Arroth blieb stehen und versperrte ihm den Weg: „Ihr mögt vielleicht etwas vom Töten verstehen. Doch ich bin ein Mann von Ehre, was man von Euch nicht behaupten kann.“

„Natürlich.“, winkte Zacharias ab.

„Ihr beleidigt mich.“, herrschte Arroth ihn an.

„Tue ich das, ja?“

Zacharias ging an ihm vorbei.

„Wärt Ihr nicht mein Verbündeter, hätte ich schon vor Tagen das Schwert gegen Euch erhoben!“

Zacharias lächelte zufrieden: „Gebt lieber Acht, dass Ihr Euch an den Plan haltet. Einen Freund zu töten gehört bestimmt nicht dazu.“

„Ihr seid nicht mein Freund!“

Der Zug der Kratagoner kam zum Stehen.

„Wir haben Dwars Reich also erreicht.“, stellte Arroth fest.

„Dies hier ist nicht sein wahres Reich. Ins Valeduara, das Südtal, würdet Ihr keinen Fuß setzen.“, spottete Zacharias unverblümt.

Die Kratagoner stellten sich, wie zuvor abgesprochen, in einer langen Reihe auf.

„Ich heiße euch in meinem Reich willkommen.“, sprach Dwar, der vor ihnen in mehreren Schritt Höhe auf einem Felsvorsprung hockte. Um ihn herum lauerte seine Horde.

„Wir haben große Verluste zu vermelden.“, fuhr Dwar fort und seine Stimme wurde so dunkel und bedrohlich wie die Finsternis, die sie einschloss, „sechshundert meiner treuen Krieger haben in der zweiten Schlacht bei Gelese ihr Leben gelassen. Die Zauber der Halbgöttin haben sie unter der Erde begraben. Ich sehe ihre verhexten Bäume genau vor mir. Ich sehe, wie die Wurzeln aus dem Boden brachen und wie sie meine Krieger in den Tod rissen!“

Die Horde begann brüllend mit den Fäusten auf den

Steinboden zu trommeln.

Dwar fuhr seine unterarmlangen Klauen aus und versenkte sie in der Felswand hinter sich: „Dieses verfluchte Weib hat sie ermordet! Sie! Kein Soldat und kein König! Kein goldener Löwe! Sie allein! Sie!“

Graf Arroth ergriff das Wort und trat einen Schritt vor: „Dwar, wir verstehen Euren Zorn. Auch wir haben große Verluste erlitten.“

Der Fürst stürzte sich von den Felsen und kam schnaubend vor Arroth auf. Seine Worte waren mehr ein tosendes Brüllen als verständliche Laute der menschlichen Sprache: „Erzählt mir, dem Herr der Schattenaffen des Südtals, nichts von Verlusten, Graf von Mortem Mar'Ghor! Wagt noch ein einziges Mal zu viel, und ich schicke Eurem Vater Euren zerfleischten Leib!“

Arroth wich mit erhobenem Haupt in die Reihe zurück.

Der Schattenaffe wandte ihnen den Rücken zu und sagte: „Ich will nur mit einem von euch sprechen. Zacharias, folge mir.“

Zacharias' Augen weiteten sich, als er seinen Namen hörte.

„Ihr anderen wartet hier. Bevor ich euch entlasse, will ich euch noch ein Geschenk überreichen.“

Mit diesen Worten machte Dwar sich daran, die steile Felswand hinaufzuklettern. Zacharias folgte ihm.

An einem tempelähnlichen Gebilde in der Felswand machten sie Halt. Dwar betrat den Tempel und forderte Zacharias auf, ihm zu folgen.

Sie gingen an mächtigen Säulen vorbei und betraten einen Saal, in dem ein großer Tisch aus Stein stand.

„Der Anführer des ehemaligen Bundes der Gesandten hat hier einst mit mir gespeist.“, begann Dwar, „hmmm... Dieser Mensch war so köstlich.“

Zacharias erschauderte bei der Vorstellung, dass Juda einen Menschen gegessen hatte.

Plötzlich stand Dwar vor ihm und sog bedrohlich lang seinen Geruch in sich ein: „Du riechst nach ihr.“, knurrte er, „Du riechst nach der Halbgöttin, Bastard.“ Der Koloss durchbohrte ihn mit seinen Blicken: „Ich vernehme ihren Duft an deinem *ganzen* Körper.“

Dwar umkreiste ihn leise.

„Was wollt Ihr?“

„Ich will ihren Tod, Zacharias.“, sprach Dwar beängstigend sachlich.

Dann packte er ihn und schleuderte ihn mit voller Wucht gegen eine der Säulen. Der Schattenaffe brüllte markerschütternd laut: „ICH WILL IHREN TOD!“

Wie ein Raubtier auf der Jagd schlich Dwar zu ihm: „Könnte ich sie doch nur zerfleischen, wenn sie dir beiliegt, Zacharias. Dann würdest du es mitansehen. Dann würdest du mitansehen, wie ich meine Klauen in ihr Fleisch grabe, und sie dann den Horden überlasse. Oh, meine Krieger würden sie auseinanderreißen. So süß und qualvoll – so unersättlich...“

„Ich werde nicht zulassen, dass Ihr ihr etwas antut.“, drohte Zacharias, während er sich auf die Beine kämpfte.

„Das werden wir sehen, Bastard. Doch irgendwann musst du zurück nach Kratagon, und ich werde weiterhin hier sein. Sag mir, wie willst du sie dann beschützen?“

Zacharias' Herz zog sich zusammen. Würde Dwar seine Drohungen wahr machen?

„Du darfst jetzt gehen.“

Zacharias blickte den Schattenaffen durchdringend an. Er versuchte seiner undurchdringlichen Mine anzusehen, ob etwas Wahres an seinen Worten war. Dann verließ der den Tempel und machte sich an den Abstieg.

Wieder in der Reihe der kratagonischen Krieger fragte Graf Arroth: „Was wollte Dwar von Euch?“

Zacharias zog die Brauen zusammen: „Er hat mir gedroht.“

„Gedroht?“

Zacharias sog zischend die Luft ein: „Was habt Ihr erwartet, Arroth? Habt Ihr etwa gedacht, dass er mir für unseren gemeinsamen Sturm auf Gelese danken würde, in dem die Hälfte seiner Horde ausgerottet wurde?!“

„Warum wollte er *allein* mit Euch sprechen?“

Zacharias bemerkte, wie die anderen Männer ihr Gespräch belauschten: „Wohlmöglich, weil wir uns beide auf's Töten verstehen, Mann von unrührbarer Ehre.“

Arroths Augen verengten sich bei Zacharias' Anspielung. Bevor er ihn mit weiteren Fragen löchern konnte, trat Dwar vor sie.

„Ich sprach von einem bescheidenen Geschenk, das ich euch zum Abschied überreichen wollte.“, begann der Fürst.

Zwanzig Schattenaffen traten hinter ihn. Sie trugen lange Holzpfähle.

„Als Dank dafür, dass ihr uns offen verraten habt, wie mächtig die Halbgötter bereits sind, möchte ich euch dies hier überreichen.“

Die Schattenaffen traten vor und Zacharias erkannte, dass etwas auf den Spitzen der Pfähle steckte. Es waren Köpfe. Köpfe deren Schädeldecke eingeschlagen und deren Gehirn gefressen worden war.

Jeder der Schattenaffen ging zu einem Kratagoner. Zacharias nahm den Pfahl kühl entgegen. Auf der Spitze steckte der Kopf von einem seiner Sturmfalken, der in der Schlacht gefallen war.

„Wir haben Euren Männern das Gesicht gelassen, das, was von euch allen niemand besitzt.“, erklärte Dwar mit schonungsloser Offenheit.

Zacharias sah zu Graf Arroth. Auf seinem Pfahl steckte der Kopf eines Soldaten aus Mortem Mar'Ghor.

„Wollt ihr mir denn nicht für dieses Geschenk danken?“

Zacharias ließ die Kiefer aufeinander mahlen. Er hielt sich zurück und versuchte seinen Zorn zu bändigen.

Zu seiner Überraschung trat Graf Arroth vor: „Wir nehmen Eure Geschenke dankend entgegen, Fürst Dwar. Seid Euch sicher, dass wir diese Annehmlichkeiten bei der nächsten Gelegenheit erwidern werden.“

Die Dämmerung hatte sich bereits über das Land gelegt, als die Kratagoner in ihr Lager zurückkehrten. Wutschnaubend und zugleich voller Sorge, dass Tayla etwas zugestoßen war, stürmte Zacharias durch das Lager der Sturmfalken.

„Zacharias!“, rief Rowan, der aus seinem Zelt getreten war und ihn erspäht hatte.

Der Bogenschütze lief zu ihm und fragte entsetzt bei dem Anblick des Pfahls, den Zacharias bei sich trug: „Was ist geschehen?“

„Wo ist Tayla?“

„Zacharias, ich -“, versuchte Rowan vergeblich ihn zu beruhigen, wurde aber sofort unterbrochen.

„Wo – ist – Tayla?!“

„In deinem Zelt.“

Zacharias stieß Rowan aus dem Weg und eilte los.

„Was ist denn geschehen? Zacharias, sprich mit mir!“, rief Rowan und hielt ihn an der Schulter fest.

Zacharias hielt ihm wütend den aufgespießten Kopf ins Gesicht: „Das ist passiert!“

Er riss sich von ihm los und rammte den Pfahl, mit von Zorn gespeister Kraft, vor seinem Zelt in den Boden. Als er gerade eintreten wollte, versuchte Rowan ihn nochmals zurückzuhalten.

„Lass mich allein!“ Seine Stimme wurde eine Spur weicher: „Rowan, ich warne dich als dein Freund. Lass mich allein.“

Mit diesen Worten schlüpfte er durch den Vorhang, der vor dem Eingang gespannt war.

Er sah Tayla, die eingerollt vor der Feuerstelle schlief. Voller Erleichterung stöhnte er ihren Namen und riss sie damit aus dem Schlaf. Sie setzte sich erschrocken auf.

„Zacharias.“, sagte sie beunruhigt.

Er stürmte auf sie zu, ließ sich vor ihr auf die Knie fallen und zog sie in die Arme.

„Was hast du denn?“, fragte sie besorgt und er festigte die Umarmung abermals. Er bekämpfte die Anspannung, die Wut und seinen rasenden Herzschlag. Doch es wollte ihm nicht gelingen.

„Du bist unversehrt.“, keuchte er dicht an ihrem Ohr.

„Ja.“ Ihre Stimme war nur ein Flüstern, „beruhige dich, Zacharias.“

„Gott, Tayla.“, hauchte er und löste sich von ihr.

Tayla sah ihn mit sorgenvoller Mine an. Den Atem anhaltend, strich sie den Schweiß von seinen Schläfen und seiner Stirn. Zacharias schloss die Augen und legte seine Hand auf ihre.

„Was ist passiert?“, fragte sie, als sie so eine Weile verharrt waren.

„Rowan hat dir gesagt, wo wir waren?“

Sie nickte.

„Dwar, der Fürst der Schattenaffen, hat jedem General den Kopf eines Mannes aufgespießt auf einem Pfahl zum Geschenk gemacht. Er hat gedroht, dich zu töten, Tayla. Er will an dir Vergeltung üben. Er will den Verlust seiner Krieger mit deinem Blut begleichen.“

Er sah deutlich, wie sich zuerst entsetzte Furcht, dann Wut und dann wilde Entschlossenheit in ihren Augen spiegelte.

„Seit meiner Geburt will jeder Kratagoner meinen Tod – und ich habe bis heute überlebt."

Zu seiner eigenen Überraschung sagte er einfühlsam: „Ich will deinen Tod nicht. Ich will ihn nicht mehr."

Ihrer beider Mundwinkel hoben sich leicht.

„Geht es dir jetzt besser?", fragte sie.

„Etwas.", entgegnete er knapp.

„Es hat mir Angst gemacht, dich so unbeherrscht zu sehen.", offenbarte sie nach einer Weile.

„Ich weiß.", gab er zu, „es tut mir leid."

„Du warst so unglaublich wütend und verzweifelt. Und ich konnte nichts dagegen tun."

„Nein, Tayla, du hast mir mehr geholfen, als jeder andere. Du warst die einzige, die mich zurück ins Licht holen konnte.", erklärte er für seine Verhältnisse sehr offen. Das war nicht gut.

„Ins Licht?"

„Manchmal verirren sich Teile unseres Geistes an finstere Orte, aus denen sie nicht mehr gerettet werden können. Wenn Dwar seine Drohung bereits wahr gemacht hätte, wäre ein Teil von mir verloren gewesen."

Er hielt verwundert über seine eigenen Worte inne. Hatte er gerade mit dem Herz auf der Zunge gesprochen? Er hasste diese Poeten, wurde er etwa selbst zu einem?

„Du musst müde sein.", drang Taylas Stimme in sein Bewusstsein.

Er hielt die Augen geschlossen, denn seine Lider versagten ihm den Dienst: „Ja, das bin ich tatsächlich."

„Dann solltest du schlafen. Komm."

Er ließ sich von ihr zurück in die Kissen ziehen: „Ich muss

noch heute zu den Sturmfalken...“

„Wenn deine Männer nach dir suchen, wecke ich dich.“

Er legte einen Arm über ihren Bauch und den Kopf auf ihre Brust.

„Bleib bei mir...“, murmelte er noch, bevor sein Atem tiefer wurde und er einschlief.

Jemand rüttelte an seiner Schulter und holte ihn langsam aus der Traumwelt in die Wirklichkeit zurück.

„Zacharias? Du wirst erwartet.“, weckte Tayla ihn mit gedämpfter Stimme.

Müde legte er einen Arm um sie und zog sie an sich. Sie küsste ihn sanft auf beide Augen, die er noch geschlossen hielt.

„So könnte ich immer geweckt werden.“, gähnte er, während er blinzelte.

„Hast du geweint?“ Ihr Gesicht war gerötet, genauso wie ihre Augen.

Diese Situation war ihm sichtlich unangenehm, denn mit Tränen konnte er nicht umgehen.

„Nein.“, winkte Tayla mit einem bemühten Lächeln ab.

„Versuch nicht mich zu belügen.“, mahnte er.

„Während du geschlafen hast, habe ich an Elozar gedacht. Ich habe Angst um ihn. Wenn ich nur wüsste, was-“

Er brachte sie mit einem beschwörenden Blick zum Schweigen: „Du wirst es bald erfahren. Gedulde dich.“

Es fiel ihm unglaublich schwer diese Worte auszusprechen. Jetzt wurde ihm wieder bewusst, dass Tayla nicht nur die fleischgewordene Unschuld aus Lorolas war. Sie war die Tochter des Lichts und auf ewig mit dem verhassten Löwen verbunden.

„Ich sollte jetzt gehen.“, entschied er plötzlich und flüchtete aus dem Zelt.

Wutausbruch der Wahrheit

Es war schon spät in der Nacht, als Zacharias zurückkehrte. Er wurde, ein Trinkhorn in der Hand haltend, von zwei Männern gestützt ins Zelt gebracht.

„Es ist doch noch Zeit!“, grölte er, „lasst uns saufen! Der gute Wein, der gute Met...“

„General, Ihr seid nicht mehr bei Verstand.“, sagte einer der Männer, der ihn stützte.

Ein dümmliches Grinsen trat auf Zacharias' Züge: „Das bin ich schon lange nicht mehr...“

„Schlaft Euren Rausch aus.“, meinte derselbe Mann und ließ ihn los.

Zacharias taumelte einige Schritte vor, bis er einen sicheren Stand fand.

„Gute Nacht.“, verabschiedeten sich die Männer mit einem Blick zu Tayla und verließen das Zelt.

„Bist du noch wach, Schöne?“

Tayla hob eine Braue: „Offensichtlich bin ich das.“

Seine Trunkenheit widerte sie an.

„Du hast wohl extra auf mich gewartet, was?“ Er stemmte die Hände in die Hüften, „weißt du, ich habe mir den Kopf, dieses gepfählte Geschenk, angesehen.“ Er grinste, was mehr ein widerliches Blecken der Zähne war: „Oh, es ist so grausam.“ Seine Stimme wurde plötzlich hart wie Stahl: „Aber nicht so grausam, wie ich sein kann.“ Er fesselte sie wie ein ausgehungerter Wolf mit den Blicken und fragte in furchterregendem Tonfall: „Weißt du, wie grausam ich sein kann, Tayla?“

Er kam langsam auf sie zu und Tayla spürte, wie das Blut in ihren Adern gefror. Je näher er kam, desto tiefer drückte sie sich in die Kissen, um den Abstand zu ihm zu wahren.

Zacharias streckte eine Hand nach ihr aus und presste sie erbittert an ihre Wange: „So ängstlich, *Tochter des Lichts?“*

Taylas Gedanken überschlugen sich. Was hatte er vor? War er eine ernsthafte Gefahr für sie?

Er ließ sich vor ihr auf die Knie fallen. Sie bemerkte das wahnhafte Funkeln in seinen blauen Augen, das selbst die Eiseskälte in diesen überstrahlte. Instinktiv tastete sie nach einer Waffe. Doch sie konnte nicht einmal Lethiels Dolch finden.

„Du tust gut, dich vor mir zu fürchten.“

Er grub seine Fingernägel in ihre Haut. Tayla unterdrückte jeden Laut. Sie würde ihm nicht die Genugtuung geben und betteln.

Zacharias beugte sich langsam vor und sog ihren Duft tief in sich ein: „Wie oft ich dich noch riechen werde?“, fragte er in einem seltsam abwesenden Tonfall. Dann ließ er eine Haarsträhne durch seine Finger gleiten: „Wie oft ich das noch spüren werde?“

Langsam gewann die Furcht Kontrolle über Tayla.

„Ich wurde einst ausgeschickt, um dich zu töten.“

Erschrocken weiteten sich ihre Augen. Langsam neigte er sich zu ihr herab, umklammerte sichtbar volltrunken von zerstörerischen Gefühlen ihr Gesicht, und legte seine zitternden Lippen auf ihre.

Noch während er sie berührte, so voller Verzweiflung, so

voller Wut, hauchte er: „Warum konnte ich dir das nicht antun, Tayla? Warum kann ich es noch immer nicht? Sag es mir.“

Tayla spürte, wie ihn kalte Schauer überliefen und wie verkrampft seine Muskeln waren.

Der schmerzhafte Klammergriff um ihr Gesicht lockerte sich und er wich wenige Zoll zurück: „Sag es mir, Tayla.“

Noch immer spiegelte das Blau seiner Augen die Kälte einer Eiswüste, und unter seinem Blick fühlte man sich wie in einem Schneesturm.

Sie schluckte und versuchte ihre Angst zu bändigen: „Weil du mich liebst.“

Seine versteinerte Miene zerbrach und schwankte zwischen Fassungslosigkeit und Bestürzung. Er starrte sie an und formte lautlose Worte mit den Lippen. Tayla versuchte von ihnen zu lesen, aber es gelang ihr nicht.

Sie wusste nicht, was sie nun tun sollte. Das er von unausgesprochenen Gedanken und Gefühlen zerfressen wurde, war offensichtlich. Doch was sollte sie nun tun? Er kniete fast besinnungslos vor ihr und das Mitleid, das sie für ihn empfand, überwog langsam ihre Furcht.

„Soll ich gehen?“, fragte sie und bereute es gleich wieder.

„Nein!“

Tayla zuckte unter seinem Schrei zusammen.

„Ich will nicht, dass du gehst.“, flüsterte er, fast vor sich selbst erschrocken.

Tayla bemühte sich, ihre Angst, so gut es ging, zu verbergen: „Was hast du denn? Was geht in dir vor?“

Er sah sie an, sodass es ihr Herz, brutal getroffen von diesem Schmerz, zertrümmerte: „Ich bin zerrissen, Tayla.“ Bei diesen Worten war sie den Tränen nahe und sein Atem raste: *„Du* zerreißt mich.“

Sie schlug betrübt die Augen nieder. Er musste nicht mehr

weitersprechen, denn sie wusste, was er meinte. Sie war die größte Feindin seines Heimatlandes und sie ließen die Vertrautheit zwischen ihnen wachsen und tappten wie Kinder weiter in die Dunkelheit, aus der sie nicht mehr gerettet werden konnten.

Tayla nahm vorsichtig seine Hand: „Ich verstehe dich."

„Niemand versteht mich!", brüllte Zacharias auf einmal voller Zorn, „auch du kannst es nicht! Ich habe alles verloren, meine Ehre, mein Leben! Du kannst nicht erahnen, wie hart und unerbittlich ich kämpfen musste, um es zurückzubekommen! Du kannst dir nicht vorstellen, Tayla, welche Demütigungen ich über mich ergehen lassen musste. Und all das musste ich nur für das hier, nur für dich, ertragen!" Seine Augen verdrehten sich, als er angewidert wegschaute. „Ich hasse mich dafür, und ich hasse *dich* dafür, Tochter des Lichts. *Ich trage soviel Hass, soviel Zorn in mir!"*

Für einen Moment murmelte er Worte wie *Umbra*, dann wandte er sich wieder Tayla zu: „Bist du das alles wirklich wert?"

Gaias Brief

Zacharias sah bedrückt zu Rowan. Sein Freund hatte ihn im Morgengrauen geweckt und in sein Zelt geholt.

„Ich muss gehen, Zacharias, ich kann nicht länger bleiben.“, versuchte er zu erklären und schloss den Brief, den er in der Hand hielt, fest in die Faust ein.

„Das geht nicht, Rowan. Wir befinden uns im Krieg. Ich kann nicht einfach auf meinen besten Mann verzichten.“, widersprach Zacharias energisch.

„Zacharias, ich liebe sie, ich liebe Gaia!“ Oh nein, jetzt ging dieses Gefasel schon wieder los. „Ich kann nicht zulassen, dass sie sich etwas antut!“, protestierte er wild gestikulierend. „Gerade du müsstest mich doch verstehen.“

Er biss sich wütend auf die Unterlippe. Rowan hatte Recht, das wusste er. Aber er wollte ihn hier, an seiner Seite, wissen. Tayla... *Was* war mit ihr? *Was* war zwischen ihnen? Nach seinem nächtlichen Gefühlsausbruch, an den er sich nur noch dunkel erinnern konnte, wollte sie wahrscheinlich nichts mehr von ihm wissen. Das war auch gut so! Oder nicht?

„Auf der einen Seite verstehe ich dich auch.“, versuchte er zu sagen, ohne ihn zu verärgern, „aber glaubst du mir denn nicht, dass ich dich hier brauche, mein Freund?“

Rowans Stimme war hart und kalt, wie man es bei ihm nur selten hörte: „Gaia braucht mich mehr. Zwing mich nicht zu einer Entscheidung."

Zacharias schüttelte den Kopf und nahm ihm den Brief ab, um ihn selbst zu lesen.

„Ihr scheint wirklich etwas an dir zu liegen.", äußerte er, nachdem er die letzten Zeilen beendet hatte. Vielleicht hoffte er sogar insgeheim, dass Tayla ihn nicht länger im Dunklen ließ, sondern ihm ihre Liebe gestand. Vielleicht würde das das Gefühl der Zerrissenheit vertreiben.

Er rümpfte die Nase, denn er erkannte sich selbst nicht wieder. Diese Gedanken – sie mussten aufhören!

„Das tut es, Zacharias. Sie liebt mich und ich liebe sie. Ich weiß, du glaubst nicht an die wahre Liebe, aber ich wünsche dir von Herzen, dass auch du sie findest." Rowan nahm den Brief wieder an sich. „Und ich glaube, das hast du schon längst."

„Ich weiß, dass ich diese Worte gleich wieder bereuen werde. Aber wenn Tayla es wirklich sein sollte, habe ich sie vertrieben. Gestern Nacht habe ich sie angeschrien, ich habe sie richtig *angeschrien.* Sie weiß jetzt alles, Rowan. Sie weiß, dass ich sie nicht nur begehre. Ich habe ihr an den Kopf geworfen, dass ich wegen ihr alles verloren habe und-"

Rowan unterbrach ihn gutmütig lächelnd: „Hast du wegen ihr denn irgendetwas verloren?"

„Meine Ehre, mein Ansehen! Meinen Ruf, meine hohe Stellung! *Alles!* Weiß Gott, was Jadro mit mir gemacht hat, als ich bewusstlos war!", fluchte er ungehalten.

„Zacharias.", ermahnte er und machte sich daran, sein Hab und Gut einzupacken.

Zacharias seufzte: „Du solltest zu ihr gehen, wirklich."

Der Bogenschütze sah verwundert auf.

„Ich meine es ehrlich." Mit einem schelmischen Zwinkern

fügte er hinzu: „Glaub mir, es lohnt sich. Und im Gasthof *Fischerstrunk* gibt es wirklich gutes Bier."

Rowan boxte ihn lachend und stopfte Brot und drei Weinschläuche in seine Taschen.

„Ich werde sofort aufbrechen. Wenn ich auf Arkas fliege, kann ich es noch rechtzeitig schaffen.", erklärte er hastig und eilte aus dem Zelt.

Draußen war der Greif angebunden und stieß ein freudiges Gurren aus, als er seinen Herrn erblickte. Dieser schnürte sein Gepäck am Sattel fest.

„Lass mich dich wenigstens noch verabschieden, bevor du wegfliegst, du liebestoller Kerl du.", sagte Zacharias und zog ihn in eine kurze Umarmung.

Rowan klopfte ihm heftig auf den Rücken und seufzte: „Wenn ich es nicht mehr schaffe, dann-"

Zacharias unterbrach ihn: „Du *wirst* es rechtzeitig schaffen."

„Ich danke dir.", meinte der Bogenschütze und zog sich in Arkas' Sattel. „Und schaff Tayla aus dem Zeltlager! Das ist nicht der richtige Ort für sie. Wie willst du herausfinden, ob du wirklich etwas für sie empfindest, wenn sie ewig von Feinden umgeben ist und sich verstecken muss? Bring sie zurück in ihren Wald, lass sie sie selbst sein. Gib ihr einen Grund dir zu vertrauen, denn davon gibt es genug." Er gab Arkas die Sporen und der Greif erhob sich in die Lüfte.

Zacharias blieb solange vor dem verlassenen Zelt stehen, bis er seinen besten Freund nicht mehr sehen konnte. Er kam zu dem Schluss, dass dieser Recht hatte. Er würde Tayla von hier wegbringen, in Sicherheit, auch wenn diese nicht lange währen mochte.

Die Macht der Worte

Nachdem Tayla am Morgen von ihren eigenen Schreien aus dem Schlaf gerissen worden war, hatte Zacharias sie bis zu seinem Pferd Sturmfalke geführt und war mit ihr, ohne ein Wort zu sagen, in den Wald geritten.

Tayla wusste nicht, wie sie sich verhalten sollte. Sie hatte so sehr gehofft, dass er sie wirklich mochte, aber sie hatte sich getäuscht. In der Nacht hatte er sie angeschrien und ihr offenbart, dass er sie hasste. Zacharias hatte Recht, sie konnte sich wirklich nicht vorstellen, was er in seiner Heimat erlitten hatte. Aber war das ein Grund, ihr für alles die Schuld zu geben?

Erst jetzt wurde ihr bewusst, dass sie ihn nicht im Geringsten kannte. Sie hatte vielleicht die Oberfläche eines Mannes angekratzt, der so tiefgründig war wie der Ozean und wahrscheinlich genauso viele Geheimnisse barg.

Jetzt, da sie sich im Klaren darüber war, dass ihre Liebe unerfüllt bleiben würde, rang sie mit den Tränen. Sie wollte Zacharias nicht so nah sein, wollte nicht vor ihm auf dem Pferd sitzen. Tayla konnte die Tränen nicht länger zurückhalten. Ihr war es peinlich vor dem Kratagoner zu weinen, aber sie konnte nicht länger dagegen ankämpfen.

„Halt an.“, sagte sie.

Da Zacharias nicht reagierte, schrie sie: *„Halt an!“*

Sie griff selbst nach den Zügeln, riss daran und sprang von Sturmfalke ab. Was musste denn noch passieren? War sie denn nicht schon genug gestraft? Hatte sie denn nicht schon genug Probleme?!

Tayla rannte schluchzend bis zum Ufer des Waldbruchbachs, der nicht mehr fern war. Sie hörte kein Hufgetrappel hinter sich und wusste, dass Zacharias ihr nicht gefolgt war. Wütend schlug sie mit der flachen Hand ins Wasser. Dann, als die Oberfläche wieder so glatt wie ein Spiegel war, betrachtete sie ihre Reflektion. Sie sah schrecklich aus. Die Augen verquollen, das Gesicht gerötet – und dann noch dieses Kleid.

Sie fragte sich, womit sie das alles verdient hatte. Warum strafte sie das Schicksal, der Löwengott?

„Tayla?“, fragte Zacharias leise, begleitet von Sturmfalkes Schnauben, und riss sie aus ihren Gedanken.

Am liebsten hätte sie den Friesen dazu gebracht ihn abzuwerfen, aber sie hielt sich zurück und starrte weiterhin ihr Spiegelbild an. Sie konnte sich nicht dazu durchringen zu ihm aufzusehen. Er hatte sie zutiefst verletzt.

Tayla hörte, wie er von Sturmfalke abstieg und zu ihr ging.

„Warum?“, fragte sie.

Er stand außerhalb ihres Sichtfelds, doch er klang beklommen, vielleicht sogar noch immer wütend: „Ich war betrunken.“

„Das warst du, allerdings.“, sagte sie abfällig. „Du hast mir Angst gemacht! Ich dachte wirklich, du würdest mich verletzen!“ Sie hörte, wie er unruhig von einem Fuß auf den anderen trat. „Was muss ich noch alles ertragen, Zacharias?! *Was noch?!“*

Mit einem Mal war seine Redegewandtheit und Selbstzufriedenheit verschwunden und er gestand: „Ich will ehrlich sein.“

„Ehrlich? *Du?“,* spottete sie und wieder rannen heiße Tränen über ihre Wangen. Sie dachte daran, dass er sie wochenlang belogen und betrogen hatte, sie töten wollte. Auch in den vergangenen Tagen hatte er ihr Zuneigung vorgegaukelt, an der offensichtlich nichts Wahres dran wahr.

„Als ich in der Nacht-“, seine Stimme brach ab, „ich wollte dir etwas antun. Aber ich konnte es nicht.“

„Warum?“, brachte sie wimmernd hervor. Als er nicht antwortete, drehte sie sich zu ihm und und schrie: *„Warum?!“*

„Verdammt!“, brüllte er mit geballten Fäusten, „ich weiß es nicht!“

„Liebst du mich?“, fragte sie gerade heraus und mit dem Mut der Verzweiflung.

Sie sah ihm an, wie er versuchte die richtigen Worte zu finden, und wappnete sich für das Bevorstehende. Auch wenn er ihr Herz in der vergangenen Nacht verwundet hatte, hoffte sie auf die Worte, die es heilen konnten.

„Tayla, ich-“

Sie wandte sich von ihm ab und vergrub schluchzend das Gesicht in den Händen.

„Das darf nicht sein.“, versuchte er sie zu besänftigen, „eines Tages muss ich zurück nach Kratagon. Ich bin ein Kratagoner und ich kann mich nicht auf dich einlassen.“

„Das hast du doch längst.“ Hoffnungsvoll sah sie ihn an und sie erkannte, wie schwer ihm dieses Gespräch fiel und wie gerne er dieser Situation entfliehen wollte: „Ich *will* es zulassen. *Ich will dich,* und nur dich, Zacharias.“

„Ich kann dir nicht geben, was du suchst.“, offenbarte er mit schmerzverzerrtem Gesicht. „Ich bin ein Krieger, ein Kratagoner. Ich bin verdorben.“

„Nein, du bist alles, was ich brauche.“

Wehleidig streckte er die Hand nach ihr aus und wischte ihr mit dem Daumen die Tränen weg. Tayla sah ihm an, wie viel Kraft ihn das kostete. Er war zerrissen.

„Wie kannst du dich so bedingungslos auf mich einlassen?“, fragte er atemlos und sehr konzentriert.

„Ich weiß es nicht.“

„Was kann ich tun, damit das aufhört?“, fragte Tayla nach einiger Zeit.

„Damit was aufhört?“

„Dieser Streit. Ich will nicht, dass irgendetwas zwischen uns steht und ich will dir verzeihen.“, erklärte sie. Auch wenn sie seinen Wutausbruch nicht vergessen würde, würde sie versuchen, ihm zu vergeben.

Sie sah die Anspannung seiner Muskeln, als er den Kopf hob. Noch immer beherrschte die Verzweiflung seine Augen, doch auch ein schwacher Hoffnungsschimmer erschien.

„Ich will, dass du es sagst.“

„Was soll ich sagen?“, fragte sie verwirrt.

„Sag es mir. Jetzt.“

Mit einem Mal verstand sie. Er wollte von ihr die Worte hören, die ihre Beziehung besiegelten. Auf die eine oder die andere Weise.

Sie drehte sich ihm ganz zu, zwang sich ihm fest in die Augen zu sehen und sagte: „Ich liebe dich.“

Das strahlende Blau seiner Augen ähnelte einem Bergsee im Sonnenlicht. Zacharias ließ sich vor ihr auf die Knie sinken, schlang die Arme um sie und küsste sie. Seine Küsse waren nicht von der Wildheit gezeichnet, die sie von ihm kannte. Es war mehr eine jüngst entfachte und ungezähmte Leidenschaft, das unersättliche Verlangen nach ihrer Liebe.

Tayla ließ sich überwältigt in seinen Arm sinken und verlor sich ganz in ihm. Sie verlor sich in seinen Küssen, die ihr inbrünstig entgegen schrien, wie sehr er sie brauchte, auch wenn er es nicht zugab.

Dicht an seinem Mund flüsterte Tayla atemlos: „Ich liebe dich, Zacharias."

Noch während sie in seinen Armen lag, wusste sie, was sie tun würde. Sie würde um Zacharias kämpfen und sie würde nach Arbor zurückkehren, um endlich zu der Halbgöttin zu werden, die sie sein sollte.

Rückkehr nach Arbor

Einen Tag nachdem Tayla und Zacharias das kratagonische Lager verlassen hatten, saßen Lethiel und Thorak bei einem Trinkhorn Wein in Silvas Palas. Sie waren allein dort und unterhielten sich über die vergangenen Tage.

„Was sagst du zum Wein?“, fragte Thorak, den Inhalt des Horns begutachtend.

„Es ist ein guter Tropfen. Nicht zu vergleichen mit elfischem Wein, aber gut.“

„Ich könnte mich daran gewöhnen, Wein anstelle von Wasser zu trinken.“, seufzte Thorak.

„Wir Arboraner haben Jahrzehnte lang enthaltsam gelebt. Nur weil wir jetzt gute Beziehungen zum König pflegen, sollten wir unseren Prinzipien nicht untreu werden.“

„Ihr und Eure Prinzipien, edler Herr.“, witzelte er, „ich danke König Serai, dass er uns ein Fass dieses edlen Tropfens zum Dank geschenkt hat.“

Lethiel schürzte die Lippen: „Das sehe ich. Dein Horn ist ja schon wieder leer.“

Thorak lehnte sich gelassen zurück: „Nach einer solchen Schlacht ist mir das gleichgültig.“

„Das war keine Schlacht. Das war ein Massaker.“

„Du hast Recht. Und wir beide haben es überlebt. Noch ein

Grund mehr zu trinken! Lethiel, du bist mir zu einem wahren Freund geworden."

Lethiel erwiderte freundlich: „Wenn man mich einmal zum Freund hat, dann hat man einen Bund bis zum Tod geschlossen."

Grinsend winkte Thorak ab: „Das hoffe ich doch!"

Lethiel schenkte ihnen erneut ein: „Dann lass uns darauf trinken, Freund."

Sie stießen die Hörner gegeneinander.

„Sag, Lethiel, glaubst du, dass wir den Krieg gewinnen können?", fragte Thorak wieder ernst.

„Mit den Halbgöttern an unserer Seite, ja."

„Ich war von Taylas Kräften in der Schlacht bei Gelese beeindruckt. Man ließ mich im Glauben, sie beherrsche den göttlichen Zauber noch nicht."

„Das tut sie auch nicht."

„Wie?"

„Selbst mir ist es ein Rätsel, wie sie dies bewältigen konnte. Wahrscheinlich liegt Norolana in ihrer Vermutung richtig, dass allein ihr Wille der Schlüssel ist."

Es war offensichtlich, dass Thorak nicht mehr nachzuvollziehen konnte, was Lethiel sagte: „Komm, lass uns trinken."

Bevor sie einen weiteren Schluck nehmen konnten, schwang die Tür zum Palas auf. Die beiden Arboraner sahen auf und erblickten Tayla, die gemeinsam mit einem Mann eintrat.

Thorak sprang wutschnaubend auf: „Ihr!", brüllte er, sein Trinkhorn auf den Boden schleudernd, „was tut Ihr hier, Gefangener Zacharias?!"

Thorak zog sein Schwert und Zacharias tat es ihm gleich.

„Nicht! Hört auf damit!", rief Tayla. Sie und Lethiel stellten sich zwischen die beiden.

„Ihr kennt euch?“, fragte Tayla dann überrascht.

„Ja.“, antwortete Zacharias verbissen, „er hat mich mit anderen Arboranern gefoltert...“

Sofort überschwemmte Tayla eine Bilderflut aus dem Verlies. Sie sah Éndariel vor sich, wie man ihn brutal mit der Peitsche gepeinigt hatte.

„Ist alles in Ordnung?“, fragte Lethiel an sie gewandt, weil er wahrgenommen hatte, dass sie abwesend war.

„Ja.“, entgegnete Tayla kurz. Dann beschwichtigte sie Thorak: „Ich habe Zacharias als einen Freund hergebracht.“

„Er ist ein Kratagoner!“, begehrte er laut auf.

„Das weiß ich.“ Sie war ruhig, ging zu ihm und senkte seinen Schwertarm, „von ihm geht keine Gefahr aus.“

„Aber er..!“ In seiner Wut war Thorak nicht fähig, den Satz zu beenden. Plötzlich riss er die Augen auf: „Das ist also der Kerl, von dem du mir erzählt hast! Dieser Drecksack!“

Tayla sah verlegen zu Boden und blendete sein Geschrei aus. Dann erklärte sie: „Zacharias kommt nicht, um jemandem zu schaden. Er hat mich nach der Schlacht aufgenommen und nach Arbor zurückgebracht. Bitte, glaubt mir.“

„Ahja, aufgenommen, natüüürlich.“, murmelte Thorak, „so nennt man das also heutzutage.“

„Hey, was soll das?“, fuhr Tayla ihn an, während der Arboraner sein Schwert wegsteckte.

„Ich bin so froh, dass du unversehrt bist.“, erklärte Thorak und tätschelte Taylas Schulter, „Steve wäre stolz auf dich. Das wäre er ganz bestimmt.“

Lethiel trat neben sie und bemerkte: „Wir sind es übrigens auch.“

„Das freut mich, Meister.“, dankte sie ihm.

Sie bemerkte, dass Zacharias ihre Begrüßung misstrauisch beobachtete und dass ihm ihre Nähe zu Thorak und Lethiel unrecht war.

„Wisst ihr, wie es Porter geht?“, fragte Tayla und ignorierte Zacharias für einen Moment.

„Er ist wohlauf, Halbgöttin.“, antwortete Lethiel lächelend.

Thorak lachte: „Der Arme hat jetzt Norolana und den Khandras an der Backe.“

„Scht!“, machte Lethiel und nickte in Zacharias' Richtung.

„Ihr könnt offen vor ihm sprechen, er wird uns nicht verraten.“, versprach Tayla, wobei sie Zacharias einen Blick zuwarf, den dieser ruhig erwiderte.

„Wo ist Elozar?“, fragte Thorak.

Tayla musterte ihn mitfühlend. Seine Blessuren aus den Schlachten waren noch immer nicht verheilt: „Er ist noch nicht zurück. Aber lasst uns jetzt nicht über ihn sprechen.“

„Wir sollten uns gemeinsam an den Tisch setzen.“, sagte Thorak gut gelaunt, wie man es von ihm kannte, „lasst uns trinken und das großzügige Geschenk des Königs leeren.“ Der Krieger deutete grinsend auf das Weinfass. „Wollt Ihr ein Trinkhorn, Zacharias?“

„Gebt mir besser eines, wenn Ihr nicht wollt, dass ich mir das Fass an den Hals setze und es bis auf den letzten Tropfen leer saufe.“ Er klang ironisch, meinte es aber todernst, dafür kannte Tayla ihn jetzt gut genug.

Thorak grinste breit und lachte: „Ein guter Kerl!“ Dann reichte er Zacharias ein Horn.

Der Kratagoner setzte sich zu den Arboranern an den Tisch. Tayla nahm neben ihm Platz.

„Wollt Ihr auch vom Wein kosten?“, fragte Lethiel aus Höflichkeit an Tayla gewandt.

Diese wand sich unbehaglich auf ihrem Stuhl. Ihre Unfähigkeit Wein zu vertragen, war eine peinliche Schwäche.

Zacharias löste die Situation auf: „Elf, der Wein ist nicht für die Weiber! Nur die wahren Kerle betrinken sich mit diesem Gesöff!“

An seinem übertriebenen Lachen erkannte Tayla, dass er ihr bewusst aus der unangenehmen Situation geholfen hatte.

Zacharias fragte: „Und Ihr, Lethiel, seid Taylas Meister?“

„Ja, so ist es.“

Thorak brach in schallendes Gelächter aus: „Wisst Ihr, eigentlich sollte der sie nicht unterrichten! Aber der ist ja so dürr und so wohlerzogen, da hat man ihn genommen! Trägt ja schließlich auch Frauenkleider!“

Tayla unterdrückte ein Schmunzeln, als Lethiel entrüstet an seiner elfischen Tracht zupfte, zu einem Gegenschlag ansetzte und dann doch entschied zu schweigen.

Zacharias lachte ebenfalls und stieß das Trinkhorn an Thoraks, woraufhin der Wein über die Tischplatte schwappte, hin in Lethiels Schoß und sein Gewand ruinierte.

„Also, jetzt reicht es!“, meckerte der Elf und goss Thorak beiläufig den Inhalt seines Horns über den Kopf.

Im ersten Moment dachte Tayla, dass die beiden aufeinander losgehen würden, aber dann hielten sie sich die Bäuche vor Lachen und Thorak fiel vom Stuhl und kugelte sich auf dem Boden. Hilfsbereit half Tayla ihrem Freund auf die Beine und stützte ihn, bis er wieder auf seinem Stuhl saß. Der Wein tropfte dabei aus seinem Bart auf die Rüstung.

Erneut schenkte der Krieger Zacharias ein, genauso wie Lethiel, der sein Horn schnell geleert hatte, wahrscheinlich nur, um mit den beiden mitzuhalten.

„Wisst Ihr, ob der Hexenmeister auch hier ist?“, fragte Tayla, mit einem schlechten Gewissen, die ausgelassene Stimmung zu verderben.

„Awi.“, machte Thorak und formte einen Kussmund „Awinari!“ Er schlug sich heftig auf die Schenkel und kicherte. „Der spielt wahrscheinlich wieder mit seinen

Puppen!“

Niemand, außer ihm, fand das zum Lachen.

„Er ist hier in Arbor und er hat mir schon davon berichtet, dass er gerne mit Euch trainieren wird.“, erwiderte Lethiel.

Tayla atmete erleichtert auf: „Gut. Sehr gut.“

„Ihr habt einen Hexenmeister in Arbor?“, fragte Zacharias, der dem Gespräch aufmerksam folgte.

„Jaja.“, murmelte Thorak. „Der kommt aus Kratagon.“ Er lehnte sich zu ihm vor und flüsterte: „'ne lebende Legende ist das, lasst Euch das gesagt sein! Anfangs hat Tayla den mit 'nem Bogenschützen hier angeschleppt, der hat sich aber wieder verkrümelt, der Schütze der.“

„Rowan?“, fragte Zacharias ungläubig.

Tayla lächelte und nickte.

Bald vertieften Thorak und Lethiel sich in eine Unterhaltung, zu der Zacharias nichts zu sagen wusste.

Er hob das Trinkhorn und fragte Tayla: „Möchtest du kosten?“

„Nein, nicht wirklich.“, entgegnete sie entschuldigend.

Plötzlich fuhr Thorak hoch: „Verdammt! Ich habe heute Nacht Wachtdienst! Ich kann doch nicht besoffen aufpassen, dass keiner hierher kommt! Alrik wird mich erschlagen!“

Thorak rannte ohne ein weiteres Wort aus dem Palas.

„Wollcn wir auch langsam gchcn?“, fragtc Zacharias an Tayla gewandt.

„Achso.“ Sie hatte die Zeit völlig vergessen. „Natürlich.“

„Geh ruhig schon vor, ich trinke noch aus.“, meinte er und nickte zum Flügeltor.

„Gute Nacht, Lethiel.“, verabschiedete Tayla sich und ging.

Die Halbgöttin wartete auf einer Brücke vor Silva. Sie sah betrübt zum sternenklaren Himmel auf. Der Vollmond spiegelte sich in ihren Augen und ihr weißes Kleid leuchtete bläulich.

Tayla fragte sich, ob Elozar sie in diesem Augenblick beobachtete. Zu gerne würde sie ein Zeichen bekommen, von ihm oder dem Löwengott. In den Momenten der größten Zweifel hatte der weiße Löwe immer ein Zeichen aus der Götterwelt zu ihnen geschickt. Mal war es Wind, mal ein magisches Wolkengebilde gewesen. Doch heute wollte sich ihr nichts offenbaren, und sie blieb hoffnungslos zurück.

Tayla war unsicher, wie sie sich Zacharias gegenüber verhalten sollte. Obwohl sie ihm ihre Liebe gestanden hatte, war er während ihrer Reise nach Arbor sehr schweigsam gewesen. Eben hatte er sich nichts mehr anmerken lassen, aber Tayla kannte ihn besser. Er war ein guter Schauspieler. Zu gut. Schon wieder ein neues Gesicht. Sie wollte an ihrer Liebe zu ihm nicht zweifeln, das durfte sie nicht. Aber noch immer klangen seine wütenden Schreie in ihren Ohren. Er *hasste* sie. Sie wollte endlich Gewissheit und die Wahrheit erfahren.

„Dieser Thorak ist ein guter Säufer.“, bemerkte Zacharias, als er neben ihr auftauchte und sich über das schmucklose Holzgeländer der Brücke lehnte.

„Er ist ein noch besserer Freund.“

Sie sah unsicher zu ihm auf. Seine blauen Augen glänzten im Licht des Vollmondes geheimnisvoll und harte Kanten zeichneten sein Gesicht.

„Zacharias?“, fragte sie heiser.

Seine Blicke fanden ihre, forschend, misstrauisch.

„Ich muss es wissen.“, begann sie nervös und zweifelnd, ob sie das richtige tat, „hasst du mich wirklich? Verabscheust du mich?“

Er sah sie zerstreut an: „Wie kommst du darauf?“

„Du hast es mir entgegen geschrien.“, antwortete sie knapp und sachlich, fast schon beleidigt.

Zacharias zog sie unerwartet an sich, drückte ihren Kopf gegen seine Brust und umarmte sie.

„Wie könnte ich, Tayla?“, flüsterte er.

Sie hörte ihm deutlich an, wie schwer es ihm fiel, diese Worte über die Lippen zu bringen. Sein Herz schlug rasend schnell, seine Hände auf ihrem Rücken waren unruhig. Belog er sie etwa?

Bevor Tayla ihr Gesicht in seinem Hemd vergraben konnte, hob er mit einem Finger ihr Kinn an: „Sieh mich an.“

Sie schaute blinzelnd zu ihm auf. Ein Lächeln umspielte seine Lippen, erreichte aber nicht seine kalten Augen.

„Was bedrückt dich?“, fragte Tayla, ehe ihre Stimme wieder versagte. „Ich möchte dich verstehen, Zacharias.“

Sie legte die Hände um sein Gesicht, stellte sich auf die Zehenspitzen und küsste ihn sanft. Er blieb ganz starr. Doch sie wollte ihn nicht aufgeben, auch wenn es sie gerade jetzt Überwindung kostete.

„Ich liebe dich, Zacharias.“, flüsterte sie, „ich liebe dich.“

Sie hoffte, dass ihn diese Worte erreichten und dass er sie glaubte. Denn trotz allem, was zwischen ihnen vorgefallen war, hatte sie nie aufgehört ihn zu lieben – auch wenn sie es sich immerzu eingeredet hatte. Das musste sie sich jetzt eingestehen.

„Komm.“, forderte sie ihn auf und führte ihn schweigend zur Baumhöhle, die hoch im Stamm eines riesigen Baumes gelegen war. Als sie vor dem Eingang standen, drückte Tayla ermutigend seine Hand und trat ein.

„Du bist der erste Mann, den ich hierher bringe.“, offenbarte sie. Sie zog ihn in der Dunkelheit bis zu dem Holzblock, auf dem helle Felle ausgebreitet lagen. Tayla und Zacharias setzten sich nebeneinander: „Sag mir die Wahrheit, bitte.“

Er schwieg und Tayla lehnte seufzend den Kopf an seine

Schulter: „Bitte, Zacharias. Nach allem, was passiert ist, bist du mir das schuldig."

Mit einem Mal sprudelten die Worte aus ihm heraus. Er erzählte ihr von einigen Dingen, die er nach seiner Rückkehr in Kratagon erlebt hatte. Tayla erfuhr entsetzt, dass er sich auf Leben und Tod mit einem Mann duellieren musste, dass er zu seinem Vater reisen musste, den er über alles hasste, weil er ihn als Junge verstoßen und ihn wegen einem Beilager mit einer angeblichen Hure zum Bastard gemacht hatte.

„Du kennst deine Mutter nicht?", fragte Tayla mitfühlend, kannte sie dieses Gefühl doch selbst.

Er hatte die ganze Zeit über nicht gewagt sie anzusehen und auf den Boden gestarrt: „Ich kann mich nur vage an sie erinnern. Manche Bilder von unserer Flucht aus dem Weißen Gebirge sind mir im Gedächtnis geblieben und ich kenne ihre Stimme. Mein Vater soll sie lange bei sich gehabt haben, aber sie war nicht seine Gemahlin, was mich wiederum zu einem... nun ja... Bastard macht."

Tayla hauchte einen Kuss auf seine Schulter: „Du bist für mich viel mehr als das."

Zacharias sah sie verwundert an, sagte aber nichts. Jetzt konnte sie ihn wirklich verstehen. Er hatte all diese schrecklichen Dinge durchleben müssen, weil er sie einst verschont hatte.

„Du bist kein Verräter.", begann sie, „du bist kein Bastard und du bist auch kein schlechter Mensch."

„Ach nein?", meinte er schulterzuckend, dann entschuldigte er sich: „Es tut mir leid, dass ich mich dir gegenüber so unmöglich verhalten habe. Ich war betrunken, völlig betrunken und wütend wegen Dwar. Ich hatte mich nicht unter Kontrolle. Verzeih mir, bitte, Tayla."

„Das hab ich längst."

Die Gesetze der Magie

Tayla war aufgeregt, als sie dem Hexenmeister am nächsten Morgen gegenübersaß. Sie befanden sich auf der höchsten Holzplattform in Arbor, auf der an diesem Morgen eine leichte Brise herrschte. Der alte Magier hatte Räucherholz aufgestellt und Behältnisse mit Weihrauch und einem Kraut, das Tayla nicht kannte. Es benebelte ihre Sinne und sollte sie für den Zauber des Lichts empfänglich machen.

Die Halbgöttin lauschte den Klängen der Natur. Vogelgezwitscher, das Summen von Käfern, das Rascheln der Blätter.

„Beschreibt mir, wie Ihr Euch gefühlt habt, als Ihr den Zauber des Lichts eingesetzt habt.“, sagte der Hexenmeister.

Tayla wollte sich nicht in diese Gefühle zurückversetzen, sie war angesichts ihrer Taten voller Scham.

Als hätte er ihre Gedanken erahnt, ermutigte er: „Scham ist nur eine Blockade, Halbgöttin. Nehmt Euch und Eure Vergangenheit an, lasst alles, was Ihr bereut, ziehen.“

Tayla atmete tief ein und aus. Es war schwerer als gesagt, aber als sie sich und die jüngsten Geschehnisse akzeptiert hatte, fühlte sie sich befreit.

„Sehr gut.“, lobte der Hexenmeister. „Ich bitte Euch ein

zweites Mal. Wie habt Ihr Euch gefühlt, als Ihr den Zauber des Lichts eingesetzt habt?“

Tayla hielt die Augen geschlossen und horchte in sich hinein: „Mächtig. Überlegen.“ Nach kurzer Überlegung fügte sie hinzu: „Vielleicht unsterblich. Aber irgendwie auch nicht mehr wie ich selbst.“

„Wie habt Ihr Euch gefühlt, bevor Ihr den Zauber des Lichts eingesetzt habt?“

„Ich war wütend, unglaublich wütend...“, erkannte sie.

„Und das ist der Grund, warum Ihr Euren Zauber nicht kontrollieren konntet. Der Magier muss stets die Gesetze der Magie achten, denn sonst wird er zum Sklaven seiner eigenen Zauber.“

Tayla nickte, atmete tief ein und ließ sich von dem fremdartigen Duft des Krauts berauschen.

„Ich möchte, dass Ihr Euren Geist leert. Befreit Euch von allem, was Euch auf dieser Welt hält. Betretet die Leere, die Stille, das Nichts.“

Sie tat wie ihr geheißen, zu ihrer Überraschung fiel es ihr leicht.

„Jetzt möchte ich, dass Ihr nach der Magie in Euch tastet, Halbgöttin. Bitte ruft Euch zuvor ins Gedächtnis, dass Ihr völlig frei von sämtlichen Gefühlen sein müsst. Sonst werden Eure Emotionen den Zauber leiten und ihm die Kontrolle über Euren Geist ermöglichen.“

Tayla hatte plötzlich Angst. Sie hatte Angst, dass sie wieder zu dem Monstrum werden würde, das sie noch vor wenigen Tagen gewesen war.

„Auch Zweifel werden Eure Kunst Zauber zu weben einschränken.“

Sie öffnete die Augen. Ihre Hände, die in ihrem Schoß gefaltet waren, zitterten: „Ich glaube, ich kann das nicht.“

Der Hexenmeister war ganz ruhig. Die Augen geschlossen,

saß er entspannt vor ihr.

„Ich – Ich habe Angst."

„Warum, Halbgöttin? Arwenar entschlüsselte die Geheimnisse der Magie leider viel zu spät. Er war ein emotionaler Bursche, später ein emotionaler Mann. Ihm ist viel Leid und noch mehr Schmerz widerfahren. Doch auch ihm gelang es, mit diesen Mitteln, die Mächte in sich zu beherrschen."

„Warum sprecht Ihr immer in der dritten Person von ihm?", fragte Tayla, vielleicht auch nur, um von ihrem Scheitern abzulenken.

„Weil ich nicht mehr Arwenar bin. Hättet Ihr ihn erlebt, dann wüsstet Ihr warum. Manchmal begehen wir so schreckliche Verbrechen, dass wir unsere Vergangenheit und uns selbst nicht mehr annehmen können. Um zu unserer Ausgeglichenheit und Gesundheit zurückzufinden, müssen wir das, was war, ablegen. Ich habe die ersten Kapitel von Arwenars Lebens geschrieben und in einer Truhe verschlossen. Ich war die Quelle über die Geschichten des Puppenspielers, aber auch diese sind verstaubt und ich werde sie nicht mehr über mich und mein Leben bestimmen lassen."

Tayla bewunderte den alten Mann für diese weisen Worte. Jetzt *wollte* sie es schaffen. Jetzt wusste sie, dass sie es schaffen *konnte.*

„Ich bitte Euch erneut, Halbgöttin. Betretet das Nichts und tastest nach der Magie in Euch."

Tayla schloss die Augen und ließ im Geiste alles los. Ihre Vergangenheit, Freunde, Feinde, Zacharias, Porter, Norolana, Elozar. Dann glitt sie hinüber in die Leere und war frei. Frei von aller Schuld, aller Trauer, allem Glück.

In der Dunkelheit gab es nur ein pulsierendes Licht. Es war der Energiestrom in ihrem Körper. Sie stellte sich vor, die Energie mit den Händen zu streifen und sie durch ihre Glieder zu leiten.

„Und jetzt denkt, was Ihr tun wollt.“, hörte sie den Hexenmeister sagen.

Sie öffnete die Augen, sah, dass ihr Amulett hell leuchtete und dachte an die blutrote Götterzeichnung, an das, was sie zu dem machte, was sie war. Und dann wusste sie, was sie erschaffen wollte.

Eine schillernde Lichtsäule erhob sich vor ihr, reckte sich dem wolkenlosen Himmel entgegen und formte die anmutigen Ornamente der Götter des Lichts.

„Sehr gut, Tayla.“, lobte der Hexenmeister begeistert.

Dieses Lob rief in ihr Glück hervor und augenblicklich schoss die Lichtsäule empor. Tayla erschreckte sich, weil das ohne ihr bewusstes Zutun geschehen war, und die funkelnde Götterzeichnung explodierte mit einem lauten Knall.

Sie unterbrach sofort die Verbindung zu der Energie und sah den Zauberkundigen keuchend an.

„Ich glaube, Ihr habt es begriffen.“, lächelte der alte Mann, der, wie Tayla nun erkannte, zu ihrem Vorbild geworden war.

Kratagon

Zehn Tage

Der Ogea See funkelte im Licht der untergehenden Sonne wie ein Meer aus Rubinen. Die Schiffe hoben sich schwarz vom glühenden Rot der untergehenden Sonne ab.

Gaia hatte dieses Schauspiel von ihrem kleinen Fenster im Gasthof *Fischerstrunk* schon seit neun Tagen beobachtet. Es war alles, das ihr dunkles Gemüt erhellen konnte. Die Prinzessin wusste, dass ihr nicht mehr viel Zeit blieb. Nur noch ein einziges Mal würde sie die Abendröte sehen, bevor sie ihrem Leben ein Ende setzen würde. Sie hatte genau geplant, wie sie sterben würde. An den Kais am Hafen wurde Geröll aus den nahen Minen gelagert. Gaia hatte gehört, dass man es für die Katapulte an die Grenze zu Lorolas schaffen wollte. Aber einen Felsbrocken würde sie sich an ihre Füße binden, um sich im See zu ertränken. Das war ihrer Meinung nach der sicherste Tod, denn wenn sie sich aus ihrem Fenster im dritten Stockwerk stürzte und überlebte, würde ihre Mutter sie sogar noch als Krüppel verheiraten.

Ihr Magen knurrte und sie wusste, dass es an der Zeit war ihr letztes Geld für eine schlechte Mahlzeit im Gasthof auszugeben. Hier in Ogea stank und schmeckte alles nach Fisch und Exkrementen, anders konnte Gaia es nicht beschreiben.

Sie kämmte ihr Haar, das ihr in goldenen Wellen über Brust und Rücken fiel, und verließ ihre kleine Kammer. In der Wirtschaft angekommen, bestellte sie wie immer den billigsten Fisch und einen günstigen Wein. Auch wenn sie in den Palanthras Tälern nie wie Könige gespeist hatten, waren diese Zustände unzumutbar.

Gaia rümpfte die Nase, als ihr der Gestank ihres Mahls in die Nase stieg, das angeblich frisch zubereitet war. Sie versuchte, sich von dem schlechten Essen abzulenken, indem sie den Gesprächen lauschte, die lauthals in der Wirtschaft geführt wurden. Hier kehrten überwiegend Händler, Fischer und Kaufleute ein, oft auch Seefahrer. Diese stanken mit Abstand am schlimmsten nach Schweiß und – sie räusperte sich.

Gaia konnte nachvollziehen, dass sich diese Kerle hier herumtrieben. Bei den Huren und anderen Frauen, die freiwillig in diesem Drecksloch verkehrten, stieß ihr Verständnis an seine Grenzen. An einem Abend kam es nicht selten vor, dass auch ihr ein paar Münzen für ein Beilager angeboten wurden, doch lieber verhungerte sie, als sich mit diesen Schweinen ein Bett zu teilen, wenn sie sie nicht in aller Öffentlichkeit nahmen.

Ein Gespräch zog ihre Aufmerksamkeit auf sich:

„Haste das vom Kragonstag g'hört?

„Hm? Nä, was gab's denn?“

„Ach, du Kielratte krix aber auch nix mit! Der Könnisch hat die Hälfte seiner Generäle wie auf nem Scheiterhaufen verbrennen lassen! Satia hat se alle versenkt!“

„Was? Nänä, das glaub ich nisch!“

„Doch! Wenn ich et dir sach! Ich bin nich besoffen! Echt! Sogar unsre Seemöwe hab'n se abgeflämmt!“

„Nein... Nicht Derethor... Wirklich?“

„Ja! Der und andre Mitglieder vom Rat, wenn ich et dir sach!“

Andere Ratsmitglieder? Gaia wurde ganz kalt. Ihr Vater war auch zu diesem Fest eingeladen... Aber das war bestimmt nur dummes Geschwätz. So skrupellos war nicht einmal König Jadro.

Gaia stocherte angeekelt in ihrem Fisch, bis sie ihrem quälenden Hunger nachgab und endlich aß. Auch als sie wieder die wohlbekannte Übelkeit überkam, hörte sie nicht auf, bis nur noch die Gräten und der Kopf mit den glibberigen Augen auf der Platte lagen.

„Wann kommt Rowan endlich?“, fragte sie sich selbst und seufzte. Langsam zweifelte sie daran, ob er ihren Brief überhaupt erhalten hatte.

„Na, Mädchen?“, sprach sie ein stinkender Kerl an, der sich neben sie auf die Bank fallen ließ.

Gaia drehte den Kopf weg, um ihn abzuweisen und um seinem Geruch zu entkommen.

„Ehy!“, lallte er und kam ihr näher, „hörst du mich nicht, kleine Schlampe?!“

Gaia stieß ihm angeekelt gegen die Schulter und fuhr ihn an: „Lasst mich zufrieden!“

Der Kerl war in seinen Mittvierzigern, schweißgebadet, dreckig und ohne Zweifel sturzbetrunken. In seinem verfilzten Bart hingen Brotkrümel und weiß Gott was noch.

Er winkte einen zweiten Mann herbei, der ihm sehr ähnelte, bis auf die Tatsache, dass er nur ein Ohr hatte.

„So eine schöne Hure habe ich noch nie gesehen.“, stellte der Zweite fest und strich durch ihr Haar.

Gaia packte sein Handgelenk und zischte: „Ich bin keine Hure!"
„Na um so besser!", grölte der erste, „dann bleiben unsere Geldkatzen heute Nacht voll!"
Er fasste ihr zwischen die Schenkel und Gaia schüttete ihm entrüstet ihren Wein ins Gesicht.
„Das wirst du bereuen!", drohte er und packte ihre Arme.
Gaia sah panisch um sich und schrie, aber Vergewaltigungen gehörten in Ogea zur Normalität und niemand machte Anstalten ihr zu helfen. Außerdem war es so laut und überfüllt, dass sie bezweifelte, dass jemand im *Fischerstrunk* ihre Schreie hörte.
Die Prinzessin kreischte, als die alten Seefahrer sie aus der Wirtschaft zerrten und in Richtung der Treppe schleiften, die zu den Kammern im ersten Stockwerk führten. Als der Einohrige ihr den Mund zuhielt, biss sie kräftig in seine Hand und riss sich los. Panisch rannte sie zurück in die Wirtschaft und stürzte durch die morsche Tür hinaus in die Kälte und den Regen.
Gaias Atem stand vor ihrem Mund, als sie sich keuchend aus dem Schlamm aufrappelte. Sie durfte nicht stehenbleiben, aber sie war wie gelähmt. Obwohl sie genau wusste, dass sie von den Kerlen hier auf der Straße vergewaltigt werden würde, wenn sie nicht floh, konnte sie keinen Fuß vor den anderen setzten.
Da polterten die Seefahrer aus dem Gasthof. Ihr Anblick trieb Gaia endlich zur Flucht. Die Prinzessin rannte so schnell sie konnte durch die dreckigen Gassen. Es hatte begonnen zu regnen, als sie gegessen hatte, und innerhalb von kürzester Zeit war sie völlig durchnässt. Ihr war eiskalt, das grüne, verdreckte Kleid klebte an ihrem Körper.
„Bleib stehen!", brüllte einer ihrer Verfolger.
Sie streifte hastig die Schuhe ab, um schneller laufen zu

können und blickte hinter sich. Mit Schrecken stellte sie fest, dass einer der Männer verschwunden war.

„Hey! Bleib stehen!“

Als Gaia sich wieder umwandte, rannte sie geradewegs gegen den Einohrigen. Seine Hände schlossen sich wie Eisenfesseln um ihre Arme und er grinste bösartig.

„Ich hab' die kleine Schlampe!“

Die Prinzessin versuchte sich zu befreien, aber sie war zu schwach, und ehe sie sich versah, war der zweite Kerl bei ihnen angelangt. Der Einohrige beugte sie unbarmherzig über ein Fass, dass am Straßenrand stand und zerriss mit einer einzigen Bewegung ihren bodenlangen Rock.

„Lasst mich!“, wimmerte Gaia, denn zu mehr war sie nicht mehr imstande. Sie wusste, dass sie ihnen nicht mehr entkommen konnte.

Raue Hände griffen zwischen ihre Schenkel, betatschten ihren Hintern und Finger gruben sich tief in ihr Fleisch.

„Lasst mich!“, bäumte sie sich ein letztes Mal auf.

Sie trat blind aus, traf etwas Weiches und einer der Männer sackte ächzend in die Knie.

„Ich werde dich blutig ficken, kleine Hure! Ich werde dich so oft besteigen, dass du morgen nur noch breitbeinig gehen kannst!“, zischte das Schwein, das sie getroffen hatte.

Gaia presste die Lippen aufeinander. Er würde seine Drohung ganz sicher wahrmachen und sie konnte im Angesicht ihres Untergangs, ihrer Schändung, nur noch an eines denken. Rowan. Egal was die stinkenden Säufer ihr antun würden, für ihn würde sie alles über sich ergehen lassen. Die Prinzessin führte sich vor Augen, dass sie nichts bereute. Sie bereute weder den Verrat an ihren Eltern, noch ihre Reise nach Ogea.

Sie klammerte sich an den Rand des Fasses, als sie etwas Warmes, Fleischiges an der Innenseite ihrer Oberschenkel spürte. Sie träumte sich fort, weit weg an einen anderen Ort, an dem nur Rowan sie erreichen konnte. Als große Hände ihre Schulter und ihr langes Haar packten, rannen die Tränen hemmungslos über ihr Gesicht. Die Angst hielt sie fest in ihren Klauen.

„Lasst das Mädchen gehen.“, drängte sich eine Stimme durch das Prasseln und Klatschen des Regens.

Der schmerzhafte Griff der Hände lockerte sich und Gaias Herz pochte wild in ihrer Brust.

„Wer bist du?“, fragte der Einohrige, „scher dich weg, sie gehört uns!“

Die Prinzessin wimmerte und drückte die Fingernägel ins Holz.

„Lasst das Mädchen gehen.“, sagte die fremde Stimme jetzt bestimmter.

Gaia wagte sich nicht, Aufmerksamkeit auf sich zu lenken und ließ sich weiterhin mit dem Kopf voran auf das Fass drücken.

„Verpiss dich! Hau ab!“, fluchte einer der Seefahrer.

„Lasst sie gehen!“

Der Einohrige beugte sich über sie, sodass sie seinen Atem im Gesicht spüren konnte: „Hast Glück gehabt, kleine Hure, ich werde erst ihn töten, bevor du dran bist.“

Ein lautes Surren ertönte und der Mann brach auf ihr zusammen. Gaia spürte, wie ihr etwas Warmes in den Nacken tropfte und drehte vorsichtig den Kopf. Ein Pfeil hatte sich in seinen Schädel zwischen die Brauen gebohrt. Im nächsten Moment hörte sie, wie ihr zweiter Schänder schreiend die Flucht ergriff.

„Wartet, ich helfe Euch.“, bot der Unbekannte an, als Gaia sich von dem toten Leib befreien wollte.

Sie hatte sich noch immer nicht getraut ihm ins Gesicht zu sehen. Ihr war all das furchtbar peinlich und sie besaß nicht einmal mehr die Kraft, den Blick zu heben.

Der Tote wurde von ihr heruntergezogen und sie richtete sich auf. Ihr war schwindelig und sie konnte kaum das Gleichgewicht halten. Die Arme schlang sie, als nutzlosen Schutz gegen die Kälte, um ihren Körper. Dann sah sie ihren Retter aus gläsernen Augen an. Durch den starken Regen konnte sie seine Züge nicht erkennen.

„Kommt bitte näher, ich möchte mich bei Euch bedanken.“, bat sie, denn er hielt einen sicheren Abstand zu ihr ein.

Er kam einen Schritt näher und Gaia konnte nicht glauben, wen sie vor sich sah: „Rowan? Rowan, bist du es?“

Sie streckte eine Hand nach ihm aus, doch er wich mit zusammengezogenen Brauen zurück.

„Wer seid Ihr? Woher kennt Ihr mich?“

Sie lächelte traurig. Er erkannte sie nicht. Wie konnte er auch? Sie war durchnässt, völlig verdreckt, seelisch und körperlich ausgemergelt, ein Schatten ihrer selbst.

„Ich bin es, Gaia.“, erwiderte sie heiser und dann brach ihre Stimme ab.

„Gaia?“, fragte er ungläubig.

Sie weinte erleichtert nickend und ihre salzigen Tränen vermischten sich mit dem Regen auf ihrer Haut. Plötzlich kam er zu ihr und zog sie in eine liebevolle Umarmung. Er küsste ihr Haar und schlang die Arme noch fester um sie.

Sie ließ sich ganz fallen, ließ die schrecklichen Dinge ziehen, die ihr heute widerfahren waren.

„Du bist ja völlig durchnässt.“, hauchte er und zog seinen waldgrünen Jagdmantel aus. Er legte ihr den Mantel um die Schultern und zog sie dann wieder an sich. „Komm, wir gehen zu deiner Kammer. Du musst dich aufwärmen.“

Gaia fand erst wieder Worte, als Rowan ihr in ihrem

Zimmer aus dem Kleid geholfen und sie in eine warme Wolldecke gewickelt hatte: „Ich bin so froh, dass du gekommen bist.“ Ihre Stimme war nur ein Flüstern.

Er legte einen Arm um ihre Schultern und sie lehnte den Kopf an seine Brust: „Keine Sekunde zu früh, wie es mir scheint. Hat man dir etwas angetan, Gaia?“

Sie schüttelte den Kopf.

„Bist du dir sicher? Wer war dieser andere Kerl? Ich spüre ihn auf und töte ihn mit einem einzigen Schuss!“, sagte er wütend.

„Ich weiß nicht, wer er war, Rowan.“, seufzte sie.

Er zog sie in seinen Schoß und seine Körperwärme hüllte sie ein: „Es ist kein Tag vergangen, an dem ich nicht an dich gedacht habe, meine Prinzessin.“

Sie sah gerührt zu ihm auf, legte die Finger an sein bärtiges Kinn und küsste ihn.

„Ich liebe dich.“, wisperte sie dicht an seinen Lippen.

Dieses Mal war er es, der sie küsste: „Und ich liebe dich.“

„Ich will dich nie mehr verlassen, Rowan.“

Seine blattgrünen Augen strahlten, als er erwiderte: „Dann heirate mich. Werde meine Frau.“

„Gaia?“

Die Prinzessin schlug müde die Augen auf und blinzelte gegen das helle Sonnenlicht, das durch das geöffnete Fenster in die Kammer drang. Als sie Rowan erkannte, der auf den Ellenbogen gestützt über ihr im Bett lag, lächelte sie verträumt.

„Heute ist der zehnte Tag.“, murmelte er und strich ihr eine Haarsträhne hinters Ohr, die sich aus ihrem geflochtenen Zopf gelöst hatte.

„Ich weiß.“, flüsterte sie glücklich, „und du bist hier. Wo

warst du heute Nacht?“, fragte sie dann, denn er hatte nicht neben ihr gelegen, als sie in den frühen Morgenstunden aufgewacht war.

Er gestand: „Ich habe ihn aufgespürt – und ich habe ihn getötet. Ich konnte nicht zulassen, dass dieses Schwein davonkommt.“

„Aber ich habe doch gesagt,...“

„Ich würde alles für dich tun, Gaia, *alles.*“

Er sah ihr tief in die Augen und sie war sich sicher, dass sie sich noch nie so wunderbar und vollkommen gefühlt hatte, wie mit ihm an ihrer Seite.

„Das war aber nicht alles.“, fuhr er fort, und sie glaubte schon fast, dass er ein bisschen aufgeregt war.

Er sprang vom Bett und breitete ein Kleid vor ihr aus. Es war von einem hellen beige, mit glänzenden Stickereien verziert.

Am liebsten wäre Gaia ihm kreischend um den Hals gefallen, aber sie hielt sich zurück: „Ist das etwa-?“

Er nahm ihre Hände und erwiderte liebevoll: „Ja, das ist dein Kleid für unsere Vermählung. Ich hoffe, es gefällt dir.“

Jetzt konnte sie nicht länger gegen den Drang ankämpfen, sich in seine Arme zu werfen. Von ihrem Schwung überrascht fiel er rücklings auf das Bett und Gaia thronte triumphierend über ihm.

„Ich habe alles arrangiert. Bald kann uns niemand mehr voneinander trennen.“

Sie strich ihm das dunkle Haar aus der Stirn, streichelte seine Wange, durch seinen Bart, den er seit einigen Tagen nicht mehr rasiert hatte, und beugte sich zu ihm herunter.

„Ich kann nicht glauben, dass du das alles für mich tust.“, hauchte sie und ihre Nasenspitzen berührten sich.

„Nein?“, fragte er ironisch, „das solltest du aber langsam. Wir sollten keine Sekunde verlieren. Komm, wir machen uns fertig und dann gehen wir.“

„Gehen wohin?“, lachte sie und nahm das Kleid wie ihren kostbarsten Schatz in den Arm. „Was hast du vor?“

„Warte nur ab, du wirst es mögen.“, versprach er und holte ein Rasiermesser aus der Tasche.

Gaia fühlte sich so gut, wie noch nie in ihrem Leben. Sie war endlich wieder vom Dreck befreit, ihr Haar glänzte wie reines Gold und roch herrlich nach dem Rosenöl, das sie aufgetragen hatte. Das Lächeln wollte nicht mehr aus ihrem Gesicht weichen, so verzückt war sie von dem Kleid, dass Rowan ihr zum Geschenk gemachte hatte und von seinen Komplimenten.

„Wir müssen hier entlang.“, drang die Stimme ihres Liebsten an ihr Ohr.

Er hielt ihre Hand und zog sie nach rechts, in eine Straße, die zum Hafen führte.

Gaia sah Rowan an und ihr Lächeln wurde noch ein wenig breiter. Er hatte jetzt wieder den Dreitagebart, mit dem sie ihn kennengelernt hatte. Das schulterlange, gewellte Haar hatte er sich in den Nacken gekämmt und zusammengebunden. Er sah unbeschreiblich gut aus, trug ein geschmackvolles beiges Wams mit einer waldgrünen Weste darüber, eine dunkle Kniebundhose und geputzte Lederstiefel.

„Was hast du denn?“, fragte er, „warum siehst du mich so an?“

Sie zuckte verliebt mit den Schultern und meinte: „Nur so, vielleicht, weil du gleich endlich mein Mann bist und ich diesen Tag niemals vergessen möchte.“

Er legte eine Hand an ihre Taille, die in den vergangenen Tagen sehr schmal geworden war, und ging mit ihr bis zu einer großen zweimastigen Galeere. Rowan führte sie über eine Planke aufs Deck und blieb mit ihr für einen Moment stehen.

„Bist du bereit?"

Sie sah ihn an und sagte überzeugt: „Ja."

„Dann folge mir, Prinzessin."

Sie ging mit ihm, bis er vor einem bärtigen Seefahrer stehen blieb, der offensichtlich ganz alleine auf der Galeere war: „Er kann uns vermählen, Gaia, er ist der Kapitän."

Gaias Herz schlug mit einem Mal sehr schnell.

„Ich freue mich, dass ich heute zwei Seelen für die Ewigkeit auf meinem Schiff vereinen darf.", erklärte der Kapitän lächelnd.

Gaia sah, dass hinter ihm etwas auf dem Boden gefaltet lag. Vielleicht eine Decke?

„Nicht nur dieses Schiff läuft mit der nächsten Flut aus, nein, auch eure Herzen. Ihr habt zueinander gefunden, Rowan und Gaia, und ihr sollt nicht wieder getrennt werden. Schwört, dass ihr euch bis an euer Ende liebt und ehrt, dass ihr treu zueinander steht."

„Ich schwöre es.", sagte erst Rowan, dann Gaia.

Die Prinzessin merkte, dass dieser Kapitän wohl noch nie ein Paar vermählt hatte, denn das hier war keine typische Hochzeit nach kratagonischen Traditionen.

Der Kapitän reichte Rowan einen Kelch aus dem er einen Schluck trank. Dann erhielt Gaia *das heilige Blut der Götter* und trank davon. Es war einfach nur sauerer Wein, billig und schlecht, wie alles in Ogea, aber dieses Götterblut sollte dafür stehen, dass ihre Verbindung sogar von der höchsten Macht bewilligt war.

„Ihr dürft diese Frau nun ummanteln, Rowan."

Rowan hob das Bündel auf, das Gaia für eine Decke gehalten hatte, und breitete es aus. Es war ein weißes

Segeltuch. Er kam lächelnd näher und legte es um ihre Schultern.

„Ihr habt Gaia hiermit unter Euren Schutz genommen, ab jetzt ist sie für immer die Eure. Behaltet das Segel, es ist mein Geschenk an euch beide, damit ihr ankern und auch Fahrt aufnehmen könnt, wann immer ihr es möchtet."

Der Kapitän machte eine rednerische Pause und Rowan zog zu Gaias Überraschung etwas aus der Hosentasche. Es war eine goldene Kette mit einem kleinen, goldenen Anker daran. Er legte sie ihr um den Hals und richtete den Anhänger.

„Damit uns auch stürmische Zeiten nicht auseinandertreiben können.", erklärte er und Gaia sah, dass seine grünen Augen feucht waren.

Rowan legte ihr eine zweite Kette in die Hand. Der Anker war wie ihrer golden, aber er war an eine Lederschnur gebunden. Sie lächelte und verknotete die Kette in Rowans Nacken. Jetzt standen auch ihr Tränen der Rührung in den Augen. Sie konnte sich gar nicht vorstellen, wie sehr er sie lieben musste, um das alles für sie zu tun.

Gaia wusste, dass jetzt der Moment gekommen war, den sie so lange herbeigesehnt hatte. Rowan würde sie küssen, als ihr Gemahl. Und er tat es so, dass es ihr Atem und Verstand raubte. So unglaublich gefühlvoll und voller Liebe.

„Ich liebe dich, meine Prinzessin.", sagte er.

Sie hatte seinen Geschmack noch auf den Lippen, als sie entgegnete: „Und ich liebe dich, Rowan."

Lorolas

Nachrichten

Schweiß rann Tayla in die Augen, als sie sich keuchend auf den Boden warf, um Lethiels Angriff zu entgehen.

„Denkt gar nicht daran!“, ermahnte sie ihr Meister, als hätte er ihre Gedanken erraten.

„In einem richtigen Kampf kann ich die Magie doch auch einsetzen!“, protestierte sie trotzig.

„Aber nicht in einem Kampf mit mir.“, beendete er die Diskussion.

In der letzten Woche hatte Tayla jeden Tag geübt den Zauber des Lichts einzusetzen und mittlerweile gelang es ihr zuverlässig, wenn sie sich von allen Gefühlen befreien konnte. Es machte sie stolz, dass sie endlich ein Verständnis für ihre Magie hatte, wenn auch nur ein kleines, aber sie hatte es dem Hexenmeister zu verdanken, dass sie sich endlich vollständig und komplett fühlte.

„Ich kann nicht mehr, Lethiel.“, jammerte sie erschöpft, „wir trainieren jeden Tag stundenlang.“

Ein Räuspern ertönte und die beiden fuhren herum. Es

war Thorak, der dümmlich grinsend mit einem Raben auf dem Arm dastand und winkte.

„Was willst du?“, fragte Lethiel, „es ist gerade wirklich unpassend.“

Tayla freute sich über die kurze Verschnaufpause, die Thorak ihr verschafft hatte, und lief zu ihm: „Hallo, Thorak! Was führt dich zu uns?“ Sie flüsterte, für ihren Meister unhörbar: „Du hast mich vor einer weiteren Niederlage bewahrt. Bitte bleib lange, damit ich wieder zu Kräften kommen kann.“

Sie hatte eigentlich erwartet, dass er verschwörerisch grinsen würde, aber er blieb ernst: „Der Rabe überbrachte eine Nachricht. Sie ist für dich von König Serai. Siehst du, sie trägt sein Siegel.“

Er überreichte ihr eine kleine Schriftrolle mit rotem Löwensiegel.

„Was er wohl will?“, fragte Tayla und ihre gute Laune verflüchtigte sich augenblicklich.

Angespannt brach sie das Siegel, entrollte das Papier und begann zu lesen, nur um es danach wutentbrannt zu zerreißen.

„Was erlaubt sich dieser Mann?!“, fluchte sie, und schleuderte die Papierfetzen auf den Boden.

„Was schreibt er denn?“, fragte Thorak.

„Er verlangt von mir, dass ich nach Gelese komme und einen Eid schwöre! Warum versteht er nicht, dass sich die Halbgötter nicht nur einem Volk verschreiben dürfen?!“

„Möchtest du eine Antwort schicken?“

„Pah! Das werde ich sicher nicht tun!“

„Tayla, wenn Ihr den König beleidigt...“

„Woher weiß Serai überhaupt, dass ich hier bin?“, fragte sie irritiert.

Thorak zuckte mit den Schultern: „Ich weiß es nicht. Seit

der Schlacht hat dich niemand mehr gesehen. Er hat wahrscheinlich eins und eins zusammengezählt."

Tayla schürzte die Lippen: „Das tut jetzt wohl auch nichts mehr zur Sache."

„Ich finde es ist eine kluge Entscheidung, ihm nicht zu antworten, Tayla.", bekräftige Lethiel.

„Genau.", stimmte jetzt auch Thorak zu, „scheiß auf den König!"

„Scheiß auf den König.", wiederholte Tayla weniger glaubwürdig, „genau."

Lethiel räusperte sich energisch: „Aber da wir nicht auf Schwertkampflektionen *scheißen,* werden wir jetzt weitermachen."

Tayla verdrehte die Augen und griff nach ihrer Waffe. Sie wusste, dass weiterer Protest keinen Sinn machte.

„Wir sehen uns, Tayla." Thorak verbeugte sich und nickte Lethiel zu: „Meister." Dann verschwand er lachend.

Der Elf ließ Tayla nicht länger ausruhen und drängte sie in neue Kämpfe. Eigentlich war sie ihm gar nicht böse, jetzt konnte sie ihrer Wut auf König Serai endlich Luft machen.

Nach einiger Zeit hob Lethiel verwundert die Brauen: „Ihr beeindruckt mich, Halbgöttin. Man sollte Euch immer erzürnen, bevor man Euch ein Schwert in die Hand gibt.", stellte er sachlich fest.

„Verzeiht meinen Tonfall, Meister, aber ich denke belanglose Worte können warten.", beendete Tayla die kurze Unterhaltung und setzte zu einem erneuten Angriff an.

Sie traute ihrem eigenen Körper nicht, doch sie wich all seinen Gegenschlägen leichtfüßig aus, wirbelte herum, täuschte einen hüfthohen Schlag vor und *entwaffnete* ihn. Sein Elfenschwert bohrte sich wenige Schritte von ihnen entfernt in den Waldboden.

Mit geweiteten Augen starrte der Elf erst zu seiner

Schülerin und dann zur Waffe.

Taylas Erstaunen wich Begeisterung. Sie konnte nicht fassen, was sie vollbracht hatte. Nach jahrelangem Training hatte sie ihren Meister zum ersten Mal *entwaffnet.*

„Tayla.“, brachte er nach Worten suchend hervor, „das war großartig.“

Ein breites Grinsen trat, ohne dass sie es gewollt hätte, auf ihr Gesicht.

„Den Triumph habt Ihr verdient. Ihr wart eine würdige Gegnerin. Ihr solltet Euch jetzt ausruhen, Tayla, und waschen, wenn ich mir diese Bemerkung erlauben darf.“, meinte Lethiel bei ihrem Anblick, „behaltet das Schwert und die Kleider bis morgen.“

Tayla nickte und verabschiedete ihn. Er hatte recht, sie sollte sich dringend erfrischen, denn sie war völlig verschwitzt. Die Kleider, die Thorak ihr am Morgen gegeben hatte, klebten an ihrem Körper. Also machte sich auf den Weg zum Waldbruchbach.

Die Abendröte war aufkommender Dunkelheit gewichen, als Tayla kopfüber ins Wasser sprang. Sie zitterte, denn das Wasser war sehr kalt und ihr Herz setzte einen Schlag aus. Sie schrubbte sich mit den Händen über die nackte Haut, trieb für einen Moment im Nass und schwamm zurück zum Ufer, an dem sie zuvor Hose, Rüstung und Hemd ausgebreitet hatte. Rasch kleidete sie sich und schnallte den Waffengurt wieder um die Hüfte.

Da ließ sie ein Rascheln aufhorchen.

„Zacharias?“, fragte sie in die Nacht hinein, denn sie hatte sich hier mit ihm verabredet. Lächelnd behauptete sie: „Ich weiß, dass du es bist.“

Erneut ertönte ein Knistern, als trete jemand auf getrocknetes Laub.

Tayla wurde misstrauisch: „Zacharias?“

Er antwortete nicht – und das zum wiederholten Mal. Auf der Hut legte sie eine Hand an den Schwertknauf. In diesem Moment war sie erleichtert, dass Lethiel die Waffe nach der Kampflektion nicht zurückverlangt hatte. Mutig schlich sie näher zum dichten Gebüsch, in dem sie den Ursprung der unheimlichen Geräusche zu finden glaubte. Sie würde, was auch immer dort lauerte, bezwingen können. Schließlich war es ihr gelungen Lethiel zu entwaffnen!

Ihr Herz begann schneller zu schlagen und sie zog das Schwert bedacht aus der Scheide. Das nervenaufreibende Schaben von Metall auf Metall war zu hören. In Alarmbereitschaft richteten sich die feinen Härchen in ihrem Nacken auf.

Plötzlich ertönte ein kehliges Knurren, das Tayla nur allzu bekannt war. Instinktiv wich sie einen Schritt zurück und riss das Schwert in die Luft – gerade noch rechtzeitig, um den Schattenaffen abzuwehren.

Tayla blickte auf den Koloss, der mit gebleckten Fängen neben dem Gebüsch kauerte. Das gorillaartige Wesen blähte die Nüstern auf und schnob bedrohlich. Ihr Magen krampfte sich bei diesem Anblick zusammen. Dennoch nahm sie all ihren Mut zusammen und richtete ihre Klinge auf die Kreatur.

Der Schattenaffe rannte auf allen Vieren los und stürzte sich brüllend auf Tayla. Die Halbgöttin sah, wie sich ihre Klinge tief in seinen Oberarm grub. Bevor der Koloss einen zweiten Angriff starten konnte, rammte Tayla ihm das Schwert in eine seiner fußähnlichen Gliedmaßen. Mehr als zwei Zoll tief versenkte sie die scharfe Klinge im Boden.

Die Halbgöttin glaubte sich siegessicher, als sie die Kreatur bewegungsunfähig gemacht hatte. Sie brauchte keine zweite Waffe, um deren Leben ein Ende zu bereiten. Schließlich beherrschte sie jetzt den Zauber des Lichts.

Tayla machte sich frei von allen Gefühlen, von der Angst des Sterbens und des Scheiterns. Sie betrat die Leere, das Nichts, und berührte das helle Licht im Dunkeln. Die Magie strömte durch ihren Körper und Tayla stellte sich vor, was mit der kratagonischen Bestie geschehen sollte.

Das Fell des Schattenaffen färbte sich blutrot. Sein massiver Körper wurde durchlöchert wie ein Sieb. Die Lebenskraft wich aus der Kreatur, immer weiter, immer weiter.

„Tayla? Was machst du?“

Das war Zacharias' Stimme. Warum war er schon hier?

Plötzlich drangen seine Schreie in ihr Bewusstsein und sie spürte, wie sich der Zauber veränderte. Sie riss die Augen auf und sah Zacharias, wie er sich in einer Blutlache vor Schmerzen krümmte.

„Zacharias!“, schrie sie, rannte zu ihm und ließ sich auf die Knie fallen.

„Hör auf, hör auf damit!“, stöhnte er gequält.

Tayla konzentrierte sich und zerstörte die Verbindung zur göttlichen Energie. Augenblicklich erschlaffte er.

„Es tut mir so Leid! Das wollte ich nicht...“ Sie beugte sich verzweifelt über ihn und drehte ihn auf den Rücken.

„Hör auf, Tayla!“, fuhr er sie an und versuchte sich auf die Beine zu kämpfen.

Sie griff ihm unter die Arme und brachte ihn bis zum Ufer. Von dort aus schleppte er sich alleine ins Wasser und wusch sich das Blut von Körper. Mit Erschrecken erkannte Tayla, dass er überall kleine Schnitte davongetragen hatte. Sie waren nicht tief, aber sie bedeckten seinen ganzen Körper.

„Es tut mir Leid, bitte, verzeih mir, ich habe das nicht gewollt.“, entschuldigte sie sich und watete zu ihm in den Bach.

„Lass mich, Tayla!“, schnauzte er und klang kraftlos. „Du

und dieser Zauber! Du zerstörst alles damit!“

Sie sah zu dem Koloss, den sie mit der Magie getötet hatte, und fühlte sich besser, als sie sollte.

„Das ist widernatürlich!“

Tayla ließ sich nicht weiter von ihm fernhalten und zog ihn aus dem eisigen Wasser. Am Ufer machte er sich wütend von ihr los und verlor wieder das Gleichgewicht. Bevor er hinfallen konnte, stemmte sie sich gegen ihn und hielt ihn fest.

„Bitte, glaube mir, Zacharias, ich wollte dich nicht verletzen.“ Sie hielt sein Kinn fest, sodass er nicht länger ausweichen konnte. In seinen blauen Augen tobte wieder der altbekannte Schneesturm.

Leichte Wellen auf dem Wasser lenkten Taylas Aufmerksamkeit ab. Ihr Instinkt schrie, dass Gefahr drohte und sie ließ Zacharias los.

„Hier stimmt etwas nicht.“, stellte sie fest und konzentrierte alle Sinne auf den Bach. Da ihr Schwert noch immer im toten Leib des Schattenaffen steckte, tastete sie nach der Magie in sich.

„Was hast du gesehen?“, fragte Zacharias, der mit dem Rücken zum Ufer stand und wieder stärker blutete.

Kaum hatte er die Frage ausgesprochen, brachen drei Schatten durch die Wasseroberfläche und stürzten auf dic beiden zu.

„Achtung!“, schrie Tayla und stieß Zacharias zur Seite.

Sie setzte den Zauber des Lichts frei und der erste Koloss wurde von einer Welle begraben und tauchte nicht mehr auf. Die Halbgöttin spürte, wie sehr die Magie an ihren Kräften zehrte und wusste, dass sie nur noch eine Kreatur auf diesem Weg töten konnte. Ihre Naturverbundenheit ließ sie etwas Energie in den Boden leiten, und der zweite Schattenaffe wurde von Wurzeln erwürgt.

Tayla sackte kraftlos auf die Knie. Ihre Reserven waren erschöpfte und sie konnte nur noch einen kleinen Zauber wagen. Da sie die Kreatur nicht alleine umbringen konnte, lenkte sie die Energie, ohne zu wissen, was das bewirkte, in Zacharias. Dann fiel sie zu Boden und schlug mit dem Kopf vorweg auf. Aus dem Augenwinkel sah sie undeutlich, wie sich etwas in den Schädel des Angreifers bohrte.

„Tayla! Was hast du getan?! Aaaah! Was hast du getan?! Warum hast du diese verfluchte Magie in mich geleitet?! Du weißt nicht, was das bewirkt!“, schrie eine verzerrte Stimme. Tayla verlor für einen kurzen Moment das Bewusstsein. Die Stimme war noch immer zu hören, als sie wieder zu sich kam: „Es war Dwar! Er muss es gewesen sein! Er übt Vergeltung! Komm, schnell, ich muss dich in Sicherheit bringen!“

Zacharias legte Tayla in der Baumhöhle vorsichtig auf dem Holzblock in die Felle und setzte sich neben sie.

Ihre Hand haltend, fragte er: „Geht es dir besser?“

Sie nickte.

„Das bist du also.“, seufzte er. Er hatte wohl endgültig erkannt, was ihre Halbgöttlichkeit und ihre Magie bedeuteten, anders konnte sie sich seinen versteinerten Gesichtsausdruck nicht erklären.

„Jetzt weißt du alles von mir.“, offenbarte sie. „Ich habe kein Geheimnis mehr. Genauso wie du.“

Er schüttelte den Kopf: „Es gibt viele Dinge, die du nicht weißt, die ich dir nie verraten werde.“

Sie war erschüttert: „Aber warum?“

Warum verschloss er sich schon wieder vor ihr?

„Weil ich nicht will, dass du mich als den Mann siehst, der ich in Wirklichkeit bin, zu dem mich meine Vergangenheit gemacht hat.“

„Was meinst du?"

„Unterbrich mich nicht!"

„Warum willst du nicht, dass ich dich so kenne, wie du bist?"

Zacharias hob wütend die Stimme: „Weil ich dich trotz allem nicht hassen kann, Tayla! Ich will es, versuche es, aber kann es nicht! Ich kann dich nicht hassen, obwohl du alles in dir trägst, was ich verabscheue. Und das nur, weil ich dich liebe." Sie wollte sich aufsetzen, doch er stieß sie grob in die Felle zurück und wand sich von ihr ab: „Du bist wie eine Sucht. Du zerstörst mich, aber ohne dich kann ich nicht leben, will ich nicht leben... Nicht mehr... Das mit uns kann nicht funktionieren, Tochter des Lichts. Aber ich kann nicht aufhören, es zu versuchen." Ohne sich noch einmal umzudrehen, verließ er die Baumhöhle.

Egal was er gerade gesagt hatte, sie konnte nur an seine Vorwürfe beim Waldbruchbach denken: *Was hast du getan?! Warum hast du diese verfluchte Magie in mich geleitet?! Du weißt nicht, was das bewirkt!* Leider musste sie sich eingestehen, dass er damit Recht hatte.

Was hatte sie getan?

Zacharias hatte Tayla verunsichert und mit vielen neuen Fragen zurückgelassen. Sie hatte die ganze Nacht nicht geschlafen und gehofft, dass er zurückkehren würde, aber das hatte er nicht getan. Im Morgengrauen bekam sie Besuch von Thorak und Lethiel, die weitere Fragen im Gepäck hatten, die vorerst unbeantwortet bleiben sollten.

„Sie übertreiben es. Eindeutig.", stellte Thorak fest, der ein Dutzend Briefe in der Hand hielt.

Draußen krächzten einige Raben, die vor der Baumhöhle kreisten.

Tayla riss ihm aufgebracht die Briefe aus der Hand und überflog sie. Sie waren alle von Ratsmitgliedern, die sie mit großen Versprechungen auf ihre Seite ziehen wollten, um ihr einen Treueschwur zu entlocken. Innerlich zerbrach Tayla an dem Spiel, dass der Rat mit ihr spielte. Doch nach außen gelang es ihr Haltung zu wahren. Alleine Norolana und Khandras Drakan hatten ihr keinen Raben geschickt. Drakan konnte wahrscheinlich überhaupt nicht schreiben, aber das tat nichts zur Sache. Sie waren die einzigen Mächtigen in ganz Lorolas, die keine Intrigen spannen, um die Halbgötter an sich zu binden.

„Ich werde keine Nachricht beantworten!“, entschied Tayla und zerknüllte die Briefe. „Niemand wird etwas von mir hören, solange Elozar in der Götterwelt ist!“

Da flog ein weiterer Rabe krächzend in die Baumhöhle und ließ eine kleine Schriftrolle fallen, die Tayla in der Luft fing und aufrollte. Es war Porters Schrift.

Hallo Tayla, ich weiß, dass du allein sein willst und dass du dich dem Kriegsrat nicht stellen kannst. Aber es ist etwas geschehen, das deine sofortige Anwesenheit erfordert. Du musst mich in Gelese aufsuchen. Komm direkt zu mir, geh nicht ins Ratshaus! Du musst kommen, sofort!

Ich kann dir nicht schreiben, um was es sich handelt, es könnte mich mein Leben kosten. Bitte, Tayla, um unser beider Willen, komm nach Gelese.

„Zacharias, du kannst mich nicht begleiten!“, verdeutlichte Tayla, nachdem sie dem Kratagoner von ihrer bevorstehenden Reise nach Gelese erzählt hatte, „Lethiel, mein Schwertmeister, wird mir als Lehrer und Ratgeber zur Seite stehen.“

„Aber auf mich kannst du verzichten, ja?“, gab er beleidigt und mit vor der Brust verschränkten Armen zurück.

„Zacharias, wir haben jetzt keine Zeit für sowas. Ich muss sofort aufbrechen.“

Plötzlich schrie er sie an: „Schön! Du verhext mich mit deinen dämonischen Zaubern und dann machst du dich davon? Wie du willst, Tayla, aber dann komm nicht zu mir zurück!“

„Das meinst du nicht so.“, sagte sie beklommen.

„Ich stehe zu meinem Wort! Immer!“, beharrte er.

„Dann steh auch dazu, dass du mich liebst.“, erwiderte sie, ohne ihn anzusehen und packte Decken, zwei Wasserschläuche, Früchte und Brot in einen Beutel.

Er sagte nichts. Daraufhin wandte sie sich enttäuscht ab und ging zum Ausgang der Baumhöhle. Mit einem Mal packte Zacharias ihr Handgelenk und zog sie zurück.

„Ich wusste, dass du mich nicht einfach gehen lässt.“, flüsterte sie lächelnd.

„Ich stehe zu meinem Wort, Tayla.“, entgegnete er und sein Gesicht nahm wieder die verwegenen Züge an, die sie so mochte.

„Du kannst dir nicht vorstellen, wie glücklich mich das

macht. Ich liebe dich.“

Er antwortete mit einem gierigen Kuss.

„Ich muss los, bitte, lass mich gehen.“

„Nein.“, keuchte er und überfiel sie ein zweites Mal.

Er schob sie zum Holzblock zurück, drückte sie in die Felle und kniete sich über sie.

„Zacharias.“, unterbrach Tayla ihn atemlos, befreite sich von ihm und stand auf. „Ich *muss* jetzt gehen.“ Sie schluckte und fügte hinzu: „Ich weiß nicht, wann ich zurückkehre, ob ich überhaupt-“

Er schnitt ihr das Wort ab: „Ich werde heute Abend zum Heerlager aufbrechen und in deiner Nähe sein. Wir sehen uns wieder. Ich verspreche es. Ich würde alles dafür tun, um dich noch einmal zu sehen.“

Tayla schmolz unter diesen Worten wie Eis in der Sommersonne: „Und ich verspreche, dass ich herausfinde, welche Auswirkungen der Zauber des Lichts auf dich hat.“

Sie lächelte traurig und dann lief sie schnell zu Lethiel, der auf dem Waldboden auf sie wartete.

„Wo bleibt Ihr denn so lange?“, klagte der Elf, der mit einem großen Sicherheitsabstand neben Schattenläuferin stand.

Tayla hatte die graue Blutwölfin in den Morgenstunden gerufen, damit sie sie beide nach Gelese brachte. Sie war das einzige Tier, das mit Elozars Schnelligkeit mithalten konnte.

„Danke, dass du gekommen bist, Schattenläuferin.“, sagte Tayla.

Schattenläuferins Stimme erklang in ihren Gedanken: „Wir Hüter des Waldes stehen Euch treu zur Seite und dienen Euch ergeben, Halbgöttin Tayla.“

Geheimes Treffen

Schattenläuferin rannte in der Morgendämmerung des nächsten Tages durch Geleses Straßen. Als die Menschen den riesigen Blutwolf erblickten, flohen sie schreiend in ihre Häuser.

„Sehr gut, Schattenläuferin.“, lobte sie, denn sie wusste, dass es bis zu Porters Haus nicht mehr weit war.

Die Wölfin drehte ihr im Lauf kurz den Kopf zu und sie sah, dass ihr Schaum vor dem offenen Maul stand. Sie war entkräftet, den ganzen Weg von Arbor bis nach Gelese war sie ohne Unterbrechung gerannt.

„Tayla? Wo ist das Haus des Wissenschaftlers?“, fragte Lethiel, der hinter ihr saß und sich während des stürmischen Ritts durch die verwinkelten Straßen an ihr festklammert hatte.

„Dort drüben!“, rief Tayla und Schattenläuferin kam vor Porters Haus hechelnd zum Stehen.

Die beiden schwangen sich von ihrem Rücken und die Wölfin machte sich über ein großes Fass her, in dem Wasser gespeichert wurde.

Tayla hämmerte aufgeregt an die Tür, bis Porter ihr erschrocken öffnete: „Ach, du bist es, ich habe schon mit dem Henker gerechnet. Schnell, herein.“

Sie traten ein und Ires brachte ihnen zwei Becher Wasser. Sie nahmen es dankend entgegen und Porter brabbelte aufgelöst los, bevor er sie überhaupt richtig begrüßt hatte: „Es ist eine Katastrophe! Eine *Katastrophe*, sage ich euch! Er will die Vermählung! Am liebsten gestern!“

Tayla konnte ihm nicht folgen: „Wer will was?“

„Khandras Drakan!“, jammerte er und raufte sich das Haar. „Alles wird im Untergang enden, wenn er seinen Willen durchsetzt, und das wird er!“

„Wen will er ehelichen?“, fragte Lethiel, der ruhende Gegenpol zu Porters Hysterie.

„Sie!“, gestikulierte er wild und zeigte entrüstet auf Tayla.

„Mich?!“, hinterfragte sie ungläubig.

„Ja! Vor vier Tagen hat er mich hier aufgesucht! Ein ganzes Geschwader Kharr stand vor meiner Tür und ich dachte, mein Herz bliebe stehen, so einen Schreck haben sie mir eingejagt! Ja, natürlich bin ich gewissermaßen ihr Ansprechpartner in Gelese, der Botschafter, aber das.... das ging zu weit!“, regte er sich auf und sprach mehr mit sich selbst als mit seinen Gästen. „Drakan wollte mit mir über die versprochene Hochzeit mit einer Lorolasserin sprechen, die er, wie ich ihm zusagte, frei wählen dürfe.“

„Das geht nicht...“, murmelte Tayla. „Das geht nicht!“

„Das weiß ich doch auch! Niemand weiß es besser als ich!“, begehrte Porter auf.

„Ich gehe zu ihm und rede es ihm aus! Ich verweigere mich ihm!“, entschied sie mit geballten Fäusten.

„Nein!“ Porter sprang panisch auf. „Du darfst nicht zum Ratshaus gehen! Wenn die anderen Mächtigen davon erfahren, wird es in einem Gemetzel enden, oder, noch viel schlimmer, der Kriegsrat löst sich auf. Sie dürfen nicht davon erfahren, nicht bis wir den Khandras umgestimmt haben.“

„Und wie willst du das anstellen?“, fragte Tayla skeptisch.

„Ich weiß es nicht, Tayla. Wenn herauskommt, dass ich dich über seine Pläne in Kenntnis gesetzt habe, dann wird mein Kopf als erster rollen.“, gab er niedergeschlagen zu.

Das war das erste Mal, dass Porter eine ihrer Fragen nicht beantworten konnte und Tayla begriff den Ernst der Lage.

„Dieser Khandras muss doch wissen, dass sich die Halbgöttin nicht an sterbliches Leben binden darf.“, warf Lethiel ein.

„Aber dieser Kerl ist ein Wilder, es ist ihm *egal.*“, erklärte Porter, „warum wurde gerade *ich* als Botschafter ausgewählt? Egal was wir tun, mich trifft die Schuld.“

Tayla dachte lange nach und blendete die Diskussion, die Lethiel und Porter führten, aus. Es musste doch eine Lösung geben... Es *musste* eine Lösung geben...

„Ich habe eine Idee.“, sagte sie und die beiden schwiegen augenblicklich. „Porter, du arrangierst als Botschafter ein heimliches Treffen mit mir und Drakan. Während dieses Treffen stattfindet, wirst du, damit du nicht verdächtigt werden kannst, falls es jemand herausfindet, zu König Serai gehen. Du berichtest ihm pflichtbewusst von Drakans Plänen, aber so, als hättest du ein Gerücht gehört. Wenn ich es schaffe, den Khandras davon zu überzeugen, mich nicht zu seinem Weib zu machen, dann will ich nicht, dass er trotzdem in Ungnade fällt.“

„Das könnte sogar funktionieren...“, grübelte Porter.

„Was wird meine Aufgabe sein?“, fragte Lethiel.

„Ihr müsst die Augen für mich offen halten, Meister. Niemand darf von diesem Treffen erfahren.“

Porter unterbrach sie: „Aber, Tayla, wo willst du dich hier in Gelese ungesehen mit ihm unterhalten? Das ist unmöglich. Überall lauern Spione der Ratsmitglieder.“

„Vertrau mir, Porter, ich kenne genau den richtigen Ort.“,

entgegnete sie zuversichtlich.

Tayla sah am Abend in Erinnerungen schwelgend in das Geäst der alten Trauerweiden, dann wanderte ihr Blick über den verwahrlosten Bauernhof und zu dem maroden Hühnerschuppen, in dessen Nähe sie stand. In diesem alten Gehöft hatte sie sich vor sehr langer Zeit einmal mit Zacharias versteckt, als sie ein Kleid gestohlen hatten und sie von Häschern gejagt worden waren. Sie schmunzelte. Damals war alles anders gewesen. Sie, Tayla, war dumm, hilflos und unerfahren gewesen und auch noch Hals über Hopf in diesen Schönling verliebt. Zacharias war der unergründliche Fremde gewesen, der für einen Mord nach Lorolas gekommen war.

Im nächsten Augenblick schweiften ihre Gedanken zu Elozar, der, unerreichbar weit weg für sie, in der Götterwelt bei seinem Vater verweilte. Sie hoffte, dass er mit ihrem Plan einverstanden war und dass er auf sie aufpasste.

Tayla hörte Schritte. Die eines großen Tieres.

„Seid gegrüßt, Khandras Drakan.“, sagte sie, als der Hüne sie auf dem Rücken seines Bären erreichte. Auch heute bedeckten nur eine Fellweste und Ledergurte seinen Oberkörper. Seine Wunden aus der Schlacht waren so gut wie verheilt.

Er schwang sich von dem Tier des Nordens und legte die zur Faust geballte, rechte Hand auf die Brust. Tayla tat es ihm gleich.

„Folgt mir, bitte.“, forderte sie ihn mit gedämpfter Stimme auf und trat in den Hühnerschuppen.

Der Kahndras folgte ihr mit seinem Bär, der sich mühevoll durch die Türöffnung zwängen konnte. Tayla begrüßte auch das wilde Tier, womit sie Drakan, wie schon auf dem

Empfang, beeindruckte.
„Ich will ehrlich zu Euch sein.“, begann sie und setzte sich in einer schattigen Ecke ins Stroh.
Der Khandras verharrte in der Mitte des Schuppens. In der Dunkelheit konnte sie nur das Funkeln seiner rußgeschwärzten Augen sehen.
„Kommt zu mir.“, lächelte sie freundlich und deutete neben sich.
Doch das vereinfachte die Situation keineswegs. Der Wilde kam ihrer Forderung nach, setzte sich neben sie und berührte mit seiner großen Hand ihren Arm.
„Du ehren mich.“, sagte er und wieder musste Tayla sich ermahnen, nicht unter dem Klang seiner tiefen Stimme zusammenzuzucken. „Du sein schön, *sehr* schön, aber ich nicht können paaren, auch wenn ich wollen.“
Im ersten Moment verstand sie nicht, was er sagen wollte, doch dann fiel es ihr wie Schuppen von den Augen. Drakan glaubte, dass sie sich hier, an diesem verlassenen Ort, mit ihm getroffen hätte, weil sie ihm in aller Heimlichkeit beiliegen wollte. Oh Gott, wie sollte sie das nur erklären?
Sie brachte Abstand zwischen sich und den Krieger und fühlte sich winzig, als sie ihn vor sich aufragen sah: „E-es tut mir Leid, Ihr habt da etwas falsch verstanden.“, stammelte sie, „ich wollte mich nicht-“ Sie schluckte peinlich berührt, „mit Euch paaren.“
Tayla glaubte Erstaunen in seiner Miene auszumachen.
„Ich gehen?“, fragte er, ohne dass man seiner Stimme irgendeine Emotion entnehmen konnte.
Sie wollte ihn unter keinen Umständen verärgern: „Nein. Ich wollte mit Euch über etwas sprechen, Khandras, und darum bin ich ehrlich. Porter berichtete mir davon, dass Ihr gewisse... gewisse Pläne habt.“
Er nickte zustimmend und ließ sie nicht aus den Augen.

Sein hartes, kantiges Gesicht war wie versteinert.

Sie schüttelte den Kopf, weil sie nicht die richtigen Worte fand: „Ich kann nicht Eure Frau werden. Das geht einfach nicht. Es tut mir Leid."

„Es gehen.", beharrte er und fesselte sie mit den dunklen Augen, die in den Schatten seiner Brauen lagen und mit dem Ruß in den Höhlen verschwammen.

„Nein."

„Das war Versprechen, Versprechen von König.", entgegnete er finster.

„Aber ich kann dieses Versprechen nicht für König Serai halten. Das geht nicht, denn diese Vermählung würde einen Krieg unter den Ratsmitgliedern auslösen, versteht Ihr das denn nicht?"

„Nein. Ich Khandras. Ich bekommen was ich will. Krieg unter Ratsmänner ist mir egal.", drohte er, ohne dass er die Stimme hob.

„Warum ausgerechnet ich?", fragte sie in der schleichenden Erkenntnis, dass sein Entschluss feststand.

„Du und ich sein gleich."

Sie schüttelte ratlos den Kopf: „Nein..."

„Du haben keine Furcht und du kämpfen. Du haben Leidenschaft, Halbgöttin, genau wie Kharr, genau wie Khandras. Wenn du nicht werden mein Weib, ich töten alle Verräter. Dann Kharr verlassen Gelese und Krieg wird verloren. Entscheide. Entscheide jetzt."

Nun stand fest, dass er sich nicht mehr umstimmen ließ. Und seine Worte würde er bedingungslos erfüllen.

„Ihr würdet alle Verräter töten?", fragte sie erschrocken.

„Ja."

„Auch Porter, ich meine, den Botschafter?"

„Auch Botschafter."

Tayla merkte, dass ihr Herz fast stehenblieb. Er würde

morden. Angefangen mit Porter, würde er alle Räte und auch König Serai töten. Das durfte sie nicht zulassen. Sie gestand sich ein, dass es wohl keinen anderen Weg gab. Sie akzeptierte, dass dies der einzige Weg war. Sie musste das Versprechen, das Serai ihm gegeben hatte, halten.

Ihre Stimme versagte zum ersten Mal in Drakans Anwesenheit, denn sie konnte bloß noch leise krächzen: „Ich tue es."

„Ich dir nicht glauben.", erwiderte er ruhig.

Sie sah verzweifelt zu ihm auf: „W-was? *Warum?*"

„Ich wollen Beweis."

Tayla konnte ihm nicht folgen, hatte sie mit diesem Versprechen doch gerade alles verloren, was ihr wichtig war. Ihre Freiheit, das Wohlwollen der Mächtigen. Sie konnte ihre Bestimmung so niemals zur Zufriedenheit des Löwengottes erfüllen, aber wenn sie ihn nicht heiratete, dann wäre Lorolas schon jetzt verloren.

Sie konnte nur an Elozar denken, als sich der Khandras vor sie kniete und sie dabei um mehrere Köpfe überragte. So sehr wie jetzt hatte sie ihren Gefährten noch nie herbeigesehnt.

Drakan streckte eine Hand nach ihr aus und hob ihr Kinn: „Du sehen mich an. Du sein stolz."

Sie blinzelte heftig, um die Tränen zu vertreiben, dann hob sie den Blick und sah zu ihm auf. Er war so unglaublich groß und muskulös, sein langes, schwarzes Haar hatte er zu einem dicken Zopf im Nacken gebunden. Einige Strähnen fielen ihm ins kantige Gesicht. Seine dunkelbraunen Augen lagen noch immer tief im Schatten seiner markanten Brauen.

„Du sein stolze Frau. Ich sein Khandras.", sagte er beschwörend und Tayla zwang sich, sich ihre Angst nicht anmerken zu lassen.

Der Hüne beugte sich zu ihr herab. Erst spürte sie nur seinen Bart, in den Schmuck eingeflochten war, dann seine Lippen. Tayla versuchte es, aber sie konnte seinen Kuss nicht erwidern. Sie fühlte sich winzig, schwach und seltsam hilflos im Gegensatz zu ihm – und das war sie auch.

Da sank er vor ihr nieder. Wahrscheinlich sollten sie so auf einer Augenhöhe sein, aber das waren sie nicht.

„Das sein kharrische Tradition. Ritual.“, erklärte er und Tayla verstand.

Wieder zog er sie langsam an sich, dann berührten sich ihre Lippen ein zweites Mal. Für Tayla fühlte es sich falsch an. Zacharias sollte hier sitzen, er sollte er einzige Mann sein, dem sie je diese Zuneigung entgegenbrachte, doch es gab keinen Ausweg mehr. Ihre Liebe war verloren, auch wenn sie sich geschworen hatte, bis auf den Tod für sie zu kämpfen. In Anbetracht der unabwendbaren Zukunft, ließ sie auch den zweiten Teil des Rituals geschehen.

Wortlos legte Drakan seine großen Hände an Taylas Hüften und zog sie überraschend sanft auf die Knie. Er blieb im Schneidersitz vor ihr sitzen. Tayla wusste, was jetzt ihre Aufgabe war. Jetzt musste sie, die über ihm kniete, ihm den verlangten Beweis entgegenbringen.

Sie legte eine Hand an seine Wange und ließ sie für einen Moment über seine gebräunte Haut gleiten, dann durch seinen dichten Bart. Er fühlte sich so anders an, so... falsch. Seine Augen waren nicht blau wie seine, sein Gesicht war nicht makellos wie seines, seine Lippen waren nicht wie seine...

Tayla konzentrierte sich und schloss die Augen. Sie träumte sich aus dem Schuppen fort und betrat das Nichts, die Leere, die sie zum ersten Mal als angenehm und erlösend empfand. Trotzdem gelang es ihr nicht, die Tränen länger zurückzuhalten. Damit Drakan nicht sah, dass sie weinte, umklammerte sie sein Gesicht und küsste ihn gefühllos. Sie tat es grob, nicht so, wie sie es bei Zacharias getan hätte.

Salzige Tränen rannen über ihre Wangen, als Drakan sich wieder von ihr lösen wollte, doch sie hielt ihn auf. Sie zog seinen Kopf fest an sich, sodass er sich ihr nicht länger entziehen konnte. Er sollte in ihr weiterhin die starke und stolze Halbgöttin sehen, die scheinbar jeden Gegner besiegen konnte. Jeden, außer ihr Herz.

Die verlorene Zukunft

Am nächsten Tag rannte Tayla so schnell sie ihre Beine tragen konnten. Sie floh panisch aus der Stadt. Sie floh vor der Zukunft, die nun unabwendbar war. Es sollte eine große Verkündung ihrer Hochzeit mit Khandras Drakan stattfinden, darauf hatte er bestanden. Heute, da es einer ihrer letzten Tage in Freiheit war, hatte sie nur noch ein Ziel. Sie wollte nicht zu ihrem besten Freund Porter, der ihr immer mit Rat und Tat zur Seite stand, nicht zu Lethiel, der sie beruhigen konnte und auch nicht zu Thorak, der sie immer zum Lachen brachte. Sie wollte weder Norolana sehen, noch die Königin, noch Ires. Sie wollte nur noch zu ihm, Zacharias, zu dem Mann, den sie über alles liebte, aber dem sie niemals gehören würde.

Heiße Tränen rannen über ihre Wangen. Sie nahm kaum wahr, dass die Städter aufgeschreckt zur Seite sprangen, als sie über den Marktplatz aus der Stadt stürmte. Kaum hatte sie den ersten Fuß in den nun magischen Wald gesetzt, griff sie auf den Zauber des Lichts zu. Von der göttlichen Energie durchströmt hetzte sie bis zum Lager der Kratagoner. Sie musste Zacharias finden. Sie musste ihn finden, ein letztes Mal in seinen Armen liegen und das Gefühl genießen, dass sie ihm gehörte. Ihm – und keinem anderen.

Die feindlichen Zelte waren schon sehr nah, als Tayla den Zauber des Lichts in sich verebben ließ. Sie musste furchtbar aussehen, noch schrecklicher als sie sich fühlte. Halb blind und völlig orientierungslos irrte sie bis zum Lager der Sturmfalken.

Einen der schwarz gekleideten Männer fragte sie ächzend: „Zacharias? Wo ist Zacharias?"

Der Kerl deutete hinter das große, achteckige Zelt und meinte: „Dort drüben. Er trainiert – Ihr solltet ihn besser nicht stören."

Tayla war es gleichgültig. Sie hörte seine Worte schon gar nicht mehr. Sie wollte nur noch zu ihm, ihm, ihm. Sie wollte nur noch einmal vergessen, was in Zukunft ihre Pflicht war. Diese Sehnsucht befähigte sie dazu schneller zu laufen. Kaum, dass sie hinter dem Zelt angelangt war, sah sie Zacharias. Ihr stockte der Atem und sie wurde unsicher. Wie würde er reagieren, wenn sie ihm erzählte, welchem Schicksal sie sich stellen musste? Was würde er tun? Was würde er denken?

„Zacharias?", wimmerte sie und war wie erstarrt.

Sie konnte sich nicht mehr bewegen, nichts mehr denken, nichts mehr spüren.

Der Kratagoner wandte sich keuchend zu ihr um und stoppte seine Schläge auf einen gefüllten Sack. Sein Leinenhemd klebte an seinem schweißnassen Körper, genauso wie Strähnen seines braunen Haares.

Seine Augen fanden ihre und der Bann war gebrochen. Tayla stürmte zu ihm und warf sich in seine Arme. Sie umschlag seinen Nacken so fest wie sie es noch nie getan hatte und vergrub das Gesicht verzweifelt weinend in seiner Halsbeuge. Sie wollte ihn nicht mehr loslassen. Nie mehr.

„Tayla?", fragte er unbeholfen und völlig überrumpelt, „was tust du hier? Was ist denn los?" Dann legte er die Arme um sie.

Wie sollte sie es ihm nur beibringen? Wie? Das konnte sie ihm doch nicht einfach so sagen...

„Ich liebe dich.“, hauchte sie tonlos, während sie die Hände um sein, von der Anstrengung heißes, Gesicht legte. „Ich liebe dich.“, wisperte sie und versiegelte seinen Mund mit ihrem.

Er schmeckte salzig, genauso wie er nach Schweiß und Wald und... Zacharias roch.

„Was hast du denn?“, fragte er erneut, dieses Mal klang es deutlich besorgter.

Tayla ließ ihn noch immer nicht los, sah ihm nur in die Augen. Sie konnte nichts dagegen tun, schon wieder kamen ihr die Tränen.

„Hey...“, murmelte er, „alles wird gut, Tayla... Beruhige dich.“

Wut und Verzweiflung stauten sich in ihr und sie wusste, dass der Moment gekommen war: „Gar nichts ist gut und es wird auch nichts gut werden.“

Tayla überraschte es selbst, dass sie so gefasst sprechen konnte. Das hätte sie nicht gedacht.

Er grinste und wieder hatte er diese selbstbewusste, verwegene Ausstrahlung, die sie so sehr mochte: „Du übertreibst. Maßlos.“

Wenn es ein Versuch war sie aufzuheitern, war er gescheitert. Maßlos.

„Wenn du wüsstest-“ Ihre Stimme brach. Sie konnte es nicht sagen. Sie konnte es einfach nicht.

„Wenn ich was wüsste?“, setzte er nach.

Mit dem Mut der Verzweiflung nahm sie seine Hand: „Wenn du wüsstest, was ich weiß, dann würdest du keine Scherze machen, Zacharias.“

Sie schlug fast beschämt die Augen nieder.

„Was ist passiert?“, fragte er gerade heraus und schon fast streng, „Tayla, was ist passiert?“

„Ich liebe dich, das weißt du, Zacharias. Du weißt es doch! Oder nicht?“, haspelte sie.

„Was-“ Er sammelte sich und begann erneut: „Warum fragst du mich das?“

„Weißt du es?!“, beharrte sie laut und gleichzeitig zitternd.

„Ja.“, entgegnete er und seine Stimme wurde eine Spur weicher.

„Ich werde heiraten.“

„Was?“, erwiderte er sarkastisch grinsend, „ohne mich gefragt zu haben? Eigentlich müsste ich unserer Hochzeit doch vorher zustimmen. Aber in diesem Fall würde ich glatt darüber hinwegsehen.“ Seine Augen blitzten – eine Mischung aus Belustigung und Leidenschaft – als er sich zu ihr herabbeugte.

„Du hast mich nicht verstanden.“, verdeutlichte Tayla schrill und ihr brach es das Herz, „*ich* werde heiraten.“

Zuerst geschah nichts, dann erblasste jeder Ausdruck in seinem Gesicht. Es war zu einer Maske geworden, die keine Emotion erahnen ließ.

„Ich werde dazu gezwungen!“, erklärte sie hilflos, „Ich würde es nie freiwillig tun – aber ich muss...“

Er starrte sie an, seine Blicke bohrten sich tief in ihre Seele, doch er schwieg. Dieses Schweigen war für Tayla schlimmer als jedes Wort, das er ihr hätte an den Kopf werfen können.

Tayla umklammerte sein Gesicht: „Ich liebe dich, und nur dich, Zacharias. Hörst du?! Ich würde es nicht tun, wenn es eine andere Möglichkeit gäbe. Wenn ich könnte, würde ich dich nicht mehr loslassen. Bitte, sag doch etwas!“

Mit einem Mal erwachte Zacharias aus seiner Starre: „Wer ist es?“

Tayla hörte deutlich, dass er seine Wut nur mit größter Anstrengung unterdrücken konnte.

Die Halbgöttin wollte Drakans Namen nicht in seiner Gegenwart aussprechen. Das war falsch. Aber jetzt war sowieso alles verloren.

„Khandras Drakan. Er ist einer der Führer der freien Völker. Ich habe keine Wahl.“, schluchzte sie.

„Ich lasse es nicht zu.“, presste er hervor, „du gehörst mir.“

„Ich werde immer dein sein, Zacharias. Immer.“

„Wenn er dir etwas antut, ich schwöre beim Wächter Satia, dass ich dir seinen Kopf zu Füßen lege! Ich töte dieses Schwein!“

So hatte Tayla ihn noch nie erlebt. Es sprach nicht mehr nur Wut aus ihm, sondern Angst. Angst sie zu verlieren.

„Ich lasse es nicht zu! Er kann dich mir nicht wegnehmen!“

Seine Stimme war finster, bedrohlich. Es war glasklar, dass der Gesandte in ihm wiedererwacht war, der Mann, der ein skrupelloser Mörder war.

„Kannst du dich noch an unseren ersten Kuss erinnern, Zacharias?“, fragte sie leise.

Er antwortete nicht, aber sie merkte ihm an, dass er diesen Moment nicht vergessen hatte.

„Kannst du dich noch daran erinnern, als ich sagte, dass manche Gefahren zu groß seien und wir uns ihnen nicht stellen könnten?“

Seine Hände schlossen sich wie Eisenfesseln um ihre Arme und er erwiderte unglaublich kalt und hart: „Ich scheiß' auf diese Gefahren, Tayla! Lieber sterbe ich als dabei zuzusehen, wie du diesen-“ Offensichtlich fand er keine Beleidigung, die ihrem zukünftigen Gemahl gerecht wurde, „diesen Lorolasser heiratest!“ Er sah ihr beschwörend in die Augen. „Ich erlaube nicht, dass er dich berührt. Ich erlaube nicht, dass er dich so sieht, wie ich dich gesehen habe. Ich erlaube nicht, dass er zu dir die Dinge sagt, die nur ich zu dir gesagt habe. Und wenn er versucht, dich in sein Bett zu zerren, dann schneide ich seinen Schwanz ab und stopf ihm damit das Maul!“ Sein Atem war laut und ging nur noch stoßweise.

Tayla lächelte traurig. Auch wenn eine Drohungen ihr Angst machten, fühlte sie sich gleichzeitig sicher und unerreichbar für Khandras Drakan.

„Ich werde dich retten, Tayla.“, schwor er, „egal was es kostest, *ich werde dich retten.*“

Zacharias zog ihren Kopf in den Nacken und presste seinen Mund auf ihren. Wilder und leidenschaftlicher, als er es in der letzten Zeit getan hatte. Vielleicht hatte er Angst, dass dieser Kuss der letzte für eine sehr lange Zeit sein konnte, wenn nicht sogar für immer.

Tayla nahm alles in sich auf was er ihr schenkte, seine Wärme, Leidenschaft, Sehnsucht, Wut. Vor allem aber seine Liebe. Jetzt wusste sie umso mehr, dass eine Zukunft ohne Zacharias eine verlorene Zukunft war. Obwohl er versprochen hatte sie zu retten, und sie ihm glaubte, fragte sie sich in stummer Verzweiflung, wie er sie vor dem unabwendbaren Schicksal bewahren wollte. Ein Mann – egal ober er Mörder, Krieger, Bastard, Liebhaber oder Beschützer war – konnte sich nicht gegen ein ganzes Land und dessen Herrscher auflehnen.

Dieses Wissen war das, was Tayla und Zacharias von nun an trennte. Denn sie hatte es erkannt und akzeptiert, er kämpfte dagegen an, gegen die Mächtigen, die Götter, die Zukunft und den unerträglichen Verlust.

Zacharias löste sich nach Atem ringend von ihr: „Ich werde dich retten, Tayla. Du gehörst zu mir. Ich schwöre, ich werde dich retten.“

Befehle der Götter

Am zweiten Tag nach Taylas geheimen Treffen mit Drakan stand sie in der der Halle des ewigen Friedens. Sie war wie betäubt. Wenn sie könnte, würde sie fliehen, aber das war einer Halbgöttin nicht würdig.

„Reiß dich zusammen, Tayla. Wenn du dir anmerken lässt, dass du dazu gezwungen wirst, machst du es nur schlimmer.“, flüsterte Porter, der sie mit König Serai flankierte.

Die Halbgöttin betrachtete die Ratsmitglieder, die untergeben vor ihnen knieten, mit matten Augen. Wenn König Serai gleich ihre Hochzeit mit Drakan verkündete, würde die Stille im Thronsaal gebrochen werden. Der Monarch war, wie sie befürchtetet hatte, entrüstet gewesen, als sie ihm gestern von ihrer Einwilligung berichtet hatte. Doch er hatte der Verlobung, im Angesicht der Gefahr eines Bürgerkrieges, zugestimmt. Jetzt war der König genauso blass wie sie.

„Heute haben wir uns versammelt, um einer Verbindung zuzustimmen, die Lorolas verändert.“, begann der Regent mit belegter Stimme.

Durch die Menge ging ein Raunen, als er eine rednerische Pause machte. Tayla wusste sofort, dass er nicht die richtigen Worte fand. Aber wie sollte man für diese Entscheidung die richtigen Worte finden? Es war unmöglich...

„Khandras Drakan, ich bitte Euch zu mir.“, fuhr er fort. Der Khandras richtete sich auf und stieg zu ihnen auf die Empore. „Ich habe diesem geschätzten Mann, diesem furchtlosen Krieger, zu Beginn unseres Bündnisses ein Versprechen gegeben. Ich habe ihm versprochen, dass er sich ein Weib aus Lorolas, egal wer sie ist, zur Gemahlin nehmen darf. Ich ließ ihm die Wahl. Und er hat gewählt.“

Der König nahm Taylas Hand und die des Khandras' und führte sie zusammen.

Tayla spürte, dass ihr zukünftiger Gemahl sie ohne Unterlass ansah und dass es ihm gleichgültig war, was die anderen Ratsmitglieder über ihre Verbindung dachten. Ihr war es nicht egal. Sie sah jedem einzelnen von ihnen in die empörten, entsetzten Gesichter, um ihren Entschluss zu bekräftigen.

„Du willst diesen Mann heiraten?“, fragte ihr Vater Marlon fassungslos. „Du bist meine Tochter, wurdest in mein Volk hineingeboren. Wenn du dich an sterbliches Leben bindest, dann solltest du einen aufrichtigen Dunathon heiraten und deinen Platz als Sica'Deserto einnehmen, wie es dir vorherbestimmt war.“

Tayla machte es traurig, dass ihr Vater dachte, dass sie dieser Vermählung freiwillig zugestimmt hatte. Niemand von den Ratsmitgliedern konnte erahnen, was geschehen wäre, wenn sie es nicht getan hätte.

„Es ist entschieden. Diese Verbindung ist besiegelt.“, sprach König Serai und das Geflüster der Anwesenden erstarb.

„Nichts ist entschieden!“, begehrte der Gladio'Arenam auf.

„Ich stehe zu meinem Wort, und dabei bleibt es!“, erwiderte

der Monarch hitzig und Tayla wusste, dass ihm noch ganz andere Worte auf den Lippen lagen.

Derweil schloss sich Drakans Hand fest um ihre. So würde es ab jetzt immer sein. Er würde sie nicht mehr loslassen.

Plötzlich zuckte ein heller Lichtblitz durch die Halle des ewigen Friedens. Alle Anwesenden wurden geblendet, sogar Tayla vermochte nichts mehr zu erkennen. Der Khandras zog sie erschrocken zu sich und schützte sie mit seinem eigenen Körper.

Taylas Herz schlug schnell. Sie wusste, was gerade geschehen war. Sie konnte es spüren. Diese Macht...

„Kratagons König Jadro hat Schande über meinen Vater gebracht. Ich habe es aus der Welt der Götter gesehen. Die unüberquerbare Schlucht zwischen den Ländern gibt es nicht mehr.“, hallte Elozars verbitterte Stimme durch den lichtüberfluteten Thronsaal.

Taylas Atem stockte. Er war zurück. Jetzt, da man sie wie ein Stück Vieh verkauft hatte und sie Stolz, Würde und Freiheit verloren hatte, kehrte er zurück. Zu spät?

Ihr Herz zog sich zusammen. Sie freute sich trotz allem über seine Anwesenheit, denn er gab ihr das Gefühl von Sicherheit und Geborgenheit zurück. Auch wenn sie ihn in Anbetracht des hellen Scheins, der ihn umgab, nicht sehen konnte, spürte sie, wie zerrissen und zornig er war. Seine Worte erschütterten sie.

„Alles, was geschehen ist, gehörte zum Plan des feindländischen Herrschers.“

Das Licht verlor an Intensität und man erkannte, dass den halbgöttlichen Löwen ein heller Schein umgab. Bei seinem Anblick riss Tayla sich von ihrem Verlobten los, blieb aber auf der Treppe stehen, die von der Empore führte.

„Heute stehe ich als Gesandter des Löwengottes vor euch und er wünscht, dass ich mein Wissen mit euch teile. Vor zwei Jahren kam das kratagonische Grauen nach Lorolas. König Jadro wollte Tayla und mich durch den Bund der Gesandten töten lassen, um den Weg für den Krieg zu ebnen, denn einen Weg, die Schlucht zu überqueren, hatte er schon lange gefunden. Nach dem Versagen der Meuchler, genannt *Die Gesandten,* reifte in dem Herrscher ein Plan, so finster und abscheulich, dass selbst mein Vater ihn nicht voraussehen konnte. Er wollte nicht mehr nur Rache an Lorolas verüben, nein, er wollte die Länder unter dem kratagonischen Banner vereinen. Er wollte sich zum *König der Welten*, der Welt, wie sie war, und der, wie sie sein würde, krönen. Aber dazu brauchte er Wissen. Wissen, das er nur von einem einzigen Mann erhalten konnte. Von seinem einstigen Zögling und Gesandten Zacharias."

Tayla schluckte, als Elozar den Namen ihres Geliebten aussprach.

„Zacharias hat in Lorolas viel Zeit mit Tayla verbracht, sollte sie verstehen lernen, um sie zu töten, doch er wurde Kratagon abtrünnig und verschonte sie. Das hatte Jadro nicht vorausgeahnt, aber der größte Verrat war sein größter Vorteil. Durch Folter der schrecklichsten Art entlockte er seinem Schüler nach dessen Rückkehr sämtliche Informationen und Geheimnisse über Tayla, die Tochter des Lichts."

Taylas Atem stockte. Sie konnte nicht glauben, was sie da hörte.

„Nachdem Jadro diese Informationen erhalten hatte, ersann er einen Plan, so finster und intrigant, dass selbst der Löwengott ihn nicht entschlüsseln konnte. Er schickte den Dunkelelf Éndariel unter dem Vorwand aus, unseren Kriegsrat zu zerschlagen. In Wirklichkeit sollte er sich gefangen nehmen lassen, um dem König einen ehrenhaften Grund zu bieten, einen ersten Angriff gegen Gelese zu führen."

Der Mund der Halbgöttin wurde staubtrocken.

„Er erwählte die Schattenaffen unter Fürst Dwar, um den ersten Angriff, unter dem Deckmantel der Befreiung Éndariels, zu führen. Natürlich sollte dieser Angriff ein Massaker werden, der uns wie ein unvorhersehbarer Sturm treffen sollte – und das hat er. Aber Taylas Gefangenschaft in Éndariels Verlies bremste seinen Plan, denn ihre Teilnahme an der Schlacht war erforderlich. Wäre das geschehen, hätte das Schicksal noch schneller seinen Lauf genommen, doch so war Jadro gezwungen zu warten. Erst als Tayla von Graf Arroth befreit wurde und in der zweiten Schlacht kämpfte, konnte er das Unheil heraufbeschwören. Tayla war nach ihrem Wiedersehen mit Zacharias und dem vergangenen Massaker, dem sie nicht entgegenwirken konnte, so verletzlich und zornig gewesen, wie noch nie in ihrem Leben. Nachdem es endlich zu dem Kampf zwischen Dwar, Tayla und mir gekommen war, der eigentlich schon während des ersten Angriffs stattfinden sollte, setzte sich in meiner Gefährtin der Zauber des Lichts frei. Die List der Schattenaffen hat das ermöglicht und ihr folgender, sturmgleicher Angriff. Während Tayla die Schattenaffen tötete und den Lorolas Wald für immer mit ihren Zaubern veränderte, hatte der Löwengott sein Augenmerk nur auf sie gerichtet. König Jadro hatte nach Zacharias' Folter in Erfahrung bringen können, dass Tayla ihre Magie zuvor nicht einsetzen konnte und wusste, dass er nur so die Aufmerksamkeit meines Vaters von der Schlucht ablenken konnte. Er selbst ist zu einem großen Magier geworden, der die Gesetzte dieser Macht zutiefst durchdrungen hatte, und wusste, wie er diese Energien in meiner Gefährtin freisetzen konnte."

Taylas Augen weiteten sich schockiert und sie rang bei

Elozars Worten nach Atem. Alles war ein abgekartetes Spiel gewesen – und sie war eine Figur, die es dem Herrscher Kratagons ermöglicht hatte, zu gewinnen.

„Dieser schicksalhafte Moment war der einzige Zeitpunkt, an dem Jadro die Macht meines Vaters brechen und die Schlucht zerstören konnte.“

Unermesslicher Zorn stieg in Tayla auf und sie ballte die Fäuste: „Wie kann dieser Mensch, dieser Tyrann, nur so etwas tun?!“

Zum ersten Mal nach seiner Wiederkehr sah Elozar sie an: „Tayla, niemand konnte das erahnen. Selbst mein Vater konnte es nicht.“

Sie knirschte mit den Zähnen: „Was werden wir jetzt tun? Wie können wir das Schicksal noch abwenden?“

Die ganze Welt zerfiel in ihren Händen zu kalter Asche und auch der letzte Hoffnungsschimmer erlosch.

„Wir können nicht erahnen, welchen Zug der Herrscher als nächstes plant. Die Zukunft ist unvorhersehbar. Aber Jadro hat sein erstes Ziel erreicht. Er ist zum *König der Welten* geworden, denn er hat die alte Welt zu dem gemacht, was sie nun sein wird. Er ist mächtiger, als mein Vater angenommen hatte.“

König der Welten. Das klang falsch in Taylas Ohren.

„Was wird jetzt geschehen, Halbgott Elozar?“, fragte König Serai mit belegter Stimme.

„Der König der Welten hat einen Teil seines finsteren Plans erreicht. Er hat die Länder geeint. Jetzt wird er das beenden, was sein Ahnherr Kragon vor einem halben Jahrtausend begonnen hat. Er wird Rache nehmen und die ungeteilte Macht fordern.“

Jeder in der Halle des ewigen Friedens spürte, dass die Zeit gekommen war, um Kratagon und König Jadro etwas entgegenzusetzen.

„Mein Vater und ich haben aus der Götterwelt auf euch herabgesehen.“, berichtete Elozar, „wir billigen die Vermählung von Halbgöttin Tayla und dem Khandras der Kharr. Dieses Versprechen darf nicht gebrochen werden, auch nicht von den Göttern des Lichts. *Niemand* darf dieses Versprechen brechen, denn es ist das Fundament eines neuen Zeitalters.“

Tayla atmete tief ein und aus. Sie musste akzeptieren, dass sie diesen Kampf verloren hatte. Zacharias' Versprechungen verklangen in ihren Ohren und sie versuchte, sie für immer zu vergessen.

„Der Löwengott ruft euch, die Mächtigen in seiner Welt, seine Kinder, dazu auf, einen Schwur zu tun. Schwört, dass ihr gemeinsam unter seinem blutroten Löwenbanner gegen Kratagon in den Krieg zieht. Schwört, dass ihr dieses Bündnis niemals brecht. Schwört, dass ihr die Herrschaft des Königs der Welten beendet.“

Die Ratsmitglieder gingen vor dem goldenen Halbgott auf die Knie und sagten wie ein Mann: „Ich schwöre es!“

Als Elozars Rede vorüber war, sah sich Tayla um. Sie stand auf einer Empore zwischen König Serai, dem Khandras und Porter. Das war nicht ihr Platz. Sie gehörte zu Elozar, sie gehörte an seine Seite und das für die Ewigkeit. Selbst wenn sie Drakan heiratete, wusste sie, dass sie nicht alleine war. Er würde für immer bei ihr bleiben, sie nie verlassen, und das bedeutete für sie alles. Es bedeutete Hoffnung. Für sie, Lorolas und die Welt.

Kratagon

König der Welten

Kräftige Flügelschläge durchbrachen die Stille der Nacht. König Jadro genoss den grausamen Wind, die Kälte und die kraftvollen Bewegungen des Wächters.

Er sah an der Flanke des Drachen hinab. Sein Land, Kratagon, erschien ihm aus diesen Höhen winzig und unbedeutend. Es war dunkel und erstreckte sich nicht bis in die Unendlichkeit. Es war begrenzt. Doch die Unendlichkeit war genau das, was er wollte.

Jadros Atem beschleunigte sich. Es konnte nicht mehr lange dauern. Es konnte nicht mehr lange dauern, bis er das Resultat seiner Machenschaften und Pläne endlich mit eigenen Augen sah, denn das Valeduara hatten er und Satia schon lange hinter sich gelassen.

Seine Hände schlossen sich fest um die Zügel, als er am fernen Horizont sah, dass die Grenze zur Unendlichkeit verschwunden war. Sie existierte nicht mehr. Die Schlucht, die er so sehr gehasst hatte und die das Mahnmal für den Krieg zwischen den Brüdern Loras und Kragon gewesen war,

war zerstört. *Zerstört.* Nichts erinnerte mehr an die Schande, die der Löwengott über seinen Ahnherr und damit auch über ihn, Jadro, gebracht hatte. Es gab keine Schlucht mehr, keine Grenze, nur noch die Unendlichkeit.

Ein boshaftes Lächeln zog sich über sein hartes, vernarbtes Gesicht. Dann entkam seiner Kehle finsteres Gelächter.

„Endlich!“, rief er, getrieben von wilder Erregung und Machtsucht. „ENDLICH!“

Er spürte, wie der Atem des gottgleichen Wächters sich seinem anpasste.

„Das Zeitalter der vereinten Welt wurde wiedergeboren!“, schrie er und seine Stimme schnitt übernatürlich laut durch die Luft.

„Seht auf! Seht zu mir auf!“ Seine Worte hallten in ganz Kratagon wieder. „Kniet nieder vor dem Vereiner der Welt! Kniet nieder vor dem Herr des Feuers! Kniet nieder vor dem *König der Welten!*“

Seine Worte wurden von markerschütternd lautem Gebrüll begleitet. Der Wächter brüllte den Lorolassern ihr nahendes Ende entgegen, ihr unabwendbares Ende.

„Ich werde töten.“, rief Jadro, wie im Wahn gefangen, *„ich werde siegen, ich werde herrschen!“*

Plötzlich wurde die Nacht von lodernden Flammenzungen erleuchtet. Sie waren gewaltig. Der Wächter Satia riss den riesigen Drachenschädel herum und der Feuerstrahl umgab Jadro und ließ ihn wie einen Gott am schwarzen Himmel erstrahlen. Brutal und schrecklich.

Charaktere

Aélindir:	Prinz der einzigen Elfen in Lorolas.
Alrik:	Er zählt zu den Jägern der verborgenen Stadt Arbor.
Arianna:	Sie ist Serais Gemahlin und Königin von Lorolas.
Arroth:	Der Graf von Mortem Mar'Ghor ist Derethors Sohn.
Baarjan:	Baarjan ist der Graf von Osgardth.
Baarlor:	Er ist Baarjans alter Vater.
Carla:	Sie ist Taylas Mutter und Marlons Gemahlin aus Dunathon.
Derethor:	Der Stadthalter von Mortem Mar'Ghor und Arroths Vater.
Drakan:	Er ist der Khandras der unabhängigen Kharr im Norden Lorolas'.
Dwar:	Er ist der Fürst der Schattenaffen des Valeduaras.
Éndariel:	Repräsentant der Dunkelelfen aus dem Weißen Gebirge.
Elias:	Der General lebt in Gelese.
Elnor:	Er ist Elias' Vater und Admiral in Gelese.
Elozar:	Der halbgöttliche Löwe ist der Sohn des Löwengottes und Taylas treuer Gefährte.

Fanaria:	Die Arboranerin ist Fanirs Schwester.
Fanir:	Er ist ein Jäger Arbors.
Gaia:	Auch *Kratagons goldene Tochter;* Tochter Galdors und Glenns aus den Palanthras Tälern.
Galdor:	Galdor ist als Talkönig aus den Palanthras Tälern bekannt.
Gerion:	Gerion ist ein Waffenschmied Arbors.
Glenn:	Auch *Die Kalte;* Galdors Weib und Gaias Mutter.
Der Hexenmeister:	Ein uralter Magier aus Kratagon.
Hilda:	Die Diebin aus Lorolas ist Ugbolds Komplizin.
Ires Nickles:	Sie ist Porters Gemahlin und lebt in Gelese.
Jadro:	Auch *König der Welten;* Der König Kratagons will die Weltherrschaft und beherrscht den Wächter Satia.
Juda:	Der cholerische Anführer der Gesandten aus Kratagon.
Karlsson:	Der kratagonische Erfinder gehört zu den Gesandten.
Lara:	Ein junges, arboranisches Mädchen.
Lya:	Sie ist Laras Mutter.
Lethiel:	Der arboranische Elf ist Waffenschmied und Taylas Meister.
Der Löwengott:	Der Gott der Herrlichkeit und des Friedens ist der Erschaffer der Sterblichen Welt und Elozars Vater.
Loran:	Loran ist ein Jäger aus Dunathon.

Marlon:	Er ist Taylas Vater und der Gladio'Arenam der Dunathon.
Norolana:	Norolana ist die Führerin der Arboraner aus dem Lorolas Wald.
Orléan:	Der Greis ist ein berühmter Kartograph aus Gelese.
Porter Nickles:	Der Wissenschaftler dient König Serai, ist mit Ires vermählt und lebt in Gelese.
Praiodan:	Praiodan ist ein Fürst der Kristallbucht.
Rowan:	Der Bogenschütze aus den Palanthras Tälern ist Zacharias' Freund und zählt ebenfalls zu den Gesandten.
Satia:	Auch *Der Wächter;* ein gottgleiches Wesen aus Kratagon.
Schattenläuferin:	Die graue Blutwölfin gehört zu den Hütern des Waldes.
Serai:	Der König von Lorolas ist mit Arianna vermählt und lebt in Gelese.
Steve:	Er ist Taylas Freund und Meister aus Arbor.
Tayla:	Auch *Die Tochter des Lichts;* Sie wurde in der Wüste Iskéan geboren und ist die auserwählte Halbgöttin, die der Welt Frieden bringen soll. Elozar ist ihr Gefährte.
Thorak:	Der arboranische Krieger zählt zu Taylas Freunden.
Ugbold:	Ein Dieb aus Lorolas. Hilda ist seine Komplizin.
Umbra:	Er ist der unsterbliche Fürst der Dunkelelfen aus dem Weißen Gebirge.
Zacharias:	Der ehemalige Schüler von König Jadro gehört zu den Gesandten. Er ist ein Bastard. Ihn und Tayla zeichnet eine Verbindung.
Zer'Gohr:	Ein Schattenaffe aus Dwars Horden.

Liebe Leserin, lieber Leser,

ich Danke dir sehr, dass du dir dieses Buch gekauft hast. Damit unterstützt du mich und hilfst mir, meine Ideen und Geschichten zu verbreiten.

Ich würde mich sehr über eine Rückmeldung von dir freuen. Schreib mir gerne, wie dir „Göttliches Vermächtnis“ gefallen hat. Nur durch konstruktive Kritik kann ich wachsen. Unter dieser E-Mail-Adresse kannst du mich immer erreichen:
autorin.kathrin.buschmann@gmail.com

Über Rezensionen bei Amazon, Thalia, LovelyBooks usw. freue ich mich auch riesig. Anderen Leserinnen und Lesern hilft es sehr, wenn du deine Meinung zu diesem Buch der Öffentlichkeit zeigst.

Vielleicht hast du ja auch Lust mir deine Meinung persönlich mitzuteilen. Alle Veranstaltungs- und Lesungstermine findest du auf meiner Website *www.kathrin-buschmann.de*.

Ich wünsche dir weiterhin viel Spaß beim Lesen und hoffe, dass ich dich von meinem Buch begeistern konnte.

Viele Grüße

Kathrin Buschmann

Leseprobe

Göttliches Vermächtnis - Zeit der Brüder

Kathrin Buschmann

Erscheint voraussichtlich 2017

Der Tod der Väter

„Es reicht!“, sagte er entschlossen und Tränen quollen aus seinen geröteten Augen. „Jetzt ist es genug! Ich – wir alle – haben so viel über uns ergehen lassen, aber jetzt werde ich das Knie nicht länger beugen!“

Zacharias nahm die konzentrierten Blicke von dem zerknitterten Pergament und sah seinen Gegenüber an. Er wusste nicht, was er von den jüngsten Geschehnissen halten sollte. Verdammt, *woher* sollte er das auch wissen?

„Ich habe ohne Widerspruch alles getan, was dieses Monstrum von mir verlangte – aber *jetzt* reicht es!“

Zacharias schloss das Pergament in die Faust ein. Sein Gegenüber hatte Recht, verdammt nochmal, auch wenn er nicht glauben konnte, was er eben gelesen hatte. Alles schien so unwirklich. Zum ersten Mal, seitdem er denken konnte, fehlten ihm die Worte.

„Ich werde meine Männer sammeln und ich werde mich erheben! Ich werde rebellieren – oh, und ich werde es genießen, wenn dieser Tyrann endlich untergeht...“

Nie hätte Zacharias sich vorstellen können, diese Worte aus seinem Mund zu hören.

„Er hat meinen Vater ermordet! Das werde ich ihm niemals verzeihen. Er hat Jadro immer loyal gedient. Immer! Warum, beim Wächter Satia, hat er seine eigenen Männer niedergebrannt?!“

Zacharias schüttelte ratlos den Kopf. Wenn das, was Arroth sagte, stimmte, dann war nicht nur Derethor den Flammen am Kragonstag zum Opfer gefallen, sondern auch Galdor.

„Dieser Mann hat kein Herz, Zacharias! Was ist Jadro für ein König, wenn er Völkermord an seinen eigenen Landsleuten begeht? Was wird er erst tun, wenn er sich zum König von Kratagon *und* Lorolas gekrönt hat?! Wir müssen seiner Schreckensherrschaft ein Ende bereiten.“

Zacharias versuchte ruhig zu bleiben, auch wenn es ihm sehr schwerfiel: „Sagt Ihr mir gerade, dass Ihr Kratagon abtrünnig werden wollt? Ihr wollt ein eigenes Heer aufstellen?“

Graf Arroth lehnte sich zu ihm vor: „*Genau das* will ich Euch damit sagen, Sturmfalke. Ich bin nicht mehr aufzuhalten, mein Entschluss ist gefällt. Wenn Ihr Euch mir mit Eurer Einheit anschließt, dann nenne ich *dich* fortan meinen Bruder. Ich kann dich nicht leiden, Zacharias, ich habe dich immer für einen überhebliches, arrogantes Arschloch gehalten. Aber jetzt hast du die Chance das Richtige zu tun, und ich hoffe, du wirst diese Gelegenheit ergreifen. Ich hoffe es für dich, mich und die Völker der Sterblichen Welt.“

Schwere Entscheidungen

Gaia konnte nicht abschätzen, wie lange sie schon geflogen waren, als die Welt um sie herum in einen einzigen, großen Schatten gehüllt wurde. Sie wusste erst nicht, woher dieser kam. Dann sah sie auf und wünschte sich sogleich, es nicht getan zu haben. Ein gewaltiger Drache glitt über sie und Rowan hinweg, von solch einem Ausmaß, dass sie ihn nicht hätte beschreiben können. Sie klammerte sich furchterfüllt an Rowan, konnte den Blick aber nicht von dem Ungeheuer nehmen.

Der Drache stieß ein markerschütterndes Brüllen aus, auf das Arkas mit einem Schrei antwortete. Arkas wollte instinktiv flüchten, doch irgendwie schaffte Rowan es ihn davon abzuhalten.

Der geflügelte Herrscher des Himmels verlor an Flughöhe und ließ sich für einen kurzen Moment, in dem die Welt stillzustehen schien, neben ihnen in den Luftströmen treiben. Und da traf Gaia dieser Blick. Nicht der des Drachen. Der seines Reiters.

Die Prinzessin hatte den Mann noch nie in ihrem Leben gesehen, trotzdem wusste sie sofort, in wessen Augen sie entgeistert starrte. In die des Königs von Kratagon. Es war Jadro, der Mörder ihres Vaters.

Sie spürte, wie sich Rowans Muskeln unter dem robusten Jagdmantel anspannten. Er hielt, wie sie selbst, gebannt den Atem an. Dem Willen des Königs konnte sich niemand widersetzen, so glaubte sie in diesem Moment der Stille, obwohl sie nur von seinen dunklen Augen gebannt wurde, die halb im Schatten seines Drachenhelms lagen.

Gaia starrte in Jadros vernarbtes Gesicht und war wie gelähmt. Die unvorstellbare Macht, die er ausstrahlte, drang durch Stahl und Fleisch. Es war unmöglich sich ihm zu entziehen.

In diese dunklen, unheilvollen Augen trat ein wissender Glanz und neue Abgründe taten sich in ihnen auf. Finsterer und abscheulicher als alles, was Gaia sich je hätte ausmalen können. Es war namenlos, aber es erfüllte sie mit Angst und Ehrfurcht, wie es noch nichts auf der weiten Welt getan hatte. Instinktiv ließ sie Rowan mit einer Hand los, um ihr ungeborenes Kind zu schützen.

Mit einem Mal schlug der Drache, den Gaia als gottgleichen Wächter Satia erkannt hatte, mit den gewaltigen, beschuppten Schwingen und die beiden Todbringer entschwanden ihrem Sichtfeld.

„Oh nein!“, drang Rowans Stimme an ihre Ohren.

Mit seinem wissenden und erschrockenen Ausruf kam die zerstörte Landesgrenze zu Lorolas in Sicht. Die Rettung, wie Gaia sich selbst einredete. Die Rettung war nah.

„Nein, nein, nein! Das darf nicht wahr sein!“

König Jadro, der auf Satia ritt, war nur noch ein Schemen, der sich dunkel in der Morgenröte abmalte.

„Was ist denn?“, fragte Gaia ihren Liebsten.

„Er fliegt nach Lorolas! *Er greift Lorolas an!*“

Gaias Herz stand still.

„Schneller, Arkas!“, befahl Rowan, „wir müssen sie warnen!“